LA FILLE DE LA PIERRE

DU MÊME AUTEUR
AUX PRESSES DE LA CITÉ

Les Tigres de Tasmanie, 2003
La Dame d'Australie, 2004

AUX ÉDITIONS DU ROCHER

CYCLE PHÉNIX
Phénix, 1986, prix Cosmos 2000, et 1987, prix Julia Verlanger 1987
Graal, 1988
La Malédiction de la licorne, 1990

CYCLE LES ENFANTS DE L'ATLANTIDE
Le Prince déchu, 1994
L'Archipel du soleil, 1995
Le Crépuscule des géants, 1996
La Terre des morts, 2003

CYCLE LA PREMIÈRE PYRAMIDE
La Jeunesse de Djoser, 1996
La Cité sacrée d'Imhotep, 1997
La Lumière d'Horus, 1998

ROMANS
La Porte de bronze, 1994
La Lande maudite, 1996
Antilia, 1999
La Fille du diable, 2000
Le Roman de la Belle et la Bête, 2000
Le Secret interdit, 2001
Moïse, le pharaon rebelle, 2002
La Légende de la Toison d'or, 2005

Pour en savoir plus, vous pouvez consulter le site officiel de Bernard SIMONAY :
www.simonay.com

Bernard Simonay

LA FILLE DE LA PIERRE

Roman

Production Jeannine Balland
Romans Terres de France

PRESSES DE LA CITÉ

ISBN 2-258-06994-7

1

Décembre 1870

Assise dans un petit fauteuil à sa taille, auprès de l'âtre qui diffusait une bonne chaleur, Sylvine regardait fixement la pierre blanche de la cheminée. Son visage reflétait une gravité que l'on ne se serait pas attendu à rencontrer chez une fillette de cinq ans. Autour de la longue table de bois de la cuisine, son père et ses compagnons échangeaient des propos angoissants. Ils utilisaient des mots dont elle ignorait le sens, mais elle comprenait qu'il se passait des choses très graves.

Elle jeta un coup d'œil inquiet en direction de la fenêtre refermée sur la nuit. Au-delà de la clarté jaune des lampes à pétrole, une menace terrifiante rôdait, proche, lointaine, elle ne savait pas. Mais cette hostilité imprécise faisait naître dans son ventre une boule pesante. Au-dehors, de brusques rafales de vent glacé hurlaient dans les branches des grands arbres. Une pluie battante crépitait sur les tuiles, frappait les vitres avec violence, comme si les démons tapis dans les ténèbres avaient voulu entrer. Un volet mal fixé claquait dans le noir, arrachant de petits cris apeurés à Christophe, le frère de Sylvine, âgé de trois ans. Effrayé par la tempête qui grondait, il s'était réfugié dans les bras d'Amandine, la jeune bonne qui s'occupait des enfants. En revanche, la tourmente extérieure n'empêchait pas Angélique, six mois, de dormir à poings fermés dans son berceau, indifférente à la folie qui semblait s'être emparée du monde.

Toutefois, ce n'étaient pas les éléments déchaînés que redoutait Sylvine. Son père, Pierre Ménétrier, lui avait appris à dominer sa peur devant les manifestations impressionnantes de la nature, à les respecter, et même à les aimer. Sa petite main perdue dans la poigne immense de Pierre, elle avait admiré avec lui la beauté fulgurante de l'orage, elle avait suivi les rigoles de la pluie dans les champs et les vignes, découvert – en tremblant un peu – que les formes étranges et tourmentées qui bougeaient au fond du jardin n'étaient pas des spectres, mais tout simplement des branches agitées par le vent. Malgré ce que pouvaient dire les vieilles personnes pour effrayer les enfants, la nuit n'offrait pas asile à des cohortes de fantômes malveillants, le vent hurlant n'avait rien à voir avec le souffle d'un dragon, et une pluie diluvienne n'allait pas engloutir le monde. Sylvine avait une confiance absolue en son père.

C'est pourquoi l'inquiétude qui plissait le front de Pierre l'angoissait. Juliette, la mère des trois enfants, semblait plus pâle qu'à l'accoutumée. Cela n'avait rien à voir avec la tempête, même si celle-ci était particulièrement violente. Autour de la grande table, plusieurs hommes avaient pris place. Tandis que la jeune femme leur servait le vin nouveau récolté deux mois plus tôt, Pierre commentait les articles du journal. Il était le seul qui sût lire.

Sylvine tenta de comprendre ce qui se disait. Des mots résonnaient durement dans son esprit enfantin : guerre, armée, bataille, massacres, soldats, Prussiens... Ce dernier nom l'impressionnait particulièrement, car les grandes personnes l'employaient avec un mélange de colère et de peur.

— Les nôtres ont été vaincus à Artenay, expliqua Pierre. L'armée de Gambetta est à présent séparée en deux. Une partie se dirige vers Le Mans, l'autre vers la Touraine. Mais le plus grave, c'est que le gouvernement s'est replié à Bordeaux. Ils nous abandonnent !

— Quel courage, ce monsieur Thiers ! ironisa Simon Martin, qu'on surnommait la Grenouille parce qu'il s'était fait une spécialité de les pêcher.

— Ils doivent faire dans leur pantalon, renchérit Maurice Girardin, dit Boit-sans-Peur.

Puis il leva son verre avec un regard de plaisir anticipé. Le vin de Pierre Ménétrier était sans conteste le meilleur de la région.

— En attendant, Paris est toujours assiégé, grommela Pierre. Et les « casques à pointe » continuent de s'approcher de nous. Ils sont à Orléans. Bientôt, ils prendront Blois, puis Tours. Quel gâchis ! Tout ça ne serait pas arrivé si ce crétin de Bazaine n'avait pas trahi.

Juliette posa sa main sur l'épaule de son mari.

— Gambetta va les arrêter, dit-elle d'une voix douce. Ses troupes ont remporté une bataille à Coulmiers ! Ils l'ont dit dans le journal.

Sylvine leva les yeux vers sa mère. Elle se mêlait rarement de la conversation des hommes, mais elle tenait toujours des propos rassurants. Tout ne pouvait pas aller aussi mal qu'ils le disaient.

— Cela ne changera rien, ma petite Juliette, répondit Pierre en lui prenant la main avec tendresse. Gambetta a fait ce qu'il a pu. Son départ de Paris en ballon au mois d'octobre était un acte courageux. Mais l'armée française est commandée par de vieilles badernes incapables. De toute façon, Thiers se moque bien de perdre cette guerre. Il préfère négocier la paix avec les Prussiens que de tenter de les repousser hors de France. Ce qu'il redoute, c'est une nouvelle révolution. Il n'a qu'une idée en tête : éviter le retour de la République. Les bourgeois ne rêvent que de la monarchie, et les plus sots espèrent même se faire anoblir !

Il poussa un grognement de colère.

— Nous sommes dirigés par des imbéciles ! déclara-t-il d'une voix lasse. Bismarck l'a bien compris. Il a agité un chiffon rouge avec cette foutue dépêche d'Ems et ces crétins se sont précipités dans le piège. On voit le résultat aujourd'hui : des dizaines de milliers de Français sont prisonniers en Allemagne, la moitié de la France est envahie et Paris est coupé du reste du pays.

Sylvine n'avait aucune idée de ce qu'étaient ces Prussiens dont parlait son père. Dans son esprit, il s'agissait peut-être d'ogres ou de monstres. Elle n'avait aucune envie de les voir, mais d'après ce qu'elle avait compris, il était très possible qu'ils vinssent jusqu'ici.

Elle serra les dents pour conjurer sa frayeur. La maison dressait un rempart infranchissable autour d'elle et de sa famille. Elle posa sa petite main sur le flanc de la cheminée. Sous ses doigts menus, elle éprouva la rugosité du tuffeau, sa solidité rassurante, sa tiédeur protectrice. Elle aimait cette maison. Elle s'y sentait en sécurité parce que son père l'avait faite avec les longues pierres blanches qu'il allait chercher dans les grandes cavernes sombres où elle l'accompagnait parfois. Elle n'était pas peu fière de connaître ce lieu mystérieux. Les autres enfants avaient peur de s'enfoncer ainsi sous la terre. Elle, au contraire, s'y sentait bien. Elle était persuadée qu'en cas de danger il serait toujours possible d'y trouver refuge.

Elle leva les yeux vers le dessus de la cheminée. Au milieu trônait une petite statue de pierre ocre. Elle représentait une femme coiffée d'une sorte de boîte à la forme bizarre. Sylvine ignorait son nom, mais elle la trouvait belle. Juliette lui avait expliqué une fois que son père l'avait ramenée d'un voyage dans un pays lointain, et qu'elle représentait une déesse. Depuis, lorsque quelque chose n'allait pas, Sylvine s'adressait mentalement à la statuette pour lui demander de tout arranger.

Autour de la table, la conversation s'anima.

— Si le gouvernement a quitté Tours, c'est qu'il pense que la région va être occupée, s'obstinait Girardin. Il faut se battre.

— Avec quoi ? rétorqua Pierre. Avec nos fusils de chasse ? Déjà que tu loupes un lapin à dix pas ! Tu ne feras pas mieux avec les Prussiens ! Gambetta a réquisitionné les veufs sans enfants et les célibataires pour former l'armée de la Loire. Mais il n'y avait pas assez d'armes pour tout le monde.

— On ne va tout de même pas se laisser faire ! s'exclama la Grenouille en levant les bras au ciel. On dit qu'ils brûlent tous les villages qu'ils traversent. Ils violent les femmes et massacrent les enfants et les vieux.

De tous ces éclats de voix, il ressortait que les adultes se sentaient impuissants à lutter contre le fléau qui s'avançait inexorablement vers la maison. Prenant sa décision, Sylvine se leva et vint à côté de son père.

— On pourrait aller se cacher dans les *perrières* [1] ! dit-elle de sa petite voix claire.

Pierre la prit contre lui.

— Tu as écouté tout ça, ma P'tite Belle, dit-il, ennuyé. Ce ne sont pas des histoires pour les fillettes.

Les hommes poussèrent un soupir.

— Elle est pas bête, cette gamine, dit la Grenouille. Si ça va mal, on pourra toujours se planquer dans les caves. Il y

1. Nom donné aux carrières de tuffeau à Bourré.

en a plus de quatre cents kilomètres sous la colline. Ça va jusqu'à Montrichard. Les Prussiens ne nous trouveront pas là-dedans. Même s'ils découvrent l'entrée.

— On n'aura pas besoin de se cacher, répondit Pierre en haussant les épaules. Avant qu'ils soient ici, Thiers aura conclu la paix.

Sylvine avait vu le jour cinq ans plus tôt, au cours de l'été 1865.

L'année précédente, Pierre était arrivé monté sur un cheval baptisé Fidèle. On n'en connaissait pas la race, mais ce n'était pas un cheval de trait. Il ne l'utilisait que pour la monte. Ce qui faisait dire à certains qu'il avait servi dans la cavalerie. Mais, là encore, Pierre Ménétrier se montrait avare de confidences.

Il avait racheté la vieille ferme de la Sauvagine, située sur les hauteurs de la commune de Bourré, en amont de Montrichard, sur les rives du Cher. Les anciens propriétaires avaient succombé, comme beaucoup d'autres, à l'épidémie de choléra qui avait frappé le pays quelques dizaines d'années auparavant. Depuis cette époque, les terres, revenues à des cousins de Blois, étaient restées à l'abandon.

A cette époque, peu de paysans possédaient leur ferme. La plupart travaillaient en tant que métayers. Mais, après une absence qui avait duré près de vingt ans, Pierre était revenu au pays avec une petite fortune, sur l'origine de laquelle couraient de nombreuses rumeurs. Aussi l'acquisition de la Sauvagine avait-elle déclenché des réactions de jalousie, y compris au sein de sa propre famille. Son père, Emile, ne lui pardonnait pas d'avoir bafoué l'autorité paternelle en quittant la maison à l'âge de seize ans. A l'époque, Pierre était monté à Paris. On ne savait pas trop ce qu'il avait fait là-bas. Si certains pensaient qu'il avait servi dans l'armée, d'autres affirmaient qu'il avait combattu aux côtés des socialistes pendant la révolution de 1848. On chuchotait aussi qu'il avait dû fuir la France à la suite de quelque affaire douteuse. Il avait voyagé, ça c'était sûr. Et il avait rapporté de ses voyages des choses étranges et maléfiques, comme cette statue inquiétante posée sur sa cheminée. On se perdait en conjectures sur l'origine de sa richesse. Il n'en parlait jamais, et personne ne se serait risqué à lui demander des explications. Pierre Ménétrier était une force de la nature. Il ne mesurait pas loin de deux mètres et ses mains larges et noueuses semblaient capables d'assommer un bœuf.

A son retour, il n'avait pas été long à épouser la jeune Juliette Descombes, de dix-sept ans sa cadette. Cela avait été un autre sujet d'envie, car c'était une très belle fille. On murmurait qu'elle avait épousé Pierre pour son magot, mais le jeune couple n'avait eu cure des médisances. Sitôt propriétaire de la Sauvagine, Pierre avait abattu la masure en ruine qui se dressait au sommet de la falaise dominant le Cher et avait fait construire à la place une belle demeure tourangelle, bâtie en pierre de tuffeau, et dont le sol était revêtu de tommettes rouge sang. La maison comportait une grande salle commune qui servait à la fois de cuisine et de salle à manger. Contre le mur nord s'adossait la grande cheminée. Cinq autres pièces la complétaient, dont trois chambres, une pour les parents et deux pour les enfants. Une quatrième, située à côté de la chambre de Sylvine, accueillait Amandine. La dernière servait de bureau au maître des lieux. Il y tenait scrupuleusement ses comptes et y rangeait des objets singuliers, que peu de gens collectionnaient à l'époque, surtout chez les paysans : des livres. On se demandait d'ailleurs où il avait appris à lire, car Emile n'avait envoyé aucun de ses enfants à l'école, qui n'était pas encore obligatoire.

Perpendiculairement à la maison, Pierre avait fait construire une écurie, une étable, un poulailler, un clapier, ainsi qu'une grange pour le matériel et le fourrage. Outre deux vaches qui fournissaient le lait, Pierre possédait deux chevaux de trait pour les labours, une dizaine de moutons et de chèvres, et des chiens qui protégeaient le poulailler des renards. De race indéterminée, ces deux chiens portaient des noms mystérieux : Horus et Hathor.

Dès son arrivée, il s'était lancé dans l'exploitation de ses terres. Les mauvaises langues s'étaient réjouies à l'avance. Pierre ne connaissait rien au travail des paysans. Il avait quitté le pays trop jeune. Pourtant, contre toute attente, il avait obtenu dès la seconde année des résultats spectaculaires. Ses terres étaient particulièrement riches et il avait su les mettre en valeur, aidé par Lucien, un valet de ferme dont personne ne voulait parce qu'il était bossu et que, selon la rumeur, il portait malheur. Pierre l'avait engagé. Lucien savait travailler et n'était pas fainéant. A proximité des vignes, on lui avait construit une petite maison de deux pièces, elle aussi en pierre de tuffeau. Il y dormait, mais prenait ses repas avec les Ménétrier.

Sylvine aimait bien Lucien, qui portait les enfants sur sa bosse confortable en imitant le cri du cheval. Il avait aussi une grosse voix avec laquelle il racontait de belles histoires. On se réunissait le soir autour de la cheminée, et on l'écoutait tout en faisant griller des châtaignes. Il avait ramené de sa Sologne natale quantité de contes et légendes parfois drôles, parfois effrayants, qui captivaient aussi bien les petits que leurs parents. Sylvine aimait ces moments privilégiés où elle sentait la chaleur de l'âtre réchauffer son petit corps. Elle aimait les odeurs de la maison, le fumet de la soupe aux lardons que faisait cuire sa mère, le parfum du bois qui crépitait dans le feu, le relent étrange de la poudre blanche qui tombait de la pierre, que son père appelait salpêtre. Elle retrouvait la même dans les cavernes de tuffeau.

Sylvine en était sûre : aucun démon jamais ne pourrait ébranler cette forteresse chaleureuse.

2

Noël approchait. D'ordinaire, pour Juliette, cette période était la plus belle de l'année. Cette fois pourtant, l'excitation avait fait place à l'angoisse. Une peur sournoise tenaillait la jeune femme. Que deviendrait la fête si les Prussiens envahissaient la vallée ? Elle tremblait pour ses enfants. Elle n'avait pas oublié la réflexion de Sylvine. Il serait toujours possible d'aller se réfugier dans les caves. Mais elle n'avait pas envie d'abandonner sa maison. Dans quel état la retrouverait-elle après ? Elle maudissait les envahisseurs, sans oublier les « crétins du gouvernement », comme disait Pierre.

Lorsque quelque chose n'allait pas, la douce Juliette adressait des prières au bon Dieu, au bienveillant Jésus, à la bonne Sainte Vierge. Pierre, lui, ne priait pas. Depuis longtemps, il entretenait avec la religion des relations plutôt tendues. Noël était le seul moment de l'année où il acceptait de se rendre à l'église, pour la messe de minuit. En dehors de ce jour particulier, il ne mettait jamais les pieds dans ce lieu que Juliette considérait comme saint, et qu'il estimait, lui, être le repaire des affameurs du peuple, catégorie dans laquelle il classait également les bourgeois, les nobles, les militaires, les gendarmes et les fonctionnaires des impôts.

Au mur de leur chambre, au-dessus du lit, Juliette avait accroché un Christ crucifié. Son visage triste et sa couronne d'épines étonnaient grandement Sylvine. Sa mère lui avait expliqué qu'il avait donné sa vie pour racheter les fautes des hommes. La fillette s'était demandé de quelles fautes elle voulait parler. Juliette avait parlé de péchés, de méchanceté, de jalousie, de crimes, toutes affaires auxquelles la fillette n'avait pas compris grand-chose. Elle n'avait guère de chances d'en apprendre plus. Son père s'opposait farouchement à ce qu'elle reçût un enseignement religieux.

« Mes enfants choisiront leur religion quand ils seront grands ! » déclarait-il d'un ton qui ne souffrait pas de réplique. Je veux qu'ils gardent l'esprit libre.

Juliette tentait bien parfois de le faire changer d'avis, mais Pierre se montrait inflexible. Parfois, ils se chamaillaient à ce sujet. Mais ces disputes n'allaient jamais très loin, car ils s'adoraient.

Ces prises de position catégoriques n'empêchaient pas Pierre Ménétrier d'entretenir d'excellentes relations avec le curé, Francis Rochelet, qui avait un faible pour le vin du mécréant, et qui avait avec lui des bavardages passionnés au cours desquels les deux hommes refaisaient le monde – chacun selon ses convictions. Au bout de quelques verres, ils en concluaient toujours que, si leurs opinions divergeaient, cela n'avait au fond aucune importance. D'une nature généreuse, Pierre acceptait sans problème que les autres eussent un avis différent du sien. Simplement, il avait horreur qu'on lui imposât quoi que ce fût. Francis Rochelet était un brave homme qui avait consacré sa vie à aider les plus démunis. Les Ménétrier n'étaient certes pas dans le besoin, mais il aimait cette famille. Aux yeux de certains, elle sentait le soufre. Pour Francis, Pierre se conduisait souvent de manière plus chrétienne que quelques-uns de ses paroissiens assidus à la messe, et prolixes en médisances.

« Le plus important n'est pas d'assister à tous les offices religieux, disait-il. C'est dans la vie de tous les jours que l'on doit se comporter en bon chrétien, en aidant son prochain et en se montrant généreux.

— Avec un tel raisonnement, tu ne deviendras jamais évêque, mon pauvre Francis, lui répondait Pierre avec un rire moqueur.

— Si telle est la volonté de Dieu », rétorquait le prêtre d'un air bonhomme.

Pierre n'avait pas tort. Francis rencontrait souvent des problèmes avec ses supérieurs, qui lui reprochaient son manque de sévérité à l'égard des brebis galeuses, et surtout des païens comme Ménétrier. On lui tenait rigueur de le fréquenter. Il avait beau se justifier en arguant que Juliette était une bonne chrétienne, l'évêque n'était pas dupe, qui connaissait le penchant du curé pour le bon vin.

« Mais tu devrais tout de même me confier ta petite Sylvine, demandait-il en connaissant la réponse d'avance.

— Certainement pas ! répliquait Pierre. Elle est baptisée, c'est déjà bien suffisant. Je ne veux pas que tu lui farcisses la tête avec tes bondieuseries ! »

La famille Ménétrier comptait trois enfants. Sylvine gardait peu de souvenirs de l'arrivée de son frère, Christophe, âgé de trois ans. Elle avait deux ans à l'époque et il lui semblait qu'il avait toujours été près d'elle. Si elle faisait preuve d'un tempérament calme, Christophe, en revanche, se montrait bavard et témoignait d'une énergie inépuisable, quelque peu éprouvante pour les nerfs. Malgré leurs caractères opposés, les deux enfants entretenaient une véritable complicité. Christophe vouait une grande admiration à Sylvine qui, à son âge, savait déjà déchiffrer les signes incompréhensibles écrits sur les boîtes, ou, mieux encore, sur les journaux de leur père. A cause de cela, il estimait qu'elle était très savante et chaque fois qu'une question le taraudait, il allait demander la réponse à sa sœur plutôt qu'à ses parents.

A la fin du printemps précédent, la petite Angélique était venue au monde. Sylvine avait suivi la grossesse de sa mère avec attention, multipliant les menus services qu'elle rendait auparavant. Vers le milieu d'un mois de juin plein de lumière, Juliette, dont le ventre avait atteint un volume inquiétant, s'était isolée dans la chambre avec une grosse dame que l'on appelait la Marie-Pichet, en raison de son affection prononcée pour le jus de la treille. Sylvine avait été écartée sans ménagement par la matrone grondante. Tout comme son père, qui lui n'avait fait aucune difficulté pour rester à l'extérieur.

La fillette se demandait ce qui pouvait bien se passer de l'autre côté de la porte. Elle entendait Juliette gémir, se plaindre, hurler parfois. Mais, au lieu de courir à son secours, Pierre se contentait de pousser de grands soupirs et de se tordre les mains. Il tentait bien de rassurer sa fille en lui adressant des sourires contraints, mais Sylvine n'était pas dupe : il avait peur. Jamais elle n'aurait cru que cela fût possible. Son père était l'homme le plus grand et le plus fort du pays. Jamais il n'élevait la voix, et rien ne semblait pouvoir lui résister. Aussi, le voir soudain si désarmé lui avait fait prendre conscience qu'il était, lui aussi, capable de faiblesse. Alors, elle avait eu envie de le protéger. Elle avait grimpé sur ses genoux, s'était blottie contre lui, et elle avait dit doucement :

« Ne t'inquiète pas, mon papa. C'est normal que maman crie. Elle a mal parce qu'il faut que le bébé sorte. »

Pierre l'avait regardée avec étonnement.

« Comment sais-tu ça, toi ?

— J'ai vu les chattes mettre leurs petits au monde, et la

Rousse aussi, quand elle a eu son veau. C'est pareil pour les femmes. C'est pour ça qu'elles ont un gros ventre.

— Comme les vaches et les chattes, avait complété Pierre avec une lueur d'admiration dans les yeux. Il ne faut pas te raconter n'importe quoi, à toi, hein ? »

Depuis toujours, il existait une grande complicité entre Sylvine et son père. Ce jour-là, elle s'était encore renforcée. Les paroles apaisantes, prononcées par la petite voix tranquille de la fillette, avaient calmé l'inquiétude du futur papa. Et la petite Angélique avait vu le jour sans problème. Elle avait été accueillie avec des cris de joie de toute la maisonnée.

Sauf de son frère.

Au début, Christophe n'avait guère apprécié la présence de cette intruse sortie d'on ne savait où. Sylvine étant plus proche de leur père, il avait toujours bénéficié avec gourmandise de la tendresse de Juliette. Et voilà qu'il lui avait fallu la partager avec cet être vagissant et rouge, à l'origine de pas mal de contrariétés. Tout d'abord, il était désormais formellement interdit de crier dans la maison parce que cela risquait de réveiller le bébé. Quant aux soirées passées bien au chaud sur les genoux de maman, il avait fallu les restreindre parce qu'elle donnait le sein au petit monstre.

Cependant, avec le temps, cette rancœur s'était atténuée. Angélique avait perdu cette couleur foncée due à la naissance, et elle était devenue une magnifique petite fille aux cheveux aussi blonds que ceux de son père. D'un caractère heureux, elle souriait à tous et Christophe s'était laissé séduire en constatant qu'il était celui à qui elle adressait le plus de risettes. Il avait remarqué aussi que ses pitreries la faisaient rire. Il était important pour elle. Tout allait donc très bien et il s'était demandé ce qu'il avait bien pu lui reprocher avant.

La famille Ménétrier, dont, aux yeux de Sylvine, Lucien et Amandine faisaient partie, vivait un peu repliée sur elle-même. La fillette ne s'en rendait pas vraiment compte. Elle savait cependant que, tout comme elle, son père et sa mère avaient des parents.

Elle connaissait un peu ceux de Pierre, qui habitaient également le village de Bourré, dans une maison singulière, creusée dans le flanc de la falaise. Elle s'y était rendue une fois, pendant l'été précédent. C'était peu de temps après la naissance d'Angélique. Pierre avait voulu leur présenter le bébé.

Sylvine gardait un très mauvais souvenir de cette visite. Autant la maison de Pierre et de Juliette était chaude et accueillante, autant celle de ses grands-parents lui avait semblé inhospitalière et glacée. Dès l'arrivée, son grand-père avait refusé de l'embrasser. Lorsqu'elle s'était approchée de lui, il l'avait tout simplement ignorée. Il avait eu la même attitude envers Christophe, et c'était tout juste s'il avait daigné jeter un coup d'œil à la petite Angélique, pourtant bien sage dans son couffin. Sylvine gardait de lui le souvenir d'un homme maigre, au visage sec et dur, marqué par les rides, aux yeux gris et froids. Elle avait ressenti l'hostilité qui opposait Pierre à Emile. Celui-ci n'avait pas souri une seule fois, comme si la visite de ses petits-enfants le dérangeait.

Pierre avait surtout parlé avec sa mère. La grand-mère Justine semblait plus gentille. Petite femme discrète et effacée, elle ne faisait rien pour contrarier son mari. Elle s'était extasiée devant la beauté d'Angélique, l'avait prise jalousement dans ses bras, tout en jetant des coups d'œil inquiets en direction du grand-père. Mais le vieux n'avait rien dit, se contentant de bougonner dans sa moustache jaunie par le tabac.

Sylvine, qui, comme à son habitude, observait ce qui se passait avec attention, s'était longuement interrogée sur la raison de la brouille qui opposait Pierre à son père. Elle en avait eu une petite idée vers la fin de la visite, lorsque Emile avait demandé si Angélique irait au catéchisme et ferait sa communion. Elle avait vu le visage de Pierre se durcir. Il avait regardé son père dans les yeux et répondu :

« Elle sera baptisée, comme les autres, parce que Juliette le souhaite. Mais tu connais ma position envers l'Eglise. Elle ne fera pas sa communion. »

Le grand-père avait alors bondi de sa chaise et était entré dans une colère noire.

« Je m'en doutais ! Voilà comment on fabrique un pays dans lequel la morale n'existe plus, un pays livré aux socialistes et aux anarchistes ! »

Pierre avait haussé les épaules. Apparemment, il n'accordait pas d'importance aux fureurs de son père. Mais Emile avait insisté :

« L'Eglise enseigne la vertu et l'obéissance aux femmes ! Il ne faudra pas t'étonner plus tard si elle devient une fille perdue ! »

Il avait poussé un grognement rageur et ajouté :

« Mais on dit que bon chien chasse de race ! »

Sylvine n'avait pas compris ce qu'il avait voulu dire par là. Mais son père s'était levé à son tour et s'était planté devant son père, le dominant de toute sa masse. D'une voix basse qu'elle ne lui connaissait pas, il avait grondé :

« Si l'Eglise fabrique des chrétiens aussi charitables que toi, alors je peux te dire qu'aucun de mes enfants n'y mettra jamais les pieds. »

Le grand-père avait pâli. Pétrifiée, Sylvine l'avait vu serrer les dents. Les yeux brûlants de larmes, elle avait cru un moment que les deux hommes allaient en venir aux mains. Mais Angélique s'était mise à hurler dans son couffin et Juliette était intervenue :

« Pierre, viens ! Allons-nous-en ! »

Décelant la peur dans la voix de sa femme, Pierre avait reculé, sans cesser de fixer Emile d'un air menaçant. Celui-ci n'avait pas desserré la mâchoire, puis s'était rassis, tremblant de colère contenue.

Juliette avait rassemblé les enfants et les avait fait sortir de la maison troglodytique, sous les regards embarrassés et désolés de la grand-mère Justine. Pierre les avait rejoints et ils avaient quitté le minuscule jardin clos dominant la vallée du Cher. Comme il franchissait la branlante porte en bois, ils avaient entendu un grand bruit dans la maison, suivi d'un craquement sinistre et d'un cri effrayé de la grand-mère. Emile venait de flanquer un coup de poing sur la table, qui n'avait pas résisté.

« Nous n'aurions jamais dû venir, avait grommelé Pierre, le visage blême, lui aussi.

— Tu as fait ce que tu croyais devoir faire, mon Pierre, avait répondu Juliette. Ta mère a eu plaisir à voir Angélique. Tu n'as rien à te reprocher.

— Tu sais pourquoi il a dit ça !

— Cela n'a aucune importance. »

Bouleversée, Sylvine s'était interrogée sur les raisons de cet affrontement. Elle en avait fait des cauchemars pendant les nuits qui avaient suivi. Par des bribes de conversations, elle avait deviné que son père avait quitté très tôt la maison d'Emile, qui ne le lui avait jamais pardonné. Mais après toutes ces années, comment pouvaient-ils être encore fâchés ? Les grandes personnes étaient parfois bien difficiles à comprendre.

Sylvine gardait un souvenir plus confus des parents de sa mère. La famille leur avait rendu visite à la fin de l'hiver précédent. Il avait fallu effectuer un long voyage pour y parvenir. Sylvine gardait en mémoire le nom de la ville qu'ils habitaient : Selles-sur-Cher. On avait suivi la rivière, longeant le gigantesque chantier du chemin de fer. Pierre lui avait expliqué que l'on construisait là une ligne qui relierait la ville de Lyon à celle de Tours. Mais ces noms mythiques n'évoquaient rien pour la fillette, alors âgée de quatre ans. A cette époque, la petite Angélique était encore dans le ventre de sa maman.

Ils étaient arrivés dans une ferme bien entretenue, mais où on les avait reçus sans manifestation d'enthousiasme. La grand-mère, Louise Descombes, née Froissard, était une femme sèche au visage tout en longueur, aux lèvres minces qui ne souriaient jamais et aux yeux sans cesse en mouvement, comme si elle voulait tout surveiller à la fois, de peur qu'on ne lui chipât quelque chose. Quant au grand-père Hubert, il n'avait aucun point commun avec Emile Ménétrier. Il parlait peu, ne s'intéressait pas à ce qu'on lui disait. Il avait les yeux rivés sur la bouteille de vin entamée que Louise avait posée sur la table, attendant le moment où sa femme lui permettrait de servir. Visiblement, c'était elle qui commandait.

Sylvine se souvenait qu'elle avait eu très soif, car si la grand-mère avait mis une bouteille de vin sur la table, elle n'avait pas mis d'eau pour les enfants, et avait omis d'ajouter des verres. Chez la grand-mère Justine, Christophe et Sylvine avaient eu droit à une part de tarte aux pommes qu'elle avait préparée spécialement pour leur venue. Il n'y avait rien eu de tel chez la grand-mère Louise. Il avait fallu que Christophe se manifestât par une vibrante colère pour obtenir enfin qu'elle ordonnât au grand-père de lui donner de l'eau – une eau trouble tirée au puits, dont on ne leur avait servi qu'un demi-gobelet.

Cette fois-là, il n'y avait pas eu d'éclats de voix dus à des querelles théologiques. La grand-mère s'était contentée de s'extasier – du bout de ses lèvres minces – sur la bonne mine de Juliette, sur celle des enfants. Mais ils étaient repartis sans rien avoir avalé, en fin d'après-midi, sinon, pour les parents, un demi-verre du vin râpeux versé avec parcimonie. Le grand-père, lorgné de près par Louise, n'avait même pas osé s'en resservir.

En quittant la ferme, Pierre avait simplement dit avec bonne humeur :

« Ta mère ne change pas ! Toujours aussi avare ! »

Juliette avait souri, et Pierre avait invité sa famille dans une auberge située sur les bords du Cher, où l'on avait rattrapé le repas perdu du midi par une débauche de gourmandises et de plats appétissants. Finalement, Sylvine n'avait pas regretté d'être venue chez les grands-parents Descombes.

Pour beaucoup, ce Noël 1870 fut un triste Noël. Dans de nombreuses familles, de jeunes hommes étaient absents, partis combattre un ennemi qui progressait chaque jour un peu plus en direction de Tours en suivant le cours de la Loire. Les travaux de construction du chemin de fer avaient été arrêtés et les communications se faisaient de plus en plus difficilement. Les routes étaient encombrées de gens qui fuyaient l'avancée prussienne, emportant leurs maigres biens sur des charrettes à bras, ou des baluchons énormes portés sur le dos. Peu avant le 25 décembre, les journaux cessèrent d'arriver à Montrichard, et on ne parvenait plus à obtenir d'informations, sinon par les réfugiés eux-mêmes. Les nouvelles qu'ils donnaient étaient alarmantes. Les armees françaises allaient de défaite en défaite. Quant aux soldats allemands, les pires récits couraient sur leur compte. Malheur à ceux qui restaient en arrière pour protéger leur maison. On disait que les Prussiens n'épargnaient personne, fusillant les hommes et les vieillards, égorgeant les enfants et les femmes enceintes.

Certains commençaient à quitter le village. D'autres parlaient haut et fort de se battre avec les fusils de chasse. Quelques fiers-à-bras rameutaient des volontaires pour constituer une armée improvisée et se donnaient déjà des airs de généraux ou de sergents, suivant le rang qu'ils occupaient dans la société. Pour couronner le tout, le mauvais temps qui s'était installé en maître depuis le début du mois de décembre avait empiré, et les jours maussades chargés de pluie alternaient avec des tempêtes qui semblaient vouloir tout balayer sur leur passage. Peu avant Noël, la température chuta et une épaisse couche de neige recouvrit la vallée en quelques heures. Par endroits, le Cher avait gelé et il était possible de le traverser à pied.

Cette atmosphère de fin du monde ne contribua pas à ramener la paix dans les esprits, et lors de la messe de minuit, la petite église de Bourré se trouva encore plus remplie qu'à l'habitude afin de réclamer un secours qui ne pouvait plus venir que d'une intervention divine, même pour les croyants les plus tièdes. Le père Rochelet, à la grande satisfaction de Pierre Ménétrier, ne parla pas de châtiment ni de péchés à expier. Il exhorta ses ouailles à se montrer plus généreuses et solidaires en ces temps difficiles où, plus que jamais, les forts et les riches devaient aider les faibles et les indigents.

Avec curiosité, Sylvine observait les gens autour d'elle. Si la plupart étaient des paysans modestement vêtus, elle remarqua très vite les notables, installés au premier rang. Ceux-là arboraient des habits superbes, taillés dans de belles étoffes. L'un d'eux toisait tout le monde d'un regard hautain, et Sylvine avait remarqué que tous s'étaient inclinés bien bas devant lui. Sauf son père, qui avait ignoré sa présence. Elle en avait conçu une sorte de fierté. Pierre était, lui aussi, un personnage important. Il ne courbait pas la tête.

Après la messe, la foule sortit en commentant les propos du prêtre. Un froid vif régnait au-dehors, servi par un vent violent qui coupait la respiration et soulevait des tourbillons de neige. Les torches et les lampes-tempête à huile diffusaient sur les villageois des lueurs parcimonieuses qui donnaient à la cohorte frileuse des allures de fantômes. Emmitouflés dans d'épais manteaux et protégés par des couvertures, Pierre, Juliette et les enfants regagnèrent la voiture à cheval qui les avait amenés en compagnie de Lucien et d'Amandine. Sylvine remarqua qu'une berline tirée par quatre chevaux magnifiques avait été garée à côté.

Elle vit le monsieur au regard hautain venir vers eux. Il était accompagné d'une femme enveloppée dans une grande cape de couleur bleue, dont on voyait à peine le visage, mais qui paraissait très belle. Près d'elle marchait une petite fille de l'âge de Christophe, qu'une servante tenait par la main. Un autre domestique portait des lampes. Sylvine observa le petit groupe. Les gens ôtaient leur chapeau sur son passage. Il répondait toujours avec un sourire condescendant qui déplut à la fillette.

Soudain, la main de sa mère la tira en arrière avec une brusquerie qu'elle ne lui connaissait pas.

— Sylvine, on ne doit pas regarder les gens de cette manière.

Cette réaction inhabituellement brutale surprit la petite.

— Est-ce que nous allons le saluer, nous aussi ? demanda-t-elle.

— Certainement pas ! répondit Pierre sèchement.

Puis il l'attrapa dans ses bras et la hissa dans la voiture, en compagnie de son frère et de sa sœur. La fillette n'insista pas, mais continua d'observer l'inconnu à la dérobée. Juliette s'assit à ses côtés et lui prit la main. Sylvine constata que l'homme s'arrêta brièvement à leur hauteur. Il attendait sans doute que son père ôtât son chapeau pour le saluer. Mais, ainsi qu'il l'avait dit, Pierre n'en fit rien. L'inconnu resta figé. Sylvine crut un moment qu'il allait parler, mais son père fit claquer brièvement son fouet et le cheval se mit en marche de son pas lourd. L'homme dut s'écarter et Sylvine l'entendit pester.

Lorsque la voiture fut un peu éloignée, elle demanda à Juliette qui était ce monsieur bien habillé.

— Un bourgeois ! répliqua-t-elle sèchement.

La fillette n'insista pas. Elle sentait le sommeil la gagner et elle avait hâte de retrouver son petit lit confortable qu'Amandine aurait réchauffé à l'aide d'une bassinoire remplie de braises, comme elle le faisait tous les soirs d'hiver.

Le lendemain, elle avait oublié l'incident. Il faut dire qu'elle avait un autre sujet d'intérêt. En entrant dans la cuisine après un réveil tardif, elle eut la surprise de découvrir, planté dans un grand baquet, près de la cheminée, un petit sapin que son père avait préparé à l'insu de ses enfants, après leur coucher. Des pommes rouges avaient été suspendues aux branches de l'arbre, ainsi que des petits sacs contenant des fruits secs. A côté, Juliette avait installé une crèche – que l'on appelait « chapelle » à l'époque – garnie de petits personnages en porcelaine : Jésus couché sur un lit de paille, Joseph et Marie en adoration placés autour, en compagnie des Rois mages, de bergers et d'animaux, âne, bœuf et moutons.

Dans l'âtre avait été allumé le *tréfeu*, la plus grosse bûche de la ferme. Ce *tréfeu*, ancêtre de la bûche de Noël, devait brûler pendant trois jours. Sous les branches s'alignaient sagement trois jouets. Les yeux de Sylvine se mirent à briller. A ses côtés, le petit Christophe, encore embrumé par le sommeil, se frotta les paupières, stupéfait. Tandis que Juliette, selon la coutume, allumait trois bougies, une pour les morts, une pour les vivants, et une pour ceux qui n'étaient pas encore nés, les enfants s'approchèrent de l'arbre, les yeux écarquillés.

— Comment il a fait pour pousser dans la maison ? demanda le petit garçon d'une voix cassée.

— Il n'a pas poussé. C'est moi qui l'ai planté. C'est une coutume qui nous vient d'Alsace, répondit Pierre. Tous les ans, à Noël, les Alsaciens mettent un sapin près de la cheminée. C'est joli, non ?

C'était aussi l'avis de Christophe, qui avait immédiatement repéré les petits soldats de plomb qui l'attendaient.

Pierre ne pouvait expliquer aux enfants que l'Alsace allait vraisemblablement être séparée de la France par les vainqueurs prussiens sous le prétexte que ses habitants parlaient un dialecte qui se rapprochait de la langue allemande. Adopter leur coutume du sapin de Noël, c'était un peu une manière de leur faire savoir qu'ils étaient toujours considérés comme des Français [1].

Un peu timidement, Sylvine s'approcha du sapin, dont le parfum de résine se mêla à la bonne odeur de café et de bois brûlant dans la cheminée. Sa mère lui tendit une superbe poupée au visage de porcelaine peint, aux cheveux blonds faits de brins de laine. Une longue robe bleu nuit l'habillait, dont le tissu était doux sous les doigts.

---

1. C'est à cette époque que l'on commença à placer des arbres de Noël dans les maisons françaises, à l'imitation de cette coutume alsacienne. Mais cette pratique ne se généralisa qu'après la Seconde Guerre mondiale.

— Qui a apporté cette poupée ? demanda-t-elle en la serrant contre elle.

Pierre regarda Juliette, puis répondit :

— Les lutins.

Evidemment, elle aurait pu s'en douter. Sylvine ne songea pas un instant à remettre l'explication de son père en question. On avait coutume, la nuit, de mettre un peu de lait dans une soucoupe à la porte d'entrée. Le lendemain, il avait disparu, parce que les lutins qui protégeaient la maison l'avaient bu. Il était donc normal qu'ils remercient à leur tour en offrant des jouets. Elle courut jusqu'à la porte, l'ouvrit en grand et cria en direction du petit bois proche et couvert de neige :

— Merci les lutins !

Christophe ne fut pas en reste, qui la rejoignit aussitôt pour l'imiter. En refermant la porte, la fillette déclara :

— Il ne faudra pas oublier de leur mettre du lait ce soir. Ils doivent avoir froid.

— Nous le ferons ! répondit Juliette. Mais ne t'inquiète pas pour eux, ils vivent dans des galeries, sous la terre.

— Comme celles de papa ?

— Exactement. Mais elles sont plus petites.

Cela aussi, c'était évident. Sylvine songea qu'elle aurait bien aimé trouver l'entrée de ces mystérieuses galeries de lutins. Elle n'avait jamais réussi à en apercevoir un seul. Mais son père lui avait expliqué qu'ils n'aimaient pas être vus par les humains. C'était bien dommage.

Prise d'une inspiration soudaine, elle dit :

— Peut-être que les lutins vont nous protéger contre les Prussiens !

3

Tandis qu'ailleurs la guerre déroulait son triste cortège d'événements tragiques, la vie continuait dans la vallée du Cher. Après le 1er janvier 1871, le flot des réfugiés s'était tari.

Les Ménétrier avaient pris l'habitude de rajouter un couvert vide, le soir, en prévision du passage d'un malheureux. A plusieurs reprises, la maison accueillit des inconnus, ravis de trouver le gîte et le repas après une marche pénible sur les sentiers couverts de neige gelée, impitoyable pour les souliers usés. Beaucoup allaient en sabots, quand ce n'était pas les pieds nus, enveloppés dans des chiffons. Sylvine contemplait avec inquiétude ces gens aux yeux fiévreux et aux joues creusées par la fatigue et la faim, qui parlaient parfois une langue difficilement compréhensible parce qu'ils étaient originaires d'une autre région. Elle se demandait si sa propre famille serait obligée de quitter ainsi la Sauvagine pour errer sur les routes froides et venteuses. Les inconnus repartaient au petit matin, nantis d'une besace remplie de nourriture, et quittaient le logis après de grands mercis. Les larmes que la fillette apercevait dans les yeux de beaucoup n'étaient pas dues au froid.

Cependant, les nouvelles n'étaient plus aussi angoissantes, tout au moins pour les habitants de la vallée. Les armées ennemies ne menaçaient plus directement la région, mais on disait que les Parisiens subissaient un bombardement meurtrier de la part de l'artillerie allemande. On parlait aussi d'une affiche rouge, placardée sur les murs de la capitale, qui incitait à déclarer la Commune, par référence aux communes libres du Moyen Age. Les Parisiens refusaient l'attitude défaitiste du gouvernement d'Adolphe Thiers et envisageaient de poursuivre le combat. Les cent quarante signataires proposaient de rationner gratuitement la nourriture et de lancer une attaque d'envergure, menée par le peuple même de Paris.

En entendant ces nouvelles, Pierre soupira :

— Voilà ce que veut combattre Thiers. Il redoute un développement du mouvement socialiste. Je crains que les malheureux Parisiens, après avoir subi les bombardements prussiens, ne doivent affronter également les militaires français.

— Vous croyez vraiment, monsieur ? demanda le visiteur qui venait d'échouer sur l'un des bancs de la cuisine, emmitouflé dans un épais manteau.

Pierre l'avait invité à prendre place près de la cheminée pour réchauffer ses membres gelés.

— J'ai vu ce qui s'est passé en 48. J'étais à Paris alors.

De partout ne parvenaient que des annonces d'échecs français. Une grande armée, commandée par le général Bourbaki, avait tenté, en vain, de dégager Belfort assiégée. On disait vaguement que les Français avaient remporté quelques victoires dans le nord de la France, à Bapaume et à Villersexel, mais c'était bien insuffisant pour inquiéter les Prussiens.

Fort de ses succès militaires, le 18 janvier 1871, le chancelier Bismarck infligea un cuisant camouflet aux Français en faisant couronner Guillaume Ier au château de Versailles. Furieux, les Parisiens effectuèrent dès le lendemain une sortie vers l'ouest. Près de quatre mille d'entre eux furent tués ou blessés à Buzenval. Dans le nord, la défaite de Saint-Quentin amena dix mille prisonniers français à rejoindre l'Allemagne.

Sylvine écoutait ces nouvelles avec gravité. Elle ne connaissait du monde que la vallée du Cher, qui s'étendait depuis l'endroit où le soleil se levait pour se diriger vers celui où il se couchait. Elle n'avait jamais dépassé Selles-sur-Cher, vers l'est, et Montrichard vers l'ouest. Elle savait qu'il existait d'autres villes, bien plus loin, comme Tours, la grande cité située au-delà de Montrichard, en un lieu où le Cher rejoignait le fleuve Loire, qui était encore plus large que lui. Au nord, une petite route cahoteuse menait jusqu'à Blois, en passant par des villages aux noms chargés de mystère comme Pont-Levoye et Sambin. Quant au sud du Cher, elle n'avait traversé qu'une fois le vieux pont qui, à Montrichard, amenait sur l'autre rive marécageuse. Celle-ci s'étendait jusqu'à des collines s'élevant en pentes douces, couvertes de vignes, d'arbres fruitiers et de champs de fèves qui avaient valu son nom au village : Faverolles. Au-delà, la route allait jusqu'à Loches. Le roi Louis XI y avait autrefois son château où, disait-on, il enfermait ses prisonniers dans des cages de fer trop petites pour se tenir debout.

Mais cela, c'était déjà l'étranger. Alors, comment imaginer ce qui se passait encore plus loin ? La guerre, les menaces qui pesaient sur la vallée tranquille semblaient d'autant plus effrayantes à Sylvine qu'elle n'en connaissait les effets qu'au travers des récits de ces gens hagards que la misère échouait sur le pas de la Sauvagine. Il lui semblait qu'au loin le pays sombrait lentement dans un chaos effrayant, qui progressait peu à peu vers Bourré et leur maison. Pourtant, on n'avait vu aucun soldat prussien dans la vallée. On disait qu'ils passaient plus au nord, dans la région de Blois. Alors, le travail continuait et on essayait de ne pas trop penser à ces hordes dévastatrices.

Il fallait beaucoup de pierres de tuffeau pour relever ce que la guerre avait détruit. Aussi Pierre travaillait-il d'arrache-pied dans les cavernes calcaires qui couraient sous la colline dominant le Cher sur la rive nord. Sylvine l'accompagnait souvent. Elle aimait l'atmosphère de ces galeries ténébreuses, qui s'ouvraient sur une nuit que venait seulement troubler la clarté jaunâtre des lampes à essence ou à acétylène qu'utilisaient les carriers. Ici, on disait les *perriers*.

Le travail des champs étant considérablement ralenti en cette période, Pierre se rendait dans les caves presque tous les matins, de bonne heure, et en rentrait vers midi. Alors qu'il faisait encore nuit, il hissait Sylvine sur l'encolure de Fidèle et la fillette, engoncée dans un épais manteau, frissonnait de plaisir de sentir sous ses fesses les muscles puissants de la monture, qui obéissait docilement aux commandements de son père. Elle lui avait fait promettre de lui apprendre à monter quand elle serait un peu plus grande, et il avait accepté.

L'entrée des *perrières*, située à mi-pente de la colline, n'avait rien de remarquable. Elle ressemblait à n'importe quelle entrée de cave, et était tout juste assez large pour laisser passer une carriole tirée par un cheval. Du lierre dégringolait en cascade de part et d'autre.

Une centaine de *perriers*, qu'on appelait aussi les gueules blanches, travaillaient régulièrement dans les caves. Les indigènes, comme Pierre, cultivaient également la vigne, le blé et l'avoine. Pour d'autres au contraire, l'extraction de la pierre constituait un métier à temps plein. Certains venaient même de loin, sûrs de trouver là un emploi et le gîte. Ces gens-là n'habitaient pas en ville, mais demeuraient sur place. La falaise se creusait d'innombrables petites maisons troglodytiques comportant une ou deux pièces où ils pouvaient loger l'hiver avec leur famille. Ils travaillaient jusqu'à seize heures par jour, aidés par leurs femmes et leurs enfants. Ces derniers contribuaient au travail de leurs aînés en dégageant les déchets résultant de la taille. Ils aimaient aussi imiter leurs pères et découpaient dans la roche tendre de petits blocs de pierre avec lesquels ils construisaient des maisons miniatures. Le soir, chaque famille se réunissait dans le *veillot* – la chambre taillée dans la pierre – autour de la cheminée, dont le conduit s'élevait dans la falaise, pour écouter les anciens narrer quelque légende.

Les autres arrivaient chaque matin avant le lever du soleil. Monté sur Fidèle, Pierre tenait Sylvine contre lui, et la petite n'était pas peu fière d'accompagner ainsi son père dans ce lieu si étrange. Ils laissaient le cheval à l'entrée, sous l'auvent naturel d'un surplomb de la colline. Pierre allumait sa lampe à acétylène et entraînait Sylvine dans les entrailles de la terre. Une odeur d'humidité et de salpêtre pénétrait aussitôt les narines, tandis que leurs ombres fantomatiques couraient sur les murs. Très vite, toute verdure disparaissait et, quelques dizaines de mètres plus loin, la galerie d'entrée se séparait en plusieurs embranchements. Dans les caves proches de la sortie vivaient toutes sortes d'animaux : chauves-souris, hirondelles, chouettes effraies, mésanges charbonnières, rouges-queues et roitelets des murailles.

Dotée d'un étonnant sens de l'orientation, Sylvine n'avait pas été longue à se repérer dans l'impressionnant labyrinthe souterrain. Dès la deuxième visite, elle avait indiqué à son père le chemin qu'ils avaient emprunté la veille pour rejoindre « l'atelier ». Stupéfait, Pierre s'était laissé guider et la petite l'avait mené sans coup férir jusqu'à son lieu de travail. Depuis, leur complicité s'était encore renforcée et Pierre aimait l'avoir à ses côtés. Juliette s'était un peu inquiétée de cette passion pour les pierres manifestée par sa fille, mais elle rentrait des *perrières* avec un visage épanoui. Elle n'avait pas voulu contrarier cet engouement. Et puis, cela lui faisait un enfant de moins à surveiller.

Aussi, depuis près de six mois, Sylvine accompagnait-elle Pierre dans les caves. La petite y rencontrait des personnages étonnants. Roger Bellavoine, l'assistant de Pierre, était un paysan de Bourré, au parler rocailleux, pas toujours compréhensible. Pierre parlait avec lui le patois de la vallée, qu'il tentait d'éviter à ses enfants, auxquels il enseignait la langue française telle qu'il l'avait étudiée autrefois à Paris.

Sylvine aimait bien Roger. Selon la coutume locale, il portait un surnom. Le sien était « Champ-d'Avoine », probablement à cause de son nom. Une épaisse moustache jaunie par le pétun barrait son visage, et sa bouffarde semblait faire partie intégrante de sa bouche. Elle passait, selon l'humeur de son propriétaire, d'un côté à l'autre, déformant encore une élocution qu'il avait laborieuse. Coiffé d'une casquette qui venait prendre appui sur des sourcils broussailleux et grisonnants, il saluait toujours son patron d'un « monsieur Pierre » respectueux. Le plus souvent, il arrivait le premier afin de préparer les outils. Brave homme, dur au labeur, il avait toutefois tendance à chérir la dive bouteille au-delà du raisonnable. Son *barricot* de cinq litres de *terras*, un vin léger local, ne lui faisait pas la journée. Mais en cela, il n'était pas le seul. Chaque gueule blanche recevait cette quantité de vin par jour.

L'exploitation des caves *perrières* avait commencé sous l'Antiquité et, au fil des siècles, de nombreuses maisons troglodytiques avaient été creusées dans la falaise qui longeait la rive nord du Cher. Pendant longtemps cependant, l'extraction des pierres s'était limitée aux besoins locaux. Puis elle s'était développée au XVIe siècle, à l'époque où François Ier avait été séduit par la lumière et les forêts giboyeuses du Val de Loire. Des dizaines de châteaux avaient été érigés dans la région, et notamment le plus prestigieux de tous : Chambord. Le tuffeau blanc de Bourré, pratiquement dépourvu de défauts, avait quitté les entrailles de la terre, où il dormait depuis des dizaines de millions d'années, pour abriter les hommes. L'exploitation s'était poursuivie bien après la construction des palais ligériens. Les belles demeures du Val de Loire étaient, elles aussi, bâties dans cette roche noble, solide et facile à travailler. La plus modeste des cabanes de vigneron pouvait s'enorgueillir d'être construite dans la même pierre que les châteaux.

Les galeries avaient deux mètres de hauteur pour un peu plus en largeur. De curieuses ornières marquaient le sol, laissées par les roues du chariot qui transportait les pierres à l'extérieur en suivant toujours le même chemin.

D'autres *perriers* travaillaient dans les caves proches. Sylvine connaissait certains d'entre eux, comme Boit-sans-Peur et la Grenouille, qui venaient souvent à la maison. Tous ces hommes se désignaient entre eux par leur sobriquet, leur « sornette ». On rencontrait ainsi un « Papotiau » (le bavard), un « Cul-de-Bois », qui passait beaucoup de temps sur un tabouret en laissant travailler les autres, un « Chiendebout », à cause de sa propension à aboyer après tout un chacun, et un « Bouse-de-Vache », nommé ainsi en raison de sa fâcherie irrémédiable avec l'eau, responsable de l'odeur redoutable qu'il répandait autour de lui. Ludovic Quintin souffrait de problèmes intestinaux qui lui provoquaient des vents sonores et lui avaient valu le surnom de « Trompette ». Sylvine aimait aussi beaucoup le transporteur de pierre. Fulgence Levasseur était surnommé « Fuful Pisse-à-Plat » parce qu'il peinait à uriner.

Ce matin-là, en arrivant à la *perrière*, un homme se tenait à l'entrée, à qui Pierre adressa un salut sans chaleur, auquel l'autre répondit à peine.

— C'est qui ? demanda-t-elle lorsqu'ils eurent pénétré dans les galeries.

— Mon frère Raoul, répondit Pierre à voix basse. On ne s'entend pas très bien.

Sylvine comprit qu'il n'avait pas tellement envie d'en parler. Cependant, il ajouta :

— C'est un peu à cause de mon père, qui nous a dressés l'un contre l'autre. Raoul n'est pas un bon caractère. On ne sait jamais s'il est de bonne humeur ou non.

Ils poursuivirent leur chemin dans la galerie uniquement éclairée par la lampe à acétylène que Pierre avait allumée à l'entrée. Tenant la main de son père, Sylvine contemplait sans frayeur ces cavernes sombres qui s'ouvraient à droite et à gauche, constituant un dédale impressionnant. Parfois, un puits sans fond plongeait dans les ténèbres. Ailleurs, une descente en pente douce rejoignait un réseau inférieur. Pierre lui avait expliqué que les caves s'étageaient ainsi jusqu'au niveau des eaux. Mais c'était dans les galeries supérieures que l'on trouvait le tuffeau le plus beau, cette pierre blanche qui avait servi à la construction des châteaux des rois de l'ancien temps. Sylvine savait ce qu'était un château. Les ruines de l'un d'eux dominaient Montrichard. Son père lui avait parlé des seigneurs et des chevaliers qui logeaient là autrefois.

Des déchets de taille avaient été entassés à l'écart afin de ne pas gêner le passage des roues. Les parois de la galerie portaient les traces des pics, parfois des saignées creusées par les moyeux de la charrette de Fuful et de ses prédécesseurs. On y trouvait aussi des inscriptions de toutes natures, gravées par les *perriers* ou par les hommes qui, au fil des siècles, avaient cherché refuge dans ce dédale. Les carriers utilisaient les surfaces blanches pour faire leurs calculs après le découpage d'un banc. Mais on rencontrait également les traces de prisonniers évadés. Sylvine avait très vite noté ces marques, qui l'avaient aidée à mémoriser son chemin. Ainsi avait-elle retrouvé l'atelier de son père la deuxième fois qu'elle était revenue sur les lieux. Dotée d'une mémoire extraordinaire et d'un sens remarquable de l'orientation, elle n'avait aucune difficulté à se repérer dans les galeries.

Dans un conduit d'aération au plafond si bas que les hommes étaient contraints de se baisser, elle avait découvert une gravure faite au crayon bleu et rouge. Elle représentait un hussard. Le vieux Fuful lui avait alors raconté l'origine de ce dessin curieux.

« On dit qu'à l'époque où l'empereur Napoléon Ier fut vaincu, des soldats désertèrent et se réfugièrent ici, dans les caves de Bourré. Ce sont eux qui ont fait ces dessins. Il y en a d'autres. Ils se sont cachés des gendarmes qui les recherchaient. Pour survivre, on dit même qu'ils ont mangé leurs chevaux. Mais ils ont réussi à échapper à la maréchaussée, et ils sont restés. Certains ont épousé des filles du pays. Dame, ils avaient même pas vingt ans ! »

L'atelier était une galerie en cul-de-sac, large de quatre mètres, haute de deux mètres cinquante environ. De cette surface, on pouvait extraire jusqu'à six bancs de soixante-dix centimètres de large, au rythme de deux par jour.

Avant de se mettre au travail, on plantait une petite planchette, la *piquette*, dans la *craquette*, un petit trou creusé dans la paroi, puis on y déposait la lampe à acétylène.

Sylvine s'asseyait dans un coin et observait son père. Pierre commençait, à l'aide de son crayon, par dessiner le contour du banc qu'il allait extraire. Puis, à l'aide d'un pic – mais ici, on disait *une* pique –, il creusait une saignée verticale appelée *tranche*, en commençant par le bas, sur trente à quarante centimètres de profondeur. Les outils, en acier, étaient très lourds. Sylvine avait essayé de les soulever, par curiosité. Elle avait à peine réussi à les bouger. Aussi était-elle pleine d'admiration pour ce père qui les maniait avec une telle aisance. La lumière de la lampe permettait d'évaluer l'aplomb et la rectitude de la tranche. La saignée devait être faite d'une manière parfaitement perpendiculaire. De temps à autre, Champ-d'Avoine prenait le relais afin de permettre à Pierre de souffler un peu.

On commençait à creuser par le bas. Mais, arrivé à une certaine hauteur, il devenait impossible de poursuivre. On dressait alors le *chaberdacle*, une sorte d'échafaudage constitué de poutres posées sur une échelle adossée à la paroi et prenant appui sur des pierres, qui permettait d'atteindre le banc jusqu'au plafond.

Lorsque la tranche était achevée, on attaquait la *découverture*, la saignée pratiquée en haut du banc. On utilisait alors une pique à *découvrir*, dont les lames étaient moins recourbées afin de ne pas être gêné par le plafond. La saignée du bas, le *sourchet*, nécessitait également une pique particulière, dite pique à *sourchever*. Les déchets résultant des saignées s'appelaient les *chapins*, ou la *vidange*. On les utilisait pour recouvrir les routes et les chemins de halage. Sylvine surveillait avec attention ces *chapins*, afin de sélectionner les pierres les plus grosses, qu'elle plaçait à l'écart. Elles serviraient pour le lit destiné à amortir la chute du bloc. La petite apportait à cette tâche la plus grande conscience, heureuse de pouvoir participer activement au travail des hommes.

La dernière saignée portait le nom d'*encoignure*. C'était la partie la plus délicate, car lorsqu'elle devenait assez profonde, le banc pouvait se détacher d'un coup et écraser les carriers. Mais ceux-ci connaissaient leur travail. Sylvine savait que la fin de l'extraction approchait lorsque son père prenait une pique particulière appelée *bordelaise*, dont la lame remontait un peu pour lui permettre d'atteindre le haut de la saignée. Champ-d'Avoine disposait alors le lit de *chapins* sur toute la longueur qu'allait occuper le banc. Plus on s'éloignait de la paroi, plus le lit était épais, afin d'empêcher que le bloc ne se brisât. Sylvine apportait fièrement les pierres qu'elle avait collectées, et le bonhomme les plantait solidement dans la pierraille, les plus petits devant, les plus grands derrière. La chute du banc était imminente. Ces pierres, hautes d'une quarantaine de centimètres, portaient le nom de *gendarmes*. Les relations entre les *perriers* et l'autorité n'étaient guère chaleureuses. Profitant du labyrinthe des caves, certaines gueules blanches fabriquaient, dans la plus parfaite clandestinité, un alcool interdit à base de prunelle et de vin, appelé « pousse d'épine ». Régulièrement, la maréchaussée venait rôder aux alentours des grottes d'où émanait une odeur caractéristique. Mais il était si facile de s'y perdre que les gendarmes n'osaient pas s'y aventurer, sachant que les carriers feraient tout pour les égarer. Aussi se contentaient-ils de multiplier les rondes et de harceler les indigènes. En représailles, les carriers écrasaient une cinquantaine de *gendarmes* à chaque fois qu'un bloc tombait. Ce qui consolait de bien des choses.

Pour détacher le banc, Pierre se munissait d'une dizaine de coins en bois très dur qu'il plaçait à intervalles réguliers tout au long de l'encoignure. Puis, à l'aide d'une masse, en commençant par le haut, il les enfonçait en assenant un coup unique sur chaque coin, afin que la pénétration se fît avec régularité. Lorsqu'il arrivait en bas, il recommençait.

C'était le moment le plus angoissant, car le bloc pouvait tomber d'un instant à l'autre. Sylvine avait interdiction de s'approcher, mais il était inutile de le lui rappeler. A chaque coup sourd, elle s'attendait à voir l'énorme masse basculer dans un craquement impressionnant. Aussi ce moment provoquait-il chez elle un mélange de peur et d'excitation. Parfois, son père s'arrêtait de frapper. Il tendait l'oreille, écoutait la pierre. Lorsqu'il estimait que le bloc était sur le point de se détacher, il saisissait une longue perche de bois d'acacia qu'il plaçait au sommet de l'encoignure. L'utilisant comme levier, il pesait de toutes ses forces pour aider le banc à s'arracher de la paroi.

Soudain, le banc tombait sur le lit de vidange, pulvérisant les *gendarmes*. Un épais nuage de poussière s'élevait dans la galerie, faisant tousser tout le monde de belle manière. Le banc pesait près d'une tonne. On se penchait ensuite avec angoisse sur lui, par crainte qu'il ne se fût brisé dans la chute. Sylvine poussait un cri de triomphe lorsqu'elle voyait que le bloc était resté entier.

Cependant, le travail était loin d'être terminé. Il fallait encore découper le banc. Du côté de l'encoignure, il n'était pas d'équerre ; on utilisait alors un marteau à *esmiller*, au manche court, qui ressemblait un peu à une hache. Puis, à l'aide du crayon, on délimitait les blocs. A l'aide d'une pique, on creusait une petite rainure, dans laquelle on enfonçait perpendiculairement des coins de fer qui séparaient les différents blocs. Selon leur taille, ceux-ci portaient des noms différents : la *douelle* faisait la largeur du banc, soit soixante-dix centimètres. Les *gros* mesuraient une douelle et demie. Mais on rencontrait aussi le petit et le grand *boulot*, de taille inférieure. Parfois apparaissaient des blocs de dimensions inhabituelles. On les surnommait les *bédouins*.

On découpait ensuite le bloc à l'aide d'une grande scie appelée *crocodile.* Après cette tâche, il restait à boucharder les surfaces irrégulières de chaque bloc. Ceux-ci étaient enfin prêts à quitter les caves. Fuful le roulier savait toujours à quel moment les *perriers* avaient terminé le travail. Il savait aussi quel type de bloc il pouvait trouver auprès de chacun d'eux, car c'était lui qui transmettait les commandes passées par les clients.

On entendait arriver sa carriole aux essieux grinçants. A l'aide du marteau à *esmiller*, Pierre dégageait une surface plane sur la paroi et traçait un tableau dans lequel il notait son nom, la date d'extraction, le nom et le nombre des différents blocs issus du banc qu'il venait d'extraire. A chacun était attribué un numéro. En cas de défaut, on pouvait ainsi retrouver le carrier responsable. Cette pratique permettait aussi de savoir quel salaire verser à chacun.

Une fois le tableau complété, on chargeait les blocs sur la charrette tirée par un cheval puissant et docile, dont on masquait un œil avec un tissu noir à la sortie afin de lui éviter d'être ébloui par le soleil. On alternait toutes les semaines, et cette précaution l'empêchait de devenir aveugle, comme c'était trop souvent le cas pour les chevaux travaillant dans les mines. Les blocs étaient ensuite acheminés jusqu'au port où on les chargeait sur des gabarres.

Les *chapins* recelaient parfois des choses étranges qui fascinaient Sylvine. Les carriers les appelaient des *chenards*, et rouspétaient lorsqu'ils en découvraient dans les murs de leurs maisons troglodytiques. Mais la fillette les trouvait beaux. Il y en avait de toutes formes, depuis les coquillages bivalves jusqu'à d'énormes escargots de pierre, en passant par des moules, des huîtres ou des oursins. Elle s'était constitué une collection qu'elle entassait avec fierté dans sa chambre. Mais une question la taraudait : comment ces animaux – qui vivaient dans l'eau – avaient-ils pu arriver au cœur de la pierre ? Elle avait posé la question à son père, mais sa réponse en avait soulevé de nouvelles.

« Ce ne sont pas des escargots. Les savants les appellent ammonites. J'en ai déjà rencontré au cours de mes voyages. Ces animaux vivaient dans la mer.

— Il n'y a pas la mer à Bourré !

— Il n'y a plus de mer aujourd'hui. Mais peut-être a-t-elle recouvert ce pays il y a très longtemps. Ces ammonites y ont vécu, et lorsqu'elles sont mortes, elles sont tombées dans le fond et se sont enfouies dans le sol. Avec le temps, la mer a disparu, mais les coquillages sont restés. »

Le soir, recrue de fatigue, Sylvine s'endormait en rêvant de cette mer mythique. Elle savait ce qu'était une mer. Pierre lui avait montré des livres qui en parlaient. Mais imaginer une mer ici, à Bourré, alors que tout autour s'étendait la vallée...

4

Tout au long du mois de janvier 1871, de nouvelles rumeurs parvinrent à Bourré, souvent contradictoires. Parfois, on disait que les Prussiens approchaient, parfois qu'ils s'éloignaient.

Début février, on apprit que la paix avait été signée avec Bismarck. Le 8, les élections amenèrent le triomphe des monarchistes. Le 12 était élu un gouvernement qui fut baptisé « gouvernement des capitulards » par les Parisiens. L'Assemblée, réunie à Bordeaux, nomma Thiers chef du pouvoir exécutif. Amer, Pierre estima que cette nomination n'augurait rien de bon.

— Thiers va tuer la République, dit-il à Juliette. Trois révolutions n'y ont rien fait. Les nobles et les riches veulent conserver leurs privilèges sur le dos du peuple. Pour commencer, ils vont nous faire payer la dette de guerre à l'Allemagne. Et ils écraseront toute révolte.

Peu à peu, après un hiver particulièrement rude, le printemps revint. Un printemps maussade, pluvieux, nourri de la fonte des glaces et des neiges. Un ciel gris et bas pesait sur la vallée. Un ciel à l'image du pays dévasté par la guerre. La paix avait été signée, mais les Prussiens étaient restés. Ils resteraient jusqu'à ce que la dette de la France fût entièrement versée. Cinq milliards de francs or. A la tête du gouvernement, Adolphe Thiers multipliait les mesures destinées à collecter le plus d'argent possible. Les impôts furent augmentés, qui pesaient essentiellement sur les plus pauvres. Mais on emprunta également à la Banque d'Angleterre.

Cependant, des rumeurs affirmaient que Paris avait refusé de se rendre et luttait à présent contre ceux que l'on appelait désormais les versaillais, parce que Thiers avait établi ses quartiers dans la ville du Roi-Soleil. Les journaux favorables au gouvernement – les seuls disponibles, les autres ayant été supprimés par la censure – affirmaient que la capitale était tombée aux mains de dangereux anarchistes qui assassinaient les honnêtes citoyens.

En cette soirée d'avril, installés à la terrasse d'un café de Bourré, quelques hommes discutaient avec passion les dernières informations livrées par le *Petit Journal*. On y évoquait des massacres de prêtres, ce qui provoquait une vive émotion. Cependant, Pierre demeurait sceptique.

— Ne croyez pas tout ce qui est écrit, disait-il. La presse est contrôlée par le gouvernement. Sous l'Empire, les journaux étaient soumis aux « avertissements ». Il n'y a pas de raison que cela ait changé avec Thiers.

— En attendant, riposta un vieux paysan, Thiers nous a ramené la paix.

— A quel prix ! Les Parisiens se battent pour votre liberté et vous les considérez comme des criminels ! Vous verrez que Thiers et sa clique vont rétablir la monarchie.

— Tu te trompes ! Thiers a reconnu la République, répliqua le grand Anselme Pigaud.

— Ça n'a rien de définitif. Il a précisé que la forme du régime sera décidée après la réorganisation du pays.

— Les communards sont des bandits et des assassins !

explosa le vieux père Trichardeau. Ils ont massacré le général Lecomte qui avait reçu l'ordre de reprendre les canons de la garde nationale. Ils viennent de prononcer la séparation de l'Eglise et de l'Etat. Ils ont massacré des prêtres. Malgré ça, tu oses les soutenir ?

— Parfaitement ! Vous croyez stupidement tout ce qui est écrit dans ce journal sans vous demander s'il s'agit de la vérité. C'est seulement celle de monsieur Thiers ! Il est possible qu'il y ait eu quelques massacres. Mais on ne dit pas pourquoi, ni combien de Parisiens ont été tués par les versaillais !

— Les Parisiens sont des criminels ! s'obstina le père Trichardeau.

— Vous ne connaissez pas Paris ! Moi, si ! J'ai vu ce qui s'est passé en juin 48, lorsque la troupe a tiré sur la foule où il y avait des femmes et des enfants. Des gens dont le seul tort était de crever de faim !

— Nous aussi, on crève de faim !

Pierre se leva, furieux.

— La faim, vous ne savez même pas ce que c'est ! Et puis, vous me fatiguez !

Il s'éloigna.

Un grand type, assis à l'écart, engoncé dans une grosse veste de toile grise, une casquette vissée sur son crâne dégarni, la face barrée par une moustache sale, l'apostropha d'une voix lente.

— Tu peux parler, toi. T'es pas le plus à plaindre. On peut se demander ce que t'as trafiqué pendant toutes ces années. Ton père ne possède même pas le trou où il habite dans la falaise, mais toi, tu reviens avec une fortune dont on ne sait pas d'où elle sort.

Pierre, qui s'apprêtait à quitter l'auberge, suivi par ses amis, fit volte-face.

— Qu'y a-t-il, Clusot ? Me soupçonnerais-tu d'être un bandit ? Cet argent, je l'ai gagné honnêtement !

— Va savoir, riposta l'autre sur un ton de défi.

— As-tu vu les gendarmes chez moi depuis que je suis revenu ? Cette fortune, je la dois à mon travail.

— Ah oui ? Quel genre de travail ?

— Du genre que tu serais incapable de faire, pauvre imbécile !

L'autre, qui n'attendait que ça, se leva d'un bloc et ôta sa casquette d'un air méchant, dévoilant un crâne chauve. C'était un homme bâti en force, presque aussi grand que Pierre, qui avait la réputation d'aimer cogner. Bûcheron de son état, il passait le plus clair de son temps dans les forêts de Montrichard ou d'Amboise. Mais Pierre n'était pas homme à se laisser impressionner.

— Répète un peu ce que tu viens de dire ! hurla Clusot.

— D'accord, on va s'expliquer entre hommes. Mais pas ici. Il y a des enfants.

Joignant le geste à la parole, il s'éloigna. Mais l'autre ne l'entendait pas de cette oreille. Il le crocheta par le bras et l'obligea à se retourner. Pris par surprise, Pierre encaissa un maître coup de poing dans la mâchoire et bascula sur le sol. L'instant d'après, l'autre bondissait sur lui, bien décidé à affirmer sa suprématie. Mais il en fallait plus pour impressionner Ménétrier. Roulant sur lui-même, il esquiva l'attaque, se redressa et se mit en garde. Tandis que clients de l'auberge et badauds faisaient le cercle, les deux hommes se lancèrent dans un affrontement violent. Cependant, très vite, il apparut que Clusot avait présumé de ses forces. S'il possédait la puissance, Pierre bénéficiait d'une technique nettement supérieure. Le bûcheron frappait sans discernement et ne rencontrait bien souvent que le vide, alors que les coups de son adversaire, précis et fulgurants, le touchaient presque à chaque fois. Bientôt, malgré sa résistance, Clusot finit par s'effondrer, le visage ensanglanté.

La crête basse, les partisans du bûcheron rentrèrent dans l'auberge en emportant leur champion défait. Au moment où il passait devant lui, Pierre lui dit :

— C'est toi qui m'as cherché, Clusot. Je ne voulais pas de cette bagarre.

L'autre releva vers lui des yeux à demi fermés et gronda d'une voix sourde :

— Crois pas que tu t'en tireras comme ça, Ménétrier ! Un jour, tu me le paieras !

Furieux, Pierre le prit à la gorge, le fixa dans les yeux et répliqua sur le même ton :

— Alors, arrange-toi pour ne pas me louper ! Parce que tu ne pourrais pas t'y reprendre à deux fois !

Puis, suivi de ses compagnons, il prit le chemin de la Sauvagine, la lèvre sanguinolente et un œil tuméfié. Lorsqu'elle le vit arriver, Juliette poussa un cri de stupeur.

— Pierre ! Que s'est-il passé ?

Il tenta de la rassurer d'un sourire, mais sa mâchoire restait douloureuse.

— Rien de bien grave. Une petite altercation au sujet de la politique.

Effrayée, Sylvine contemplait le visage de son père marqué par les coups. Elle pensa aussitôt qu'il avait été battu, mais Boit-sans-Peur s'exclama :

— C'est le grand Clusot, le bûcheron, qui lui a cherché des noises ! Il est pas près de recommencer. Pierre lui a flanqué une de ces raclées !

Mais la victoire de son époux ne satisfaisait pas Juliette, qui se mit à grogner tout en faisant bouillir de l'eau pour laver ses plaies.

— C'est lui qui m'a provoqué, plaida Pierre.

— Ouais ! Mais tu n'as pas cherché à éviter la bagarre. Un jour, ça finira mal, mon Pierre.

— J'ai affronté des types bien plus terribles que lui, répondit-il doucement.

Juliette fit un peu grise mine, mais, au fond d'elle-même, elle était fière d'avoir épousé un homme qui savait se défendre lorsqu'on le cherchait. Elle savait que Pierre n'aimait pas la violence et n'y avait recours qu'en dernier ressort. Cette bagarre ne l'inquiétait pas outre mesure.

Les jours suivants, elle sentit pourtant planer autour d'eux une véritable hostilité de la part de certains habitants du village. Nombreux étaient ceux qui, habilement influencés par la lecture des journaux et par les nouvelles déformées, estimaient qu'un retour à la monarchie serait une bonne chose. Dans ce milieu paysan soumis à la domination d'une Eglise toute-puissante, on n'avait pas l'habitude de remettre en question la hiérarchie sociale établie depuis des siècles, et à laquelle trois révolutions n'avaient pas apporté beaucoup de changements. A de rares exceptions près, les terres appartenaient à de grands propriétaires, nobles ou riches bourgeois, qui imposaient leur autorité à des hommes et des femmes dont très peu savaient lire. Les écoles fondées par la loi Guizot en 1833 n'étaient pas obligatoires et, bien qu'elles fussent gratuites pour les plus pauvres, seulement un tiers des garçons en bénéficiaient. Quant aux filles, rien n'était prévu pour elles.

Dans ce monde rural, Pierre Ménétrier constituait une exception. Mais plutôt que de voir en lui un signe de réussite, et la preuve qu'il était possible de gravir les échelons de la société, beaucoup le considéraient comme un parvenu dont la richesse ne pouvait avoir que des origines douteuses. Un paysan devait se tenir à sa place. Pierre avait désobéi à son père et avait quitté le pays. Et puis, il ne parlait jamais de la manière dont il avait amassé cet étrange magot. N'était-ce pas la preuve qu'il devait avoir quelque chose de pas joli à cacher ?

Cependant, Pierre avait ses partisans, même parmi ceux qui avaient cru qu'il allait échouer dans son retour à la terre. Contre toute attente, il avait réussi à cultiver la vigne et produisait sans doute le meilleur vin de la région. Si cela provoquait l'envie des jaloux, ce succès lui valait aussi le respect et l'estime des autres.

Deux jours après l'altercation, le beau temps revint. Délaissant un peu l'extraction des *douelles* et autres *boulots*, Pierre se rendit dans ses vignes en compagnie de Lucien et de la petite Sylvine, que le travail des champs passionnait tout autant que les cavernes sombres. Parfois, quand il y avait trop de travail, deux saisonniers, Jacob et Rémy, venaient les aider.

A l'automne, après les vendanges, on avait *marré* la vigne. Le *marrage* consistait à recouvrir les pieds de terre jusqu'à la base du greffon. A l'aide d'une houe, on creusait un sillon entre deux rangées de ceps. Au printemps, il fallait *démarrer* la vigne, c'est-à-dire pratiquer l'opération inverse, après avoir épandu du fumier. Ensuite, Pierre s'occupait du greffage. Par précaution, il évitait de greffer trop tôt. Certains vignerons profitaient de quelques belles journées de mars ou de début avril. Malheureusement, il fallait alors craindre une recrudescence du froid, souvent fatale aux jeunes pousses.

Pierre, lui, patientait jusqu'à la fin avril et pratiquait le greffage au cours du mois de mai, voire jusqu'en juin. A ses côtés, Sylvine lui tendait les greffons un à un, attentive à chacun de ses gestes. Puis elle l'aidait à rabattre la terre sur le pied afin de le protéger.

Il fallait également tailler la vigne. Celle-ci ne portait ses grappes que sur les rameaux de l'année, issus du développement des bourgeons – ou yeux – de l'année précédente. Pour le gamay, cépage encore peu répandu dans la région, Pierre ne laissait que deux ou trois yeux sur chaque rameau.

« Cela s'appelle la taille "à courson", expliquait-il à Sylvine. Si je laisse plus de bourgeons, les grappes seront plus nombreuses, mais le raisin sera moins beau. Alors, j'en récolte moins, mais les grains sont plus gros et bien meilleurs parce qu'ils sont mieux nourris. »

En revanche, pour le cépage cabernet, il pratiquait la taille longue, et laissait de quatre à six yeux par rameau.

« Le cabernet porte plus de fruits au-delà du deuxième bourgeon, disait-il. Si je les coupe, la récolte sera mauvaise. »

Sylvine écoutait avec attention. Elle se sentait parfaitement heureuse. Le printemps revenu avait chassé les nuages et les frimas, et un soleil radieux inondait la vallée. Sur le Cher rampaient des écharpes de brume translucides éclaboussées d'une lumière blanche. C'est à peine si l'on devinait les maisons qui sommeillaient sur les rives, l'écluse et son barrage, les gabarres nonchalantes qui emportaient leur chargement vers un lointain dont elle ignorait tout et qui prenait à ses yeux une dimension magique. Les rayons rasants du soleil matinal dessinaient un jeu d'ombre et de lumière sur les ceps qui atteignaient presque sa taille.

Des odeurs de terre mouillée et de feuilles pénétraient les poumons de la fillette. Elle avait l'impression qu'une force invincible entrait en elle. Ses petits sabots – ses *bourbettes* – fermement plantés dans le sol inégal, elle en oubliait le danger qui planait sur la région.

Dans la matinée, la silhouette confortable de Francis Rochelet se profila dans le chemin longeant les vignes.

Sylvine courut à sa rencontre pour l'embrasser. Pierre le héla :

— Alors, curé, tu viens surveiller tes prochains canons ?

Francis prit Sylvine dans ses bras et s'approcha pour saluer Pierre et Lucien.

— J'ai rarement vu une vigne aussi bien entretenue ! déclara le prêtre en hochant la tête.

— Mais ce n'est pas pour me dire ça que tu es venu, n'est-ce pas ?

Francis déposa Sylvine et lui dit :

— J'ai cru voir un gros bateau sur le Cher en venant. Tu devrais aller y jeter un coup d'œil.

Intriguée, Sylvine s'éloigna en courant en direction de la lisière du champ.

— Je sais que tu t'es battu l'autre jour, dit le curé. Je suis venu t'avertir : le Roger Clusot, il n'a pas accepté son humiliation. Il dit partout qu'il va se venger.

— C'est des paroles de colère, ça. Ça lui passera.

— Méfie-toi ! Cet homme est une brute dangereuse. Il ne réfléchit pas plus loin que le bout de son nez. Je ne voudrais pas qu'il s'en prenne à ta famille. J'ai essayé de le raisonner, mais il s'est montré grossier.

Pierre pâlit.

— Qu'il ne s'approche pas, cet imbécile ! gronda-t-il.

Mais il ne put en dire plus. Sylvine revenait en courant.

— Il n'y a pas de gros bateau. Mais peut-être qu'il est derrière le brouillard !

— Ce doit être ça ! répondit le curé.

Dans les jours qui suivirent, Sylvine sentit que l'attitude de son père avait changé. Il multipliait les recommandations à Juliette avant de quitter la maison, revenait parfois dans la journée. Il ne lui en avait pas parlé, mais la petite se doutait que le curé lui avait dit quelque chose de désagréable. Peu à peu cependant, le travail des vignes et celui de la ferme chassèrent les inquiétudes de la fillette.

Jusqu'à un matin où, comme à son habitude, elle précédait Juliette sur le chemin menant au pré où l'on parquait les vaches à la belle saison. Bondissant joyeusement devant sa mère en compagnie d'Horus et d'Hathor, les deux chiens, elle fut la première à la lisière du pré. Elle s'aperçut immédiatement que quelque chose n'était pas normal. D'ordinaire, les vaches venaient à sa rencontre pour quêter une caresse. Ce matin, elles étaient allongées sur l'herbe humide de rosée, la tête étirée sur le sol dans une position bizarre. Saisie par l'angoisse, Sylvine se précipita vers elles et poussa un hurlement de terreur. Les pauvres bêtes avaient eu la gorge tranchée.

5

Les gendarmes n'eurent guère de difficultés à démasquer le coupable. Le bûcheron Roger Clusot, fier d'avoir égorgé les deux vaches de la Sauvagine, ne songea pas une seconde à dissimuler son exploit. Il s'en vanta même avec ostentation auprès des clients de l'auberge de Bourré, expliquant comment il avait gagné nuitamment la ferme dans l'intention de tuer le cheval de son ennemi. Mais « c'te saloperie d'animal » ne s'était pas laissé approcher. Il s'était donc rabattu sur les deux vaches qui, habituées à la présence humaine, n'avaient pas tenté de s'enfuir. Clusot ne se rendit pas compte que ses partisans s'écartaient de lui. Dans le milieu paysan, il n'était pas très bien vu de se venger sur les bêtes.

Lorsque la maréchaussée se présenta à la tanière douteuse qu'il habitait dans la forêt de Montrichard, il se mit en colère et les insulta, affirmant qu'il n'avait fait que se venger. Fort en gueule, mais d'esprit étroit, il refusa de suivre les gendarmes, allant jusqu'à frapper l'un d'eux. Ils durent se mettre à quatre pour maîtriser le forcené. Un jugement expéditif le condamna à six mois de prison pour avoir tué les deux vaches, auxquels vinrent s'ajouter trois années en raison des gendarmes molestés. L'un d'eux avait perdu trois dents dans l'affaire et n'appréciait guère la plaisanterie.

Ainsi Roger Clusot disparut-il de Bourré pour rejoindre les geôles de Blois. Cependant, si certains éprouvèrent de la compassion pour Pierre lorsque l'on apprit la mort de ses animaux, ses ennemis lui tinrent rigueur de la condamnation du bûcheron. Ce genre d'histoire devait se régler entre hommes, sans qu'il fût besoin de faire intervenir les gendarmes, personnages peu appréciés dans la vallée – comme partout ailleurs.

Pierre éprouva un véritable soulagement quand il apprit la condamnation de son adversaire. Nul ne savait ce dont un individu aussi fruste était capable. Il lui faudrait se méfier lorsqu'il serait libéré.

La Sauvagine, outre le vin, produisait également de l'avoine pour nourrir les animaux, et du blé dont on faisait du pain. On récoltait aussi les fruits d'un petit verger : pommes, poires, pêches, cerises, abricots, destinés à la consommation des occupants. Cependant, la production dépassait régulièrement les besoins, aussi Juliette vendait-elle le surplus au marché de Montrichard. Tandis qu'Amandine gardait les deux petits, Sylvine l'accompagnait.

Cette fois pourtant, ce n'était pas pour vendre des fruits que Juliette et Pierre se rendaient à la ville. Ils devaient acheter au moins une nouvelle vache pour fournir le lait à la maisonnée, et Pierre avait décidé de profiter de la foire. Celle-ci avait lieu trois fois par an, à Pâques, à la Pentecôte et le 11 novembre, date de la Saint-Martin.

De bon matin, Pierre avait attelé la voiture à l'un des chevaux de trait et on avait pris la route qui longeait le Cher vers l'aval, en direction de Montrichard. Pour Sylvine, c'était un grand événement. Dans sa courte vie, elle n'était allée qu'une seule fois dans cette ville pourtant proche. La voiture suivit le chantier du chemin de fer qui serait bientôt achevé. La décision de construire une voie ferrée reliant Nantes à Lyon avait été prise quatorze ans plus tôt, mais les travaux n'avaient débuté qu'en 1867. A Montrichard, il avait fallu creuser deux tunnels dont l'un atteignait près de 650 mètres de long pour passer sous la colline des Monts Garnis. Achevés depuis deux ans, ils allaient permettre l'inauguration prochaine de la ligne, qui ne comportait qu'une seule voie [1]. Ebahie, Sylvine contemplait le travail des ouvriers manipulant les machines étranges et monstrueuses qui déposaient de longs morceaux de métal luisant sur les traverses.

A l'entrée de la ville, on passa sous le pont nouvellement construit, sur lequel circuleraient les trains. Au-delà commençait la ville, dominée par les ruines de son château, et notamment le donjon, autrefois puissant, désormais envahi par les ronces et les mauvaises herbes, et offrant asile aux corbeaux et aux choucas. Sylvine écarquillait les yeux afin de tout voir. Une foule animée et bruyante flânait dans la rue principale. De chaque côté de la rue s'ouvraient des boutiques multipliant les sujets d'étonnement. Là, un boulanger avait installé deux chaises devant sa porte pour bavarder avec ses clients. Plus loin s'ouvrait l'étal d'une épicière, l'échoppe d'un tailleur, d'un cordonnier.

Droit devant se dressait l'hôtel de ville surmonté de son clocheton, offert à la ville en 1789 par le duc de Penthièvre. Les artères pavées faisaient résonner le claquement des sabots du cheval et le bruit des roues cerclées de fer. Pierre saluait l'un ou l'autre, hélait le maréchal-ferrant. La foire avait envahi chaque rue, chaque ruelle, s'étirant depuis

---

1. Une seconde voie serait construite en 1908 en raison de l'importance du trafic. Elle exigerait le doublement des tunnels de Montrichard.

l'hôtel de ville jusqu'aux anciennes douves du château, transformées en une rue large, le boulevard Philippe-Auguste, qui longeait le champ de foire où étaient parqués les animaux.

Ayant trouvé une place pour la voiture, Pierre entraîna Juliette et Sylvine au milieu des étals. Un joyeux brouhaha régnait sur les lieux, fait de cris, d'appels, d'interjections, de bruits de machines effrayantes. Une symphonie d'odeurs agressait les narines de la fillette qui, impressionnée, serrait très fort la main de sa mère. Outre les marchands de légumes, de fruits, les charcutiers, bouchers, tripiers traditionnels, on croisait des individus aux activités diverses. Près de sa petite voiture tirée par un grand chien muselé, un rémouleur affûtait couteaux, tranchoirs et lames de faux à l'aide d'une grande roue à inertie qui tournait très vite en produisant un sifflement inquiétant, auquel se mêlait le crissement aigu du métal sur la meule. Plus loin, installé à l'ombre tiède d'un arbre, un homme réparait assiettes, tasses et soupières. C'était le raccommodeur de porcelaine.

Face à lui, un individu à la voix de stentor se proposait d'arracher les dents douloureuses sans souffrance. Un groupe de badauds faisait le cercle autour de lui. Sur une chaise branlante était assis un homme aux vêtements rapiécés. L'arracheur, qui s'était pompeusement proclamé « dentiste », déclarait à l'envi qu'il allait extraire la dent récalcitrante de son client d'un seul coup de tenailles. Mais celui-ci ne souffrirait pas grâce à un baume de sa composition. Intrigués, Pierre et Juliette s'approchèrent, suivis par une Sylvine pas très rassurée. Sous les regards ébahis des curieux, le dentiste enfonça ses doigts dans la bouche de l'homme pour appliquer sa pommade. Puis, après une autre tirade destinée, disait-il, à laisser à l'onguent le temps d'agir, il écarta d'un geste déterminé la mâchoire du patient, saisit la dent malade avec une pince et, s'appuyant fermement sur le front du client, arracha l'objet d'un coup sec et précis. Sylvine poussa un cri de terreur, mais les badauds constatèrent avec surprise que le patient conservait le sourire. Cependant, il ne l'avait plus quand les Ménétrier le retrouvèrent, quelques instants plus tard, place du Commerce, appuyé contre l'arbre de la Liberté, un grand orme baptisé par les habitants le *grou t'ormiau*. L'homme crachait du sang. A Pierre qui s'inquiétait pour lui, il répondit :

— Le coup du sourire, c'était pour appâter le chaland, mon bon monsieur. Ce dentiste m'avait bien payé pour ça. Mais évitez-le ! Il m'a arraché la moitié de la tête.

Juliette faillit lui demander pourquoi il avait accepté un tel marché, mais la réponse était évidente : le malheureux avait ainsi gagné de quoi manger pour la journée. Emue, elle prit quelques sous et les glissa discrètement dans la main du malheureux qui la remercia avec un sourire ensanglanté.

Ils poursuivirent leur chemin en direction du champ de foire, situé de l'autre côté du boulevard Philippe-Auguste. Partout, des marchands ambulants proposaient de l'eau ou des boissons rafraîchissantes en hurlant :

— A la fraîche, coco, à la fraîche !

Un chiffonnier interpellait tout un chacun en criant :

— Peaux de lapin, peaux !

Un vendeur de papier d'Arménie et de pommades destinées à soigner les piqûres d'insectes côtoyait un bateleur qui faisait danser un ours apprivoisé mais muselé.

Tandis que Pierre s'était un peu écarté pour parler avec une connaissance, Juliette et Sylvine contemplaient les bijoux et colifichets proposés par des colporteurs. A côté, une grosse dame offrait des pommes cuites au four dont le parfum éveilla l'appétit de la petite. Devant le regard brillant de Sylvine, sa mère se dirigea vers la marchande. Tout à coup, un homme s'approcha d'elles. Il tenait, un peu plus loin, une échoppe remplie de babioles colorées. Avec un geste un peu trop familier, il caressa les cheveux de Sylvine. Tout comme sa mère, la fillette portait une magnifique chevelure auburn qui croulait en un flot soyeux sur ses épaules menues.

— Oh, ma bonne dame, dit l'homme, jamais je n'ai contemplé de cheveux plus fins et plus jolis. Croyez-moi, je peux vous en offrir un bon prix. Pour les vôtres aussi.

— Mais, monsieur...

— Ne dites pas non ! Cette petite n'en aura guère besoin puisqu'on va sur les beaux jours. A l'hiver prochain, ils auront repoussé. Vous allez faire une bonne affaire ! Regardez, venez voir !

Avant de lui laisser le temps de répondre, il la prit par l'épaule et l'entraîna vers son étal. Là, il lui vanta la qualité de différents objets, brimborions de métal peint, bijoux de pacotille.

— Allons, allons, insista-t-il. Je sais que la guerre fut rude et que bien des pauvres gens sont dans le besoin aujourd'hui. Je suis fournisseur des plus grands coiffeurs parisiens, ma bonne dame. Voyez ce collier, il est à vous en échange de cheveux qui ne demandent qu'à repousser. Savez-vous qu'il est très sain de les couper régulièrement ?

Agacée, Juliette le repoussa vivement et répliqua :

— Mais enfin, monsieur, je vous prie de me laisser tranquille ! Je n'ai pas envie de vendre mes cheveux, encore moins ceux de ma fille.

Malgré ses protestations, l'homme lui reprit le bras et tenta de l'amener dans son échoppe. L'instant d'après, il regretta son geste. Une poigne de fer s'abattit sur son épaule.

— Tu n'as pas compris, semble-t-il.

Pierre, ayant vu Juliette en difficulté, était intervenu. Le marchand de cheveux se retourna d'un bloc et se dégagea. D'un geste vif, il s'empara d'une paire de ciseaux et la pointa sur Pierre.

— Qu'est-ce que tu veux, toi ? gronda-t-il, agressif.

— Que tu laisses ma femme tranquille ! Je n'aime pas les individus dans ton genre !

— Et alors ? Je fais un métier honnête ! Je traite avec les plus grands coiffeurs parisiens. Je n'ai pas de leçons à recevoir d'un paysan crotté !

— Viens, Pierre, allons-nous-en ! supplia Juliette en entraînant Sylvine.

Attirés par le vacarme, les badauds s'attroupèrent. Pierre, qui n'avait pas digéré le « paysan crotté », pointa son doigt sur le marchand de cheveux.

— Tiens-toi tranquille, espèce de canaille ! Le paysan crotté pourrait bien te flanquer une bonne correction !

L'autre, impressionné par le regard noir de Pierre, recula, brandissant toujours ses ciseaux devant lui. Soudain, il buta contre une caisse et perdit l'équilibre. Basculant en arrière, il se raccrocha à un rideau dissimulant une sorte de cabine. Il s'écroula, flanqua son étal par terre dans un fracas d'objets. Le rideau se décrocha. Derrière, une femme en larmes était agenouillée, coiffée d'un bol en bois. Une mégère à mine patibulaire taillait sans scrupule dans sa chevelure abondante en suivant les contours du bol. Se voyant découverte, la matrone se tourna vers la foule :

— Qu'est-ce que vous avez à regarder comme ça ? C'est-y pas malheureux que les honnêtes gens puissent pas travailler en paix !

Empêtré dans son capharnaüm, le marchand de cheveux,

furieux, tentait de se redresser, mais la colère ne lui facilitait pas les choses. Lorsqu'il y parvint enfin, il clama :

— Qu'on appelle les gendarmes !

Cependant, les badauds avaient pris parti pour Pierre et huaient le marchand de cheveux et sa harpie.

— Allez, fiche le camp ! dit Ménétrier. Il n'y a pas de place ici pour ton odieux trafic !

Une femme plus très jeune apostropha le marchand :

— C'est vrai ! Je le reconnais ! Il a pris mes cheveux l'an passé. Il m'a donné une bague en échange, soi-disant qu'elle était en or. Mais c'était du cuivre. Valait rien ! C'est un voleur !

— Tu crois peut-être que je t'aurais donné de l'or pour ta tignasse, vieille folle ?

C'était la phrase de trop. Quelques paysans prirent le bonhomme à partie :

— Allez, fous le camp, si tu ne veux pas qu'on flanque le feu à ta boutique !

Comprenant qu'il n'aurait pas gain de cause devant l'hostilité de la foule, le marchand de cheveux baissa pavillon et se mit à ramasser ses babioles à la hâte, aidé par sa femme qui jetait des regards noirs aux badauds. Il valait mieux travailler en Bretagne. Ces péquenots-là n'étaient pas encore assez pauvres ! Cependant, avant de plier bagage, le bonhomme interpella Pierre :

— Tout ça, c'est ta faute ! Mais tu ne l'emporteras pas au paradis ! Je te ferai payer ça un jour !

Pierre haussa les épaules. En s'éloignant, il expliqua à Juliette le honteux marché auquel se livraient ces individus sans vergogne, qui profitaient de la misère des femmes pour leur acheter leur chevelure et celle de leurs enfants contre des colifichets sans valeur. Ces mercantis revendaient ensuite très cher leur récolte aux coiffeurs parisiens pour la fabrication des perruques et postiches [1].

Tout à coup, un rire éclata près de lui. Il se retourna et reconnut son frère Raoul.

— On dirait que tu t'es encore fait un copain ! dit-il.

— Bonjour, Raoul, répondit Pierre.

Malgré l'heure matinale, il était visible à ses yeux rouges et à son élocution difficile que son aîné avait déjà entamé sa tournée des cafés.

— Tu viens boire un canon ? proposa l'autre.

— Non. Je dois acheter une vache.

Il sortit une pièce de sa poche et la glissa dans la main de son frère.

— Tiens, tu le boiras à notre santé, ton canon !

— Eh bien merci !

Puis il leur tourna le dos et se dirigea vers le café le plus proche, où l'attendaient déjà quelques amis aux trognes aussi rouges que la sienne. L'un d'eux s'approcha et observa Juliette qui s'éloignait au bras de Pierre.

— Beau brin de fille ! déclara-t-il.

Raoul poussa un grognement.

— Ouais ! Mon frère a beaucoup de chance !

Au-delà du boulevard se tenait le marché aux bestiaux. On pouvait y trouver toutes sortes d'animaux, comme les lourds chevaux de trait ou les bœufs utilisés pour les labours, des ânes de bât et des mulets destinés à tirer les chariots, des moutons, chèvres et porcs, de même que tous les animaux de la basse-cour : coqs, poules, canards, pintades, oies. Pierre prit le temps d'étudier les vaches proposées par un marchand aux yeux matois. Il finit par

1. Avant l'apparition des fibres synthétiques, les perruques étaient fabriquées avec de vrais cheveux. La capitale en consommait une dizaine de tonnes par an. Les marchands de chevelures ont sévi jusqu'au début du XXe siècle.

faire choix d'une jeune vache sur le point de mettre bas. Sylvine était ravie : la bête avait un regard très doux et l'avait immédiatement attirée.

Pourtant, lorsqu'ils revinrent vers la carriole, un malaise sournois revint hanter la fillette. Dans quelques années, l'homme qui avait tué les deux autres vaches allait sortir de prison. Et s'il revenait se venger ?

6

Sylvine n'avait jamais eu vraiment besoin d'être protégée. Au contraire, elle veillait instinctivement sur son frère et sa petite sœur. Dure au mal, elle ne se plaignait que très rarement. Juliette en était parfois chagrinée. Elle aurait aimé que sa fille fût un peu plus câline. Mais Sylvine n'aimait guère être cajolée. Pleurer ou gémir étaient pour elle un signe de faiblesse.

Cependant, si elle n'était pas très avide de câlins, elle adorait rendre service. C'est ainsi qu'elle participa à la grande lessive que Juliette fit ce printemps-là. L'opération, que l'on appelait la *buée*, s'étala sur plusieurs jours et les petits bras de Sylvine furent les bienvenus pour aider à transporter le linge.

La première tâche eut lieu à la maison, dans un petit préau couvert attenant à la maison, et dans lequel Pierre avait détourné le cours d'une source. Pendant une bonne journée, on mit le linge à *essanger*, c'est-à-dire à tremper dans une grande cuve de bois remplie d'eau tiède. Il ne fallait pas qu'elle fût trop chaude pour ne pas *cuire la saleté.* Juliette y ajouta du savon et des cristaux de carbonate de soude et de potasse. Secondée par Amandine, elle examina chaque pièce pour frotter énergiquement les parties les plus sales.

Après le trempage vint le travail le plus long et le plus difficile : faire bouillir le linge. On installa le *cuvier* sur des tréteaux. C'était un demi-tonneau muni d'une bonde. Au fond, on plaça des rondins de bois recouverts d'une large pièce de tissu, que l'on remplit de cendres de sarments. Juliette y ajouta un petit sachet de feuilles de laurier et des racines d'iris. On disposa ensuite le linge, en commençant par les draps et les pièces les moins fragiles, jusqu'à ce que le cuvier soit plein. De la bonde partait une gouttière, le *couleux*, qui la reliait à un grand chaudron en fonte dans lequel on faisait chauffer l'eau. Lorsqu'elle se mit à bouillir, Juliette prit le récipient muni d'un long manche que l'on appelait la *buée*, et qui avait donné son nom à l'ensemble de l'opération. Sa contenance atteignait les trois litres et sa manipulation exigeait une certaine force physique. A gestes lents, Juliette prélevait l'eau bouillante dans le chaudron pour la verser dans le cuvier. L'eau imprégnait le linge, puis ressortait par la bonde pour rejoindre le chaudron. On disait qu'on « coulait la *buée* ». Par précaution, Sylvine devait se tenir à l'écart. Ce labeur pénible dura plusieurs heures. Lorsque Juliette se sentait trop fatiguée, Amandine prenait le relais. Vers le milieu de l'après-midi enfin, elle « cassèrent le cou à la *buée* », c'est-à-dire qu'elles cessèrent d'arroser le linge. Mais c'était bien Juliette et Amandine qui avaient le cou et les reins en compote. L'eau ayant percolé à travers le cuvier allait s'écouler dans le chaudron pendant la nuit. Cette *laissue* serait conservée pour laver les tissus délicats ou les tommettes.

Le lendemain eurent lieu le frottage et le rinçage. La source qui alimentait la Sauvagine ayant un débit trop faible, Juliette chargea le linge et les enfants dans la voiture à cheval et, toujours en compagnie d'Amandine, se rendit au lavoir. A cette époque, Bourré en comptait une demi-douzaine. Juliette préférait celui du petit hameau de

Vallagon, situé entre Bourré et Montrichard, non loin du manoir du même nom. De forme circulaire, il était alimenté par une source. Cette forme, unique pour un lavoir, lui donnait un air de convivialité que l'on ne trouvait pas dans les autres, de forme rectangulaire. Les laveuses professionnelles, plus fortes en gueule, s'y accaparaient les meilleures places, à proximité de l'alimentation en eau. Il s'établissait ainsi une sorte de hiérarchie, fondée sur l'âge et l'ancienneté, mais aussi sur le culot. Les plus timorées devaient se contenter des mauvaises places, près de l'évacuation, et supporter l'eau savonneuse des autres. Parfois, certaines laveuses au caractère vif osaient remettre cette hiérarchie en question, et cela dégénérait en de vigoureuses empoignades, quelques mégères ayant le coup de poing facile.

A Vallagon, la forme circulaire plaçait tout le monde à la même enseigne. De plus, le lavoir était proche de la Sauvagine et Juliette savait qu'elle avait peu de chances d'y rencontrer ses ennemies personnelles, épouses des paysans jaloux de Pierre.

Les lavoirs étaient des endroits particuliers, où les hommes n'avaient pas droit de cité. On y « déballait son linge sale » sous l'œil aigu des autres, qui avaient tôt fait de se faire une opinion sur la laveuse. Il suffisait d'observer la qualité et la variété des pièces pour avoir une idée des moyens de la famille. Les riches comme les pauvres étaient très vite repérés. Si le linge était usagé mais soigné, on accordait du respect à sa propriétaire. A l'inverse, des draps mal lavés ou déchirés la classaient dans les souillons. Aux traces de sang, on pouvait savoir si un mari battait sa femme. De même, il était facile de savoir si une femme était enceinte. Si elle était mariée, la chose était naturelle. Mais s'il s'agissait d'une fille, le scandale n'était pas loin de pointer son nez. Les lavoirs avaient aussi une autre fonction, plus étonnante. A la tombée de la nuit, ils devenaient des lieux de rendez-vous pour les amours naissantes.

Lorsqu'elles arrivèrent, il n'y avait personne. Juliette s'en étonna. Le temps était beau et propice à la grande lessive de printemps. Tandis que Sylvine surveillait Christophe et Angélique, les deux jeunes femmes installèrent les baquets et commencèrent l'ouvrage. Juliette déposa tout d'abord le *cherrier* au fond du lavoir. C'était une grosse pièce de drap destinée à éviter les salissures dues aux algues. Ensuite, agenouillée sur la planche inconfortable d'une « boîte à laver », il fallait savonner le linge avec une brosse de chiendent et du savon de Marseille que l'on avait pris la précaution de faire sécher auparavant. Un savon frais s'usait trop vite et s'accrochait au linge. Le lavage achevé, on rinçait chaque pièce à grande eau, on la frappait avec le battoir, le *battoué*, afin d'en chasser la plus petite trace de lessive. Il ne restait plus qu'à la tordre et à la replacer dans un baquet propre. Au dernier rinçage, Juliette ajoutait des boules de « bleu » pour aviver l'éclat du linge.

Vers le milieu de la matinée, Juliette s'inquiéta. Il ne se passait pas un jour sans que le lavoir ne fût occupé. Aujourd'hui cependant, il n'y avait personne. C'était étonnant. Le Vallagon étant situé un peu à l'écart du village, il n'y avait guère de passage. Toutefois, peu avant midi, alors que le travail était pratiquement achevé, Juliette vit arriver deux bonnes femmes qu'elle ne s'attendait pas à trouver là. Georgette Vernier, une forte en gueule aux bras de déménageur, n'avait pas ses habitudes à ce lavoir. Elle utilisait plutôt celui de la fontaine Saint-Germain, au carrefour des Roches, qui avait le pouvoir, selon la croyance locale, de guérir de certaines maladies de peau. Elle était suivie par son inséparable âme damnée, Prudence Ravachon, surnommée la Belette en raison de son visage pointu et de ses yeux inquisiteurs, reflets de son caractère jaloux. Il n'y avait pires mauvaises langues que ces deux commères. Curieusement, elles n'apportaient pas de linge à laver. Apercevant Juliette du haut de l'escalier, la mère Vernier la héla d'un ton agressif :

— Qu'équ' tu fais là, la Juliette ? Et avec tes petiots encore ?

Juliette frémit. Elle détestait ces deux bonnes femmes.

— Je n'allais pas les laisser tout seuls à la maison. Quand à ce que je fais, eh bien, tu le vois !

— Jésus-Marie-Joseph ! T'es donc pas au courant ?

— Au courant de quoi ?

— On dit qu'une malédiction pèse sur le Vallagon !

— Qu'est-ce que c'est que cette histoire, encore ?

La mère Vernier se mit à rouler des yeux ronds et effrayés.

— Il y a trois jours, un paysan qui rentrait chez lui sur le coup de minuit a entendu des bruits de *battoué* furieux. Il s'a penché et là, il a vu...

Elle se signa plusieurs fois et regarda autour d'elle d'un air apeuré avant de poursuivre à voix basse.

— Il a vu les Dames blanches !

— Les Dames blanches ? C'est quoi, ça ?

— Tu sais donc pas ? C'est des lavandières fantômes, qui frappent très fort avec leur *battoué* pour laver les linceuls des morts. Malheur à ceux qui s'en approchent.

Elle laissa passer un court silence et précisa :

— Malheur aussi à celles qui lavent leur linge derrière elles. Ma pauv'Juliette, te voilà dans de sales draps ! A ta place, je ficherais le camp tout de suite.

Christophe, qui n'avait pas tout compris mais que le ton lugubre de la mégère avait impressionné, éclata en sanglots, aussitôt imité par Angélique. Sylvine les prit contre elle et jeta un regard furieux à la grosse femme. Prudence

Ravachon ajouta, avec un mauvais sourire, en regardant les enfants :

— On dit qu'il y aura un mort dans la famille pour apaiser la colère des Dames blanches.

Juliette pâlit. Puis elle se mit en colère.

— Vous n'avez pas honte de faire peur aux petits ?

— Honte ? On est venues te prévenir, c'est tout, riposta la Ravachon.

Puis, sans attendre de réponse, les deux commères s'en furent. Juliette poussa un profond soupir. Près d'elle, Amandine était devenue aussi blanche que les draps propres. Elle regardait autour d'elle avec des yeux effarés.

— M'dame ! J'suis pas tranquille. Vous croyez que les Dames blanches vont être fâchées ? On savait pas, nous.

Juliette la sermonna :

— Cesse donc de trembler. Tu n'as pas compris que ces deux mégères ont inventé cette histoire pour nous faire peur. Je sais qu'elles se sont fâchées avec celles de la fontaine Saint-Germain. Elles doivent avoir envie de s'installer ici, mais elles tentent de nous en chasser d'abord.

— Mais les Dames blanches…

— Elles n'existent pas, Amandine. C'est une légende.

C'était peut-être une légende, mais la pauvre Amandine ne dormirait guère la nuit suivante.

Inquiète, Sylvine relata l'aventure à son père le soir venu. Lui seul savait dissiper ses craintes.

— Ta mère a raison, ma P'tite Belle, dit-il. Il ne faut pas croire à tous ces racontars de bonnes femmes. Ils sont destinés à effrayer les gens crédules. Tu ne dois pas tomber dans ce piège.

La peur de la petite s'envola aussitôt. De toute façon, Pierre était plus fort que les Dames blanches, si malgré tout elles existaient.

La grande lessive achevée, Sylvine retourna dans les caves *perrières* avec son père. Tout en travaillant, Pierre avait entrepris d'apprendre à lire, à écrire et à compter à Sylvine. Il avait remarqué que, dès l'âge de quatre ans, elle avait compris la fonction des signes qu'il utilisait pour noter le nombre de *douelles* et de *boulots* sur les parois de la galerie. Elle avait posé des questions auxquelles il avait répondu, étonné par sa précocité. Aussi, depuis, Pierre prenait le temps de lui enseigner les caractères de l'alphabet et les chiffres, qu'elle recopiait scrupuleusement dans un cahier qu'il lui avait offert. Elle n'avait pas été longue à comprendre les mécanismes de l'écriture et du calcul. A bientôt six ans, elle était déjà capable de lire des phrases dans le *Petit Journal*.

Enthousiasmé par les capacités étonnantes de la petite, Pierre avait voulu l'inscrire à l'école de Montrichard, mais il avait dû renoncer : on n'y accueillait pas les filles, et il était hors de question d'accorder une dérogation. Furieux, Pierre avait décidé de poursuivre seul l'éducation de Sylvine. Il avait acquis, lors d'un voyage à Blois, des livres traitant de différents sujets, des récits de voyage. Bien sûr, elle était encore un peu petite pour se plonger dans ces lignes ardues, mais il lui faisait confiance. Elle avait un tel appétit d'apprendre qu'elle surmonterait cet obstacle sans difficulté.

Ainsi Sylvine travaillait-elle avec le plus patient des professeurs, son propre père.

Les beaux jours revenus, Pierre avait pris l'habitude, chaque dimanche, d'emmener sa famille sur les rives du Cher. Le matin, Juliette préparait un pique-nique copieux que l'on chargeait dans la voiture. Puis toute la maisonnée, Amandine et Lucien compris, prenait la route de la rivière, après la messe, à laquelle Juliette tenait à assister. Cette pratique du déjeuner sur l'herbe avait étonné les habitants de Bourré. Pierre avait pris cette coutume agréable des Parisiens, lors de son séjour dans la capitale, vingt ans auparavant. On étendait une vaste couverture, on prenait place et les couffins livraient leur chargement de pâtés, de terrines, de gâteaux et de fruits. Pierre allait déposer une ou deux bouteilles de vin dans le courant pour le rafraîchir. Il n'était pas rare alors de voir arriver le curé, que Juliette avait tenu informé du lieu des agapes.

Dans l'après-midi, les enfants allaient se baigner dans le Cher. Pierre avait entrepris d'apprendre la natation à Sylvine, tâche qui étonnait grandement Francis Rochelet.

— Pourquoi lui enseigner ça ? disait-il. Ta fille n'est pas un poisson.

— Savoir nager est toujours utile, répondait Pierre. Tu devrais essayer.

— Dieu m'en préserve. Cette eau est bien trop froide.

— Et tu préfères le vin !

— Le tien surtout, espèce de mécréant !

Parfois, à l'époque de la Saint-Jean, Pierre quittait la maison à la nuit en compagnie de Lucien et de la Grenouille. Ils se munissaient de lampes et descendaient sur les rives du Cher. Le lendemain, on mangeait immanquablement des écrevisses pêchées dans la nuit en prenant garde de ne pas tomber sur les gendarmes ou le garde-pêche.

Ainsi s'écoulait la vie de Sylvine. L'été revenu, les menaces de l'hiver semblaient avoir fondu au soleil. Avec la fin de la guerre, les réfugiés faisaient encore halte dans le village, mais pour retourner chez eux. Ils étaient tout aussi démunis et misérables, mais l'espoir était revenu. Parfois, on entendait Pierre rouspéter contre les taxes exorbitantes imposées par le gouvernement pour rembourser la dette, mais le plus souvent, on profitait des beaux jours pour veiller à l'extérieur et écouter Lucien narrer quelque vieille légende.

Un soir, Pierre annonça qu'on allait rendre visite aux grands-parents de Juliette.

7

Quelques jours auparavant, Juliette avait reçu une lettre de sa grand-mère lui disant qu'elle aurait aimé connaître ses arrière-petits-enfants. Malgré le travail de la vigne, Pierre avait accepté de partir. Il venait d'engager des saisonniers qui pouvaient travailler quelques jours sans lui, sous la direction de Lucien. Celui-ci savait se faire respecter.

Sylvine était partagée entre la joie et une certaine méfiance. Elle gardait un mauvais souvenir des deux dernières visites à ses grands-parents. Devant la réserve de la fillette, Juliette la prit sur ses genoux.

« Ne t'inquiète pas, ma P'tite Belle, dit-elle. Mes grands-parents sont très gentils. J'ai passé de très bons moments chez eux quand j'étais petite. Là-bas, tu ne risques pas de mourir de faim », ajouta-t-elle avec malice.

Sylvine n'avait pas oublié la fringale qui lui avait tenaillé le ventre lors de la visite à Selles-sur-Cher.

« C'est où ? demanda-t-elle.

— Ils habitent à Marcilly-en-Gault, en plein cœur de la Sologne. C'est un très beau pays, tu verras. Leur maison est dans la forêt, près d'un étang où ils élèvent des carpes. »

Le lendemain, après avoir attelé le plus résistant des deux chevaux de trait, on se mit en route de bonne heure, alors que le soleil venait à peine de se lever. Le voyage allait durer la journée entière. Pierre chevauchait à côté, afin de soulager un peu le percheron qui tirait la voiture.

— Nous allons parcourir plus de soixante kilomètres ! dit-il à Sylvine qui s'était placée sur le côté afin de ne rien perdre du paysage.

La fillette n'avait aucune idée de ce qu'était un kilomètre. Elle posa la question à son père.

— Eh bien, pour aller jusqu'à Montrichard depuis la Sauvagine, il n'y a que quatre kilomètres.

Sylvine tenta d'estimer dans sa tête une distance de soixante kilomètres. Après un effort intense, elle déduisit que Marcilly-en-Gault était quinze fois plus éloigné que Montrichard. Elle le dit à son père qui se redressa fièrement.

— Tu as vu comme elle comprend vite ! dit-il à Juliette avec un large sourire. Elle sait déjà faire des divisions mentalement.

Puis il pesta, comme souvent.

— Et ces crétins de l'école publique qui refusent de la prendre sous prétexte que c'est une fille. Je suis sûr qu'elle apprendrait bien mieux que tous les garçons !

Mais Sylvine ne voyait aucun inconvénient à ne pas aller à l'école. Elle préférait apprendre avec son père. Les questions ne manquèrent pas au cours du voyage. Jusqu'à Noyers, la route longeait la ligne de chemin de fer pratiquement achevée. Pierre dut expliquer jusqu'où elle allait, comment fonctionnait cette étrange machine qu'on appelait locomotive, et qui tirait les convois transportant le matériel de construction.

Sur le Cher, des barrages à aiguilles régulaient le cours d'eau, sur lequel naviguaient gabarres et gabarrottes. C'étaient des bateaux à fond plat, longs de quinze à trente mètres, qui transportaient de tout, pierre de tuffeau, bois de chauffage et de construction, blé, avoine, tonneaux de vin, charbon. Le long de la rivière, un chemin de halage permettait à des attelages de chevaux de tirer les lourdes péniches. Equipés de voiles comme les gabarres, les chalands naviguaient par train de six ou sept navires. Des écluses permettaient aux bateaux de franchir les dénivelés. Ils étaient parfois tellement nombreux qu'il fallait attendre un bon moment avant de passer. Les mariniers prenaient leur mal en patience et en profitaient pour bavarder et partager le vin de Loire.

A Selles-sur-Cher, Sylvine redouta un instant que l'on s'arrêtât chez les parents de Juliette, mais il n'en fut rien. La voiture passa la petite ville, quitta le cours de la rivière pour emprunter la route de Romorantin. Après un pique-nique au bord de la Sauldre, un petit affluent du Cher aux rives ombragées, on reprit la direction de la capitale de la Sologne. Une grande animation régnait dans cette ville deux fois plus importante que Montrichard. Jamais Sylvine n'avait vu de foule aussi nombreuse, même lors de la dernière foire de la Pentecôte. Au centre de la cité, la carriole passa devant un ensemble de bâtiments imposants.

— L'usine de monsieur Normant, expliqua Juliette à Sylvine. On dit que c'est le plus grand fabricant de draps de toute la France.

— Ouais ! précisa Pierre, on dit aussi qu'il a usé de son influence pour empêcher le passage du train dans la ville parce que ça pouvait amener une main-d'œuvre qualifiée qu'il aurait été obligé de payer plus cher. Ce monsieur fait travailler des vieux et des enfants [1] !

---

1. En 1901, les usines Normant employaient près de mille ouvriers, dont une centaine avaient soixante-quinze ans et plus, et deux cents étaient des enfants âgés de dix à quinze ans. En 1962, Matra s'installa à l'emplacement des anciennes usines Normant.

Juliette eut un sourire amusé. Pierre n'aimait pas les patrons qui abusaient de la misère du peuple. Elle ajouta :

— L'un de mes frères y travaille.

Soudain, un bruit assourdissant retentit, semblable au mugissement d'un monstre colossal. Effrayés, Sylvine et Christophe se serrèrent contre leur mère tandis qu'Angélique se mettait à hurler de terreur. Mais Juliette les rassura :

— Ne craignez rien ! Ce n'est que « l'âne ».

— C'est quoi, l'âne ? demanda Sylvine, qui regardait autour d'elle avec anxiété, s'attendant à voir surgir l'un de ces dragons dont parlaient les légendes de Lucien.

— C'est la sirène de l'usine. Ici, on trouve qu'elle ressemble au braiement d'un âne géant, d'où son nom. Grâce à elle, on peut savoir l'heure, et on peut prévoir le temps qu'il va faire en fonction du vent.

Le gigantesque bâtiment gris n'inspirait aucune confiance à Sylvine. Comment pouvait-on rester enfermé dans une telle prison ? Aussi fut-elle soulagée lorsque l'on quitta la ville pour emprunter une nouvelle route, récemment empierrée, qui serpentait au cœur d'une multitude d'étangs.

L'après-midi s'achevait lorsque l'on atteignit enfin Marcilly-en-Gault. Le village, qui comptait un bon millier d'habitants, accueillait également toutes sortes de petites industries particulièrement actives : briqueteries, fabriques de tuiles, scieries.

— Il est tout de même curieux de voir ces usines dans un lieu perdu au milieu des marais, nota Pierre.

— Elles sont là depuis que Napoléon III a acheté une propriété à Lamotte-Beuvron pour venir chasser en Sologne, expliqua Juliette. Il a fait tracer de nouvelles routes et les villages de la région sont devenus plus accessibles.

La voiture traversa la rue principale du village où on les observa avec curiosité, jusqu'au moment où un vieil homme reconnut la jeune femme.

— Oh, mais c'est la Juliette ! Comment vas-tu, ma belle ?

A partir de ce moment, les regards changèrent. Juliette n'était pas une étrangère, mais la petite-fille du père et de la mère Froissard. Ceux-ci habitaient en dehors du village, à la lisière de la forêt de Bruadan, le long de l'ancienne route menant à Romorantin.

La maison, construite sous le règne de l'empereur, avait beaucoup de charme. Si autrefois la brique était réservée aux bâtiments nobles, comme les châteaux ou les églises, les briqueteries installées depuis peu à Marcilly avaient favorisé la construction de demeures individuelles en brique et à pans de bois. Généralement petites, elles comportaient deux pièces au rez-de-chaussée : une vaste cuisine où les parents dormaient dans un lit clos, et une chambre plus petite. Ces deux pièces étaient séparées par un escalier menant aux combles, que le toit pentu permettait d'aménager. La maison se complétait d'une remise attenante. Plus loin, d'autres bâtiments abritaient poules et lapins, et des animaux blessés récupérés par le grand-père Jules.

Celui-ci attendait en compagnie de son épouse, coiffée du bonnet blanc caractéristique de la Sologne. Contrairement aux autres grands-parents, ils les accueillirent avec un large sourire.

— C'est bien gentil à vous de venir nous voir si vite, dit la grand-mère Marie, les mains crochées aux hanches. Avec le travail que vous avez à cette époque !

— J'ai une bonne équipe, répondit Pierre en se laissant glisser à bas de son cheval.

Il se frotta aussitôt les reins et les fesses en faisant la

grimace. Juliette fit descendre les petits et prit ses grands-parents dans ses bras. Sylvine, un peu intimidée, les contempla l'un après l'autre. Mais ils lui inspirèrent très vite confiance.

Comme l'avait promis sa mère, il n'y avait pas à craindre de manquer de quoi que ce fût. Un solide repas attendait les voyageurs, composé de légumes du potager, de poisson et d'un dessert que les enfants apprécièrent particulièrement : des poires cuites dans du vin, dites « poires du curé ».

Les quelques jours que Sylvine passa auprès de ses arrière-grands-parents lui laissèrent un souvenir inoubliable. Elle les étonna en leur montrant qu'elle savait lire et écrire.

— Voilà une sacré gamine ! s'exclama le grand-père. Elle ira loin ! Moi, j'ai dû aller voir l'écrivain public pour dicter ma lettre ! Je connais pas assez bien mon alphabet.

Jules et Marie vivaient chichement de ce que produisait leur ferme [1]. Sylvine apprit qu'ils avaient eu un autre fils en dehors de sa grand-mère Louise. Mais il était mort très tôt et Marie n'avait plus jamais eu d'autres enfants.

— Certains disent que c'est parce que je suis sorcière ! confia-t-elle à la fillette.

— Tu es vraiment sorcière ? s'inquiéta Sylvine.

La vieille femme fit la moue.

— On le dit. Ici, ils me craignent, mais ils viennent me voir parce que je connais les plantes qui soignent. Si tu veux, je te les apprendrai.

Dès le lendemain, Sylvine se leva de bonne heure pour accompagner Marie dans la forêt, cueillir les simples dont

1. A cette époque, il n'existait aucune retraite.

elle se servait pour préparer des tisanes, des pommades et des onguents. Dans sa cuisine, une étagère entière abritait des pots dont elle était seule à connaître le secret. Tout en marchant, la vieille dame et la petite fille devisaient.

— Je suis heureuse que ta mère t'ait donné ce prénom de Sylvine, ma P'tite Belle. Sais-tu d'où il vient ?

— Non.

— Du bon saint Sylvain qui guérit du mal qui porte son nom. Beaucoup de Solognots s'appellent Sylvain ou Sylvine en deuxième place, pour se protéger. Ici, il y a encore quelques années, les gens mouraient facilement des fièvres. Tout le pays était couvert par un marécage. Le village voisin, Saint-Viâtre, s'appelait autrefois Tremblevif, parce que les malades n'arrêtaient pas de trembler. Mais heureusement, l'empereur a fait assécher les marais.

— Tu l'as connu, l'empereur ?

La vieille femme se rengorgea.

— Oh, oui ! D'ailleurs, je vais te raconter une belle histoire. Mais une histoire vraie ! L'empereur venait souvent chasser dans la forêt de Bruadan. Un jour, il s'était fait une vilaine entorse en descendant de cheval. Son médecin a essayé de le soigner, mais il continuait de souffrir. Alors, des gens du pays ont parlé de moi à Sa Majesté. On lui a dit que je connaissais les plantes. Alors, il s'est fait transporter jusqu'à notre maison. Je peux te dire que j'étais plutôt intimidée. Il y avait là tout plein de grands seigneurs, tout crottés dans leurs habits de chasse. Des dames aussi, montées en amazone sur des chevaux magnifiques. Mais l'empereur m'a parlé avec beaucoup de gentillesse. Je comprenais pas bien ce qu'il disait, parce qu'il parlait comme les gens de la ville. Heureusement, le maire l'avait accompagné. Après tout, que je me suis dit, c'est un homme comme les autres. Et il avait mal. Alors, je lui ai ôté ses bottes et je lui ai frictionné la cheville avec de l'huile d'herbe-au-somme.

— C'est quoi, l'herbe-au-somme ?

— C'est ça !

Elle désigna une magnifique plante aux fleurs blanches veinées de pourpre.

— Sainte Hildegarde prétend qu'elle contient un poison mortel. C'est vrai, mais on peut en tirer une huile qui soigne les douleurs brûlantes. C'est comme ça que j'ai soigné l'empereur. Le lendemain, il ne souffrait presque plus. Pour me remercier, il a écrit une lettre qui disait que Jules et moi devenions gardes forestiers à vie de la forêt de Bruadan. Depuis, ça nous rapporte une petite rente qui nous met à l'abri du besoin. Tu vois, c'était un bon empereur. C'est bien triste qu'il ne soit plus là. Il était bien plus brave que ce monsieur Thiers qui nous ruine en taxes !

Tandis qu'elles cheminaient au cœur de la forêt empanachée de brumes matinales, une véritable complicité se tissait déjà entre Sylvine et la vieille femme, qui lui donnait le nom des plantes. La mémoire de la fillette avait tôt fait de les enregistrer. L'herbe-aux-mille-trous, encore appelée millepertuis, venait juste de faire son apparition avec la Saint-Jean et parsemait les fourrés de milliers de petits soleils.

— On l'appelle aussi le chasse-diable, expliqua Marie. Le millepertuis dissipe les humeurs moroses.

— Et ça, mamie, c'est quoi ? demanda Sylvine en montrant un arbuste orné de petites grappes noires.

— C'est du raisin-de-renard. Les baies ne vont pas tarder à mûrir. Mais il faudra les cueillir à la pleine lune, sans quoi elles perdront tout leur pouvoir.

— Elles servent à quoi ?

— A se protéger contre le mauvais sort. Elles

appartiennent à Vénus, la planète bénéfique. Celle qu'on appelle aussi étoile du berger.

Sylvine s'était rarement sentie aussi bien. Elle aimait ce pays et le mystère qui planait sur cette forêt pleine d'odeurs surprenantes.

Soudain, Marie lui prit la main.

— Il ne faut pas aller par là, ma P'tite Belle.

Elle montrait un vaste terrain envahi par les ronces. Un inextricable réseau de lianes se tissait autour d'arbustes chétifs dont les pieds plongeaient dans un marécage sinistre et glauque. Malgré le soleil et la lumière, l'endroit conservait un aspect angoissant. Inquiète, Sylvine se tourna vers son aïeule. Le visage de Marie s'était assombri.

— C'est le château maudit ! dit-elle d'un ton lugubre.

Mais Sylvine avait beau écarquiller les yeux, elle ne distinguait aucune construction.

— Oh, tu peux chercher, tu ne le verras pas, poursuivit Marie. Pourtant, il est bien là, enfoui sous la terre. Regarde !

Poursuivant leur chemin le long du marécage, elle l'amena près d'une sorte de fontaine en ruine, dont s'écoulait une eau limpide.

— Voilà tout ce qui reste de ce château !

— Que s'est-il passé ? demanda Sylvine d'une voix pas très assurée.

— On dit qu'il y a fort longtemps régnait ici un seigneur dont personne ne connaît plus le nom. Il avait fait construire en ce lieu un palais splendide et immense. Mais ce triste sire bouffi d'orgueil exigeait, quand il se rendait à la messe, que le curé l'attende pour commencer. Un jour, il tarda tant que le curé se décida à dire la messe sans lui, pensant qu'il avait eu un empêchement. La messe était presque achevée lorsque le seigneur arriva enfin. Constatant qu'on ne l'avait pas attendu, il entra dans une rage folle. Il patienta jusqu'à la fin de la messe, mais lorsqu'elle fut dite, il saisit son arquebuse et tira sur le pauvre curé qui rendit l'âme sur l'autel. On dit que quelques gouttes de sang restèrent gravées à jamais dans la pierre. Toujours ivre de colère, le seigneur s'en retourna dans son château. Mais le bon Dieu ne laissa pas un tel crime impuni. A peine était-il revenu dans ses murs que la terre se mit à trembler. Le seigneur prit peur et voulut sortir, mais les portes refusèrent de s'ouvrir et il resta prisonnier à l'intérieur. En quelques instants, le château magnifique fut englouti au fond du marécage avec son propriétaire.

Elle hocha la tête.

— C'est pour ça qu'on l'appelle le château maudit. Il vaut mieux ne pas s'attarder ici. On dit que celui qui s'aventure dans ces lieux risque fort de voir des mains démoniaques sortir de terre pour l'entraîner jusque dans les profondeurs de l'enfer.

Sylvine noua également des liens de complicité avec Jules, dont le visage s'ornait d'une immense moustache broussailleuse, jaunie par le tabac. C'était un brave homme qui aimait le bon vin et la bonne chère. Lui aussi était très fier de la tâche que lui avait confiée l'empereur lors de sa visite. Il avait même réussi à se procurer un portrait de Napoléon III qui trônait en bonne place au-dessus de la cheminée.

— Un grand homme, disait-il. Il a fait de moi le garde-chasse de Bruadan.

Puis un rire joyeux le secouait et il ajoutait :

— Il ne pouvait pas savoir qu'il avait affaire au plus grand braconnier d'ici à la Motte-Beuvron. Alors, maintenant, les braconniers peuvent toujours venir. Je connais toutes leurs ficelles !

Il repartit de son rire qui ressemblait un peu à un hoquet, et précisa :

— Ça ne m'empêche pas de continuer à poser mes pièges. Mais il n'y a plus personne pour me causer des ennuis.

Il leva son verre de vin en direction de l'empereur, sur la cheminée.

— A votre santé, mon prince !

Puis son visage redevint grave.

— On nous accuse de braconner, mais il faut bien qu'on vive ! Depuis que les richards de Paris se partagent la Sologne, nous n'avons presque plus le droit de chasser. Ils se réservent les meilleures forêts pour leurs chasses à courre.

La ferme tirait aussi ses revenus des étangs voisins, au nombre de trois, dans lesquels on élevait quantité de poissons : carpes, anguilles, poissons-chats. On prélevait aussi les sangsues, très prisées par les apothicaires.

Sylvine serait bien restée dans cette forêt si pleine de mystères, mais le séjour passa trop vite à son goût, et il fut bientôt temps de regagner Bourré. Prise d'un véritable chagrin au moment du départ, la fillette ne put retenir ses larmes. En dehors de ses parents, jamais elle n'avait ressenti autant de peine à quitter quelqu'un.

— Ne sois pas triste, ma P'tite Belle, lui dit Marie. Si tes parents sont d'accord, tu pourras revenir l'année prochaine, à l'été. Et tu resteras plus longtemps.

Sur le chemin du retour, Sylvine restait silencieuse. Elle était heureuse à la perspective de revenir à Marcilly. Mais une chose l'inquiétait.

— Dis, maman, Jules et Marie, ils sont vraiment très vieux ? Ils ne vont pas bientôt mourir ?

Juliette ne répondit pas immédiatement.

— Personne ne sait quand il va mourir, ma petiote. Mais je sais qu'ils sont tous deux en bonne santé et qu'ils sont taillés pour devenir centenaires. Tu les reverras l'année prochaine. Tu pourrais peut-être leur écrire, pour leur donner de nos nouvelles.

Sylvine, rassurée, se promit de le faire.

Le trajet se révéla plus éprouvant qu'à l'aller, en raison d'une pluie battante qui tomba une bonne partie de la journée, détrempant la route et les voyageurs. Elle ne prit fin qu'au crépuscule, alors qu'ils arrivaient à Bourré. Comme ils approchaient de la Sauvagine, Pierre fit signe à sa femme d'arrêter la voiture.

Près de la demeure, un homme de haute taille attendait.

8

Une vive inquiétude s'empara de Juliette, qui s'estompa très vite lorsqu'elle vit son mari sauter à bas de son cheval et s'avancer vers l'inconnu avec un large sourire.

— Thibault !

— Ah, mon Pierre ! Quelle joie de te revoir !

Les deux hommes tombèrent dans les bras l'un de l'autre. Sylvine, intriguée, observa l'homme. Il était en haillons et ressemblait à ces réfugiés qui avaient trouvé asile à la Sauvagine au cœur de l'hiver. Mais son père ne paraissait même pas l'avoir remarqué tant il était heureux de la présence de l'inconnu. Puis il recula, remarqua enfin la tenue de son ami et dit :

— Mais que t'est-il arrivé ?

Le visage de Thibault s'assombrit.

— C'est une longue histoire. Il s'est passé des choses terribles à Paris. J'ai été obligé de m'enfuir. Il est probable que je sois recherché par les gendarmes.

— Alors, entre ! Ici, tu seras à l'abri.

Un peu plus tard, après que les enfants épuisés eurent avalé une soupe et gagné leur lit, Thibault commença un récit terrifiant.

— Comme tu le sais, dit-il, je suis médecin. J'ai longuement hésité à quitter Paris pour m'installer en province, où j'aurais pu gagner correctement ma vie. Mais j'y ai renoncé. Il y avait à Paris tellement de pauvres qui n'avaient pas les moyens de payer les services d'un docteur. Je ne pouvais pas les abandonner. Ils me payaient comme ils pouvaient, ou ils ne me payaient pas. Mais chacun a droit aux soins, n'est-ce pas ? C'est du moins ce que disait Hippocrate. J'avais donc un cabinet dans l'est de Paris, là où se trouvent les quartiers ouvriers. Je me suis aussi lié d'amitié avec Jules Vallès, ce qui m'a amené à collaborer à son journal, le *Cri du peuple*. J'y décrivais les conditions précaires dans lesquelles vivaient les gens à Paris, le manque de soin, les loyers élevés.

« Et puis il y a eu la guerre. Tandis que Thiers négociait la capitulation de la France avec les Prussiens, Paris refusait de céder. Ses habitants voulaient poursuivre la lutte. Pour les obliger à rendre les armes, Thiers a supprimé la solde des gardes nationaux. C'était début mars. Déjà que les Allemands avaient occupé l'ouest de Paris fin février, les Parisiens n'ont pas accepté cette nouvelle humiliation. Nous avions tout supporté pendant le siège, les obus prussiens, le froid et la faim. Nous en avons été réduits à manger du chien, du chat, n'importe quoi. Il y avait même un marché aux rats place de l'Hôtel-de-Ville, où ils se vendaient jusqu'à quinze sous la pièce. On a tué Castor et Pollux, les éléphants du Jardin des Plantes, ainsi que tous les animaux du zoo, ours, zèbres, yacks, antilopes... Le prix de la livre de beurre a été multiplié par quarante. On dit même qu'un boucher a tué ses voisins pour les servir à ses clients. Pour combattre le froid, on a sacrifié tous les bancs de la capitale. Ensuite, on a abattu les arbres. Les enfants se précipitaient sur la moindre branchette tombant des charrettes et en emplissaient leurs poches. J'ai même vu de vieilles femmes s'acharner sur ce qui restait des racines avec des pioches de fortune. Thiers prétendait nous obliger à rendre les armes ! Mais nous avons refusé de capituler. Les gardes nationaux se sont fédérés et ont élu un Comité central pour défendre la République. Nous savions bien pourquoi Thiers voulait désarmer Paris. Il voulait rétablir la monarchie.

Thibault laissa passer un silence. Puis il reprit d'une voix sourde :

— Après les Prussiens, il a fallu nous battre contre les Français eux-mêmes. Ce fut encore pire. Au milieu du mois de mars, Thiers a envoyé la troupe pour reprendre les canons de la garde nationale. Mais nous les avions amenés sur les hauteurs de Montmartre, et nous les avons défendus avec acharnement. En quelques heures, Paris s'est couvert de barricades. Les soldats ont fini par battre en retraite. Nous avons réussi à capturer leurs généraux. Parmi eux, il y avait Lecomte et surtout le sinistre Clément Thomas. C'est lui qui a fait tirer sur la foule en juin 48. Ils ont été jugés comme traîtres par le Comité central et fusillés. Thiers a pris peur. Il a quitté Paris et s'est installé à Versailles.

— Dans le *Petit Journal*, ils disaient que la capitale était tombée entre les mains de dangereux anarchistes.

— C'étaient seulement des gens qui refusaient de capituler devant l'ennemi. Fin mars, nous avons tenu des élections et la nouvelle Assemblée a proclamé la Commune de Paris. Nous avons voté plusieurs lois, comme la remise des trois derniers loyers, la restitution des objets déposés au mont-de-piété par les pauvres, et la séparation de l'Eglise et de l'Etat. C'est cela surtout qui a déclenché la colère des versaillais. Début avril, nous avons tenté une sortie sur Versailles. Malheureusement, nous avons été arrêtés par les canons du mont Valérien. Tous les prisonniers ont été fusillés. Alors, Thiers a lancé l'offensive sur la capitale.

Nouveau silence.

— Nous avons tenu plus d'un mois. Mais le 10 mai, la paix a été signée avec l'Allemagne et Bismarck a libéré des soldats. Thiers nous a mené une guerre totale. L'armée a pénétré dans Paris par l'ouest. Ce fut une bataille de rue épouvantable. Partout on a élevé des barricades. Les ouvriers sont venus se mêler aux fédérés. Malheureusement, les versaillais étaient bien mieux armés que nous. Alors, nous avons pratiqué la politique de la terre brûlée. Dès que nous étions obligés de quitter un quartier, nous y mettions le feu. C'étaient souvent les femmes qui le faisaient. On les appelait les pétroleuses. L'Hôtel de Ville, le Quai d'Orsay, le Palais de justice, la bibliothèque du Louvre, les Tuileries et bien d'autres lieux ont été livrés aux flammes. Thiers s'est montré impitoyable. Partout, les prisonniers étaient fusillés sans procès. On tuait des femmes parce qu'elles avaient des allumettes dans leur poche. J'ai vu de mes yeux des soldats tirer sur une jeune mère en train d'allaiter son bébé. On massacrait les blessés dans les hôpitaux. J'ai entendu dire que le général Gallifet a fait sortir d'une colonne de prisonniers tous ceux qui avaient les cheveux gris et les a fait fusiller « parce qu'ils avaient vu 48 ». A ces massacres, les fédérés ont répliqué en tuant sept ecclésiastiques et le président de la Cour de cassation. Mais nous ne pouvions rien faire contre les versaillais. En moins d'une semaine, ils se sont emparés de toute la capitale. On s'est battu jusque dans le cimetière du Père-Lachaise.

« Jamais je n'ai assisté à une telle boucherie. Je n'avais aucun médicament pour soigner les blessés que l'on m'apportait. Je ne sais pas comment j'ai réussi à survivre. J'étais dans un immeuble proche du Père-Lachaise quand j'ai vu la troupe charger les derniers fédérés. Soudain, l'immeuble s'est effondré, probablement touché par un obus. J'ai été enseveli sous les décombres, mais un pan de mur m'a protégé. C'est sans doute cela qui m'a évité d'être repéré par les versaillais. Je suis resté coincé pendant deux jours sans rien à boire ni à manger. Et puis, les ruines ont bougé. J'ai pu me dégager et me faufiler à l'extérieur. J'étais seul. Tous mes compagnons avaient été tués. J'ai profité de la nuit pour me glisser dans les égouts. C'est comme ça que j'ai pu quitter Paris par le sud. J'étais persuadé que la troupe allait me rattraper et me fusiller à mon tour, mais j'ai eu beaucoup de chance. Je suis passé au travers des mailles du filet. Par des habitants qui m'ont offert l'hospitalité, j'ai appris que Jules Vallès et quelques autres sont parvenus eux aussi à s'enfuir. Même les journaux conservateurs ont condamné les atrocités qui se sont commises à Paris pendant cette semaine.

Thibault serra les dents, mais ne put retenir les larmes qui s'étaient mises à couler sur ses joues.

— Comment des êtres humains, des Français, ont-ils pu se comporter avec une telle barbarie ? On dit qu'il y a eu plus de trente mille morts.

Il serra les poings.

— Il n'y a rien à faire. Tous ces salauds ne seront même pas punis pour leurs crimes.

— Que s'est-il passé ensuite ? demanda Pierre.

— Je n'avais plus rien. La plupart de mes amis avaient été tués. Je n'avais nulle part où aller. Alors, je me suis souvenu de l'endroit où tu habitais et je suis venu. Il m'a fallu plus d'un mois pour parvenir jusqu'ici. Les routes grouillent de soldats. J'ai voyagé de nuit, chapardé de quoi manger dans les fermes. Mais je savais que je pourrais compter sur ton amitié.

— Tu as bien fait. Cette maison est la tienne. Que comptes-tu faire à présent ?

— Je ne sais pas. Les versaillais savent que j'étais un collaborateur de Jules Vallès. Sans doute pensent-ils que j'ai été tué. Mais s'ils apprennent que je suis encore vivant, je serai arrêté et fusillé. On dit qu'il y a eu plus de quarante mille procès.

— Alors, tu vas rester caché ici. Tu vas même changer de nom. Pour les gens d'ici, tu seras un paysan venu de Lorraine, contraint de quitter sa ferme à cause des Prussiens. Si tu veux, tu travailleras avec moi. Je te donnerai un bon salaire en plus du gîte et du couvert. Tu peux rester tout le temps qu'il te plaira.

Thibault posa la main sur l'épaule de Pierre.

— Merci. Tu es un véritable ami.

9

Thibault fut installé dans une petite pièce qui servait de débarras, de l'autre côté de la maison. Par sécurité, il se fit appeler Martial Duchesne. Pierre l'avait officiellement engagé comme ouvrier agricole, mais il ne connaissait guère le travail de la terre.

Sylvine le suivait partout, sans toutefois oser lui poser des questions. Sa manière de parler était différente de la sienne et il employait des mots qu'elle ignorait. Son père semblait le connaître depuis longtemps et cela l'intriguait. Il appartenait à ce passé mystérieux pendant lequel Pierre avait vécu ailleurs, dans des pays lointains d'où il avait ramené la déesse de la cheminée.

Le soir, le labeur achevé, les deux hommes évoquaient ces années enfuies autour d'un pichet de vin frais. La fillette prenait un peu ombrage de cette complicité qui la privait de l'enseignement de Pierre. Un jour, comme elle s'inquiétait de ne plus le voir lui donner ses leçons journalières, il lui dit :

— C'est vrai, ma petiote. Je ne m'occupe plus trop de toi. Mais Thibault est comme un frère pour moi. C'est lui qui m'a appris à écrire. C'est un peu grâce à lui que je peux aujourd'hui t'enseigner ce que je sais. A présent, c'est lui qui a besoin de moi. Il est juste que je l'aide.

— Il t'a appris à lire ?

— Tu sais, je ne suis jamais allé à l'école, répondit-il. Quand j'avais ton âge, cela n'existait pas. Ou alors, c'était l'école des curés et elle était réservée aux riches. De toute façon, mon père ne m'y aurait pas envoyé. Il avait trop besoin de nous dans les champs.

— Qu'est-ce qui lui est arrivé, à Thibault ?

Pierre hésita. Il ne pouvait pas lui raconter la tragédie vécue par son ami à Paris. Mais il était difficile de résister aux grands yeux interrogateurs de Sylvine.

— Il a été victime de la guerre. Il a tout perdu. C'est pourquoi nous devons l'aider. Surtout, ne l'appelle jamais Thibault devant les gens. Maintenant, il faut lui dire Martial.

— D'accord, répondit-elle simplement.

Sylvine n'insista pas. Son intuition lui soufflait que Thibault avait beaucoup souffert et qu'il avait besoin de reprendre des forces. Il était tout maigre, comme s'il n'avait pas mangé à sa faim depuis longtemps. Il ne riait presque jamais et semblait souvent égaré dans un rêve intérieur. Alors, ses yeux devenaient tout rouges. La petite avait envie de le consoler, de lui dire de ne pas s'en faire puisqu'il était chez eux à présent. Mais elle n'osait pas. La douleur qu'elle devinait en lui l'impressionnait.

Pour Juliette, Thibault faisait partie du passé de Pierre, un passé dont elle ignorait beaucoup de choses. Il ne s'était jamais montré très bavard sur les activités qu'il avait menées autrefois. Elle ne savait qu'une chose : il avait beaucoup vécu, et il avait ramené de ses voyages une grande expérience des femmes. Parfois, elle éprouvait une bouffée de jalousie envers celles qu'il avait rencontrées avant elle, et qui avaient bénéficié de ses faveurs. Puis elle se disait qu'elle n'en avait pas le droit. Cela s'était passé avant qu'il la rencontrât. Elle profitait aujourd'hui de ce qu'elles lui avaient appris. Il était rare que les femmes, au lavoir, abordassent le délicat sujet de leurs rapports avec les hommes. Presque toutes se plaignaient de ce qu'elles considéraient comme un devoir destiné à faire des enfants et à assouvir les instincts bestiaux des maris. Juliette se gardait bien de dire alors qu'elle ne redoutait pas ces moments-là, bien au contraire. Pierre se montrait toujours attentionné, et usait d'une patience étonnante pour la mener au plaisir. Il lui avait enseigné que, bien loin d'être une corvée, la relation amoureuse pouvait être une source de plénitude et de joie, et l'expression de l'affection que deux êtres se portaient. Dans les bras puissants de son mari, elle avait la sensation d'être plus légère qu'une plume, un objet dont il pouvait faire ce qu'il voulait. Elle éprouvait une jouissance extrême à cette douce soumission.

Ainsi en était-il par cette belle nuit d'été où, malgré la fatigue de la journée, ils avaient trouvé la force de faire l'amour jusqu'à en perdre haleine. Plongée enfin dans un bien-être total, Juliette s'était lovée contre Pierre, dans une position qu'elle affectionnait particulièrement, une jambe passée par-dessus les siennes, la tête posée sur son épaule. Jamais encore elle n'avait osé lui demander quoi que ce fût sur son passé. Elle savait seulement qu'il avait ramené sa fortune d'Orient, sans en connaître la provenance. Mais l'arrivée de Thibault avait éveillé chez Pierre quantité de souvenirs. Aussi, profitant de leur douce euphorie, elle lui demanda :

— Comment as-tu rencontré Thibault ?

— Oh, c'est une longue histoire.

— Tu veux bien me la raconter ?

Il hésita un peu, puis commença à parler.

— Après tout, tu as le droit de savoir. J'avais seize ans

quand je suis parti de la maison de mon père. Je ne supportais plus son autorité. Il y avait eu de graves inondations et les récoltes étaient mauvaises. C'était une période de chômage et de misère. Par des voyageurs, j'avais entendu parler de la capitale. Alors, j'ai fait mon balluchon et je suis monté à Paris. Là, il n'était pas facile de trouver un emploi. Beaucoup d'entreprises souffraient de la crise économique. Finalement, j'ai travaillé aux Halles. C'est par là que passe tout ce que mangent les Parisiens : viandes, fruits, légumes. Je gagnais ma vie en transportant de gros quartiers de bœuf sur mon dos. Mon salaire me permettait de vivre, parce que les gars costauds étaient très recherchés. J'avais trouvé une petite chambre sous les toits, près de l'église Saint-Eustache. Thibault était mon voisin de palier. A l'époque, il était étudiant en médecine. Un jour, j'ai attrapé une mauvaise fièvre. Je n'avais pas les moyens de payer un docteur. C'est lui qui m'a soigné. Gratuitement. En échange, je lui ai fourni de la viande, qu'il n'avait pas toujours les moyens de se payer. C'est ainsi que nous sommes devenus amis. Il connaissait bien la ville. Il m'a fait découvrir Paris, les quais, le palais du Louvre, les quartiers ouvriers. Je m'y suis fait quelques copains.

« Un jour, je lui ai dit que j'aurais aimé savoir lire et écrire, comme lui. Alors, il m'a appris. Je passais des heures à lire, à m'en user les yeux. Je voulais devenir quelqu'un, et pour cela, je devais m'instruire. Beaucoup de choses m'intéressaient, particulièrement les pays lointains. A cette époque, on venait juste de vaincre le chef algérien Abd el-Kader. La France commençait à se construire un empire colonial. A Paris, on croisait toutes sortes de gens, venus de tous les pays du monde, des touristes, d'autres étudiants. Le soir, on se retrouvait avec eux. C'est de là que m'est venue l'envie de voyager.

« Dans ces années-là, les gens étaient tellement malheureux qu'ils ont fini par se révolter, comme ils l'ont encore fait dernièrement à Paris. Les ouvriers travaillaient jusqu'à quinze heures par jour pour un salaire de misère, pendant que les bourgeois s'enrichissaient sur leur dos. Au mois de janvier 1848, il y a eu une grande insurrection. Le peuple s'est emparé du Palais-Royal. Le roi s'est enfui. Il ne devait pas avoir envie qu'on lui coupe la tête comme pendant la première révolution. A cette époque, j'ai cru qu'enfin les hommes allaient devenir égaux en droits, que la situation allait s'améliorer. Les députés étaient de notre côté. La république allait renaître. On a établi le suffrage universel et on a réduit la journée de travail à dix heures. La presse était de nouveau libre.

« Malheureusement, le peuple a été trompé. Il n'y avait pas de travail pour tout le monde. En février 48, on a créé des ateliers nationaux pour employer les chômeurs à de grands travaux, comme la construction de lignes de chemin de fer. Mais les caisses de l'Etat étaient vides. On ne pouvait pas payer les ouvriers. Quelques mois après leur création, les ateliers ont été dissous. Alors, le peuple s'est révolté de nouveau. Au mois de juin, la troupe a envahi Paris. Il y a eu des milliers de morts, comme au mois de mai dernier. Tu vois, l'histoire se répète. Thibault et moi avons réussi à nous cacher et à quitter Paris sans être inquiétés. Mais j'ai compris que nous ne pourrions rien faire contre l'armée de cette foutue République qui allait encore une fois profiter aux bourgeois. Et puis, j'étais las des querelles qui opposaient les chefs ouvriers entre eux.

« Mon envie de voyager ne m'avait pas quitté, mais je n'avais pas le sou. Je me suis donc engagé dans l'armée coloniale. On m'a d'abord envoyé en Algérie. C'est là que j'ai appris à monter à cheval – je sais aussi monter un dromadaire ! ajouta-t-il avec un sourire. J'ai découvert le désert, les hommes qui y vivent, les Touaregs. Ce fut une expérience inoubliable. Je suis resté là-bas quelques années. Mais je supportais difficilement la discipline militaire. J'ai fini par démissionner et, grâce à la solde que j'avais économisée, j'ai voyagé vers l'orient. Je suis arrivé en Egypte. C'est un pays extraordinaire, sans doute le plus vieux pays du monde. Il y a là-bas des pyramides plus hautes que la colline de Montrichard, des temples enfouis sous le sable, des statues colossales. Depuis que Napoléon Ier a envoyé une expédition sur place, on y rencontre de nombreux savants, qui tentent de percer le mystère des textes anciens. On appelle ça des hiéroglyphes. Ça veut dire : écriture sacrée. L'un d'eux y est parvenu, il y a une quarantaine d'années, un certain Champollion. Depuis, on achète aux indigènes tout ce qu'ils peuvent trouver dans les ruines des monuments. Les collectionneurs européens étaient prêts à payer des fortunes pour acheter des objets égyptiens. Alors, je suis devenu trafiquant. Bien sûr, j'avais parfois l'impression de piller la richesse de ce pays. Ces objets appartenaient aux habitants. Mais après tout, ils les avaient laissés dans l'oubli pendant des siècles. Aucune loi ne m'interdisait de le faire. J'ai gagné de l'argent. J'ai vécu comme un prince. J'avais plusieurs serviteurs.

— Et des femmes, ajouta malicieusement Juliette.

Pierre sourit.

— J'étais jeune et célibataire, ma douce. Mais rassure-toi, aucune n'a jamais compté pour moi. J'ai beaucoup voyagé. J'ai remonté le Nil vers le sud. Si je savais écrire, je raconterais tout ce que j'ai vu dans un livre. Mais comment est-il possible de traduire de telles beautés ?

Il se tut quelques instants. Dans ses yeux uniquement éclairés par la lueur jaune de la lampe à pétrole passèrent des images de soleil, de vent et de monuments érigés par un peuple retourné à la poussière depuis des millénaires, dont on commençait à peine à déchiffrer la mémoire gravée dans les temples oubliés sous les sables du désert.

— Qu'est-ce qui t'a amené à revenir en France ?

— J'avais le mal du pays. J'avais laissé beaucoup d'amis ici. Et puis, j'étais seul. Les femmes de ce pays ou les étrangères que j'ai croisées étaient trop différentes de moi. J'avais envie de fonder une famille, avoir des enfants. Là-bas, ce n'était pas possible. De plus, on commençait à réglementer le trafic des objets anciens. Un jour ou l'autre, j'aurais été obligé d'arrêter. Alors, il y a sept ans, je suis rentré en France avec une somme confortable. A Blois, je me suis adressé à un notaire. Le hasard a fait qu'il venait de recevoir une proposition de vente de la part de Parisiens qui possédaient, à Bourré, là où j'étais né, une ferme qu'ils n'exploitaient pas. Leurs parents l'avaient reçue en héritage bien des années auparavant. C'était la Sauvagine. Je l'ai visitée et je l'ai achetée aussitôt. Je l'ai payée un très bon prix, parce qu'ils étaient couverts de dettes et qu'ils avaient besoin d'argent. C'est comme ça que je suis revenu m'installer ici.

— Et Thibault ?

— Nous sommes toujours restés en relation. Nous nous écrivions régulièrement. Quand je suis rentré en France, je suis passé par Paris où je l'ai retrouvé. Il était devenu médecin, mais il ne roulait pas sur l'or parce qu'il soignait surtout les pauvres. Je lui ai fait part de mon projet et il m'a encouragé. Il a toujours promis de venir me voir, mais il n'a jamais pu se libérer. Jusqu'à ces derniers temps.

— Crois-tu qu'il restera avec nous ?

— Non. Il n'est pas fait pour le travail de la terre. Mais cela lui permet de se cacher, le temps de pouvoir gagner l'étranger sans encombre. Je l'aiderai. Je lui dois bien ça. Sans lui, je n'aurais jamais su lire et écrire. Je n'aurais pas mené cette vie d'aventures, et je n'aurais pas fait fortune.

Juliette déposa un baiser tendre sur la poitrine de son mari.

— Pourquoi ne m'as-tu pas parlé de tout ça avant aujourd'hui ?

Il ne répondit pas immédiatement.

— Sans doute parce que je ne suis pas très fier de moi. J'ai fait fortune, mais au détriment du peuple égyptien. Ce sont de braves gens. Parfois, j'ai la nostalgie de ce pays.

— Tu aurais envie de repartir ?

— Oh non ! Rassure-toi ! Depuis que je t'ai rencontrée, c'est près de toi que je veux vivre. Même s'il faut supporter un tyran comme Thiers.

— Laisse donc Thiers où il est. Occupe-toi encore de moi !

Il ne se le fit pas dire deux fois. Juliette avait dix-sept ans de moins que lui, la peau douce et un corps sculpté par les travaux des champs, qui ne laissait pas de place pour un embonpoint superflu. Comment résister à l'appel de ces yeux verts aux reflets mordorés ?

Le lendemain, à propos des projets de monsieur Thiers, le *Petit Journal* leur apprit une nouvelle qui déclencha chez Pierre une crise d'hilarité, reprise aussitôt par Thibault.

— Ecoutez ça ! dit-il. Le comte de Chambord refuse le drapeau de la République. Il exige, pour reprendre sa place sur le trône de France, de revenir au drapeau blanc ! Grâce à cet imbécile, nous allons peut-être échapper à la monarchie.

Avec les repas copieux préparés par Juliette, Thibault eut tôt fait de retrouver des forces. Pendant les premiers jours, Pierre refusa qu'il participât aux travaux des champs.

— Tu es tellement maigre que tu ne serais d'aucune utilité, et tu risquerais d'attirer l'attention sur toi.

— Je ne suis pas le seul malheureux qui crève de faim dans ce pays.

— Mais ils n'ont pas ton allure et ton parler de Parisien.

Thibault n'insista pas. Pierre avait raison. Il lui fallait d'abord reprendre de la vigueur. Ce qui fut fait en une quinzaine de jours. Peu à peu, au milieu de cette chaleureuse ambiance familiale, il reprit goût à la vie.

— Je t'envie, mon Pierre, dit-il un soir à son ami. J'aurais sans doute dû me montrer plus raisonnable et ne pas me mêler de cette révolte. Mais j'avais vu trop de gens travailler comme des bêtes pour un salaire de misère, méprisés par des patrons qui les traitaient à peine mieux que des animaux. Nous vivons dans un monde basé sur l'exploitation des ouvriers, et même de leurs enfants. Que pouvais-je faire d'autre que me joindre à eux lorsqu'ils n'ont plus accepté la tyrannie bourgeoise ? Et ces mêmes bourgeois ont le culot de s'abriter derrière ce qu'ils appellent l'ordre moral. Quel cynisme !

Il devint sombre.

— J'ai connu une femme, moi aussi, à Paris. Elle s'appelait Rosine. Elle avait trente ans. Il y a un an, son mari, son petit garçon et elle ont été victimes d'une mauvaise grippe. L'homme et l'enfant ont succombé, mais j'ai réussi à la sauver. Elle était désespérée et parlait de se suicider. Alors, je l'ai recueillie chez moi et je lui ai redonné goût à la vie. Nous envisagions de nous marier quand la guerre a été déclarée.

Il laissa passer un lourd silence, puis ajouta :

— Elle a été tuée au cours d'une fusillade au début de la Commune. Elle n'était même pas armée. Elle était seulement là où elle n'aurait pas dû être. C'est à cause d'elle que je suis resté et que je me suis battu. Mais la mort n'a pas voulu de moi. Aujourd'hui, je crois que je comprends pourquoi. J'ai survécu pour pouvoir raconter ce qui s'est réellement passé.

Vint la fin de l'été. Après la période des moissons et en attendant les vendanges, une grande fête fut organisée à Montrichard pour l'inauguration du chemin de fer.

10

Pour le pays, c'était une véritable révolution. Enfin la ligne transversale qui devait relier Nantes à Lyon était achevée, malgré les privations dues à la guerre. Elle ne comportait qu'une seule voie, mais allait permettre de transporter les marchandises beaucoup plus rapidement que les gabarres et les chalands. Une foule grouillante affluait depuis le matin sur la place de la gare toute neuve. De longues banderoles bleu, blanc, rouge agitées par une brise légère tombaient du toit. On attendait avec impatience le train inaugural en provenance de Tours. De nombreuses personnalités officielles avaient pris place à son bord, ministres, préfets des départements traversés, industriels. On chuchotait même qu'Adolphe Thiers, élu président de la République depuis le 31 août, serait peut-être présent. Il était prévu que le train fît une halte dans chaque gare traversée. Une estrade avait été dressée sur le quai pour accueillir les notables de la ville et des environs. Le maire de Montrichard devait prononcer à cette occasion un discours qui devait rester dans les mémoires. Il y avait consacré quelques nuits blanches.

Des buvettes et des échoppes avaient été montées autour de la place de la gare, ombragée par des tilleuls et des châtaigniers. La rue menant à l'église, puis au centre de la ville, avait été pavoisée. En attendant le convoi, on commentait l'événement. Les femmes avaient revêtu leurs plus belles toilettes et rivalisaient d'élégance. Un photographe au visage orné d'énormes moustaches avait installé son matériel de manière à immortaliser les groupes devant le bâtiment neuf, et nombreux étaient les badauds qui attendaient leur tour de poser. Des chanteurs de rue braillaient les dernières romances à la mode. Une chanson en particulier, composée trois ans plus tôt par Jean-Baptiste Clément, connaissait un grand succès. Elle s'intitulait *Le Temps des cerises*. Sa mélodie pleine de nostalgie était facile à retenir, et les gens repartaient avec l'air dans la tête et les paroles, imprimées sur un papier de mauvaise qualité, à la main.

Pour éviter la cohue, Pierre avait laissé la voiture le long du Cher et on avait fait le reste de la route à pied. La gare se situait à un kilomètre du centre, dans un lieu presque désert, hormis quelques maisons de maître.

Une gare avait également été construite à Bourré, mais Pierre avait préféré venir à Montrichard, où les festivités seraient plus importantes. De plus, il n'avait guère envie de croiser son père. Aussi s'était-on levé de bon matin. Thibault avait accompagné la famille, vêtu d'un costume de Pierre retouché pour lui. Bien qu'il eût récupéré des forces, il promenait encore autour de lui un regard d'animal traqué. Il lui fallait prendre sur lui pour ne pas sursauter au moindre bruit un peu fort, et la présence des gendarmes et des militaires le mettait mal à l'aise.

— Ne t'alarme pas, lui soufflait Pierre discrètement. Ils ne sont pas là pour toi.

Thibault hochait la tête, mais il ne pouvait empêcher son estomac de se serrer lorsqu'un soldat tournait le regard vers eux. Alors, il baissait les yeux. Soudain, son cœur se mit à battre plus vite. Ils venaient d'arriver près du couple qui chantait *Le Temps des cerises.*

— Cette chanson, murmura-t-il. On la chantait beaucoup à Paris pendant la Commune. Elle était devenue comme un signe de ralliement pour mes compagnons.

— Ce n'est qu'une chanson d'amour, répondit Pierre.

— Pour moi, c'est beaucoup plus que ça.

Pierre percevait la souffrance de Thibault comme s'il l'avait éprouvée lui-même. Comment imaginer que des Français pussent tirer sur d'autres Français qui se révoltaient parce qu'ils crevaient de faim ?

— Allez, vieux frère ! dit-il doucement en le prenant par l'épaule. Profite plutôt de cette belle journée ! La vie doit toujours être la plus forte.

Thibault lui répondit d'un sourire un peu forcé.

Du haut de ses six ans, Sylvine posait sur la foule un regard conquérant. Tous les membres de la famille étaient très beaux et suscitaient des regards d'envie de la part des badauds. Juliette s'était fait confectionner une robe longue de couleur vert amande qui s'harmonisait avec ses yeux, ce qui ne manqua pas de susciter des commentaires fielleux de la part de quelques jalouses venues de Bourré. Parmi elles, Sylvine reconnut Georgette Vernier et Prudence Ravachon.

— Regardez-moi cette pimbêche qui se prend pour une grande dame !

— Ouais ! Elle a épousé les sous de Ménétrier !

— Elle a su y faire, allez ! Quand on pense qu'elle est entrée chez lui comme bonniche !

— Une vicieuse, que je vous dis. Il a au moins vingt ans de plus qu'elle.

Sylvine, qui n'avait pas ses oreilles dans sa poche, saisit quelques mots au passage, ce qui fit naître en elle une profonde colère. Qu'avaient donc ces mégères à critiquer ainsi sa mère ? Elle les trouvait laides. L'envie la démangeait d'aller leur flanquer un coup de pied dans les jambes. Les hommes, au contraire, regardaient Juliette avec des yeux brillants, ce dont la petite n'était pas peu fière.

Sylvine portait une robe taillée dans le même tissu vert. Il avait aussi servi à fabriquer celle de la petite Angélique et la culotte de Christophe. Mais le bambin, peu soucieux de préserver ses affaires neuves, courait de droite et de gauche en compagnie d'autres gamins turbulents, excités par la liesse populaire. Toujours calme et silencieuse comme à son habitude, Sylvine demeurait près des adultes. Elle ne lâchait pas la poupée offerte « par les lutins » au Noël dernier. Soudain, elle reconnut Fuful le roulier. Elle ne l'avait pas vu depuis plusieurs semaines. Pendant l'été, l'exploitation des *perrières* ralentissait beaucoup en raison du travail des champs, et Pierre s'y était peu rendu. Elle courut se jeter dans ses bras.

— Oh, bonjour, P'tite Belle !

Puis il salua toute la famille. La conversation porta aussitôt sur l'événement du jour. Fuful n'avait pas d'opinion arrêtée, mais il se méfiait un peu de cet engin qu'il n'avait encore jamais vu et qui allait le forcer à changer ses habitudes.

— Les mariniers sont mécontents, expliqua-t-il. On m'a déjà donné l'ordre de déposer les *douelles* à la gare et non plus au port. Ça va faire des chômeurs en plus, moi, je vous le dis !

Bientôt, on annonça l'arrivée du maire et des notables. Il y eut des mouvements de foule pour les apercevoir. Juliette rassembla ses enfants autour d'elle afin d'éviter de les perdre dans la confusion. Venant de la ville, un cortège d'hommes vêtus de noir, coiffés de hauts-de-forme et précédés par une fanfare clinquante et bruyante fit son apparition au bout de la rue de l'Eglise. Sylvine, grimpée sur les épaules de Thibault, bénéficiait d'une vue privilégiée. Elle distingua très vite, au premier rang, le monsieur bien habillé qu'elle avait déjà repéré lors de la messe de minuit. Comme l'autre fois, il portait de beaux vêtements et un superbe chapeau. Autour de lui, les gens se courbaient avec obséquiosité, comme s'il avait été le président de la République lui-même. Il marchait à côté du maire, un vieux monsieur au visage mangé par d'épais favoris à la mode ancienne.

Soudain, Sylvine entendit son père grommeler :

— Tiens, il est là, celui-là ! Dès qu'il s'agit de se faire voir...

— Qui est-ce ? demanda Thibault.

— Son nom est Edmond Gréville. C'est le fils d'un gros notaire de Montrichard qui s'est enrichi pendant le Second Empire. Cet individu affecte de se faire appeler monsieur *de* Gréville. Il affirme à qui veut l'entendre que l'empereur l'a anobli. Bien sûr, c'est faux, mais cela le pose auprès des gens d'ici, pour qui la noblesse a gardé un certain panache.

De fait, monsieur « de » Gréville plastronnait, recueillait avec condescendance les hommages des gens qui ôtaient leur chapeau sur son passage. On eût dit, à son air supérieur, que la foule était là uniquement pour le voir. Pierre cracha par terre en signe de mépris. Très sensible, Sylvine reçut comme une gifle la colère que son père éprouvait contre cet homme, et dont elle ignorait la raison.

Soudain, monsieur de Gréville les aperçut. Aussitôt, son sourire hautain disparut. Puis, très vite, il réapparut lorsqu'un petit bonhomme court sur pattes le salua avec mille courbettes.

Un peu plus tard, Sylvine glissa sa menotte dans la main de Pierre et lui demanda :

— Papa, c'est quoi, la noblesse ?

— C'est un titre dont se parent certaines personnes. Autrefois, les nobles étaient des seigneurs chargés de défendre le peuple contre ses ennemis. Avec le temps, on a oublié cette fonction, et les nobles ont profité de leurs privilèges pour s'enrichir sur le dos des paysans qu'ils accablaient d'impôts. Aujourd'hui, ils se sont acoquinés avec la bourgeoisie pour exploiter les ouvriers.

— C'est injuste !

— Hélas, beaucoup de choses sont injustes dans ce monde, ma P'tite Belle. C'est pour ça que les gens du peuple ont fait la révolution. Malheureusement, cela n'a pas servi à grand-chose. Les pauvres sont restés pauvres. Cependant, la vraie noblesse existe. C'est le sens de l'honneur, de la dignité et de la justice. Celle-là ne revendique aucun titre. Elle se porte dans le cœur.

Sylvine se demanda ce qu'était cette noblesse que l'on portait dans le cœur. Elle savait où était son cœur. Pierre le lui avait dit. Mais il utilisait aussi parfois des mots compliqués. Elle comprenait cependant qu'il y avait beaucoup d'injustice autour d'elle, et que l'on ne pouvait pas toujours se battre contre elle. Parce que les gens riches n'étaient pas bons. Enfin, certains l'étaient. Son père était riche. Il se montrait généreux avec tous ceux qui avaient besoin d'être aidés.

Revenue sur les épaules de Thibault, elle tenta de retrouver le monsieur bien habillé. Il s'était installé sur la tribune, avec les autres messieurs vêtus de noir. Tout à coup, la fanfare qui avait pris place derrière l'estrade commença à jouer des marches militaires. Curieuse, Sylvine observa les musiciens dont les joues se gonflaient à éclater en soufflant dans leurs instruments. Soudain, elle se mit à rire de bon cœur. Des garçons étaient grimpés dans un arbre proche avec une réserve de petits cailloux qu'ils tentaient d'envoyer avec adresse dans l'énorme cornet de l'hélicon. Evidemment, cela avait le don d'énerver prodigieusement son propriétaire qui jetait des œillades furieuses aux garnements, sans toutefois pouvoir répliquer. Il parvint à brandir le poing dans leur direction, mais personne ne se rendit compte de son désarroi. L'attention de la foule était attirée par un vacarme en provenance des voies. Cela commença par un coup de sifflet strident qui résonna dans le lointain, en direction de Tours.

— Le train ! Le train arrive ! s'écria Juliette, aussi enthousiaste que les enfants.

Christophe, juché sur les épaules de son père, se mit à crier, autant de peur que d'excitation.

La foule poussa des cris de joie et se déplaça en direction de la ligne. Elle fut arrêtée par des employés de la compagnie soucieux d'éviter un accident. Impressionnée, Sylvine entendit ce qui ressemblait au souffle d'un monstre énorme qui avançait dans une assourdissante vibration métallique. Partagée entre la curiosité et l'inquiétude, elle écarquilla les yeux pour essayer d'apercevoir la chose qui menait un tel tapage. Elle avait déjà vu les engins étranges utilisés par les ouvriers du chemin de fer, mais il était rare de les voir se déplacer. Cette fois, il s'agissait d'un vrai train. Elle distingua enfin la locomotive crachant son panache de fumée blanche. Des drapeaux bleu, blanc, rouge ornaient l'avant. Derrière la locomotive suivaient trois wagons de bois. Le convoi ralentit, puis, dans un grondement de métal, s'immobilisa. Les officiels s'étaient déjà portés à la rencontre des personnalités. Dans la plus grande confusion, Sylvine aperçut des gens se serrer la main, se donner l'accolade, se congratuler, lever les bras au ciel.

Bientôt, on apprit avec déception qu'Adolphe Thiers n'était pas dans le train.

— Tant mieux ! grommela Thibault à l'adresse de Pierre. Je crois que je n'aurais pas résisté à l'idée de l'étrangler s'il était passé près de moi. Dire que cet imbécile a déclaré, peu après les débuts du chemin de fer, qu'il s'agissait d'une invention bruyante et sans avenir[1].

Ce fut une journée fertile en émotions. Le soir, lorsque la famille Ménétrier revint à la Sauvagine, Sylvine avait la tête farcie d'images. Elle avait vu le train repartir, salué par les hurlements exubérants de la foule. Puis on avait déambulé dans les rues pavoisées, on avait mangé des pommes cuites au caramel, écouté les chanteurs des rues et les conteurs, applaudi des saltimbanques montreurs d'animaux dressés, des jongleurs. Son père avait participé à des jeux de force d'où il était ressorti régulièrement vainqueur, à la grande fierté de sa famille.

Et puis, il y avait eu cet incident auquel elle n'avait pas compris grand-chose. Les Ménétrier avaient pris place à la terrasse d'un café, place du Commerce. Près d'eux était installé un groupe de messieurs vêtus de noir et portant des chapeaux hauts de forme. Elle s'apprêtait à boire son verre de limonade quand l'un d'eux s'était exclamé :

« C'est une catastrophe, messieurs ! »

Sylvine se demanda ce qui pouvait être une catastrophe alors que la journée était si belle. S'il parlait du train, elle ne partageait pas du tout son avis. Elle regarda l'homme qui avait prononcé ces paroles. C'était un gros homme au visage bouffi et aux yeux sévères. Son costume semblait si serré autour de son ventre qu'on avait l'impression qu'il allait éclater. Il portait une montre à chaîne d'or glissée dans son gilet, des favoris gris et abondants et promenait sur la foule un regard de mépris. Visiblement, il lui en coûtait d'être ainsi mêlé au peuple. Comme ses compagnons s'étonnaient de sa réflexion, il répondit :

« Il se confirme que le comte de Chambord refuse le

1. Authentique.

drapeau de la République. Il exige le retour au drapeau blanc. Il ne veut pas en démordre. »

Un vieux monsieur hocha la tête d'un air consterné, mais pas très convaincu.

« C'est ennuyeux, répondit-il pour faire plaisir à l'autre.

— C'est un désastre, vous voulez dire ! Le comte de Chambord est l'héritier légitime des Bourbons. S'il ne revient pas sur sa décision, la monarchie ne pourra pas être rétablie. Nous resterons en république. »

Sylvine vit alors son père pouffer de rire, aussitôt imité par un Thibault hilare. C'était plus que ne pouvait en supporter le gros homme, qui se dressa, furieux. Malheureusement pour lui, il ne mesurait guère plus d'un mètre soixante, ce qui ne contribuait pas à asseoir sa supériorité. Il toisa Pierre d'un œil agressif et l'apostropha :

« Qu'est-ce qui te fait rire, toi ? »

Pierre se leva à son tour. Il dépassait le bonhomme de deux bonnes têtes. L'autre cracha d'un ton cinglant :

« Je t'ai posé une question !

— Monsieur, gronda Pierre, ayant perdu tout à coup le sourire, je ne me souviens pas que nous ayons gardé quoi que ce soit ensemble. Je vous prierai donc de cesser de me tutoyer. »

Le gros bonhomme vira au cramoisi. Sylvine crut qu'il allait exploser sous l'effet de la colère.

« Mais pour qui te prends-tu pour me parler sur ce ton ? »

Inquiète, Juliette posa la main sur le bras de Pierre.

« Ne réponds pas », souffla-t-elle.

Le gros homme insista :

« Serais-tu socialiste ? Je croyais qu'on avait exterminé toute cette racaille il y a deux mois. »

Sylvine vit Thibault pâlir. Elle eut l'impression qu'il allait bondir sur le bonhomme. Visiblement, l'autre cherchait à provoquer Pierre. Tout à coup, un homme surgit près de la terrasse, derrière son père. Avec stupéfaction, elle reconnut Edmond de Gréville.

« Pardonnez-moi, monsieur Himbert, dit-il. Je vois que vous ne connaissez pas monsieur Ménétrier. C'est le propriétaire de la ferme de la Sauvagine, qui jouxte les terres que je possède entre Montrichard et Bourré. »

Pierre se retourna d'un bloc. Mais Gréville lui adressa un grand sourire.

« J'ai cru comprendre qu'il risquait de se produire ici un déplorable malentendu. Monsieur Himbert est un gros industriel de Blois. Il possède une chasse près de la nôtre, en Sologne, et une propriété à Céré-la-Ronde. »

Pierre ne répondit pas. Le gros bonhomme, dont le visage avait pris une teinte proche du mauve, consentit à se rasseoir en bougonnant. Puis il apostropha le nouvel arrivant.

« Mais enfin, monsieur de Gréville, vous conviendrez avec moi que le refus du drapeau de la République par le comte de Chambord est une catastrophe !

— Bien sûr, cher ami. Mais il n'est pas le seul prétendant au trône. Il reste la branche Orléans. »

L'autre s'insurgea.

« Des usurpateurs ! Les seuls vrais rois de France sont les Bourbons. Mais j'aimerais que ce monsieur – comment dites-vous, déjà, Ménétrier ? – nous donne son avis. »

Pierre laissa passer un silence, puis déclara :

« Je ne discuterai pas avec vous, messieurs, de la décision du comte de Chambord. Elle ne regarde que lui. Mais pour ma part, je ne souhaite pas le retour de la monarchie. »

Le dénommé Himbert manqua de s'étouffer.

« C'est bien ce que je disais ! explosa-t-il. C'est un socialiste !

— Non, monsieur, répliqua Pierre sèchement. Un républicain. »

L'altercation avait attiré une petite foule qui commençait à se passionner pour le débat. Certains, amusés par l'énervement du petit bonhomme rouge, soutenaient Pierre, dont ils avaient apprécié la réplique. Et puis, on n'aimait pas trop les gens de Blois qui prétendaient imposer leur point de vue. D'autres, en revanche, prenaient parti pour l'industriel, affirmant qu'on avait vu ce dont la République était capable avec les massacres d'ecclésiastiques qui avaient eu lieu à Paris deux mois plus tôt.

Sylvine vit Thibault pâlir encore plus. Juliette prit le bras de Pierre.

« S'il te plaît, partons ! »

Juliette détestait les scandales. Pierre se rendit compte qu'elle était très mal à l'aise. Alors, sans un regard pour l'industriel blésois ni pour Gréville, il tourna les talons, emmenant sa famille. Himbert l'apostropha, écumant de rage :

« Vous ne vous en tirerez pas comme ça, monsieur le républicain ! Vous saurez qui je suis ! »

Mais il ne put en dire plus. Il se mit à émettre des borborygmes étranglés. Sylvine se retourna, le vit porter ses mains à son cou. Cette fois, il était violet.

« Un médecin ! Un médecin ! » cria quelqu'un.

On s'agita autour de lui. Mais Pierre haussa les épaules et s'en fut.

« Il est temps de rentrer », dit-il.

Le mardi suivant, en fin de journée, le curé Francis Rochelet se présenta à la Sauvagine. Dès qu'elle l'aperçut, Sylvine courut à sa rencontre. Mais, à sa mine sombre, elle comprit qu'il apportait une mauvaise nouvelle. Le prêtre suivit la fillette jusqu'à la maison.

— Quel bon vent t'amène ? demanda Pierre.

— Pas si bon que ça, répondit Francis. On t'accuse d'avoir tué un homme.

11

— Qu'est-ce que c'est que cette histoire ?

— Monsieur Himbert, l'industriel avec qui tu as eu une altercation dimanche dernier, a succombé à une attaque hier matin. Il avait été transporté chez le docteur Champréaux. Mais celui-ci n'a rien pu faire. On pense qu'il a été victime d'un transport au cerveau. D'après ce que j'ai appris, il était d'un tempérament sanguin. Il n'était pas habitué à ce qu'on lui résiste. C'est pourtant ce que tu as fait. Certains affirment que tu l'as provoqué, et ils te tiennent pour responsable de sa mort.

— C'est ridicule. J'ai tout fait au contraire pour éviter l'affrontement.

— Je sais. Mais certains veulent profiter de la situation pour te créer des ennuis. Ce monsieur Himbert était un riche industriel blésois. On parle de porter plainte contre toi. S'ils arrivent à prouver que tu as causé la mort de monsieur Himbert, même involontairement, tu risques d'aller en prison.

Un mélange de colère et d'inquiétude s'empara de Pierre.

— Moi, en prison ? Je ne l'ai même pas touché !

— On ne t'accusera pas de l'avoir frappé, mais de l'avoir poussé à bout.

— Je lui ai seulement répondu que j'étais républicain. C'est donc devenu un crime aujourd'hui ?

— Disons qu'à un moment où le gouvernement de monsieur Thiers cherche à rétablir la royauté, ce n'est pas très bien vu de se déclarer ouvertement républicain. Certains tenteront de te faire passer pour un socialiste.

— Mais pourquoi ?

— Tu as fait beaucoup d'envieux, mon pauvre Pierre. L'envie est un bien triste péché, et elle peut causer de grands torts.

— Je ne me laisserai pas faire.

Les gendarmes se présentèrent dès le lendemain. Il était convoqué chez le juge à Blois, pour l'enquête concernant la mort d'Edouard Himbert. Pierre sella Fidèle, embrassa Juliette et ses enfants, puis se mit en route.

Il revint deux jours plus tard. Libre.

Dès qu'elle aperçut sa silhouette se découper sur les feux du couchant, Juliette se précipita vers lui.

— Ils ne t'ont pas gardé ! Dieu soit loué !

Puis elle éclata en sanglots de joie.

Plus tard, Pierre expliqua ce qui s'était passé.

— Le curé avait raison. Certains ont bien tenté de me rendre responsable de la mort de Himbert. Mais son médecin a confirmé l'avoir prévenu qu'il risquait ce genre d'accident. On appelle ça l'apoplexie.

— Qui t'a accusé ?

— Je l'ignore. Des gens d'ici, probablement. Quelques-uns de mes chers voisins, qui étaient présents, et qui escomptaient bien me causer du tort, par jalousie.

Le regard de Juliette se fit dur.

— Gréville.

— Non. Au contraire. Le juge m'a dit qu'il avait témoigné en ma faveur, et que cela avait contribué à m'innocenter.

La jeune femme eut une grimace de dégoût.

— Pourquoi t'est-il venu en aide ? Cela me semble louche.

— Peut-être désire-t-il m'amadouer avant de me faire une proposition. J'ai ouï dire qu'il cherchait à racheter plusieurs fermes dans les environs.

Juliette ricana.

— Il veut devenir fermier, maintenant.

— J'en doute. Mais il est possible qu'il nous rende visite bientôt.

— Il oserait !

— De sa part, rien ne m'étonnerait. Il voulait déjà racheter la Sauvagine il y a sept ans. Je lui ai soufflé l'affaire.

Pierre ne se trompait pas. Quelques jours après son retour, celui qui se faisait appeler monsieur de Gréville se présenta à la Sauvagine. Pierre était sur le point de rejoindre les vignes. Les vendanges se préparaient. Dès qu'elle l'aperçut, Juliette, qui devait accompagner son mari, revint vers la maison et s'y enferma. A quelques pas de là, Sylvine, qui jouait dans un pré longeant le chemin, vit Edmond de Gréville arrêter sa voiture devant son père. Elle s'approcha discrètement et écouta.

— Bonjour, Pierre !

— Bonjour ! répondit-il d'un ton rogue. Que venez-vous faire ici ?

L'autre leva les bras au ciel.

— Ne t'alarme pas ! Je suis seulement venu te faire une proposition.

— Je doute qu'elle m'intéresse.

— Tu devrais au moins l'écouter.

— Si je refuse, vous reviendrez sur le témoignage que vous avez fait en ma faveur, c'est ça ?

Gréville eut un regard embarrassé.

— Pas du tout. Tu sais très bien pourquoi j'ai témoigné en ta faveur.

— Je ne vous ai rien demandé. Je ne suis pour rien dans la mort de cet homme.

— Mais ma parole a pesé de tout son poids dans la décision du juge.

Pierre changea de sujet.

— Qu'est-ce que vous voulez ?

— Racheter ta ferme !

Pierre hocha la tête.

— Cela n'a pas l'air de te surprendre, remarqua Gréville.

— C'est donc vrai que vous voulez racheter tout le pays !

— Pas tout le pays. Je veux créer ici un vignoble de qualité. Dans les milieux que je fréquente, à Paris, il est de bon ton de posséder son propre vignoble. Je sais que tu produis un excellent vin. Bien entendu, tu garderais ta maison et une surface suffisante pour tes autres cultures. Mais je dois devenir propriétaire de ce vignoble. Et de quelques autres.

Pierre allait répondre quand Gréville leva la main.

— Connaissant ta réputation, je souhaiterais même que tu travailles pour moi. Tu t'occuperais des autres vignobles que je vais acquérir. Tu serais mon maître de chais, en quelque sorte.

Pierre secoua la tête.

— C'est non !

Le visage de Gréville se figea.

— Tu devrais au moins réfléchir.

— Il n'y a pas à réfléchir. Je suis ici chez moi et j'y resterai. Personne ne m'en délogera. Mes enfants en hériteront à ma mort.

Gréville comprit qu'il n'avait aucune chance de se faire entendre. Il poussa un soupir puis déclara d'une voix blanche :

— Tu as tort de le prendre comme ça. Tu sais que je suis quelqu'un de puissant ! Je pourrais te causer beaucoup d'ennuis.

— Je sais. Vous avez déjà fait du mal par le passé.

Gréville voulut répliquer, mais s'abstint. Il poussa un grognement et dit d'une voix sourde :

— Je ne suis peut-être pas le seul responsable.

Puis il fit demi-tour et disparut dans le chemin encombré de brumes qui diffusaient le soleil matinal. Derrière Pierre, Thibault n'avait rien perdu de la scène, prêt à intervenir au besoin.

— Il ne manque pas d'air ! dit-il.

Pierre haussa les épaules.

A quelques pas de là, Sylvine n'avait pas compris grand-chose à ce qui s'était dit, sinon que le monsieur bien habillé voulait prendre leur maison, mais que son père ne s'était pas laissé faire. Une vive colère la prit, dirigée contre le bonhomme au regard hautain. Le chemin menant hors de la ferme passant le long du pré où elle se trouvait, elle distingua mieux le visiteur. Il pouvait avoir l'âge de Pierre, mais ses habits étaient soignés, élégants. Lorsqu'il se trouva à sa hauteur, elle se dressa. Les yeux de l'homme se tournèrent vers elle. Une impression étrange envahit la petite fille. Gréville la contempla avec un regard intense, comme s'il cherchait à percer les secrets de son âme. Effrayée, Sylvine fit demi-tour et s'enfuit jusqu'à la maison où elle arriva hors d'haleine. Amandine n'eut que le temps de la recevoir dans ses bras.

— Eh bien, qu'est-ce qui t'arrive, ma gazoute ? On dirait que t'as vu le diable en personne.

Pendant les jours qui suivirent, Pierre redouta un peu de voir revenir les gendarmes. Gréville pouvait avoir modifié son témoignage. Mais il ne se passa rien.

— Il n'a pas osé, commenta Juliette.

— Ce n'est jamais très apprécié de changer d'avis dans une affaire comme celle-là. Il n'a sans doute pas eu envie de passer pour une girouette.

Très vite, on oublia l'incident. C'était l'époque des vendanges et le travail ne manquait pas. Une famille de Bourré, les Marceau, venait aider les Ménétrier, qui leur rendraient la pareille ensuite. On se levait dès l'aube et, après un petit déjeuner solide de pain, de confitures, de fromage et de pâté, on partait pour les vignes. Une odeur de terre fraîche et de fruits mûrs pénétrait les narines tandis que, sur les belles pentes douces de la vallée, quelques filaments de brume luminescents s'attardaient, déposant une rosée scintillante sur les grappes et les feuilles. On attendait cependant que cette rosée fût évaporée pour commencer le travail.

Dans un premier temps, les coupeurs, armés d'un sécateur, dont l'usage commençait à se répandre, coupaient les grappes en ayant soin d'éviter de perdre trop de grains. Ils les déposaient ensuite dans leur panier. Ce travail était plutôt réservé aux femmes et aux personnes âgées car il ne nécessitait guère de force. En revanche, il fallait avancer d'un cep à l'autre le dos courbé et les genoux pliés, ce qui le rendait pénible. Le soir, on avait les reins en compote. Les Marceau, qui avaient neuf enfants âgés de huit à vingt ans, étaient alors d'un grand secours. Les six filles prenaient chacune une rangée et mettaient un point d'honneur à avancer le plus vite possible. Cependant, elles devaient éviter d'oublier trop de grappes sous les feuilles. Au soir, celle qui avait mal travaillé, même si elle était arrivée première, était barbouillée de raisin écrasé par les autres, ce qui occasionnait de joyeuses empoignades. Pierre surveillait la coupe, afin que les raisins abîmés ou desséchés fussent éliminés pour ne pas diminuer la qualité du vin. De même, il fallait laisser les fruits insuffisamment mûrs. Ils seraient récoltés plus tard. Ferdinand Marceau, un gros bonhomme à la trogne réjouie, écoutait attentivement les conseils de Pierre, afin de les suivre pour ses propres vignes. La science de son compagnon le déroutait.

— Mais comment as-tu fait, toi qui t'es mis si tard à la vigne, pour connaître autant de choses ?

— Les livres, mon bon Ferdinand, répondait Pierre. Et au cours de mes voyages, j'ai eu l'occasion de comparer les méthodes de différents pays.

— Ah ! C'est quelque chose de savoir lire, disait l'autre en hochant la tête.

Lorsqu'un panier était plein, on appelait le hotteur. Cette tâche était exclusivement réservée aux hommes, car la hotte pouvait contenir jusqu'à cinquante kilos de raisin. Une fois remplie, les hotteurs portaient leur récolte jusqu'à la charrette dans laquelle ils la déversaient. Les raisins gagnaient ensuite les cuves. Là, les filles, pieds nus, pratiquaient un foulage léger, les jupons retroussés, en riant de voir leurs jambes se teinter de rouge violacé. Juliette n'était pas la dernière à s'adonner à cette activité qui amusait beaucoup les hommes : en raison de la longueur habituelle des robes, il était bien rare de voir autant de jolies jambes féminines d'un coup. Mais c'était pour la bonne cause.

Il ne fallait cependant pas lambiner, car on ne disposait que de deux jours au maximum pour remplir les cuves. Le remplissage devait s'arrêter à une trentaine de centimètres au-dessous du bord, afin que la fermentation ne les fît pas déborder. Pierre travaillait « à cuve ouverte » afin qu'il se produisît une aération du moût, qui permettrait aux ferments du vin de travailler jusque dans les couches inférieures.

Au bout d'une à deux semaines, la fermentation ralentissait d'elle-même, et le liquide, dont la température avait dépassé les trente degrés, refroidissait. Il était temps de pratiquer le pressage. A l'aide de *bacholles*, des récipients de métal à anses asymétriques pouvant contenir jusqu'à douze litres, on ôtait le marc de la cuve pour le verser dans un énorme pressoir dont la vis s'ancrait dans la roche. Il fallait quatre ou cinq hommes pour le manœuvrer, et l'effort était tellement important que l'on s'encourageait par des chants. Le vin allait alors rejoindre les fûts et tonneaux dans lesquels il allait se bonifier. Pierre ajoutait le blanc d'une douzaine d'œufs dans chaque tonne afin de clarifier le vin et de renforcer son pouvoir gustatif.

Quelques semaines plus tard, vers la fin novembre, il organisa une journée de dégustation à laquelle il invita ses clients, des restaurateurs et de riches propriétaires des environs. L'année avait été particulièrement bonne, avec un rendement de quelque soixante hectolitres à l'hectare. Pierre avait été obligé de racheter une trentaine de tonneaux de cent cinquante litres. La moitié de la production devait être vendue dans la région. Le reste partirait pour Tours et pour Blois par gabarres, ou pour Paris. Les tonneaux voyageraient alors par le chemin de fer nouvellement inauguré.

La cave de la Sauvagine avait été aménagée dans la roche, à flanc de colline. Trois galeries parallèles s'enfonçaient dans les profondeurs. Sylvine aimait y venir. Elle retrouvait là les senteurs des caves *perrières*, mêlées aux odeurs de raisin, de bois, de salpêtre et de pierre nue. Il y régnait une température constante, indispensable à la conservation du vin.

Depuis le matin, plusieurs hommes avaient rendu visite à Pierre. Sur une longue table de chêne massif étaient alignés les verres de dégustation. La Sauvagine produisait plusieurs sortes de cépages : cabernet, côt et pinot de la Loire et un peu de gamay[1]. Chaque visiteur avait à cœur de goûter chacun des vins. Pierre avait abandonné le *terras*, le petit vin peu alcoolisé qu'affectionnaient les autochtones. Lui-même préférait boire moins souvent, mais un vin de qualité. C'était pour cette raison qu'il apportait un grand soin à son travail. Dès la deuxième année, il avait proposé sa production à des restaurateurs et des auberges de Tours et de Blois. Le résultat ne s'était pas fait attendre. Il avait acquis très vite une excellente réputation et, à partir de la troisième année, les commandes avaient afflué. Les riches bourgeois qui fréquentaient ces restaurants réputés s'étaient transmis l'information, et dès la quatrième année, la Sauvagine avait vu arriver des messieurs en haut-de-forme, parfois accompagnés de dames en robes magnifiques. Certains possédaient des terrains de chasse en Sologne, car la réputation de Pierre s'était étendue jusqu'à Romorantin.

Devant la bonne humeur affichée par les acheteurs, on avait peine à imaginer que quelques mois plus tôt, la guerre faisait encore rage dans le pays. Thibault se tenait à l'écart. Il détestait cordialement ces individus hautains qui ne devaient leur fortune qu'à la pauvreté des milliers

1. A cette époque, on produisait encore peu de gamay dans la région.

d'individus qui travaillaient dans leurs usines pour un salaire de misère. En revanche, les ardeurs révolutionnaires de Pierre s'étaient apaisées avec le temps, et il avait acquis une certaine philosophie. S'il continuait à croire que les hommes auraient dû vivre égaux en droits, comme le stipulait la magnifique Déclaration née de la première révolution, il restait lucide et estimait qu'il faudrait sans doute encore de très nombreuses années avant que cette utopie ne commençât à se réaliser. Il doutait même parfois qu'elle vît le jour. Il avait donc décidé de profiter de la vie et de la chance extraordinaire qu'il avait eue de pouvoir devenir son propre maître.

Cependant, il n'acceptait pas d'être considéré de haut et traitait ses riches clients d'égal à égal, plaisantant volontiers avec eux. Les premiers temps, certains avaient considéré son attitude comme de l'effronterie, mais ils s'y étaient très vite habitués. On s'étonnait de sa culture, peu courante chez un paysan. On savait qu'il avait beaucoup voyagé autrefois et il avait toujours une anecdote amusante ou insolite à raconter. Et les femmes, épouses – mais plus souvent maîtresses – des visiteurs argentés, ne laissaient pas d'être troublées par ce colosse aux cheveux blonds et aux yeux d'un bleu profond, aux mains larges et puissantes. Certaines lui lançaient d'ailleurs des œillades provocatrices, auxquelles il répondait d'un sourire qui ne l'engageait à rien.

Juliette, revêtue de sa plus belle robe, versait le vin aux goûteurs, prenait note des commandes et répondait avec élégance aux compliments équivoques des clients. Ce fut vers le soir, alors que les visiteurs étaient repartis dans le crépuscule chargé de brumes, qu'elle vit arriver Edmond de Gréville. Elle fit signe à Amandine de faire rentrer les enfants dans la maison.

Pierre s'adressa à lui :

— Si vous venez me faire une nouvelle proposition, vous perdez votre temps.

— Je viens seulement goûter ta nouvelle production. Ne te mets donc pas en colère.

— Il est encore meilleur que l'année dernière ! commenta Francis Rochelet, qui avait passé l'après-midi à comparer les différents crus.

Il fit claquer sa langue en connaisseur averti, puis se reversa un verre. Son élocution devenait difficile, mais l'arrivée de Gréville l'avait un peu dégrisé. A contrecœur, Pierre fit goûter ses vins au visiteur, qui hocha à chaque fois la tête de satisfaction.

— Vous avez parfaitement raison, mon père, dit-il enfin.

Il se tourna vers Pierre.

— Ecoute, je voudrais que tu réfléchisses une nouvelle fois à ma proposition. Je peux t'offrir bien plus que tu ne pourrais l'espérer pour tes vignobles. Tes voisins ont déjà accepté. J'ai racheté plusieurs vignes. Mais c'est toi que je voudrais les voir travailler.

— Si c'est pour épater vos amis parisiens, pourquoi ne pas vous contenter d'acheter mon vin ?

— Je te l'ai déjà dit. Il est de bon ton aujourd'hui de posséder son propre vignoble.

— Même si on n'y connaît rien !

— Point n'est besoin de connaître pourvu que l'on dispose du personnel qualifié.

— On ne dispose pas de moi, monsieur Gréville, fit Pierre, négligeant volontairement de lui donner le titre dont il se parait.

L'autre accusa le coup, mais ne dit rien. Pierre poursuivit :

— Je refuse de travailler pour quelqu'un. Surtout, je n'ai pas envie de satisfaire le caprice d'un homme qui a envie de tout ce qu'il voit. Peut-être pour s'en débarrasser lorsqu'il s'en sera lassé.

Gréville pâlit. Francis Rochelet, gêné, s'écarta pour chercher une chaise.

— Votre fortune vous permet peut-être de vous offrir ce que vous voulez, mais je ne suis pas à vendre. Je n'aurais pas le cœur à travailler pour quelqu'un qui se gonflera d'orgueil en proposant son vin, un vin pour lequel il n'aura fourni aucun effort et dont il ignorera tout. Pour élever un vin, monsieur Gréville, il faut aimer la vigne, il faut sentir le langage de la terre, connaître chaque cep afin de lui offrir la taille qu'il mérite, savoir apprécier le moment précis où la grappe est mûre. Voilà, monsieur Gréville. Il faut aimer la terre, et aimer tout court. Mais vous ne savez pas ce que ça veut dire.

Le visiteur était devenu blême. Il serra les dents. Pierre sentit qu'il aurait aimé lui flanquer une correction. Mais il le dépassait d'une bonne tête.

— Oser me donner des leçons ! cracha-t-il. A moi !

Il pointa un doigt menaçant sur Pierre.

— Ecoute-moi bien ! Tu n'es qu'un paysan. Je suis Edmond *de* Gréville, anobli par l'empereur Napoléon III. J'ai un projet. Un grand projet ! Ce n'est pas toi qui m'empêcheras de le réaliser. Un jour ou l'autre, ces terres seront à moi.

Puis, sans attendre de réponse, il tourna les talons et sortit.

12

Dans les mois qui suivirent, il sembla pourtant bien que cette menace devait rester lettre morte. Gréville ne se manifesta plus.

Juliette et Pierre eurent bientôt un autre sujet de préoccupation. L'assiduité et le goût prononcé du couple pour les jeux d'alcôve avaient porté une nouvelle fois leurs fruits et, dans le courant du printemps 1872, la jeune femme mit au monde une petite Honorine, qui fut aussitôt déclarée huitième merveille du monde par toute la famille. Honorine ne pleurait presque jamais, posait sur le monde un regard étonné et ravi, bien contente d'être là et de constater le vif intérêt que son entourage manifestait pour sa personne. On aurait pu craindre qu'Angélique fît grise mine de voir sa maman consacrer beaucoup de temps au bébé, mais elle en fut enchantée, au contraire. A deux ans, elle faisait déjà preuve d'un certain esprit d'indépendance, et adorait suivre Sylvine dans ses pérégrinations. Elle avait pour sa grande sœur, tout comme leur frère Christophe, une admiration sans borne. A sept ans, Sylvine se comportait comme une petite mère, veillant sur les plus petits avec un grand sens des responsabilités.

Pendant l'été, Sylvine passa un mois chez ses arrière-grands-parents, à Marcilly-en-Gault. Ce fut pour elle un moment d'évasion inoubliable au cœur des forêts et des marais solognots, dont elle rapporta une mine de souvenirs.

La vie continuait à la Sauvagine, à peine troublée par les nouvelles du monde extérieur. En janvier 1873, Napoléon III s'éteignit en Angleterre, où il s'était exilé. Curieusement, Pierre fut affecté par cette nouvelle.

— Ce n'était pas un mauvais homme, dit-il. On lui en veut à cause de la défaite de 70, mais il était déjà gravement malade. Et puis, il a écrit autrefois un livre qui s'intitulait : *De l'extinction du paupérisme.* Il pensait qu'un jour, la pauvreté disparaîtrait. C'était une idée généreuse, mais il s'est trouvé pris au piège des financiers et des industriels.

En avril, Thiers fut écarté du pouvoir par des conservateurs furieux de perdre des voix face aux radicaux. En mai, il démissionna et fut remplacé par Mac-Mahon, qui instaura aussitôt « l'ordre moral » en prenant des mesures sévères : surveillance des cafés et des journaux, nomination des maires et éviction sournoise des républicains. Les catholiques conservateurs firent de grandes démonstrations, notamment en organisant, à la fin mai, un pèlerinage à la cathédrale de Chartres. On parlait aussi de la construction d'une église au sommet de la butte Montmartre, là où les communards avaient entreposé les canons de la garde nationale deux ans plus tôt. Elle devait s'appeler le Sacré-Cœur.

Sylvine se moquait bien de cette agitation lointaine. Pierre continuait à lui enseigner l'écriture et le calcul. Elle se montrait une élève si brillante que, pour ses huit ans, ses parents l'emmenèrent à Tours.

C'était l'été, et un chaud soleil inondait la campagne. De bon matin, Sylvine revêtit sa robe vert amande qui mettait en valeur sa chevelure d'un roux foncé et ses yeux verts aux reflets d'or. Laissant les plus jeunes à la garde d'Amandine, le trio se rendit à la gare de Bourré. Pour la première fois de sa vie, Sylvine prit le train. Ce fut une aventure extraordinaire et impressionnante. Jamais elle n'avait approché d'aussi près la locomotive bruyante qui crachait de la vapeur comme les dragons hantant les contes de Lucien. Pierre, Juliette et la fillette prirent place dans un compartiment. Aussitôt, Sylvine se colla le nez à la vitre. Elle n'avait pas assez d'yeux pour tout voir, pas assez de temps pour poser les mille questions qui lui brûlaient les lèvres : Par quelles villes allait-on passer ? Est-ce que la locomotive roulait plus vite que ne courait un cheval ? Est-ce que Tours était vraiment beaucoup plus grande que Montrichard ? Est-ce que là-bas, les gens parlaient la même langue qu'à Bourré ? Elle avait en mémoire les patois incompréhensibles des réfugiés venus s'abriter à la Sauvagine et s'inquiétait de tomber sur des gens baragouinant un autre langage que le sien. Pierre et Juliette répondaient avec une grande patience à toutes ces interrogations, même si parfois certaines les embarrassaient. Fascinée par les machines à vapeur, Sylvine avait entrepris de comprendre comment elles fonctionnaient. Pierre eut beau se gratter la tête, il fut bien incapable de lui donner l'information demandée.

— Je ne sais pas tout, ma P'tite Belle.

Cette information étonna Sylvine. Depuis toujours, elle avait pensé que le savoir de son père était universel et qu'il suffisait de demander pour obtenir une réponse. Pierre lui prit la main.

— Personne ne peut tout connaître, dit-il doucement. Si tu réfléchis bien, c'est une bonne chose. Imagine qu'un jour, tu saches tout. Tu n'auras alors plus rien à apprendre, et tu t'ennuieras.

Sylvine admit qu'il avait raison. Et puis, il y avait tellement de choses à découvrir.

— Dis-moi, papa, dit-elle soudain, les pays où tu es allé il y a longtemps, est-ce qu'ils sont beaucoup plus loin que Tours ?

Pierre acquiesça.

— Beaucoup plus. Il ne nous faudra qu'une heure et demie pour aller à Tours. Pour me rendre en Egypte, j'ai dû prendre le bateau pendant plusieurs jours.

— Alors, tu as dormi sur le bateau ?

— Bien sûr. Mais l'Egypte n'est pas très loin de la France, il existe des pays beaucoup plus lointains. Pour les atteindre, il faut plusieurs semaines. Le voyage est dangereux et on n'est pas toujours sûr de revenir.

— J'aimerais bien visiter ces pays, plus tard.

— Tu as encore le temps d'y penser, répondit Pierre, amusé par la passion de la petite fille.

Enfin, le train pénétra dans Tours. Tenant fermement les mains de ses parents, Sylvine, impressionnée, découvrit l'effervescence de la grande ville. Un vacarme assourdissant l'agressa, fait des appels des vendeurs de toutes sortes, crieurs de journaux, marchands de friandises, du tintamarre des omnibus tirés par de lourds chevaux de trait, des voitures hippomobiles. Jamais Sylvine n'aurait cru qu'il pût exister d'immeubles aussi hauts. Construits sous le règne de Napoléon III, ils bordaient des rues trois fois plus larges que celles de Montrichard. Une foule animée se hâtait vers nulle part ou bien flânait, s'arrêtait devant les devantures des grands magasins.

Bien plus tard, Sylvine songea que cette journée avait sans doute été l'une des plus belles de sa vie. A midi, ils dînèrent tous les trois dans un restaurant. La petite mit un point d'honneur à se tenir le mieux possible, surveillant sa mère du coin de l'œil pour l'imiter.

Pour finir, Pierre les entraîna dans une grande librairie.

— J'ai entendu parler d'un nouvel auteur, expliqua-t-il. Il y a quelques années, j'ai lu son premier roman en feuilleton. Cela parlait de trois Anglais qui partaient à la découverte de l'Afrique à bord d'un ballon. Je sais qu'il en a écrit d'autres depuis et nous allons te les offrir pour ton anniversaire.

Sylvine crut qu'elle rêvait. Des livres ! A elle ! Largement aussi ému que sa fille, Pierre semblait être, lui aussi, retombé en enfance. Un vendeur les mena devant un rayon où s'alignaient des centaines de livres. Parmi eux ressortaient de magnifiques ouvrages à couverture rouge et or, ornés de superbes gravures. Pierre sélectionna d'abord *Cinq semaines en ballon.*

— Voilà ! C'est celui-là que j'ai lu. Nous allons le prendre. J'ai bien envie de le relire.

Puis il posa devant Sylvine d'autres livres aux titres magiques : *Voyage au centre de la Terre*, *De la Terre à la Lune*, *Autour de la Lune*, *Les Enfants du capitaine Grant*, sous-titré « Voyage autour du monde », *Vingt Mille Lieues sous les mers*. Un nom revenait sur chaque ouvrage : Jules Verne.

— C'est qui ? demanda-t-elle.

— C'est l'auteur, le monsieur qui a écrit tous ces livres.

— Il a écrit tout ça ?

— Oui. Est-ce que tu as envie de les lire ? Tous ?

Elle hocha la tête avec enthousiasme, puis se jeta dans les bras de ses parents pour les remercier.

— Cette demoiselle sait donc lire ? s'étonna le vendeur.

— Parfaitement, répondit Pierre, très fier.

— Mais n'est-elle pas un peu jeune pour des livres aussi

épais ? Nous avons par là-bas des albums illustrés destinés aux petites filles.

Pour toute réponse, Sylvine prit un livre au hasard et commença à lire sans difficulté :

Le 26 juillet 1864, par une forte brise du nord-est, un magnifique... – elle hésita, puis prononça « yachte » – *évoluait à toute vapeur sur les flots du canal du Nord. Le pavillon d'Angleterre battait à sa corne d'artimon ; à l'extrémité du grand mât, un guidon bleu portait les initiales EG, brodées en or et surmontées d'une couronne ducale.*

Le vendeur la contempla avec des yeux éberlués, renforçant encore le sentiment d'orgueil des parents. Il regarda le livre choisi.

— *Les Enfants du capitaine Grant.* Félicitations, mademoiselle. Une petite précision, on ne dit pas « yachte » mais « yot ». C'est un mot d'origine hollandaise. Vous êtes une excellente élève.

— En effet, répondit Pierre. Mais elle ne va pas à l'école. C'est moi qui lui ai appris à lire.

— Vraiment ? Mes compliments, monsieur.

Le vendeur revint vers Sylvine.

— Vous pensez que vous allez être capable de lire tous ces gros livres ?

Elle lui adressa un sourire irrésistible.

— Oh oui ! J'ai même hâte de commencer. C'est pour mon anniversaire !

L'enthousiasme de la petite fit rire tout le monde. Le vendeur ajouta :

— Alors, dans ce cas...

Il fouilla sur une autre étagère, en sortit un nouvel ouvrage.

— … la maison a le plaisir de vous offrir le dernier paru : *Le Tour du monde en quatre-vingts jours*.

Ravie, Sylvine lui sauta au cou à son tour.

Plus tard, dans la rue, Pierre portait un gros sac où se trouvaient les précieux livres. Sylvine avait l'impression de marcher sur des nuages. Elle ne cessait de se repasser les titres merveilleux dans sa mémoire, tentant d'imaginer par avance vers quelles aventures extraordinaires ils allaient la mener.

Dans les mois qui suivirent, Sylvine se plongea dans la lecture de ses livres. Lorsqu'elle accompagnait Pierre aux caves, elle en emportait toujours un avec elle et, tandis que les hommes travaillaient, elle leur faisait la lecture à haute voix. Du cœur de la roche blanche, les esprits s'envolaient vers l'Afrique mystérieuse, suivaient les pérégrinations de Phileas Fogg et de Passe-Partout, s'angoissaient à cause des dangers affrontés par les enfants Grant, se passionnaient pour les découvertes incroyables faites par le professeur Lindenbrook dans les entrailles de la Terre, suivaient avec inquiétude les péripéties du professeur Arronax sur les traces du mystérieux *Nautilus*.

Sylvine vivait dans plusieurs mondes, celui de la Sauvagine et ceux issus de l'imagination de monsieur Verne.

Champ-d'Avoine, qui était incapable de reconnaître la moindre lettre et signait d'une croix, écoutait la petite bouchée bée, ou disait, admiratif :

— C'est que'qu' chose, c'te p'tiote !

De son côté, Thibault avait entièrement retrouvé goût à la vie. Il avait rencontré une jeune femme, Elisabeth, qui travaillait chez un clerc de notaire de Montrichard, et recommençait à croire en l'avenir. Ses cauchemars s'étaient espacés, puis avaient fini par disparaître.

Dans le courant du mois de juillet, Sylvine passa un nouveau mois chez Jules et Marie, à Marcilly-en-Gault.

Les vendanges de 1873 produisirent encore une fois un vin d'excellente qualité. A l'automne, les riches Parisiens venaient régulièrement prendre possession de leurs pavillons de chasse. C'était alors de grands défilés de somptueuses berlines. Edmond de Gréville vint s'installer quelques semaines dans sa propriété de Bourré.

— Il a réussi à acheter une bonne partie des vignobles de Bourré, expliqua Pierre. Mais il paraît qu'il est furieux, parce que son vin est moins bon que le mien. La rumeur affirme que ses pairs se moquent de lui dans la capitale.

— Tant mieux ! répondit Juliette.

Ce fut après les fêtes de Noël qu'Edmond de Gréville fit une nouvelle offre à Pierre. Contrairement aux autres années, il n'était pas reparti pour Paris, où il vivait plus de la moitié du temps pour se consacrer aux affaires. Il ne fit cependant pas la démarche lui-même. Un jour, Pierre vit arriver un homme âgé au visage sévère. Des rides profondes creusaient ses bajoues flasques. Il posa sur Pierre un regard gris et dur, en homme qui n'a pas coutume d'être contredit.

— Monsieur Ménétrier, je suis Adolphe Gréville, dit-il sèchement. Je n'irai pas par quatre chemins. Mon fils Edmond vous a proposé plusieurs fois de vous racheter vos vignobles, tout en continuant de travailler pour lui. Vous avez stupidement refusé malgré les propositions très avantageuses qu'il vous a faites. C'est une attitude qui ne me convient pas. Mon fils a envie de développer ici un vignoble de qualité. Vos terres sont les meilleures. C'est pourquoi il les lui faut. Dites votre prix. Mais je veux que la prochaine récolte soit faite en son nom.

Pierre sentit la colère l'envahir. Ce crétin de Gréville n'avait même plus le courage de venir le voir en personne, il envoyait son père. Il fit un gros effort pour demeurer calme et répliqua sur le même ton.

— Vous voulez ! Sans vous demandez si cela me convient.

— L'offre que nous vous avons faite est très avantageuse.

— C'est hors de question, répliqua Pierre. Il n'y a pas à discuter.

Le vieil homme plissa les yeux et serra les mâchoires.

— Est-ce parce que la proposition est faite par un Gréville que vous refusez ?

— Non ! Je ferais la même réponse à n'importe qui. A présent, je vous prie de partir.

— C'est votre dernier mot ?

— Le dernier, oui.

— Vous avez tort de le prendre ainsi, Ménétrier, dit l'autre d'une voix glaciale, sans élever le ton.

Sylvine avait assisté de loin à l'entrevue. Sentant une menace peser sur son père, elle courut vers lui et lui prit la main. Adolphe Gréville la contempla avec attention de son regard sévère.

— C'est votre fille ?

— C'est ma fille, en effet ! Elle s'appelle Sylvine et je suis très fier d'elle.

L'autre laissa passer un silence et ajouta :

— Réfléchissez bien, Ménétrier. Ce n'est pas seulement l'achat de vos terres que nous vous offrons. Vous deviendrez également notre maître de chais. C'est un poste important et très bien rémunéré.

— Il ne m'intéresse pas.

Puis il tourna le dos au notaire. Juliette sortit à ce moment-là de la ferme. Apercevant le notaire, elle blêmit. Pierre, la sentant bouleversée, la prit contre lui.

— Ne t'inquiète pas, lui dit-il doucement.

Furieux, Adolphe Gréville fit claquer son fouet et fit demi-tour. Avant de partir, il jeta un dernier regard en direction de Sylvine. Un frisson parcourut l'échine de la fillette. Jamais elle n'avait vu une telle haine luire dans les yeux de quelqu'un. Elle sut aussitôt que ce vieil homme représentait un danger encore plus grand que son fils.

13

Pendant plusieurs mois, Sylvine redouta un retour de l'un des deux hommes qui menaçaient leur tranquillité. Pourtant, l'année s'écoula sans qu'elle les revît.

A la fin du printemps, Edmond de Gréville et sa famille revinrent de Paris. Leur propriété, située à la lisière de la forêt de Montrichard, jouxtait les terres de la Sauvagine, dont elle semblait être le prolongement naturel. Parfois, à l'occasion de promenades dans le village avec Amandine, ou sur le marché de Montrichard avec sa mère, Sylvine apercevait Gréville, accompagné de son épouse, une très belle femme richement vêtue, au regard hautain. Derrière eux suivait leur petite fille, dont le visage au teint pâle trahissait une grande mélancolie. Lorsqu'elle voyait les autres enfants jouer dans les rues, elle les contemplait avec des yeux pleins d'envie. Sylvine aurait bien aimé lui parler, la soustraire à ce couple qui semblait ignorer son existence. Jamais ils ne lui adressaient la parole. Elle marchait derrière eux, tenant la main de sa gouvernante, sans oser poser la moindre question.

— Comment s'appelle-t-elle ? demanda-t-elle un jour à Amandine.

— Bah, j'en sais rien, moi ! répondit la nourrice, embarrassée.

— Son nom est Lucille, répondit madame Marceau, qui avait entendu la question.

Mais elle n'était pas la seule. Non loin de là se trouvait la mère Vernier, qui jeta un regard mauvais à Sylvine.

— Tu aimerais bien jouer avec elle, hein ? dit-elle.

Héloïse Marceau se tourna vers elle et la foudroya du regard.

— Fais bien attention à ce que tu vas dire, Georgette !

La mégère, qui s'apprêtait sans doute à lâcher une méchanceté, comme à son habitude, baissa le nez. Héloïse possédait des bras larges et puissants, et avait la réputation de frapper dur si on la provoquait. La mère Vernier répondit, sur un ton moins assuré :

— Je voulais seulement dire que c'était une demoiselle de la ville. Elle joue pas avec les gamins de la campagne. Alors, faut pas qu'elle se fasse d'illusions.

— Elle a l'air bien triste, dit Sylvine à Héloïse, ignorant royalement Georgette.

— Eh oui, répondit madame Marceau. C'est le sort des petits bourgeois. Ils sont souvent enfant unique. Et on leur interdit de se mêler à nos petiots. Ils sont pas assez bien pour ces gens-là. Mais si tu veux un conseil, évite de t'approcher d'eux. Ça t'apporterait rien que des embêtements, ma P'tite Belle.

En août, Sylvine passa une nouvelle fois le mois à Marcilly-en-Gault, cette fois en compagnie de son frère Christophe, qui découvrit avec des yeux éberlués la richesse de la forêt de Sologne. Sylvine était très fière de jouer les professeurs auprès de lui, lui désignant les plantes qu'elle avait appris à reconnaître avec sa grand-mère, lui montrant les animaux au terrier ou les oiseaux au nid. Ils s'empiffrèrent de gâteaux et de poires confites, de civets de lièvre et de garenne, s'écorchèrent joyeusement les genoux en grimpant aux arbres, revenant à la maison le soir recrus de fatigue et affamés.

Puis Marie les couchait au premier étage où l'on avait aménagé un grand lit pour eux. Par la fenêtre basse, ils apercevaient la lune, écoutaient les bruits nocturnes, les appels des hiboux, chats-huants et autres effraies qui hantaient la forêt alentour. Christophe se blottissait alors contre sa sœur, que ces hululements n'inquiétaient plus depuis longtemps. Au contraire, elle les aimait. Elle tâchait de les distinguer les uns des autres, et les expliquait ensuite à son petit frère, qui s'étonnait toujours de son savoir. Pierre avait essayé d'inculquer les rudiments de l'écriture à Christophe, mais le gamin, à sept ans, ne nourrissait pas pour la lecture un intérêt débordant. Il avait appris son alphabet pour faire plaisir à un papa qu'il respectait et adorait, mais il ne comprenait pas vraiment à quoi tout cela pourrait bien lui servir plus tard. Puisque Sylvine était là pour lui lire les aventures des héros de Jules Verne, pourquoi aurait-il fait un tel effort ?

Car bien sûr, Sylvine avait emporté tous ses livres, pour pouvoir les relire à voix haute à son petit frère. Et les deux enfants, assis sur une branche basse ou accroupis près de la cheminée lorsqu'il faisait mauvais temps, s'évadaient vers un endroit ou un autre de la planète, voire la quittaient pour s'envoler vers la Lune à bord d'un obus géant, en compagnie du capitaine Ardan. La nuit, Christophe faisait des rêves extraordinaires, nourris par les images issues des récits de sa grande sœur.

Début septembre, leurs parents revinrent les chercher pour les vendanges. Encore une fois, la récolte fut bonne, et le vin d'excellente qualité.

Fin novembre, le maire de Montrichard organisa une fête des vendanges où chaque récoltant pouvait présenter son vin. Des stands furent installés sur la place du Commerce et le long du boulevard Philippe-Auguste. Pierre avait dressé ses tréteaux au pied du *grou t'ormiau*, un arbre qu'il affectionnait particulièrement parce qu'il symbolisait la liberté. Ce dimanche-là, les enfants étaient restés à la maison avec Amandine, et seule Juliette l'avait accompagné. Depuis le matin, on recevait les visites des clients habituels, et il y avait foule à Montrichard, malgré le temps froid et brumeux. Un peu plus haut, la fanfare jouait des marches militaires pour se dégeler les doigts. Les paroles des chansons parlaient beaucoup de revanche contre les Prussiens et d'une libération prochaine de l'Alsace et de la Lorraine.

Cela n'empêchait pas les amateurs d'aller d'échoppe en échoppe pour comparer les crus de l'année. Le maire lui-même et ses conseillers avaient à cœur de goûter les différents vins, blancs, rosés, rouges ou pétillants. A la fin de l'après-midi, chacun avait un peu chaud aux oreilles. Autour de Pierre s'étaient réunis ses compagnons. Il y avait là Boit-sans-Peur, la Grenouille, Trompette, Champ-d'Avoine et Fuful Pisse-à-Plat, qui reprenaient en chœur des chansons de corps de garde. Pierre, plus raisonnable qu'eux, avait encore l'esprit clair lorsqu'un groupe d'une dizaine d'individus à mine patibulaire s'approcha de son étal. L'un d'eux, un chauve aux yeux noirs et au visage barré par une moustache brune et orné d'épaisses rouflaquettes, se planta devant Juliette, affichant un air conquérant.

— Alors, on peut le boire, ton pinard, ma mignonne ?

La jeune femme sentit aussitôt le danger. Sans un mot, elle versa un verre de rouge à l'escogriffe qui renâcla :

— C'est tout ? T'es pas généreuse. J'espère que pour si peu, j'aurai droit à un baiser en prime.

— Laissez-moi tranquille ! répondit Juliette d'une voix blanche.

Il était visible que l'homme était venu les provoquer. Il éclata de rire et la singea :

— Laissez-moi tranquille, minauda-t-il devant ses copains hilares.

— Et c'est bien ce que tu vas faire ! intervint Pierre en se plaçant devant Juliette.

C'était ce qu'attendait l'inconnu qui le toisa de bas en haut avec mépris.

— Tiens, il ne me semble pas t'avoir sonné, toi !

— Fichez le camp ! ça vaudra mieux pour tout le monde.

— Alors, on peut pas boire ta vinasse ?

Négligemment, il fit basculer un tonnelet à terre, où il éclata, inondant le sol. Autour de l'échoppe, les badauds avaient compris qu'une bagarre se préparait et commençaient à reculer. On ignorait d'où sortaient ces hommes. Personne ne les avait jamais vus auparavant, mais il ne faisait aucun doute qu'ils étaient là pour chercher querelle.

— Ça fera cinq francs ! répliqua Pierre sans élever la voix. Plus dix pour le tonneau. Envoie la monnaie.

Il fit discrètement signe à Juliette, plus morte que vive, de s'écarter. Elle détestait ces ivrognes qui hantaient régulièrement les fêtes du vin. Tremblant de la tête aux pieds, elle se réfugia au pied du *grou t'ormiau*, tandis que le chauve apostrophait Pierre :

— La monnaie ? Tiens, la voilà, ma monnaie !

Joignant le geste à la parole, il flanqua un coup de pied dans l'étal qui s'écroula. Les autres tonneaux chutèrent, roulèrent, tandis que les verres et gobelets se fracassaient. Pierre se rua sur l'agresseur. C'était ce qu'attendaient ses copains qui bondirent au secours de leur chef. Mais Pierre n'était pas seul. Ses compagnons lui prêtèrent aussitôt main-forte. Il s'ensuivit une bagarre violente à coups de poing, à coups de pied, à coups de tête, dans un fracas d'étals renversés. Car le but des inconnus était visiblement de provoquer le maximum de dégâts. Pierre et ses camarades reçurent le renfort de Ferdinand Marceau et de quelques autres, qui n'acceptaient pas que l'on moleste un voisin. Thibault, qui revenait d'une promenade en compagnie d'Elisabeth, la jolie brune avec qui il envisageait de refaire sa vie, se précipita au secours de son ami. Le curé lui-même se mit de la partie tout en ayant soin de se signer à chaque fois qu'il expédiait un adversaire au tapis. Car, malgré son âge, il possédait encore une belle force physique.

Attaqué dès le début par plusieurs individus, Pierre avait eu affaire à forte partie. Le chef adverse cognait dur et lui avait éclaté la lèvre. Mais il avait réagi et, sa force colossale aidant, il avait réussi à repousser l'ennemi. Le secours de ses amis lui avait permis de se retrouver seul face à face avec le chauve. Celui-ci avait l'habitude de se battre et connaissait sans doute la boxe. Mais Pierre l'avait lui aussi pratiquée durant son séjour à l'armée et il n'avait pas oublié les leçons de son capitaine, un ancien champion. Il possédait également une allonge supérieure à celle de son adversaire. Bientôt, celui-ci, à sa grande surprise, lâcha pied. Le souffle court, il commença à reculer. Pierre comprit que l'autre avait présumé de ses forces et qu'il tentait désormais de rompre le combat. Mais il n'entendait pas le laisser partir aussi facilement. Ce triste sire avait agressé Juliette et il paierait pour ça. Aussi appuya-t-il ses coups. Peu à peu, le visage du chauve se couvrit de sang. Un dernier coup l'expédia au sol pour le compte. Mais Pierre avait la lèvre fendue et un œil au beurre noir.

Pendant ce temps, ses compagnons continuaient à affronter les copains de son adversaire. Cependant, lorsqu'ils virent leur chef à terre, ceux-ci levèrent les bras en signe de trêve.

Ce fut le moment que choisirent les gendarmes pour surgir. A leurs côtés, Pierre, de son œil valide, reconnut la silhouette voûtée d'Adolphe Gréville. Il comprit alors que cette bagarre était destinée à lui causer des ennuis.

Le capitaine de gendarmerie s'approcha.

— Que s'est-il passé ici ?

— Ces individus sont venus chercher la bagarre, répondit Pierre en reprenant son souffle.

— C'est vrai, renchérit le curé Francis Rochelet. Je suis témoin.

— C'est faux ! intervint Gréville. J'étais là. Ces gens étaient d'honnêtes citoyens venus participer à la fête. Mais il semble que monsieur Ménétrier ait la tête près du bonnet. Il n'a pas voulu les servir sous prétexte qu'ils ne sont pas de Montrichard.

Pierre se tourna vers lui.

— Qu'espérez-vous, Gréville ? cingla-t-il. Vous pensez peut-être pouvoir racheter ma ferme à cause de cette bagarre ?

L'autre l'ignora et renchérit :

— Ce n'est pas la première fois que monsieur Ménétrier fait preuve de violence. N'oublions pas, il y a quelques années, la mort de ce pauvre industriel blésois, monsieur Himbert, qui n'avait eu d'autre tort que de ne pas partager les opinions subversives de monsieur Ménétrier.

Derrière lui, un petit groupe de notables, visiblement rameutés par ses soins, approuva vigoureusement. Se sentant soutenu, Gréville ajouta :

— Cet individu est dangereux pour la sécurité de nos concitoyens ! Regardez comment il a traité cet homme !

On venait de relever le chauve, le visage tuméfié, le nez pissant le sang.

— Il serait temps que l'on prenne les mesures qui s'imposent pour empêcher ce genre d'individu de nuire à la paix de nos villes et de troubler l'ordre moral.

Un tollé accueillit ces paroles, jailli des rangs des compagnons de Pierre et de quelques badauds, revenus après l'affrontement. La mauvaise foi de Gréville indignait la foule, mais, dans sa grande majorité, elle n'osa pas s'opposer à lui de peur de représailles. Le notaire jouissait d'une grande influence à Montrichard et il n'était pas bon de se le mettre à dos.

Anselme Gerbaud, le capitaine de la gendarmerie locale, tenta de calmer les choses. Il ne voulait pas se mettre en mauvais termes avec le notaire, mais il connaissait Pierre depuis longtemps puisqu'ils avaient le même âge.

— Capitaine ! cingla Gréville, j'exige que cet individu soit mené en prison pour troubles sur la voie publique. Il conviendrait d'ailleurs de mener une enquête sur lui, pour savoir s'il n'aurait pas des attaches avec les socialistes.

Pierre s'avança vers le notaire.

— C'est tout ce que vous avez trouvé pour tenter de racheter ma ferme à bas prix ?

— Votre victime va porter plainte contre vous ! s'exclama le notaire. Il y a suffisamment de témoins pour confirmer que vous l'avez agressé.

— Eh bien soit. Je porterai plainte également. Vous souhaitez une enquête sur moi et sur mon prétendu passé de socialiste. Je n'ai rien à redouter. En revanche, je me demande si votre protégé acceptera aussi facilement qu'une enquête soit menée sur lui et sur ses copains.

Le chauve, qui commençait à reprendre ses esprits, détourna les yeux. Pierre l'apostropha :

— Tu veux vraiment porter plainte contre moi ? Il

faudra alors dire aux gendarmes qui tu es, d'où tu viens, et de quoi tu vis.

— N'écoutez pas cet individu, rugit Gréville. Il faut faire votre devoir.

Mais l'autre cracha une dent et secoua la tête.

— Pas de plainte, articula-t-il avec difficulté. C'était juste une petite bagarre. Nous avions tous un peu bu, pas vrai, les copains ?

Le notaire poussa un grondement de colère. Le capitaine de gendarmerie s'approcha de Ménétrier.

— Et toi, Pierre, tu veux porter plainte ?

Pierre écarta les bras, puis, regardant Gréville, il déclara :

— Je me demande dans quelle mesure ces individus ne sont pas en relation avec monsieur Gréville, qui semble si pressé de m'envoyer derrière les barreaux. Peut-être une bonne enquête permettrait-elle de le déterminer.

Gréville s'emporta :

— Diffamation ! Cet individu prétend que je pourrais avoir un lien avec ces hommes !

— Alors, portez plainte contre moi ! Mais sachez que je ferai appel à un avocat de ma connaissance, et qui saura démêler cette affaire. Ne pensez pas être le seul à avoir des relations !

Le notaire blêmit. Le gendarme demanda :

— Voulez-vous vraiment porter plainte, monsieur Gréville ?

L'autre haussa les épaules.

— Les éléments sont malheureusement trop minces. Cette affaire ne le mérite sans doute pas. Vous avez suffisamment de travail comme ça.

La petite lueur amusée qui passa dans le regard du capitaine n'échappa pas à Pierre.

— Et toi ?

— Je crois que mon adversaire a compris. La raclée qu'il a reçue lui servira de leçon.

— Alors dans ce cas, circulez ! l'incident est clos.

Lentement, chacun se retira, commentant l'événement. Ce fut à ce moment que Pierre remarqua, adossé à l'orme, son frère Raoul qui l'observait d'un œil goguenard.

— Décidément, tu ne loupes pas une occasion de te faire des amis, railla-t-il.

Pierre hocha la tête.

— C'est exact. Je te remercie du coup de main que tu nous as donné.

— Ah, excuse-moi, je viens juste d'arriver !

Un peu plus tard, la nuit tomba et le brouillard s'installa, noyant la ville dans des ténèbres ouatées et froides. Tandis que Pierre et ses compagnons redressaient tant bien que mal l'étal renversé, le chauve ressortit de l'apothicairerie, le visage couvert de pansements. Il s'avança vers Pierre et pointa le doigt sur lui.

— Ne crois pas que tu vas t'en tirer comme ça, gronda-t-il. Je m'appelle Maurice Piron ! N'oublie jamais mon nom, parce que tu entendras parler de moi !

14

Avec le mois de décembre, Pierre avait repris l'exploitation du tuffeau. En raison du temps maussade, il évitait d'emmener Sylvine qui aidait sa mère à tenir la maison. A neuf ans, elle prenait son rôle d'aînée très au sérieux et s'occupait particulièrement d'Honorine, qui atteignait les quinze mois.

Cependant, était-ce à cause du mauvais temps, Sylvine éprouvait depuis quelque temps une nervosité inhabituelle. Sans raison, elle s'était mise à faire des crises d'angoisse, se réveillait la nuit en sursaut, se mettait à pleurer à cause de cauchemars qu'elle n'osait raconter à ses parents. Lorsqu'elle avait un moment, elle tentait de s'évader en relisant les romans de Jules Verne, mais ceux-ci lui paraissaient inexplicablement ternes, les voyages qu'ils évoquaient inaccessibles. De lourds nuages sombres remontaient la vallée, poussés par des bourrasques violentes qui soufflaient de l'ouest. D'ordinaire, la fillette n'éprouvait aucune crainte devant les tempêtes et les orages. Son père lui avait appris à les apprivoiser, à ne voir en eux que les manifestations de la nature. Cette fois pourtant, elle les assimilait à des menaces imprécises qui allaient bientôt fondre sur la maison. Parfois, elle se traitait de sotte. Ce n'était pas le premier automne pluvieux et venteux qu'elle affrontait. Mais elle ne pouvait chasser les mauvaises pensées qui avaient pris possession de son esprit.

Le soir, si Pierre avait un peu de retard, elle allait l'attendre au bout du chemin, qu'il ventât ou qu'il plût, adossée au grand chêne qui bordait l'entrée de la Sauvagine. Juliette n'osait lui interdire de sortir, redoutant d'accentuer encore ses inquiétudes. Elle-même n'était pas tranquille. Sans le vouloir, la petite lui avait transmis ce mal-être que rien ne pouvait expliquer.

L'absence de la petite pesait à Pierre. Ses bavardages, ses questions incessantes, les leçons qu'il lui donnait lui manquaient. Mais le temps était vraiment trop froid et il n'avait pas le cœur à la réveiller lorsqu'il se levait avant l'aube.

Chaque matin, il croisait son frère qui, lui aussi, avait repris l'exploitation de la pierre. Il était réputé pour travailler vite, mais il lui arrivait souvent de briser les blocs par trop de précipitation.

Afin d'éviter les accidents, il ne fallait pas creuser dans n'importe quelle direction. Il était impératif de respecter les alignements, sous peine de voir les galeries s'effondrer. Pour ce faire, on effectuait régulièrement des carottages afin de vérifier que l'on ne déviait pas des axes de sécurité, ou bien que les caves ne se rapprochaient pas trop de la surface. Cependant, certains carriers faisaient fi de cette prudence élémentaire lorsqu'ils avaient trouvé une qualité de tuffeau particulièrement bonne.

C'est ainsi qu'un jour, un carrier vint trouver Pierre dans son atelier. Il s'appelait Denis Tépenier, surnommé Patte-de-Laine en raison d'une jambe un peu raide, et travaillait avec Raoul. C'était un homme d'humeur toujours égale. Pourtant, cette fois, il avait l'air inquiet. Pierre le fit asseoir sur une pierre et lui offrit un peu de vin.

— Il faudrait que tu viennes voir ton frère ! dit-il.

— Qu'est-ce qui se passe ?

— Il refuse de sonder la galerie pour vérifier qu'on n'est pas trop près de la surface. Je l'ai prévenu que ça risque de s'effondrer, mais il ne veut pas m'écouter. Je me suis fâché. Je lui ai dit que je ne voulais plus travailler avec lui s'il continuait comme ça. Il l'a mal pris. On s'est engueulés et je suis parti. Mais je suis inquiet pour lui. Il peut se tuer ! Avec les grosses pluies qu'il y a en ce moment, c'est dangereux ! Il faudrait que tu essaies de le raisonner. Tu es son frère. Il t'écoutera.

— Ça, c'est moins sûr.

Pierre attrapa sa veste et suivit Tépenier. A deux niveaux plus haut, ils trouvèrent l'atelier de Raoul.

— Tiens, t'es revenu, toi ? demanda-t-il à Denis.

Puis il demanda à Pierre d'un ton rogue :

— Et toi, qu'est-ce que tu fais là ?

— Je m'inquiète pour toi, dit Pierre. Tu es trop près de la surface. Les inspecteurs t'ont déjà prévenu que tu ne respectais pas les axes de sécurité.

— Ils n'y connaissent rien ! C'est du solide. Et puis, on est sur un filon d'une belle qualité. Pas un défaut, presque pas de *chenards* ! Une belle pierre blanche, parfaite pour les maisons des bourgeois !

— Très bien ! Mais je t'aurai prévenu.

— Moi, je vais chercher un autre atelier, insista Tépenier. Ici, c'est trop dangereux.

Raoul éclata de rire.

— Toi, t'es qu'un trouillard.

Pierre haussa les épaules et s'éloigna avec Patte-de-Laine.

— On aura fait ce qu'on pouvait ! conclut-il en soupirant. Mais j'ai bien envie de prévenir les inspecteurs. Eux sauront le forcer à faire ce foutu sondage.

— Il risque de t'en vouloir s'il apprend que c'est toi qui les as fait venir.

— C'est vrai. Et puis je n'aime pas la délation.

Le soir, Pierre fit part à Juliette de son inquiétude.

— Je ne peux tout de même pas dénoncer mon propre frère. Mais s'il lui arrivait un accident, je me le reprocherais toute ma vie.

— Ne te tracasse pas. Il n'y aura peut-être pas d'effondrement, dit Juliette.

Malheureusement, Patte-de-Laine avait vu juste. Deux nuits après l'altercation, les habitants d'une petite chaumière située sur la colline entendirent leur vieux chien hurler à la mort. Ils lui ordonnèrent de se taire mais l'animal, qui était sourd et aveugle, n'obéit pas et s'agita, en proie à une panique inexplicable. Soudain, ils sentirent les murs vibrer. Inquiets, ils se regardèrent. C'étaient un vieil homme et une vieille femme qui survivaient en ramassant, dans la forêt de Montrichard, des champignons et des châtaignes qu'ils revendaient aux commerçants et aux paysans. La masure ne leur appartenait pas, mais ils avaient toujours vécu là, dans la seule pièce qu'elle comportait, en compagnie de leurs animaux, deux chèvres, un mouton et le vieux chien.

Au-dehors, une pluie lourde battait contre le toit de tuiles plates. Comme le grondement étrange s'amplifiait, le vieux voulut sortir. Il ne put atteindre la porte. Tout à coup, le sol se déroba et un gouffre s'ouvrit sous ses pieds. Sa femme poussa un cri suraigu en le voyant disparaître. Le chien hurla de nouveau et le lit bascula dans le trou noir, entraînant la vieille. Puis la maison s'écroula comme si elle avait fondu sur elle-même avant de s'engloutir dans les entrailles boueuses de la terre, emportant ses occupants, humains et animaux, dans l'effondrement.

On ne retrouva leurs corps que trois jours plus tard, après avoir déblayé les décombres de l'atelier de Raoul Ménétrier, situé bien trop près de la surface. Si l'effondrement avait eu lieu dans la journée, il aurait sans aucun doute été englouti lui aussi. Devant cette perspective, il demeurait prostré, assis sur une *douelle*, comme abruti.

Tépenier, que l'on risquait de rendre aussi responsable de la catastrophe, le morigénait d'abondance.

— Je t'avais bien dit que c'était dangereux ! Deux personnes sont mortes à cause de toi !

Les autres carriers renchérirent.

— Il a raison, dit l'un d'eux. Tout ça, c'est ta faute. Attends-toi à avoir des ennuis avec la justice. Tu étais prévenu, et tu n'as rien écouté. Tu pourrais bien être accusé de meurtre et te retrouver en prison !

A ces mots, Raoul pâlit.

— Mais je ne veux pas y aller ! s'exclama-t-il.

— Ils ne te donneront pas le choix ! dit un autre. T'es qu'un tocard !

Trois jours plus tard, en effet, après le passage des inspecteurs chargés de la surveillance de la bonne exploitation des carrières, Raoul fut arrêté et conduit à la gendarmerie pour y être entendu. Il fut immédiatement privé de son droit d'exploitation et fut emprisonné en attendant l'avis des autorités.

Raoul resta en prison pendant tous le mois de décembre et passa les fêtes de Noël sur la paille des cachots. Cependant, il fut libéré au milieu du mois de janvier. L'enquête avait conclu qu'il n'était pas directement responsable de la mort du vieux couple, que les pluies torrentielles de novembre avaient raviné la colline et qu'il ne pouvait être accusé d'homicide par imprudence. Il fut cependant condamné à rembourser le prix de la masure détruite au propriétaire, un paysan de Thésée. Ce jugement étrange étonna un peu Pierre, mais il fut soulagé de voir son frère libre.

— Comment va-t-il vivre ? demanda Juliette lorsque Pierre lui rapporta la décision du juge.

— Oh, il conserve son métayage pour le compte des Gréville. On dit que le notaire est intervenu personnellement pour lui éviter une peine trop lourde. C'est grâce à lui qu'il a évité la prison.

Les angoisses de Sylvine ne s'étaient pas estompées. L'histoire des deux vieux engloutis en pleine nuit la hantait. Elle ne pouvait s'empêcher d'imaginer ce qu'ils avaient pu ressentir. Dans son sommeil, elle refaisait souvent le même cauchemar. Le sol s'ouvrait sous ses pieds et l'entraînait dans les profondeurs de la terre qui se refermait sur elle, emplissant sa bouche, ses narines, l'oppressant, l'étouffant. Elle se réveillait alors en sursaut, la respiration haletante, trempée de sueur malgré la fraîcheur hivernale, puis demeurait éveillée le reste de la nuit, écoutant, apeurée, les bruits suspects de la maison, craignant qu'elle ne s'enfonçât dans le sol. La Sauvagine, elle aussi, était construite sur la colline. Elle connaissait bien les deux vieux qui avaient péri. Ils s'appelaient Jérôme et Pauline. Elle les croisait souvent lorsqu'elle se rendait dans la forêt. Ils vivaient chichement, mais ne se séparaient jamais.

Elle n'osait parler de ses peurs à ses parents. Ils avaient bien assez de soucis sans en rajouter. Elle mettait un point d'honneur à ne jamais se plaindre. Au contraire, elle aimait être forte pour les autres. Mais depuis le début de l'automne, ses forces s'effritaient, rongées par un mal auquel elle ne savait pas donner de nom. Elle n'aurait su l'expliquer, mais elle pressentait qu'il allait se passer quelque chose de terrible.

Un soir de février, alors qu'au-dehors sévissait une pluie diluvienne et qu'on allait se mettre à souper, des coups violents retentirent sur la porte. Pierre alla ouvrir. C'était son collègue carrier, Simon Martin.

— Ça alors ! La Grenouille ! Qu'est-ce qui te prend de défoncer ma porte comme ça ?

Martin regarda vers Thibault, qui avait déjà pris place à la table familiale, la petite Angélique sur les genoux.

— Les gendarmes recherchent ton copain ! dit-il rapidement. Il faut qu'il file d'ici.

15

— Comment ça ? demanda Pierre.

— C'est un copain gendarme qui m'a prévenu. Je lui fournis des grenouilles et de la « pousse d'épine ». En échange, il ferme les yeux sur mes petits trafics. Il m'a dit qu'ils vont venir ici pour arrêter Martial.

— Mais pourquoi ?

— Tu te souviens de la bagarre de la place du Commerce ? Une enquête a été menée sur chacun de nous. C'est comme ça qu'ils ont découvert que Martial était peut-être un communard en fuite. D'après sa description, il correspond à l'un des chefs de la Commune. Ils ont dit qu'il écrivait dans un journal. Ils vont venir ici dès demain matin pour l'arrêter. C'est pour ça qu'il m'a prévenu. Pour qu'il puisse partir avant.

— Ce gendarme prend un sacré risque. Pourquoi fait-il ça ?

— Il me l'a dit un soir qu'il avait un peu bu. Il sait ce qu'il s'est vraiment passé en mai 71 à Paris. Il y a participé. Les journaux ont parlé des crimes commis par les communards, mais ils ont oublié de dire que l'armée en a tué des dizaines de milliers, les femmes, les enfants, les vieillards, tous fusillés ou massacrés à coups de crosse et de baïonnette. Il paraît que c'était pas beau à voir. Les survivants ont été condamnés au bagne ou à la déportation, mais beaucoup ont été fusillés. Lui, il a honte d'avoir été mêlé à cette boucherie, et il pense que ces pauvres gars ont suffisamment souffert comme ça.

Pierre pâlit. Sans ce gendarme providentiel, Thibault aurait été pris au piège.

— Il faut que tu te caches, dit-il à son ami, devenu blême lui aussi.

— Mais où ?

— Dans les caves, c'est le seul moyen. Là-bas, ils ne sauront pas te trouver.

— Je ne pourrai pas rester éternellement là-bas.

— Ça nous donnera le temps de trouver une solution.

— Ils vont te créer des ennuis, mon Pierre.

— Ne t'inquiète pas pour moi. Je dirai que je n'étais pas au courant. Pour moi, tu étais un réfugié comme les autres. Tu cherchais du travail et je t'ai embauché. Ce n'est pas un crime. Comment veux-tu qu'ils prouvent que je te connaissais ?

— Et Elisabeth ?

— Il faudrait savoir ce qu'elle veut faire.

— Elle est au courant de ma situation. Elle est prête à me suivre. Enfin, c'est ce qu'elle m'a dit.

— Il faut la prévenir !

— Je m'en charge, dit la Grenouille. Me balader la nuit, ça me connaît. Avec ce temps-là, on ne risque pas de tomber sur la maréchaussée. Si elle te suit, ajouta-t-il pour Thibault, c'est gagné. Ils croiront que vous avez déjà fichu le camp.

Thibault acquiesça. La Grenouille lui adressa un petit signe de la main et sortit. Pierre s'absenta un moment. Lorsqu'il revint quelques instants plus tard, il portait un petit sac rempli de pièces d'or.

— C'est pour toi, mon ami, dit-il.

— Je ne peux pas accepter.

Mais Pierre lui glissa le sac de force dans la main.

— Oh si, tu vas accepter. Tu vas avoir besoin d'argent pour quitter la France. Il vaut mieux que tu sois bien habillé. Tu attireras moins l'attention. Et tu vas devoir nourrir Elisabeth.

— Si elle veut bien me suivre.

— Ne sois pas pessimiste ! Elle n'a plus de famille. Pourquoi resterait-elle ?

— C'est une vie de fuyard que je lui propose. Et elle a vingt ans de moins que moi.

— Moi, j'ai bien dix-sept ans de plus que Juliette. Alors ne discute pas ! De toute façon, tu vas être fixé très vite. Il faut combien de temps à Simon pour faire l'aller et retour jusqu'à Montrichard ?

Moins de deux heures plus tard, Thibault avait sa réponse, sous la forme d'une Elisabeth ruisselant de pluie qui se précipita dans ses bras en entrant dans la maison. Derrière elle, la Grenouille portait un sac de voyage en cuir contenant ses affaires.

Il était plus d'une heure du matin lorsque Pierre et Simon, suivis par Thibault et Elisabeth, s'éloignèrent dans la nuit en direction des caves. Pierre ne revint que bien plus tard.

— Alors ? lui demanda Juliette, anxieuse.

— Ils sont en sécurité. Mais il va falloir trouver un moyen de les faire sortir de là pour quitter le pays au nez et à la barbe des gendarmes.

Il grommela :

— Je suis sûr que c'est encore un coup de cet imbécile de Gréville. Il a dû être bien content lorsqu'il a découvert la véritable identité de Thibault. Il faut s'attendre à ce qu'il me cause des ennuis.

Le lendemain dès l'aube, quatre gendarmes se présentèrent à la Sauvagine. Ils étaient commandés par un petit individu nerveux, au visage de fouine et aux yeux rapprochés, qui semblait prendre un malin plaisir à tourmenter ses semblables. Pierre connaissait ce type de rapace, qui ne lâchait jamais sa proie une fois qu'il avait flairé une piste, et mettait un point d'honneur à toujours ramener son gibier aux juges. La partie promettait d'être rude. Par précaution, Juliette était partie peu avant pour le lavoir de Vallagon afin de ne pas subir les questions de la maréchaussée. Elle avait emmené les enfants et Amandine avec elle. Le chef gendarme apostropha Pierre d'un ton sec :

— Capitaine Boursier, se présenta-t-il. Ménétrier, vous abritez chez vous un individu dangereux du nom de Thibault Granger. Nous venons l'arrêter. Où est-il ?

— Il n'y a aucun Granger ici, capitaine, répondit Pierre en lui donnant son grade d'un ton neutre.

— Ne jouez pas au plus malin avec moi, Ménétrier ! hurla l'autre. Où est votre ouvrier ?

Pierre respira profondément pour calmer son envie de frapper l'ignoble petit bonhomme.

— Parti ! répondit-il. Mais il ne s'appelait pas Granger. Son nom, c'était Duchesne. Martial Duchesne.

— Ouais, comme le *Père Duchesne* !

— Je ne comprends pas, mentit-il.

— Le *Père Duchesne* était un journal de la révolution de 1789. Les communards l'ont fait reparaître sous le nom du *Fils du père Duchesne*. C'est un torchon ignoble qui bafoue nos hommes d'Etat. Heureusement, il a été censuré.

— Ça n'a aucun rapport. Duchesne, c'est son nom. Il n'y peut rien.

— Un faux nom, et qui trahit bien l'esprit subversif de son porteur ! Pourquoi est-il parti ?

Pierre écarta les bras et déclara avec aplomb.

— C'était prévu depuis longtemps. Il avait rencontré une jeune femme à Montrichard et il devait retourner chez lui pour l'épouser.

— Chez lui ?

— Dans le nord de la France. En Picardie, je crois. Il a fui l'invasion prussienne en 70, mais il était décidé à rentrer. Cela fait plusieurs semaines qu'il m'a averti de son départ.

— Et comme par hasard, il vous a quittés au moment même où nous venions l'arrêter !

— C'est une coïncidence. Je ne suis pas sûr qu'il soit l'homme que vous recherchez. Il ne portait pas le nom que vous dites.

— Ne vous fichez pas de moi ! Ça pourrait vous coûter cher !

— Je ne suis pas responsable du passé de mes ouvriers, rétorqua Pierre sèchement. S'il s'agit bien de lui, comment aurais-je pu deviner qu'il avait changé de nom ? Et puis, comment aurait-il pu apprendre que vous le recherchiez ?

L'argument ébranla le chef gendarme qui se racla la gorge, embarrassé. Il ne pouvait imaginer que l'un de ses hommes avait parlé.

— Comment s'appelle cette femme avec qui il serait parti ?

— Elisabeth Perrot. Elle habite à Montrichard. Je ne connais pas l'adresse. Martial était un homme discret.

— Et pour cause. Nous irons voir. Mais nous allons d'abord fouiller cette maison.

— Si ça peut vous faire plaisir…

Quelques instants plus tard, les gendarmes revenaient bredouilles.

— Il n'est pas là, chef, dit l'un d'eux.

— Evidemment ! hurla l'autre en regardant Pierre avec des yeux furieux. Quelqu'un l'aura averti !

— Qui ? riposta Pierre. Comment aurais-je pu savoir que vous alliez venir ce matin ?

— Je ne sais pas ! Mais je suis sûr que quelqu'un l'a averti ! Et je finirai bien par savoir qui ! Si c'est vous... En attendant, nous allons fouiller tout le pays.

Après le départ des gendarmes, Pierre se rendit aux caves. Dans le milieu de la matinée, Fuful Pisse-à-Plat vint le trouver à l'atelier.

— Pierre, il faut que tu viennes. Les gendarmes sont là, avec un petit grincheux à leur tête. Ils sont persuadés que ton gars s'est planqué ici. Il veut que nous l'aidions à perquisitionner dans les galeries.

Pierre ricana :

— Il prend un risque, cet imbécile. Il ne serait pas le premier gendarme à tomber dans un gouffre.

— On ne peut pas faire ça, Pierre.

— Bien sûr que non. Mais on va les faire marcher un peu.

Le visage de Fuful s'éclaira d'un sourire entendu.

Une trentaine de gueules blanches entouraient la petite escouade de gendarmes à l'entrée des caves. Dès qu'il aperçut Pierre, Boursier l'interpella.

— Ah, Ménétrier ! Je veux que vous me fassiez visiter l'ensemble des lieux. Je suis sûr que le sieur Granger se cache ici.

— Moi je veux bien, mais il va falloir faire attention. Il faut connaître pour ne pas se perdre. Attention aux gouffres.

— Aucune importance ! Montrez-moi tout ça ! intima Boursier d'un ton autoritaire.

Les autres gendarmes contemplaient la falaise avec inquiétude. Ils savaient, quant à eux, qu'il était impossible de reconnaître la totalité des galeries. Ils avaient tenté de le faire comprendre à leur chef, mais celui-ci n'avait rien voulu savoir.

On pénétra dans le labyrinthe souterrain. La lumière décrut et seules les lueurs des lampes à acétylène percèrent les ténèbres.

Amusés, Pierre et Fuful amenèrent la troupe visiter tous les ateliers l'un après l'autre. Quelques carriers curieux et rigolards les suivaient. Les lieux de taille étaient parfois éloignés de plusieurs centaines de mètres. Après deux heures de marche dans des conditions difficiles, car Pierre les avait entraînés dans d'étroits couloirs d'aération où il avait fallu se courber, le capitaine Boursier, hors d'haleine, ordonna une pause.

— Il y en a encore beaucoup comme ça ? demanda-t-il.

— Pour ça oui, répondit Pierre d'un ton vaguement moqueur. On n'a vu qu'une toute petite partie. Les galeries s'étalent sur près de quatre cents kilomètres, répartis sur une dizaine de niveaux, depuis Bourré jusqu'aux abords de Montrichard. Nous ne ferons pas tout aujourd'hui. Il faudra revenir demain.

— Demain ? Mais ils auront eu le temps de filer !

L'un de ses hommes intervint :

— On vous avait prévenu, chef, dit-il. C'est impossible à explorer.

Cette fois, Boursier n'eut pas la force de hurler. Il ne pouvait pas non plus reprocher à ses gendarmes de ne pas l'avoir averti. Il poussa un juron d'une rare grossièreté. Pierre insista :

— Vous comprenez maintenant pourquoi il n'a pas pu venir se cacher ici. Il faut être une gueule blanche pour s'y retrouver. Sans nous, vous auriez vite fait de vous perdre. Personne ne vous retrouverait.

Exténué, le capitaine admit qu'il s'était peut-être trompé.

— Mais alors, où sont-ils ?

— A l'heure qu'il est, ils ont sans doute pris le train.

Il souriait intérieurement en songeant que Thibault et Elisabeth étaient à peine un niveau plus bas, et qu'ils entendaient peut-être ce qui se disait. Boursier lui adressa un regard noir.

— Moi, je pense qu'ils n'ont pas quitté la région, riposta-t-il sèchement. Nous allons continuer nos recherches. Je suis sûr que ce saligaud n'est pas très loin.

Dans l'après-midi, en sortant des caves, Pierre se rendit compte que Boursier n'avait pas varié dans son raisonnement et avait placé deux hommes devant chaque entrée du labyrinthe. Pierre passa devant eux en haussant les épaules.

— Vous allez vous geler les fesses pour rien, les gars, dit-il à l'un des gendarmes, qu'il connaissait bien.

L'autre fit une moue résignée.

Malheureusement, ils étaient encore là quelques jours plus tard.

— Il est têtu, ce Boursier ! enrageait Pierre le soir même. Cela fait près d'une semaine que Thibault et Elisabeth sont coincés dans les caves. Ils ne peuvent pas sortir tant que ces imbéciles seront là. Ils gardent chaque entrée.

— S'ils sont pris, tu iras toi aussi en prison, ajouta Juliette, désespérée. Ils sauront que tu as menti.

— Ils vont bien finir par se lasser ! Mais, je le répète, on ne peut pas les faire sortir tant qu'ils seront là. Thibault est sur le point de se rendre. Qu'est-ce qu'on peut faire ?

A ce moment, Sylvine intervint.

— Je peux peut-être les aider à sortir, dit-elle.

Pierre se tourna vers elle, intrigué.

— Toi ?

— J'ai découvert un chemin qui mène au sommet de la

colline. S'il n'y a pas de gendarmes là-haut, ils pourront partir.

— Explique-toi !

Il savait qu'il arrivait souvent à la fillette d'explorer les caves, munie d'une lampe à acétylène. Il ne s'en inquiétait pas. Elle lui avait prouvé qu'elle était parfaitement capable de retrouver son chemin dans ce dédale.

— C'est un couloir d'aération, dit-elle. Il était bouché par des *chapins*. Mais je sentais l'air qui arrivait. Et il y avait des nids de *bourichons* [1], et des crottes de chauves-souris, alors que j'étais loin de l'entrée. Ça voulait dire qu'il y avait une autre issue au-delà. J'ai creusé un peu et je suis arrivée dans une grande salle. A l'autre bout, une petite galerie mène vers un trou de la surface. Ça donne dans un bois. Il faut se glisser à plat ventre dedans, mais on peut passer. Si tu veux, je peux te montrer.

— C'est quelqu'un, cette petiote ! s'exclama Lucien.

— Elle a raison, renchérit Pierre. Les gendarmes ne gardent que les entrées des caves. Il n'y a personne sur la colline.

Le lendemain, il emmena Sylvine dans les caves. Simon Martin, prévenu, s'était déjà rendu dans le petit bois indiqué par la fillette. Il devait prendre en charge le couple qu'il guiderait jusqu'au Cher où les attendrait la gabarre d'un ami qui n'aimait pas trop la maréchaussée. Ils se rendraient ainsi discrètement jusqu'à Vierzon. De là, ils pourraient prendre le train et, si tout se passait bien, aller jusqu'en Suisse. Thibault avait appris que son ami Jules Vallès y avait trouvé refuge.

Dès qu'ils furent dans les galeries, Sylvine et Pierre rejoignirent le couple qui patientait autour d'une lampe à essence constituant leur seule source de lumière. La jeune

---

1. Oiseaux troglodytes.

femme grelottait, malgré l'épaisse couverture dans laquelle elle était emmitouflée. Ils accueillirent Pierre avec une sorte de résignation dans le regard.

— Ça ne peut pas durer, dit Thibault. Je vais me rendre. Je ne peux pas imposer ça à Elisabeth.

— Tu n'auras pas besoin de le faire, répondit Pierre. Sylvine va vous permettre de quitter les caves sans passer devant les gendarmes.

La petite les entraîna alors dans une série de galeries que même Pierre ne connaissait pas. Il ne s'était pas rendu compte qu'elle allait aussi loin. Il en éprouva un malaise rétrospectif, mais elle progressait avec une telle facilité qu'il s'en étonna lui-même. Elle semblait aussi à l'aise dans ce dédale de ténèbres qu'un poisson dans l'eau. Elle lui expliqua comment elle s'était repérée. Au fil du temps, les gueules blanches avaient laissé dans les galeries des signes différents les uns des autres, des dessins, des textes gravés dans la pierre. On trouvait même des cœurs avec des prénoms, preuve que les lieux avaient également abrité des rendez-vous galants.

Enfin, ils parvinrent devant un étroit boyau qui remontait vers la surface. Au bout, le chemin était bouché par un amas de gravats. Mais, comme l'avait dit la petite, on distinguait une ouverture assez grande pour permettre à un homme de passer. Elle se glissa dans le trou avec agilité et invita son père à la suivre. Pierre, à cause de ses mensurations, eut quelque peine à passer le boyau. Il se retrouva bientôt dans une salle bien plus large qu'une galerie, qui avait sans doute déjà dû servir de refuge, car plusieurs inscriptions ornaient les parois. Il y avait là les marques de grenadiers et de hussards de Napoléon Ier. Rongés par le temps, des effets militaires subsistaient, à côté d'objets rouillés. Le plus difficile fut de convaincre Elisabeth de se glisser dans la galerie étroite. Poussée par Thibault, elle parvint à y ramper en serrant les dents pour ne pas laisser son angoisse prendre le dessus. Mais celle-ci s'accentua lorsque la jeune femme constata que la salle n'offrait apparemment aucune sortie.

— Et maintenant ? demanda Pierre à Sylvine.

— Viens !

Elle lui prit la main et l'amena devant un éboulis par lequel on distinguait une lueur pâle.

— C'est par là qu'il faut sortir ! Ça mène dans le bois !

— C'est trop étroit ! gémit Elisabeth.

— Non ! Je suis déjà passée. Ça s'élargit vers le haut. A la surface, on ne peut pas savoir où se trouve cette entrée.

Contrairement à ce qu'avaient redouté les fuyards, le boyau, malgré sa pente assez forte, était relativement praticable et bientôt, tous se retrouvèrent à l'air libre, hors d'haleine. Pierre constata que Sylvine avait raison : l'ouverture donnait au milieu de buissons qui la masquaient complètement. Un peu plus loin, Simon Martin errait dans le bois en scrutant les alentours avec anxiété.

— Sapristi ! s'exclama-t-il en voyant la petite surgir près de lui, cette gamine est plus futée qu'un régiment de renards ! Ça fait deux heures que j'essaie de trouver cette fameuse entrée. Je suis passé plusieurs fois à côté sans la voir.

La matinée était déjà bien avancée lorsque Thibault et Elisabeth, après avoir épousseté tant bien que mal leurs vêtements, partirent à la suite de la Grenouille vers les rives du Cher. Pierre et Sylvine les regardèrent disparaître dans l'épaisseur du bois avec un pincement au cœur. Tous deux allaient leur manquer.

Deux jours plus tard, Boursier revint à la Sauvagine. A sa mine déconfite, Pierre devina qu'il était bredouille. Le capitaine pointa sur lui un doigt accusateur.

— Je suis sûr que vous savez où ils sont, cingla-t-il.

— Oh, probablement à Paris, où ils vont prendre un train pour la Picardie. C'est là-bas que vous devriez chercher.

L'autre poussa un énorme juron.

— Vous vous croyez très fort, Ménétrier. Mais prenez garde ! Je vais vous avoir à l'œil. Je n'aime pas les gens qui portent assistance aux communards et aux criminels !

Dans les jours qui suivirent, Pierre apprit que Boursier poursuivait les recherches. Il avait lancé un appel à toutes les polices de France et de Navarre. En vain. Thibault avait envoyé une lettre codée, d'apparence anodine, à Pierre, pour l'avertir qu'ils étaient arrivés à bon port. Cette nouvelle aurait dû rassurer Sylvine. Pourtant, les cauchemars de la fillette n'avaient pas cessé. Ils se concrétisèrent dans toute leur horreur le jour du printemps suivant.

Le 21 mars 1875, Pierre Ménétrier mourait, écrasé par un bloc qui s'était détaché trop tôt.

16

Un accident !

Ce fut la conclusion des gendarmes venus enquêter sur place. Pierre, ce matin-là, était seul. Sylvine, clouée au lit par un mauvais coup de froid, n'avait pu l'accompagner. Un triste concours de circonstances avait voulu que Champ-d'Avoine ait eu lui aussi des difficultés à se lever en raison d'une soirée trop dignement arrosée la veille.

C'était le roulier, Fulgence Levasseur, qui avait découvert le corps alors qu'il venait chercher les premiers blocs de la matinée. Selon le capitaine Boursier, qui avait tenu à diriger les investigations en personne, il ne faisait aucun doute que Pierre Ménétrier avait commis une grave erreur en s'aventurant devant le bloc à un moment où celui-ci était sur le point de tomber.

— Selon la position du corps, allongé sur le côté, il est parfaitement clair qu'il a voulu traverser le lit de gravats pour se rendre de l'autre côté, probablement afin d'achever d'enfoncer les coins. C'était une terrible imprudence.

L'enterrement eut lieu deux jours plus tard. Un long cortège funèbre s'étira depuis la Sauvagine jusqu'à l'église de Bourré, où s'était rassemblée une bonne partie de la population. Juliette, anéantie, était soutenue par Sylvine et par sa voisine, madame Marceau. Le père Rochelet l'avait guidée dans les démarches administratives et funéraires. Malgré son absence de foi chrétienne, Pierre fut inhumé religieusement. Le curé, les yeux rougis par des larmes contenues, donna ce jour-là l'un des sermons les plus émouvants de sa vie, un sermon dans lequel transparaissait l'amitié qui avait uni les deux hommes en dépit de leurs différences. Même les ennemis de Pierre, accourus à la cérémonie masqués par une compassion affectée, en furent touchés.

On observait la jeune veuve avec acuité. Les hommes songeaient qu'elle était encore bien jolie malgré sa figure ravagée par le chagrin, et les célibataires se laissèrent aller à rêver un peu. Les femmes la plaignaient de tout cœur, sachant ce qu'elle s'apprêtait à vivre. Certaines cependant se réjouissaient secrètement, comme Georgette Vernier et Prudence Ravachon. Ce qui ne les empêcha pas de témoigner à Juliette d'hypocrites condoléances.

La jeune femme ne voyait rien, n'entendait rien. Il lui semblait que tout cela arrivait à quelqu'un d'autre, qu'elle n'était là qu'en visiteuse, que Pierre allait apparaître bientôt près d'elle et passer son bras protecteur autour de ses épaules. Sa voix résonnait en elle, comme pour la rassurer. Elle serrait très fort la main de Sylvine, blottie contre elle, à tel point que la fillette en avait mal aux doigts. Mais elle ne disait rien, car la main de sa mère tremblait comme un oiseau blessé. Elle comprit qu'elle allait avoir besoin de toutes ses forces pour l'aider.

Elle n'avait plus de larmes. Elle comprenait à présent la signification des cauchemars et de la sensation de malaise qu'elle éprouvait depuis quelque temps. Comme si elle avait pressenti le malheur qui allait frapper la famille. Elle ne cessait de se repasser les images terribles des derniers jours, l'arrivée de Fuful à la maison, le visage déformé par l'affolement, les mots effrayants qu'il avait prononcés :

« Juliette ! Je ne sais pas comment te dire ça... mais voilà : Pierre est mort ! »

La nouvelle avait cueilli Sylvine, un peu fiévreuse en raison de son refroidissement, alors qu'elle épluchait des légumes pour le déjeuner. Elle avait cru avoir mal compris. Ça ne pouvait pas être vrai ! Son père allait arriver, effacer par sa présence cette plaisanterie stupide. Mais elle avait vu Juliette se dresser d'un bloc, lâcher les assiettes qu'elle tenait en main. Un long hurlement avait suivi, mêlé au bruit de la vaisselle se brisant sur le sol de tommettes couleur de sang. A ce moment-là, Sylvine avait eu l'impression que son cœur s'était arrêté de battre. Fulgence avait raconté brièvement les circonstances de l'accident.

« Un bloc d'une tonne ! Il n'avait aucune chance ! Mais aussi, quelle idée ! »

Fuful marchait, se tordait les mains, malheureux du chagrin qu'il provoquait, furieux contre le sort. Impuissant.

Mais c'était impossible ! Sylvine refusait cette explication de toute son âme. Pierre n'avait pas pu commettre une telle erreur ! Il connaissait bien le danger. Jamais elle ne l'avait vu traverser devant le bloc sur le point de se détacher !

Elle avait voulu parler lorsque les gendarmes s'étaient présentés à la maison, leur dire qu'ils se trompaient sûrement. Mais le méchant petit bonhomme qui les commandait avait refusé d'écouter ce qu'elle avait à dire.

« Mon père n'aurait jamais fait ça ! s'obstina-t-elle avec véhémence.

— Pourtant, il l'a fait. C'est la seule manière d'expliquer sa mort.

— Il y en a une autre ! Peut-être que quelqu'un l'a tué !

— Veux-tu bien te taire ! On ne t'a jamais dit que l'on ne doit pas interrompre les grandes personnes quand elles parlent ? Non, évidemment ! Je déplore comme tout un chacun la mort de ton père, mais il n'en reste pas moins qu'à mes yeux il était suspect d'avoir apporté son aide à un dangereux criminel ! On voit ce que donne l'éducation d'un socialiste ! »

Sylvine se retint de lui hurler que Thibault n'avait rien d'un dangereux criminel, mais elle comprit qu'elle risquait, en insistant, de créer des ennuis à sa mère. Elle se contenta d'adresser un regard furieux à Boursier.

Effondrée, Juliette n'avait pas songé à écouter la fillette. Et puis, quelle importance ? Quelles que fussent les circonstances de sa mort, son mari n'était plus là. Il ne serait plus jamais là, et c'était tout ce qu'elle comprenait. Pierre était toute sa vie. De lui, elle tirait sa force et sa confiance en l'avenir. Sans lui, elle était perdue.

Dans les jours qui suivirent l'enterrement, elle refusa de croire à sa disparition. Puis, au bout d'une semaine, elle se résigna. Mais elle avait perdu toute force. Sylvine, inquiète, l'entendait tenir des propos incohérents. Parfois, elle s'effondrait sur une chaise et ne cessait de répéter que tout était sa faute, que Dieu l'avait punie. La fillette ne comprenait pas ce sentiment de culpabilité.

Un jour, elle lui en demanda la raison.

— Tu n'as rien fait de mal, maman. Pourquoi Dieu voudrait-il te punir ?

Juliette leva les yeux vers elle, désemparée. Sylvine crut un instant qu'elle allait parler, mais elle s'enferma dans un mutisme complet, dont elle ne sortit pas avant le soir. Ce comportement ne laissa pas d'étonner la petite, qui ne voyait pas de quoi sa mère pouvait se sentir responsable. Elle-même avait plus de raisons de se sentir coupable. Elle aurait dû être présente lorsque le bloc était tombé sur son père. Elle s'en voulait de ne pas avoir été là. Elle l'aurait averti. Elle aurait pu.... Mais il était trop tard désormais.

On ne pouvait pas revenir en arrière. Il allait falloir apprendre à vivre sans l'ombre protectrice de Pierre.

Sylvine avait l'impression d'une déchirure intérieure, comme si on lui avait arraché une partie d'elle-même. Des images la hantaient, peuplées de son père. Elle revoyait Pierre lui donner ses leçons d'écriture, lui expliquer le calcul sur les parois des caves, l'écouter lorsqu'elle lisait à haute voix les romans de Jules Verne. Elle entendait sa voix lui parler de ses voyages dans des pays inondés de soleil. Pierre lui avait apporté tellement de choses ! Il lui avait appris à nager, il lui avait montré comment tailler les vignes pour obtenir les plus beaux raisins, il l'avait aidée à extraire ses ammonites. Elle avait une telle admiration pour lui !

Lorsque ces images lui venaient, elle ravalait bravement les grosses larmes qui lui montaient aux yeux pour ne pas accentuer le chagrin de Juliette. Il lui fallait aussi demeurer forte pour les plus petits, qui ne comprenaient pas la disparition de leur père. Il n'y avait que le soir, lorsque la nuit refermait ses ailes sur elle, qu'elle donnait libre cours à son chagrin.

Les autres enfants avaient réagi différemment. Christophe s'était réfugié dans une sorte d'égoïsme, qui l'amenait à se montrer plus exigeant. Angélique, à cinq ans, suivait Sylvine comme son ombre. D'instinct, elle sentait qu'elle était plus résistante que sa mère, et que c'était près d'elle qu'il fallait chercher du réconfort. Quant à Honorine, elle passait son temps dans les jupes d'Amandine en demandant quand papa allait rentrer. N'obtenant aucune réponse qui lui donnât satisfaction, elle se mettait à trépigner, mais personne n'avait le cœur à la sermonner.

La famille recevait des visites régulières de Francis Rochelet. Le brave curé faisait ce qu'il pouvait pour soutenir Juliette, lui apportant le réconfort de la religion, de la bonté de Dieu. Mais la jeune femme n'y croyait plus trop. Elle ne cessait de s'accuser devant lui, ce qui intrigua Sylvine. D'autant plus que, curieusement, le prêtre semblait comprendre. Même s'il tentait de la consoler, il lui disait des phrases étranges laissant entendre que la mort de Pierre n'avait aucun rapport avec... Mais, apercevant la fillette, il ne poursuivait pas. Sylvine finit par comprendre qu'il existait, dans le passé de sa mère, quelque chose de trouble qu'elle voulait à tout prix lui cacher.

Il ne fallut pas très longtemps aux rapaces pour se manifester. Quinze jours après la mort de Pierre, Adolphe Gréville se présenta à la Sauvagine.

— Madame Ménétrier, dit-il, je connais les épreuves que vous surmontez en ce moment. Vous savez que je ne m'entendais pas toujours très bien avec votre mari, mais je le respectais et l'estimais, car c'était un excellent vigneron. Cependant, vous devez convenir qu'il ne vous sera pas possible de conserver cette ferme très longtemps. La charge est trop lourde pour une femme seule.

Sylvine, qui assistait à l'entretien dans un coin de la pièce, jeta un regard sombre au vieux notaire. Elle n'aimait pas ce qui allait suivre. Ce scélérat allait profiter de la situation pour s'emparer de la ferme. Elle se tint à quatre pour ne pas intervenir. Gréville poursuivit :

— Vous savez déjà que ces terres intéressent mon fils. Peut-être saurez-vous vous montrer plus raisonnable que votre époux. Le prix que je vous en offre est plus qu'honnête. Je suppose que votre mari vous a tenue au courant des conditions que je lui avais proposées.

— Je... je ne sais pas... C'était lui qui s'occupait de tout ça. Il me donnait l'argent dont j'avais besoin pour les courses, mais j'avoue que j'ai bien du mal à comprendre ses livres de comptes.

— Je pourrais vous aider, si vous le souhaitez.

Sylvine faillit hurler. Le sourire cauteleux du bonhomme l'écœurait. Il jubilait visiblement. Juliette était une proie si facile. Pourtant, contrairement à ce que redoutait la fillette, elle tint bon.

— Je vous remercie, mais je crois que je vais réfléchir, monsieur Gréville. Mon mari ne voulait pas vendre sa ferme. Vous comprenez, elle appartient aussi aux enfants. C'est là qu'ils sont nés tous les quatre. Je ne veux pas les priver de cette maison.

Gréville fit grise mine, mais la vie lui avait enseigné la patience.

— Je comprends, madame Ménétrier. Je comprends. Toutefois, je ne pourrai pas maintenir une telle offre bien longtemps. Avec l'absence de votre mari, cette ferme va perdre de la valeur. Le vin de cette année sera-t-il aussi bon que celui des années précédentes ? Voilà des éléments qui risquent de compromettre plus tard l'excellente opération que je vous propose aujourd'hui.

— Je veux réfléchir, insista Juliette. Je ne peux pas me décider comme ça, sur un coup de tête.

— Bien sûr, bien sûr. Je vais vous laisser y penser pendant quelques jours, dit-il en se levant. Mais ne tardez pas trop.

Incapable de se retenir plus longtemps, Sylvine intervint :

— De toute façon, mon père ne voulait pas vous vendre sa ferme ! Pas à vous !

— De quoi te mêles-tu, toi ? répliqua vertement le notaire, furieux de l'audace de la fillette.

— De ce qui me regarde ! Nous sommes ici chez nous et vous ne me faites pas peur !

— Mais voyez donc l'impertinente ! Sais-tu bien à qui tu t'adresses ?

Abasourdie par le courage de sa fille, Juliette n'osait rien dire. Mais la volonté de Sylvine lui apporta un regain de force. La petite poursuivit, les mains posées sur la table, faisant bravement face au notaire :

— A un monsieur qui veut profiter du chagrin de ma mère pour la tromper !

Rouge de colère, Gréville se leva et voulut contourner la table pour la gifler. Mais Juliette s'interposa.

— Prenez garde à ce que vous allez faire, monsieur Gréville !

Le notaire poussa un énorme juron, mais n'acheva pas son geste.

— Voilà bien votre éducation ! cracha-t-il, hors de lui. Cette gamine est une effrontée qui mériterait le fouet ! Pour lui enseigner les bonnes manières !

— Partez ! gronda Juliette, hors d'elle. C'est ce que vous avez de mieux à faire !

Le notaire remballa sa serviette de cuir, maîtrisant avec peine sa hargne. Puis il dut se rendre compte qu'il avait gâché son action à cause d'un mouvement d'humeur et se calma un peu.

— Je suis désolé de m'être emporté, grommela-t-il d'un ton sec qui démentait ses paroles. Ma proposition tient toujours. Mais dépêchez-vous de réfléchir. Je ne me montrerai pas très longtemps aussi généreux.

Puis il quitta la maison en claquant la porte. Une fois le notaire parti, Sylvine félicita sa mère.

— Tu as bien fait, maman ! Papa ne voulait pas vendre à ce bonhomme. Il est mauvais. Je ne connais pas bien les chiffres, mais je suis sûre qu'il essaye de te voler.

L'appui de sa fille réconforta un peu la jeune femme. Mais comment tenir la ferme seule ? Elle connaissait le travail, mais elle n'entendait rien aux comptes tenus par Pierre.

— Il faut garder la Sauvagine, maman ! insista Sylvine.

Pour la mémoire de papa ! C'est pour nous qu'il a construit cette maison.

Juliette hocha longuement la tête.

— Tu as raison, ma fille ! Nous allons le faire !

Encouragée par la réaction de Sylvine, Juliette trouva un regain d'énergie dans les jours qui suivirent. Avec l'aide de Lucien, elle décida de reprendre en main l'exploitation de la ferme. Cette année-là, il n'y eut pas de vacances en Sologne chez les arrière-grands-parents. Sylvine leur avait écrit qu'elle devait rester à la Sauvagine pour seconder sa mère.

Le travail ne manquait pas et cela évitait à Juliette de trop penser à son malheur. Il fallait continuer à vivre, s'occuper des enfants, accomplir les tâches de la ferme. Mais, sans Pierre, la tâche s'avéra épuisante. Si au moins Thibault avait encore été là... Le bon Lucien faisait ce qu'il pouvait pour aider la jeune femme, mais il ne possédait pas les connaissances de son patron, ni l'autorité nécessaire pour diriger les ouvriers que Juliette dut recruter pour entretenir la vigne. Elle proposa aux anciens, Rémy et Jacob, de les embaucher. Curieusement, ils lui répondirent avec embarras qu'ils avaient déjà d'autres engagements. Juliette soupçonna une basse manœuvre de Gréville, qui avait dû les menacer de représailles s'ils travaillaient pour elle. Mais elle n'avait aucun moyen de le prouver. Les deux hommes qui se présentèrent venaient d'ailleurs et profitèrent de la situation pour réclamer d'emblée des salaires exorbitants. Incapable d'en trouver d'autres, Juliette finit par accepter.

Cependant, ils connaissaient mal le travail de la vigne. Sylvine, qui les accompagnait, s'en rendit très vite compte. Elle-même avait bien retenu les leçons de Pierre.

Constatant leurs erreurs, elle leur expliqua comment tailler les ceps, comment pratiquer les greffes suivant les différents cépages. Mais les ouvriers n'étaient pas d'humeur à écouter une gamine de dix ans, même si ce qu'elle disait était frappé au coin du bon sens. Chacun travaillait à sa manière, la rabrouant sans ménagement. Elle se mettait alors en colère, ne déclenchant en retour que des rires et des quolibets. Découragée, la fillette finit par abandonner. Ces imbéciles ne connaissaient rien au vin et la récolte n'aurait rien à voir avec le vin que fabriquait son père.

Pierre aimait le travail bien fait et lui avait transmis cet amour. Mais il n'était plus là. Il serait difficile de poursuivre dans ces conditions. Pour aggraver le tout, le printemps de cette année-là fut maussade et pluvieux. La terre était détrempée, le ciel balayé par des nuages noirs qu'emportaient des vents glacés. Il gela en avril, ce qui compromit la floraison.

L'enthousiasme qui avait succédé aux encouragements de Sylvine retomba très vite. Juliette n'avait ni la force ni l'envie de continuer à exploiter la ferme seule. Elle s'était toujours appuyée sur son mari. C'était lui qui tenait les comptes, qui embauchait et payait les ouvriers. Jamais il n'aurait engagé les paresseux qui s'étaient présentés cette année. Bien sûr, elle avait obtenu un peu d'aide de la part de la famille Marceau, mais celle-ci, malgré sa bonne volonté, ne pouvait consacrer trop de temps aux Ménétrier, sous peine de compromettre la bonne marche de sa propre ferme.

La jeune femme s'était forcée à plonger le nez dans les livres de comptes et avait dû s'avouer qu'elle n'y comprenait pas grand-chose. Elle n'était pas allée à l'école. Elle demanda l'aide de Sylvine, qui savait mieux compter qu'elle. Malheureusement, la petite ignorait tout de la comptabilité et ne lui fut pas d'un grand secours. Peu à peu, Juliette vit les dettes s'accumuler. Il avait fallu payer l'enterrement de Pierre, faire face aux impôts énormes réclamés par un gouvernement qui ne tolérait aucun retard. Inexorablement, les réserves de la famille fondaient.

Vint l'époque des vendanges. Juliette espérait que la récolte permettrait de faire face aux problèmes financiers. Mais, comme elle le redoutait, la qualité du vin n'était pas au rendez-vous, et les clients de Pierre, déçus, se détournèrent de la Sauvagine. Un gros négociant de Paris finit par acheter toute la récolte pour un prix bien inférieur à celui de l'année précédente. La rage au cœur, Sylvine refusait cet échec. Elle se promit, l'année suivante, de rendre visite aux anciens ouvriers de son père pour les convaincre de revenir travailler à la ferme.

Mais il apparut très vite qu'il n'y aurait sans doute pas d'année prochaine à la Sauvagine. Les rentrées d'argent de la récolte tardaient. Abusant de la situation précaire de la jeune femme et de son manque de connaissance de la finance, le négociant avait imposé à Juliette des conditions de paiement draconiennes.

La mort dans l'âme, Juliette fut contrainte de se séparer d'Amandine, qui quitta la ferme les larmes aux yeux de devoir abandonner les quatre enfants qu'elle avait élevés. Sylvine assurerait son rôle afin de réduire les dépenses.

Puis ce fut le tour de Fidèle, le cheval de Pierre. Il fut suivi par les deux vaches, les autres animaux et même le cochon de l'année qui devait être sacrifié peu avant Noël. Un boucher grossier et brutal vint le chercher et le paya une misère, prétextant qu'il n'était pas encore suffisamment gras. C'était faux, bien sûr, mais Juliette, affaiblie, n'avait même pas la force de discuter.

Errant dans les vignes, Sylvine avait l'impression de vivre un cauchemar interminable. Ses *bourbettes* s'enfonçaient dans la terre boueuse. Elle contemplait avec désespoir les pieds de vigne qu'il aurait fallu entretenir, songeant au *marrage* qu'on aurait dû pratiquer pour la récolte de l'année suivante. Elle avait noté dans un cahier d'écolier tout ce que lui avait enseigné Pierre sur le travail de la vigne. Son savoir ne devait pas être perdu. Ce travail lui plaisait. C'était un peu une manière de se retrouver avec son père. Il lui semblait entendre sa voix, sentir sa main durcie par les lourds travaux se poser délicatement sur son épaule frêle.

Dans le secret des nuits qu'elle passait à écrire ainsi, de sa petite écriture vive et alerte, elle se jura que, quel que soit l'avenir qui lui était réservé, elle reviendrait un jour à la Sauvagine. Elle y était née, sa famille y avait vécu des grands moments de bonheur. Sa maison était là et nulle part ailleurs, et si le destin l'en chassait, elle saurait trouver le moyen de la reprendre.

Mais elle ne se faisait plus d'illusions. Juliette avait baissé les bras. Depuis quelque temps, une mauvaise toux la tenait. Elle avait pris froid au cours des vendanges et ne se remettait pas. Les remèdes habituels n'avaient pas apporté le moindre soulagement. Par moments, ses poumons la brûlaient et elle éprouvait une fatigue intense et inexplicable. Elle songeait parfois à consulter le docteur Champréaux, qui s'était toujours occupé de la famille, mais elle avait peur de ce qu'il lui dirait.

Noël passa sans que l'on s'en aperçût. Juliette, épuisée, n'eut pas le courage d'assister à la messe de minuit. Elle avait juste coupé, avec l'aide de Lucien, un petit sapin que l'on avait planté à côté de la cheminée. Au cours du repas pris autour de la table dont les sièges étaient plus écartés depuis quelques mois, l'absence de Pierre se fit plus durement ressentir ce jour-là.

Ce fut à la fin de ce repas que la jeune femme annonça à ses enfants qu'elle allait vendre la Sauvagine.

17

A l'annonce de la nouvelle, Sylvine ne réagit pas. Elle s'y attendait depuis déjà un moment. Mais c'était une chose de savoir et c'en était une autre d'entendre que la décision était prise. Christophe se mit à pleurer, aussitôt imité par Honorine. Angélique se tourna vers sa grande sœur, quêtant un démenti ou un peu de réconfort. Mais Sylvine resta de marbre, refoulant ses larmes avec orgueil, les yeux fixés sur la statuette d'Isis. La déesse les avait-elle abandonnés ? Puis, intérieurement, elle repoussa cette idée. Son père lui avait parlé des dieux. Cette déesse égyptienne s'appelait Isis. Mais les dieux n'existaient pas. Ils étaient une invention des hommes pour se rassurer et pour expliquer ce qu'ils ne comprenaient pas. Isis n'était donc pour rien dans leurs malheurs. Seul le destin était en cause. Elle songea qu'elle aurait dû en vouloir à Pierre de s'être montré aussi imprudent, mais elle ne le pouvait pas. Malgré le temps écoulé, elle refusait de croire qu'il avait commis une erreur. Son intuition lui hurlait qu'il s'était passé quelque chose, en ce 21 mars maudit. Personne ne l'avait écoutée. Elle avait essayé d'en parler à sa mère, mais Juliette avait répondu qu'elle ne pouvait pas en savoir plus que les gendarmes qui s'étaient rendus sur place et que, de toute façon, cela ne ramènerait pas son père. Sylvine en avait voulu à sa mère de se montrer aussi peu combative. Puis elle avait compris que la mort de son mari avait ôté toute force à Juliette. Bouleversée, Angélique se glissa sur les genoux de sa grande sœur et se blottit contre elle en suçant son pouce.

Juliette précisa :

— J'ai revu monsieur Gréville. Il est d'accord pour racheter la Sauvagine.

Sylvine s'insurgea.

— Ah non ! Pas lui ! Je déteste ce bonhomme !

— C'est le seul qui m'ait fait une proposition, Sylvine. Bien sûr, elle est moins élevée que celle qu'il m'a faite après la... enfin, au début. Mais il a dit que la ferme valait beaucoup moins parce que votre père n'était plus là pour y travailler.

— Moi, je suis sûre que c'est lui qui t'a envoyé ces deux ouvriers. Il a dû menacer Rémy et Jacob en leur interdisant de venir travailler ici comme les autres années.

— Tu n'en sais rien !

— Pourquoi ne sont-ils pas venus cette année ? J'ai appris par Fuful qu'ils étaient allés travailler sur Angé, de l'autre côté du Cher. Pourquoi aller si loin alors qu'il y avait du travail ici ?

Juliette pâlit. Elle se souvint de l'embarras des deux hommes lorsqu'ils s'étaient désistés, prétextant d'autres engagements. Elle-même avait pensé à ce moment-là qu'ils n'agissaient pas ainsi de gaieté de cœur. Avec eux, le travail aurait été fait proprement. Au lieu de ça, elle avait dû recruter deux individus exigeants et incapables. Elle éprouva un instant la sensation de s'être fait gruger et elle se mit à tousser sous l'effet du mécontentement. Les larmes lui vinrent aux yeux et Sylvine s'en voulut de l'avoir contrariée.

— De toute façon, poursuivit enfin Juliette, j'ai été

obligée d'accepter son offre. Nous allons quitter la Sauvagine dans le courant du mois.

— Et Lucien, que va-t-il devenir ?

L'intéressé intervint.

— Ne te tracasse pas pour moi, ma petiote. Je trouverai bien une ferme où travailler. Ce n'est pas l'ouvrage qui manque.

— Tu viendras nous voir ?

— Bien sûr.

— Mais nous, comment allons-nous vivre ?

— Oh ! J'y ai déjà pensé, répondit Juliette. Je travaillerai au lavoir. Je ferai comme beaucoup d'autres femmes, je serai lavandière professionnelle. Tu m'aideras. Nous aurons un peu d'argent devant nous, et comme nous allons louer une petite maison, nous ne dépenserons pas trop.

— Louer une maison ? Où ?

— Dans la falaise. Monsieur Gréville m'en a proposé une dont le loyer est très modeste.

— J'espère que nous ne serons pas trop près du grand-père Emile !

— Ah non ! renchérit Christophe. Il ne nous aime pas.

— Nous ne serons pas trop près, rassurez-vous.

Plus tard dans la soirée, Sylvine attendit d'avoir retrouvé sa chambre pour pleurer. En proie au désespoir, elle s'effondra sur son lit et laissa ses larmes couler en abondance. La maison avait depuis toujours constitué son havre de paix, son refuge ultime. Elle ne parvenait pas à imaginer qu'elle ne pourrait plus habiter là, s'abriter près de la grande cheminée de tuffeau, se réchauffer à la chaleur de son feu, sentir l'odeur des bûches, celle du salpêtre. Il lui semblait qu'un démon malfaisant s'acharnait sur sa famille depuis la mort de son père. Inexorablement, il avait dévoré leurs économies. Il s'était joué d'eux en leur imposant des ouvriers qui ne connaissaient pas le travail de la vigne. Puis il s'en était pris à la santé de sa mère. Depuis deux mois, l'état de Juliette avait empiré. Une toux sèche la tenait sans cesse, qui lui faisait les yeux rouges et l'amaigrissait. Elle qui avait toujours été élégamment potelée voyait sa chair fondre lentement, creusant son visage, approfondissant ses yeux verts, sculptant ses mains de rides nouvelles, malgré son jeune âge. Le monstre était là, Sylvine en était persuadée. Elle croyait entendre ses ricanements dans les hurlements du vent. Pourtant, elle n'avait pas peur. Au contraire, une colère froide l'habitait. Elle était encore petite, mais elle apprendrait à le combattre et elle l'anéantirait.

Tout alla très vite. Adolphe Gréville ne laissa pas à Juliette le temps de changer d'avis. A peine une semaine après le jour de l'an, il vint faire signer l'acte de vente à la jeune femme. Elle n'eut que trois jours pour déménager. Le nouveau métayer devait s'installer afin de commencer immédiatement les travaux agricoles.

Juliette avait fait promettre à Sylvine de se tenir tranquille pendant la visite du notaire. Elle avait tenté de l'éloigner, mais la fillette s'était imposée et Juliette n'avait pas eu la force de lui ordonner de partir. Au fond, elle admirait le courage de la petite et sa présence lui apportait un peu de réconfort.

La présence de Sylvine chagrina en revanche grandement le notaire, mais il ne dit rien. Il ne pouvait prendre le risque de rater l'opération en se mettant stupidement en colère comme la fois précédente. Il dut supporter son arrogance pendant qu'il commentait les différents documents pour sa mère. Il riposta par un regard méprisant et sévère. Mais elle ne baissa pas les yeux pour autant, cherchant visiblement l'affrontement. Le notaire serra les dents. Cette petite peste ne perdait rien pour attendre.

— Je me suis arrangé avec maître Loubet, votre notaire de Blois, pour qu'il m'envoie les titres de propriété. Cela lui a évité de se déplacer, ce qui représente une économie pour vous.

Juliette remercia vaguement. Elle aurait cependant préféré que le notaire qui avait vendu la Sauvagine à Pierre dix ans plus tôt fût là. Adolphe Gréville lui tendit les papiers un à un. Lorsque enfin elle eut terminé de signer, il les rangea avec satisfaction dans sa mallette de cuir. Puis il se tourna vers la fillette, excédé par son regard lourd de reproches :

— Tu n'as donc rien d'autre à faire, toi ?

Elle ne répondit pas.

— Ce n'est qu'une petite fille, plaida Juliette. Elle est triste de quitter sa maison. Il ne faut pas lui en vouloir.

Sylvine n'aimait pas l'attitude soumise de sa mère. Evidemment, le vieux grigou profitait de sa faiblesse pour imposer son autorité.

— Cette gamine est une vipère ! déclara le vieil homme d'un ton péremptoire. Il faudrait lui donner une éducation religieuse. Je connais non loin d'ici une école qui se chargerait de lui faire entrer les bonnes manières dans le crâne. Voulez-vous que je m'en occupe ?

— Non ! Je vous remercie. Mon mari ne voulait pas qu'elle reçoive d'éducation religieuse et je respecterai sa volonté. Il sera toujours temps pour elle plus tard de choisir.

— Il sera trop tard ! Elle deviendra une fille perdue, sans éducation et sans moralité.

— Mais le père Rochelet vient souvent nous rendre visite. Elle l'écoute beaucoup. Et elle est baptisée, précisa la jeune femme.

— Ce n'est pas suffisant. Nous vivons en des temps troublés où l'ordre moral a été bafoué. Seule la religion peut ramener une gamine aussi effrontée dans les voies de la soumission qui doit être celle des femmes.

Il se mit à hurler à l'adresse de la fillette :

— Cesse de me regarder comme ça !

Mais Sylvine continua à soutenir son regard sans faiblir.

— Vous n'êtes pas mon père ! cingla-t-elle. Vous n'avez pas d'ordre à me donner !

— Sylvine, s'il te plaît, intervint Juliette.

La petite vit le désarroi de sa mère et, lentement, quitta les lieux, prenant soin de claquer la porte pour marquer sa colère.

Elle redouta un moment qu'en dehors de sa présence, Juliette finît par se laisser convaincre de l'inscrire dans cette maudite école, mais il n'en fut rien. Elle avait trop besoin de l'aide de sa fille pour l'envoyer dans un pensionnat, religieux ou non.

Dès le lendemain, la petite famille, aidée par les Marceau, déménagea dans une maison troglodytique creusée dans les flancs de la falaise, non loin de l'entrée des caves *perrières*. Elle jouissait d'un petit jardin dominant les rives du Cher, et orné de deux arbres fruitiers décharnés par l'hiver. Le temps s'était montré clément et un froid soleil d'hiver inondait la vallée lorsque la voiture à cheval quitta la Sauvagine. La carriole étant pleine à craquer, tout le monde suivait à pied à côté du vieux cheval de trait.

En voyant la maison disparaître peu à peu, Sylvine se jura que, plus tard, elle gagnerait beaucoup d'argent afin de la racheter. Elle ne savait pas encore comment elle s'y prendrait, mais la Sauvagine reviendrait dans la famille. C'était son père qui l'avait construite. Elle aurait voulu être forte, mais quand la demeure s'effaça derrière la brume matinale, elle ne put retenir ses larmes, au grand désarroi d'Angélique qui marchait à ses côtés.

La maison de la falaise était beaucoup moins grande que la Sauvagine. Elle ne comportait que trois pièces. La cuisine était vaste et équipée d'une cheminée, qui chauffait également une pièce sombre qui servirait de chambre pour Juliette. Dans la troisième furent installés deux grands lits et un petit. Alors qu'auparavant chacun avait le sien, Sylvine allait devoir partager avec Angélique. Cela ne la contrariait pas, car elle avait une grande tendresse pour sa petite sœur, et elle savait qu'elle avait particulièrement besoin d'elle.

En raison du manque de place, Juliette fut obligée de revendre une partie des meubles. Seul le grand buffet et la table trouvèrent leur place dans la cuisine. Un mur de tuffeau équipé d'une porte et d'une fenêtre fermait chaque pièce, mais il fallait sortir pour passer de l'une à l'autre.

L'un des arbres était un petit pommier au pied duquel subsistaient des restes de fruits, ce qui prouvait qu'il produisait bien. Dans un coin du jardin avait été installé un potager, pour lors abandonné. Juliette promit aux enfants d'y planter des légumes pour l'année prochaine. Mais Sylvine, anxieuse, se demandait si elle aurait la force de le faire. Chaque jour, les quintes de toux de sa mère se faisaient plus violentes.

La fillette comprit que le démon était toujours là, tapi dans l'ombre.

18

Juliette s'était installée comme lavandière professionnelle. Elle avait dû abandonner le petit lavoir rond de Vallagon, trop éloigné, et travaillait au lavoir municipal situé non loin de la mairie. Elle y avait retrouvé ses deux vieilles rivales, Georgette Vernier et Prudence Ravachon, qui s'étaient rabibochées avec les autres et s'imposaient aux meilleures places. Dès le début, elles firent comprendre à Juliette qu'il était hors de question qu'elle tentât de s'attribuer un emplacement près de la source. Etant la dernière arrivée, elle devrait se contenter du bout du lavoir, près du conduit d'évacuation. Cette mesquinerie obligeait la jeune femme à supporter les eaux usées des autres. Autrefois, Juliette se serait rebiffée contre cette basse vengeance provoquée par la jalousie, mais elle n'avait pas la force de se rebeller. Elle ne pouvait se permettre de se mettre toutes les laveuses à dos.

Pour une raison que Sylvine ne parvenait pas à comprendre, les femmes ne manifestaient aucune compassion envers sa mère. Malgré le malheur qui l'avait frappée, on ne l'avait pas accueillie avec sympathie. On la respectait autrefois, lorsque Pierre était vivant, mais à présent qu'il n'était plus là pour la protéger, les langues de vipère se déliaient et les mauvais sentiments s'exprimaient. Il n'y avait pas de quolibets, mais un mépris et une distance qui firent naître dans le cœur de la petite fille des accès de colère contre ces matrones à l'âme sèche. Elle se demandait ce que leur mère avait bien pu leur faire pour qu'elles se montrent aussi méchantes.

Juliette supportait tout sans broncher, s'étourdissant de travail, serrant les dents pour garder courage. Certaines femmes néanmoins lui témoignaient de la sympathie. C'était le cas d'Eugénie Lefèvre, qui habitait la maison troglodytique voisine. Dotée d'une forte personnalité, elle eut vite fait de clore les becs un peu trop acérés en promettant quelques taloches à celles qui ne se tiendraient pas tranquilles. Grâce à ce renfort inattendu, Juliette put souffler un peu. Madame Lefèvre élevait pratiquement seule ses huit enfants. Son mari était gabarrier et passait le plus clair de son temps sur le Cher, naviguant de Vierzon à Tours.

Sylvine avait fort à faire pour seconder sa mère. A dix ans, elle devait s'occuper de ses frère et sœurs, préparer le repas, les laver, les habiller. Elle n'avait plus trop de temps à consacrer à la lecture. Le soir, elle s'écroulait sur son lit et s'endormait d'un sommeil de plomb. Elle avait tout de même réussi à trouver un endroit dans un coin du *veillot* pour amasser ses trésors, les livres de Jules Verne, les fossiles qu'elle avait patiemment amassés au fil des années, ainsi que la statue d'Isis.

La santé de Juliette se détériorait chaque jour un peu plus. Une année s'était écoulée depuis la mort de Pierre, mais elle n'avait pas retrouvé le goût de vivre. Sylvine guettait le retour du printemps avec impatience, mais à peine trois mois s'étaient écoulés depuis le déménagement et le beau temps se faisait attendre. La neige avait persisté jusqu'au début du mois de mars, et une période de violentes tempêtes lui avait succédé. Sylvine y voyait encore la marque du démon invisible qui les persécutait.

Curieusement, alors qu'autrefois la Sauvagine ne désemplissait pas, les visiteurs s'étaient faits plus rares. Juliette recevait parfois la visite de Fuful, de Simon la Grenouille et de son inséparable Boit-sans-Peur. En revanche, Champ-d'Avoine ne s'était guère montré depuis la mort de Pierre. Juliette avait compris qu'il culpabilisait de n'avoir pas été présent le jour de l'accident. Elle ne lui en voulait pourtant pas.

Un jour, vers la fin du mois de mars, une silhouette massive se présenta à la maison. Juliette venait à peine de rentrer du lavoir.

— Raoul ?

— Bonjour, ma belle. Je suis venu te rendre une petite visite. Une visite d'amitié.

Aussitôt, Sylvine fut sur ses gardes. Le frère de son père n'était jamais venu à la Sauvagine du vivant de Pierre. Pourquoi leur rendait-il visite aujourd'hui ? La fillette comprit très vite, à son élocution laborieuse et à ses gestes imprécis, qu'il avait abusé de la boisson. Embarrassée, Juliette lui versa tout de même un verre, qu'il avala d'un trait. Puis, après s'être essuyé les lèvres d'un revers de manche, il attrapa le pichet et se resservit lui-même.

— Alors, comment ça va ? demanda-t-il d'une voix rauque.

— J'ai beaucoup de travail, répondit Juliette, qui ne savait comment faire pour se débarrasser de l'importun.

— Ça, je m'en doute. Il te manque un homme, hein ? Je pourrais t'aider. Si tu as des tâches difficiles, tu sais, des choses lourdes à porter. On fait partie de la même famille, hein ?

— Je te remercie, mais je me débrouille toute seule.

— Allons, allons ! Une femme aussi jolie que toi a besoin

d'un homme. Et puis, je pourrais te rendre d'autres services, si tu vois ce que je veux dire.

Juliette se dressa, soudain plus pâle. Sylvine avait peine à comprendre. De quoi voulait-il parler ?

— Je n'ai pas besoin de ce genre de service, riposta sèchement la jeune femme. J'ai le souvenir de Pierre.

— Justement, c'est qu'un souvenir. Moi, je suis vivant ! Et bien gaillard !

— Mais tu es marié ! Et puis, je ne veux pas de toi !

Le visage de Raoul se fit suppliant.

— On ne dit pas ça à un homme venu vous proposer ses bons offices.

— Va-t'en, Raoul ! répliqua Juliette d'un ton conciliant. Tu es saoul.

Il se leva. L'espace d'un instant, il eut un sursaut de colère, comme un gamin frustré. Sylvine eut peur qu'il agresse Juliette. Elle intervint :

— Tu as entendu ce qu'a dit ma mère. Laisse-nous tranquilles.

Raoul la fixa d'un œil mauvais et répliqua :

— Toi, la bâtarde, ne te mêle pas de ça.

Une désagréable sensation de peur saisit Sylvine. Mais Juliette réagit vivement :

— Qu'est-ce que tu as dit, Raoul ?

L'autre hésita. Puis, comprenant sans doute qu'il ne servait à rien d'insister, il soupira :

— C'est bien. Je m'en vais.

Il jeta un dernier regard lourd à Juliette, et s'en fut en claquant la porte. Bouleversée, la jeune femme se rassit. Sylvine l'entoura de ses bras et la serra très fort. Peu à peu, elle se calma.

— Il ne faut pas qu'il revienne ici, dit-elle. Jamais.

— Moi, il m'a fait peur.

— Oh, il avait bu.

Sylvine acquiesça. Elle savait déjà que le vin pouvait rendre certains hommes méchants.

— Qu'est-ce que ça veut dire, « bâtarde » ? demanda-t-elle.

— C'est une injure très grossière, répondit Juliette.

Sylvine s'étonna. Quelque chose sonnait faux dans la réponse de sa mère, comme si le mot avait une signification qu'elle ne voulait pas lui donner. Elle n'insista pas.

Francis Rochelet venait régulièrement les voir. Juliette lui offrait toujours le verre de l'amitié et tentait de lui faire croire que tout allait bien. Mais les traits du vieil homme reflétaient l'inquiétude qui le tenait, lui aussi, devant le visage amaigri et pâle de la jeune femme.

— Tu devrais voir le docteur Champréaux, lui conseilla-t-il un soir qu'une quinte de toux particulièrement pénible lui avait coupé le souffle. Il faut te soigner.

— Je n'ai pas trop d'argent à dépenser chez le médecin.

— Mais si tu n'es plus là, qui s'occupera de tes enfants ? Tu dois te battre, ma petite Juliette.

Une onde glaciale parcourut le dos de Sylvine. Jusqu'à présent, elle avait refusé de voir la vérité en face. Elle comprit soudain que sa mère n'avait plus vraiment envie de vivre. Même pour eux. Elle était tellement persuadée d'être à l'origine des malheurs qui frappaient sa famille qu'elle avait perdu le goût de la lutte. Mais de quoi pouvait-elle se sentir responsable ? Que s'était-il passé autrefois pour qu'elle acceptât ainsi d'expier une faute dont Sylvine ignorait tout, mais qui expliquerait le comportement hostile de certaines commères du village ?

Sous la pression du prêtre, Juliette finit tout de même par consulter le docteur Champréaux, à Montrichard.

Lorsqu'elle revint, ses traits s'étaient assombris. Sylvine comprit que le mal dont elle souffrait était très grave.

Vers le milieu du mois d'avril, son état empira. Une fièvre maligne la tenait, qui l'empêchait de travailler. Des cernes mauves marquaient ses yeux et elle avait tellement maigri que les os lui saillaient. Ses mains ressemblaient à des sarments de vigne desséchés. Peu à peu, Sylvine se retrouva seule pour faire tourner la maison. Elle s'en acquittait avec une sorte de rage qui l'aidait à tenir. Elle savait déjà que Juliette ne survivrait pas à sa maladie. Alors, elle puisait au fond d'elle-même des ressources d'énergie insoupçonnées pour faire face. Elle continuait à s'occuper des trois petits, auxquels elle avait assigné différentes tâches afin de l'aider un peu, car Juliette n'avait plus la force de rien faire.

Eugénie Lefèvre venait chaque jour aider la fillette pour les tâches les plus difficiles. Elle fendait les bûches, rentrait le bois. Elle donnait également des légumes ou de la soupe, accompagnait Sylvine lorsqu'elle allait faire quelques courses.

Par instants, Sylvine avait l'impression que Juliette n'avait plus toute sa raison. La jeune femme parlait à Pierre comme s'il avait encore été vivant. Elle ne reconnaissait même plus ses propres enfants. A d'autres moments au contraire, elle redevenait lucide, et tentait de se lever pour reprendre sa maison en main. Mais, très vite, le souffle lui manquait et elle était obligée de se recoucher.

Juliette avait pris conscience de son état. Le docteur Champréaux lui avait rendu une visite inattendue afin de lui apporter un peu de réconfort. Mais il avait profité de l'absence des petits pour lui parler franchement.

— Je suis désolé, Juliette, avait-il dit. Je ne peux pas vous mentir. Votre maladie est de celles dont on ne guérit pas. Cela s'appelle un cancer. Il ne vous reste pas beaucoup de temps à vivre. Il faut que vous preniez vos dispositions pour les mettre à l'abri lorsque vous ne serez plus là.

La jeune femme sentit les larmes lui monter aux yeux. Elle s'en voulait de ne pas avoir la force de se battre. Mais la souffrance était telle qu'elle avait le souffle coupé dès qu'elle se levait. Pourquoi Pierre l'avait-il abandonnée ainsi ? Sa seule consolation était qu'elle allait bientôt le rejoindre. Enfin, elle l'espérait, car elle ne croyait plus trop à rien désormais. Puis ses pensées se fixèrent sur ses quatre enfants et elle éclata en sanglots.

— Que puis-je faire, docteur ? Où vont-ils aller ? Qui va s'occuper d'eux ?

— Vous avez de la famille.

— De la famille, soupira-t-elle. Pour ce qu'elle s'est souciée de moi depuis l'accident de Pierre !

— Leurs grands-parents pourraient les recueillir.

— Mes parents ne feront rien ! Je connais ma mère. Quant aux parents de Pierre, ils me détestent et ils ne se sont jamais occupés des enfants. Pourquoi le feraient-ils maintenant ?

Le docteur Champréaux hocha la tête.

— Ne vous inquiétez pas. Vous n'êtes pas seule. Je vais voir le père Rochelet. Il trouvera sûrement une solution.

Averti par le docteur, le curé rendit visite aux parents de Pierre pour leur demander de prendre les enfants en charge.

— Vous feriez œuvre de charité, Emile, dit-il. Votre belle-fille est gravement malade. Vous le savez. J'en ai vu trop partir de cette manière pour ne pas comprendre ce qui va arriver. Ces petits vont se retrouver orphelins.

La grand-mère voulut intervenir, mais un regard noir de son mari la rendit muette.

— Ils n'ont pas que nous comme grands-parents, si ? répliqua le vieil homme.

— Les parents de Juliette habitent à Selles-sur-Cher. Et puis vous savez comme moi que la générosité n'est pas leur fort.

— Vous croyez que nous aurons les moyens d'élever trois enfants, à notre âge, avec toutes les charges que nous avons déjà ?

— Juliette a encore de l'argent chez le notaire. Elle n'a pas tout dépensé de la vente de la Sauvagine. Vous devriez pouvoir obtenir un arrangement. Mais pourquoi trois ? Ils sont quatre.

— Il est hors de question de prendre l'aînée ! Et vous savez pourquoi !

Francis dut se tenir à quatre pour ne pas exploser de colère. Il adressa une prière rapide afin que le Très-Haut lui conservât son calme et répondit :

— Elle n'est pas responsable de ce qui est arrivé.

— C'est l'enfant du péché !

— De toute façon, répondit le curé, il faut qu'elle reste avec sa mère. Mais elle ne peut pas tout faire. Cette pauvre gamine est épuisée. Elle est seule pour faire tourner la maison.

— Grand bien lui fasse. Elle porte le poids des erreurs de sa mère.

— Mais enfin, Juliette n'a pas commis de crime, que je sache ! s'emporta Francis.

— Alors pourquoi Dieu l'a-t-Il punie ainsi ?

— Il est parfois difficile de Le comprendre. Mais Dieu nous enseigne aussi à pardonner, Emile. A pardonner !

Juliette ne vous a jamais causé le moindre tort. Alors, pourquoi lui en vouloir ainsi ?

— C'est une dévergondée.

— Elle a rendu votre fils heureux pendant dix ans. Il y avait beaucoup d'amour entre eux. Je souhaiterais que tous les couples de ce village s'entendent aussi bien que ces deux-là.

— Ah, évidemment ! Des révolutionnaires qui ne respectaient pas l'ordre et la religion ! Ni la famille ! Vous croyez que j'ai perdu mon fils il y a un an. Eh bien non ! Je l'ai perdu il y a trente ans, quand il est parti pour Dieu sait où sans même m'en demander la permission.

— Vous ne le lui avez jamais pardonné ! Surtout qu'il est revenu riche de ses voyages. Mais prenez garde, Emile, la méchanceté et la jalousie aussi sont des péchés.

Malgré ses réticences, devant l'insistance du curé, le grand-père Emile finit tout de même par accepter de recueillir Christophe, Angélique et la petite Honorine.

— Quant à l'autre, sa mère a besoin d'elle ! déclara-t-il d'un ton définitif.

— Mais après ? tenta Francis.

— Il sera toujours temps de voir, éluda le vieil homme.

Il était clair qu'il n'en voudrait jamais dans sa maison. Le prêtre n'insista pas.

Il retourna voir Juliette pour lui expliquer la situation, qu'elle accepta la mort dans l'âme. En revanche, Sylvine ne se résignait pas au départ de son frère et de ses sœurs. Elle argua qu'elle était capable de s'occuper d'eux toute seule. Mais le curé lui fit valoir qu'elle avait besoin de ses forces pour soigner sa mère. Il la prit à part.

— Je ne peux pas te cacher qu'elle va mourir, ma petiote, dit-il. Elle le sait. Mais il ne faut pas que les petits voient ça. Toi, tu es plus forte. Tu sauras faire ce qu'il faut le moment venu. Je passerai aussi souvent que je peux. Je te le promets.

Le lendemain, au grand dam de Christophe, les trois plus jeunes furent emmenés chez leurs grands-parents. La grand-mère Justine se réjouit secrètement de voir arriver ses petits-enfants et se hâta de leur préparer un *veillot* bien chaud.

— Ces pauvres petits drôles, dit-elle en les serrant contre elle. Ils ont eu déjà bien trop de malheur à leur âge.

Elle-même n'avait pas eu la chance de les voir souvent. Tout en leur cuisant une bonne soupe, elle grommelait pour elle-même qu'elle aurait dû passer outre le caractère épouvantable de son mari. Elle aurait dû se rendre à la Sauvagine, qui n'était pas si éloignée. Elle aurait alors pu voir son fils. Un fils qui lui avait beaucoup manqué. Mais elle n'avait jamais eu le courage de se dresser contre le despotisme d'Emile. Elle n'osait même pas le haïr, par peur de représailles. Ses accès de violence la terrorisaient. On ne l'avait pas élevée dans un esprit de rébellion. Aussi était-elle heureuse que les circonstances l'amenassent à prendre les trois petits en charge. Elle aurait même pris l'aînée, s'il n'avait tenu qu'à elle. Mais elle savait qu'il était inutile d'en parler à son mari.

Juliette avait vu partir ses trois plus jeunes avec désespoir. Elle savait qu'elle ne les reverrait plus et son état de santé ne s'en améliora pas. Mais il n'y avait pas moyen de faire autrement. C'était à peine si elle parvenait à se lever à présent. Seule lui restait Sylvine, comme le témoignage de ce qui s'était passé onze ans plus tôt.

Un soir, quelques jours après le départ des enfants, Juliette contempla longuement sa fille qui préparait la soupe. Une paix étrange était descendue en elle et elle souffrait moins du feu qui lui rongeait la poitrine depuis plusieurs mois. Elle comprit que cette rémission lui offrait l'occasion de parler. Elle se demanda si elle devait révéler toute la vérité à Sylvine. Mais elle savait qu'elle n'aurait jamais le courage de le faire. Les autres se chargeraient bien assez tôt de la lui dire.

Sylvine travaillait en silence, serrant les dents pour masquer sa peur et son chagrin. Une bouffée d'orgueil et d'amour saisit Juliette. Elle enviait la force instinctive de sa fille. A travers ses traits encore enfantins, elle devinait ceux de la femme superbe qu'elle deviendrait plus tard. Elle serait fine et élancée, la tête haute et le regard fier. Elle savait que l'on tenterait de la rabaisser, de la dominer, mais elle saurait se défendre. Elle l'avait déjà prouvé. Depuis la mort de Pierre, la petite avait tout tenté pour maintenir la famille dans la ferme. Et elle, Juliette, s'en voulait de ne pas avoir eu la même force de caractère, à cause de ce terrible sentiment de culpabilité dont elle n'avait jamais réussi à se débarrasser. Elle avait confiance en maître Loubet, le notaire de Pierre. Il saurait défendre les intérêts des petits. Mais elle savait que les autres, les grands-parents, réclameraient leur part pour élever les enfants. Sauf Sylvine. Personne n'accepterait de l'accueillir. Heureusement, elle gardait un atout.

— Sylvine, appela-t-elle tout à coup.

La fillette survint aussitôt, le regard inquiet.

— Rassure-toi, je me sens un peu mieux ce soir. J'ai fait la paix avec moi-même. Mais il faut que je te parle.

Elle hésita, puis poursuivit :

— Je sais que les parents de Pierre vont s'occuper de Christophe, d'Angélique et d'Honorine. C'est bien ainsi. Le grand-père Emile n'est pas un homme facile, mais au moins, ils auront un toit sur la tête et à manger chaque jour que Dieu fait. Et puis, la grand-mère Justine est une brave femme. Mais toi, ma petiote, ils ne voudront pas de toi.

— Pourquoi ?

— Ils ne t'aiment pas. C'est comme ça.

— Je ne leur ai rien fait.

Au fond, la perspective de ne pas aller chez les grands-parents n'embarrassait Sylvine que dans la mesure où elle serait séparée de son frère et de ses sœurs.

— Qu'est-ce que je vais devenir ? demanda-t-elle, les yeux brillants.

— Je ne sais pas. Le père Rochelet prendra soin de toi. Tu peux compter sur lui. Tu sais que c'est un brave homme. Mais en attendant…

Elle se redressa comme elle put et continua :

— Avant que je ne m'en aille, je vais te confier quelque chose. Va au fond de l'armoire de ma chambre. Sous la pile de draps, tu trouveras une boîte en bois fermée par une clé. Rapporte-la !

Sylvine obéit. Quelques instants plus tard, elle revenait avec l'objet.

— Elle est lourde, remarqua-t-elle.

— Ouvre-la !

Sylvine pâlit. La boîte était pleine de pièces d'or. Juliette expliqua :

— Pierre avait conservé une partie de sa fortune en or à la maison. Il n'avait pas totalement confiance dans les notaires et les banques. Je ne veux pas que cette somme tombe entre les mains des grands-parents. Cet or vous appartient, à toi et à mes autres enfants. S'ils connaissaient son existence, ils n'auraient aucun scrupule à s'en emparer. Alors, tu vas le mettre à l'abri quelque part. Tu ne devras pas y toucher avant d'être adulte. Sinon, les autres t'obligeraient à le leur donner. Quand tu seras grande, ils ne pourront plus rien contre toi. Alors, tu sauras ce qu'il faut faire pour aider ton frère et tes petites sœurs.

Sylvine acquiesça.

— Tu peux compter sur moi, maman, dit-elle. Je vais cacher cette boîte dans les caves. Je connais des galeries où plus personne ne va. Même s'il passait quelqu'un, il ne verrait rien.

— N'attends pas, ajouta Juliette. S'il m'arrivait quelque chose cette nuit, il serait trop tard demain. Vas-y tout de suite. L'entrée des caves n'est pas loin.

La perspective de quitter Juliette n'enchantait pas Sylvine, mais elle avait raison. Il fallait profiter de la nuit. Quelques instants après, munie d'une lampe à acétylène et d'un grand sac pour porter la boîte, elle s'éloigna dans les ténèbres.

Lorsqu'elle revint, une heure plus tard, Juliette dormait d'un sommeil agité. Parfois, une mauvaise toux la secouait, qui lui déformait les traits sans l'éveiller. Sylvine se glissa contre elle. Elle savait qu'elle ne risquait rien. Le médecin avait dit que la maladie de sa mère n'était pas contagieuse.

Le surlendemain soir, Juliette perdit connaissance. Affolée, Sylvine courut prévenir madame Lefèvre. Son mari, exceptionnellement présent, prit la carriole pour aller chercher le docteur Champréaux à Montrichard.

Mais celui-ci arriva trop tard. Lorsqu'il pénétra dans la maison, il trouva Sylvine assise toute droite sur le lit, tenant la main glacée de sa mère dans la sienne, le regard fixe. A ses côtés, Juliette avait cessé de respirer.

19

Le démon avait encore frappé. Sylvine était persuadée que c'était cette entité invisible et malfaisante qui avait miné la santé de sa mère. Tout avait commencé lorsque son père avait péri dans les caves *perrières*. Depuis, il n'avait cessé de s'acharner sur leur famille. Elle aurait dû en ressentir de la peur, elle n'éprouvait que de la colère. Elle pressentait, derrière tout cela, une volonté délibérée de leur nuire. Mais elle ne venait pas d'un esprit, d'un fantôme, d'un de ces êtres étranges qui peuplent les légendes. Elle était le fait d'un être de chair et de sang. Son intuition lui soufflait que quelqu'un leur voulait du mal, et était prêt à tout pour cela. C'était vers cette personne inconnue que se dirigeait sa haine. Une haine d'autant plus intense que la fillette se sentait impuissante à combattre cet ennemi caché. Mais elle était certaine qu'il existait. Et qu'elle le démasquerait un jour. Cette colère lui donna la force de supporter la douleur de la perte de sa mère.

Par moments, une terrible envie lui venait de se réfugier contre le sein protecteur de Juliette, de redevenir petite, de tout oublier. Mais sa mère n'était plus là. Parfois aussi, le matin, alors qu'elle était encore plongée dans un demi-sommeil, elle se concentrait de toutes ses forces pour se réveiller et ouvrir les yeux sur le visage plein de tendresse de Pierre, venu lui dire que son bol de café au lait était prêt, avec les tartines beurrées et une pomme, car il fallait prendre des forces avant de se rendre dans les caves *perrières*. Mais elle ouvrait les yeux et il n'y avait personne. Alors, pour se protéger, elle avait dressé autour d'elle une muraille invisible à l'image de la pierre blanche des carrières, un rempart infranchissable sur lequel ses ennemis inconnus se briseraient les dents.

Elle était orpheline. Le mot horrible la heurtait comme on se blesse à des ronces perfides. Pourtant, ce n'était pas à elle qu'elle songeait lorsque cette vérité insoutenable s'imposait dans toute son horreur. Elle tremblait pour les petits. Juliette les lui avait confiés avant de mourir. Elle devait prendre soin d'eux. Mais lui laisserait-on seulement la possibilité de les voir ?

Le docteur Champréaux, après avoir procédé au constat de décès, l'avait emmenée chez le grand-père Emile. Sylvine l'avait suivi, partagée entre la joie de revoir son frère et ses sœurs et l'inquiétude de devoir vivre sous le même toit que le vieil homme intransigeant. Mais elle n'avait pas eu à se poser longtemps la question. Le grand-père Emile n'avait rien voulu savoir.

« Il est hors de question que cette fille mette les pieds chez moi !

— Elle n'a plus personne ! avait dit le docteur. Vous ne pouvez pas la laisser à la rue !

— Je vous ai répondu ! A présent, fichez le camp ! Et emmenez-la ! »

Abasourdi par tant de méchanceté, le docteur Champréaux avait donc ramené Sylvine chez elle. Il ne cessait de grommeler entre ses dents.

« Mais enfin, qu'est-ce que c'est que ce vieux bonhomme mal embouché ? Tu lui as fait quelque chose pour qu'il t'en veuille à ce point ? »

Sylvine avait secoué la tête.

Le soir même, elle avait été recueillie par madame Lefèvre, à qui une bouche de plus à nourrir ne faisait pas peur. Elle devait y attendre la décision du conseil de famille.

Devant la mauvaise volonté du grand-père Ménétrier et l'absence des parents de Juliette, les obsèques furent organisées par le docteur et le curé. Le médecin s'était chargé de prévenir Hubert et Louise Descombes de la mort de leur fille. Ils se présentèrent pour l'enterrement, trois jours plus tard. Le temps s'était mis au beau et une véritable douceur flottait sur la vallée, illuminée par une lumière printanière éblouissante, comme si les éléments avaient voulu faire oublier la tristesse de l'événement. Sylvine marchait en tête du cortège, tenant la main de madame Lefèvre. La fillette remarqua à peine l'absence du grand-père Emile, tout comme elle eut du mal à reconnaître ses grands-parents maternels.

Fière jusqu'à l'orgueil, la petite mit un point d'honneur à ne pas céder aux larmes qui lui brûlaient les yeux. Sa propre famille l'avait rejetée, pour une raison qu'elle ignorait, mais dont elle ne se sentait pas responsable. Debout devant la tombe, elle afficha un visage de marbre, d'une dureté inattendue chez un être aussi jeune.

Quelques jours plus tard eut lieu le conseil de famille, qui devait statuer sur le sort des enfants. Il se tint dans la petite maison troglodytique, en présence des quatre grands-parents, du docteur Champréaux, du curé et de maître Loubet, le notaire de Blois à qui Pierre avait acheté la Sauvagine onze années auparavant. C'était lui qui s'était chargé également de la vente de la ferme à Adolphe Gréville. Depuis, il conservait la gestion des biens de la famille, gestion que Juliette avait refusé de confier à Gréville malgré l'insistance de ce dernier.

A cette occasion, Sylvine revit son frère et ses sœurs. Tous trois prirent place autour d'elle et Angélique se réfugia sur ses genoux, comme à son habitude. C'était elle qui souffrait le plus de la séparation.

Dès le départ, le grand-père Emile fit savoir qu'il était d'accord pour prendre en charge les trois petits. Apparemment, il avait cédé aux prières insistantes de sa femme. En revanche, il confirma qu'il était hors de question que Sylvine vînt s'installer chez lui.

— Je n'ai rien à voir avec elle, décréta-t-il d'un ton sans réplique. Elle n'est pas ma petite-fille. Elle a d'autres grands-parents. Ils peuvent s'occuper d'elle.

Malheureusement, ainsi que l'avait prévu Juliette, la grand-mère Louise rechigna.

— Croyez-vous que nous ayons les moyens de payer pour elle ? répliqua-t-elle.

— C'est votre petite-fille, argua maître Loubet.

— Alors pourquoi notre gendre n'a-t-il rien prévu pour nous ? C'est nous qui devrions hériter des biens de la famille. Dans ce cas, nous pourrions nous occuper d'elle. Mais nous ne sommes pas riches. Nous ne pouvons pas prendre cette gamine en charge. Et puis, elle a dix ans. On peut la placer dans une ferme pour travailler. Ainsi, elle aura un foyer.

Sylvine les écoutait, abasourdie. Elle savait par le curé que sa grand-mère Louise avait tordu le nez lorsqu'elle avait appris qu'elle ne toucherait rien du maigre héritage de Juliette, parce que l'argent restant était réservé aux enfants jusqu'à leur majorité. Tout au plus avait-on le droit d'en prélever un peu pour leur éducation. Mais le notaire avait été clair sur ce point : la somme qu'il donnerait était faible et il faudrait compléter.

Emile pesta contre l'avarice de Louise, qui lui reprocha, quant à elle, de refuser de prendre tous les enfants chez lui.

La méchanceté de l'un et la rapacité de l'autre provoquèrent chez la fillette un terrible sentiment d'écœurement. Cependant, si elle n'ignorait pas l'avarice de la grand-mère Louise, elle ne comprenait pas pourquoi Emile ne cessait de répéter qu'elle n'était pas sa petite-fille.

Soudain, ne supportant plus les échanges aigres et sordides des deux grands-parents, elle se leva et clama :

— Taisez-vous ! Vous êtes aussi mauvais l'un que l'autre. Nous n'avons pas besoin de vous ! Je peux m'occuper de mon frère et de mes sœurs toute seule ! Je les ferai manger, je travaillerai pour eux. Mais laissez-nous tranquilles !

Le grand-père Emile, furieux, se redressa.

— Voyez l'insolente ! Vous voudriez que je prenne cette bâtarde chez moi ?

Le curé s'approcha de Sylvine et lui prit la main.

— Calme-toi, ma petiote, dit-il doucement

Mais la fillette était hors d'elle. On l'avait déjà traitée de bâtarde et elle avait d'autant plus détesté ce mot qu'elle ne savait pas ce qu'il voulait dire.

— Pourquoi dites-vous que je suis une bâtarde ? Ce n'est pas vrai !

— Tais-toi ! hurla Emile. Tu *es* une bâtarde ! La preuve vivante de la dépravation de ta mère !

Sylvine darda sur lui un regard furieux.

— Je ne sais pas ce que ça veut dire ! répliqua-t-elle d'un ton cinglant.

— Ça veut dire que ta mère a commis une faute grave. Et que son mari, mon fils Pierre, n'était pas ton père ! Voilà ce que ça veut dire !

Sylvine resta un instant bouche bée. Elle avait l'impression que la colline de craie s'effondrait autour d'elle, lui broyant les muscles. Pierre *était* son père ! On ne pouvait pas lui dire le contraire.

— Vous mentez ! s'écria-t-elle, hors d'elle.

— Mais vas-tu bien te taire ! s'écria Emile.

Il se leva et vint à elle pour la frapper. Mais le prêtre s'interposa.

— Ne la touchez pas, monsieur Ménétrier. Aussi vrai que le Seigneur est mort sur la croix, je vous assomme si vous levez la main sur elle !

Stupéfait de sa détermination et impressionné par sa carrure solide, Emile recula. De taille plutôt petite, et un peu lâche de nature, il compensait sa faiblesse par une propension à hurler plus souvent qu'à son tour pour asseoir son autorité.

— Le curé qui défend l'enfant du péché ! cracha-t-il. On aura tout vu. Pas étonnant que ce pays n'ait plus aucune morale.

Francis dédaigna de répondre. Les voies du Seigneur, dit-on, sont impénétrables. Fallait-il qu'elles le fussent pour que l'on vît tant de contradictions en cette vallée de larmes ! Des mécréants au cœur d'or comme Pierre Ménétrier et des bonhommes aigris et injustes, comme son père Emile qui s'appuyait sur la religion pour donner libre cours à son tempérament colérique.

— Cette petite n'est responsable de rien, intervint le docteur Champréaux. Vous auriez pu lui annoncer ça plus doucement.

Emile se retourna vers lui d'un mouvement vif.

— C'est une effrontée qui mérite le fouet ! gronda-t-il.

— Si vous ne voulez pas vous en occuper, vous n'avez aucun droit sur elle, trancha maître Loubet. Alors, asseyez-vous !

Le notaire bénéficiait d'une autorité naturelle contre laquelle il était difficile de lutter. Emile regagna sa place en maugréant.

— Il n'empêche, c'est pas ma petite-fille ! bougonna-t-il encore.

Le notaire secoua la tête, découragé.

Soudain, Sylvine se leva et sortit de la maison en courant. Avant que quiconque ait pu réagir, elle avait disparu. Le docteur se précipita sur ses traces. En vain. Il revint furieux.

— Vous pouvez être satisfait, gronda-t-il à l'adresse des grands-parents. Elle s'est enfuie ! Comment va-t-on la retrouver, maintenant ?

Le curé leva la main.

— Elle n'ira pas loin. Je la retrouverai. Je la connais bien.

Il se doutait de l'endroit où la petite était allée. Mais il garda l'information pour lui. Il n'avait aucune envie de les voir se précipiter à la poursuite de Sylvine et passer leur colère sur elle. Emile haussa les épaules. Ce n'était pas son souci. Quant à la grand-mère Louise, elle pinça les lèvres pour signifier qu'elle se désintéressait, elle aussi, de la question. Depuis qu'elle avait compris qu'elle ne récupérerait rien, elle n'avait plus qu'une envie : quitter les lieux au plus vite de peur que le notaire ne sortît de ses dossiers une loi lui imposant de prendre l'un de ses petits-enfants en charge. Mais s'il s'agissait de Sylvine, la question serait vite réglée. Elle la placerait dans une ferme, ce qui devrait bien rapporter quelque argent. A la réflexion, c'était peut-être là une chose à envisager.

Elle allait en parler lorsque le notaire de Blois précisa :

— En ce qui concerne cette petite Sylvine, il existe une autre solution.

Un peu plus tard, Francis Rochelet se rendit au cimetière. Agenouillée près de la tombe de ses parents, Sylvine ne le vit pas arriver. Lorsqu'il s'approcha, elle parlait à voix basse, les yeux ruisselant de larmes.

— Ils peuvent dire ce qu'ils veulent, disait-elle, tu seras toujours mon papa ! Toujours !

Quand elle aperçut le curé, elle eut un mouvement pour s'enfuir, mais renonça et vint se réfugier contre sa soutane. Le prêtre avait toujours été gentil avec elle. Il lui caressa la tête avec douceur. Elle leva ses yeux rougis vers lui.

— C'est vrai ce qu'a dit le grand-père Emile, que papa n'était pas mon vrai père ?

Le prêtre soupira.

— C'est vrai ! Mais ne va pas méjuger ta maman pour autant. Dans cette histoire, elle a souffert beaucoup, elle aussi. Cela s'est passé juste avant qu'elle ne rencontre ton père, enfin, je veux dire, Pierre Ménétrier. Elle s'est retrouvée enceinte, et sa famille l'a rejetée. Il fut le seul à l'accueillir avec générosité. Il l'aimait, et c'était réciproque. Peu lui importait que tu fusses sa fille ou non. Lorsque tu es née, il t'a adoptée et t'a donné son nom. Il t'a élevée comme les trois autres, sans jamais faire de différence.

— Vous savez qui est mon vrai père ?

Le curé ne répondit pas immédiatement.

— Ne cherche pas trop à le savoir. Cela ne changerait rien. Il ne s'est pas occupé de ta mère lorsqu'elle lui a annoncé qu'elle t'attendait. Il ne fera rien pour toi.

Sylvine haussa les épaules.

— De toute façon, je n'attends rien de lui. Mon vrai père s'appelait Pierre Ménétrier.

— Oui. C'est un grand malheur qu'il ne soit plus là. Un bien grand malheur.

Ils restèrent un long moment silencieux. Puis elle demanda :

— Qu'est-ce que je vais devenir ?

Francis hésita, puis répondit :

— Tu vas être envoyée dans une école religieuse.

— Hein ? Mais mon père s'y opposait.

— Je sais. Ce n'est pas mon idée, crois-le bien. Le notaire Adolphe Gréville, que tu connais, a proposé de t'envoyer dans un institut réservé aux jeunes filles de bonne famille, afin de faire ton éducation.

— De quoi se mêle-t-il, celui-là ?

— Peut-être se sent-il un peu responsable de toi depuis qu'il a racheté la Sauvagine.

— Mais je ne veux pas ! Il n'a rien à voir avec ma famille.

— Je crains que tu n'aies guère le choix. Ta grand-mère Louise, après avoir refusé de t'accueillir, s'est proposé de le faire. Mais tu n'irais pas chez elle. Elle te placerait dans une ferme où tu serais traitée comme une souillon, et elle encaisserait l'argent que tu rapporterais. Au moins, dans cette école, tu pourras compléter l'enseignement que ton père t'a donné.

Elle le regarda avec espoir.

— Je pourrais peut-être aller chez vous ! Je serai votre servante.

Il eut un large sourire.

— Hélas, ce n'est pas possible, ma petiote. Je ne peux pas recueillir d'enfant chez moi. Il n'y a pas de place. Et puis, c'est incompatible avec ma fonction.

Evidemment, c'était impossible. Sylvine réfléchit très vite. Elle ne se faisait aucune illusion. Elle savait bien pourquoi le vieux Gréville l'envoyait dans une école religieuse. Il en avait déjà parlé lorsqu'il était venu voir Juliette. Il escomptait bien que les sœurs parviendraient à la mater. La fillette serra les dents. Elle ne lui donnerait pas cette joie. Elle irait dans cet institut, mais elle résisterait. Car elle n'avait aucune envie de dépendre de la grand-mère Louise.

Elle ne voulait surtout pas qu'elle gagnât de l'argent sur son dos en l'enfermant dans une ferme, où les jeunes servantes étaient les souffre-douleur de tous les autres.

— Quand je serai là-bas, est-ce que je verrai Christophe, Angélique et Honorine ?

Le curé eut l'air embarrassé.

— Je ne sais pas. J'espère qu'ils t'autoriseront à venir les voir.

La gêne du prêtre alarma la fillette. Il n'osait lui dire que les autres ne voulaient plus entendre parler d'elle.

— Ils disent que je suis l'enfant du péché ! gronda-t-elle. Mais je n'y suis pour rien, moi !

Francis posa sa main sur sa tête.

— Je sais, ma petiote. Je sais.

Elle resta un instant silencieuse, puis demanda :

— Je pourrai emporter mes livres ?

Si au moins elle pouvait se réfugier dans la lecture de Jules Verne, il y aurait moindre mal.

— Je pense que cela ne devrait pas poser de problèmes, répondit le curé.

Malheureusement, il se trompait. Lorsque, le lendemain matin, Adolphe Gréville se présenta chez madame Lefèvre pour emmener Sylvine, il se montra intransigeant.

— Il est hors de question que tu emportes des livres, déclara-t-il sur un ton qui ne souffrait pas de réplique. Là-bas, on te donnera de quoi lire. Les Evangiles et la vie des saints te remettront les idées en place.

Elle comprit qu'elle avait vu juste. Cet enfermement était une vengeance personnelle. Il n'avait pas digéré qu'elle ait osé lui tenir tête.

— Ne t'inquiète pas ! Je te les garderai, intervint madame Lefèvre.

— Certainement pas ! coupa le notaire. De toute façon, la lecture n'a aucune utilité pour une fille. La seule chose qu'elle doit apprendre, c'est à tenir son ménage et à obéir à son mari ! Vous allez me jeter au feu toute cette lecture subversive !

— Jules Verne n'est pas un auteur subversif ! riposta Sylvine. Les filles aussi ont le droit de lire !

L'instant d'après, il lui sembla que ses joues explosaient. Gréville lui avait flanqué une violente paire de gifles. Elle poussa un hurlement et riposta par un coup de pied dans les tibias.

— Tu n'as pas le droit de me frapper ! Tu n'es pas mon père !

Mais le notaire l'attrapa et la secoua avec rage avant de la frapper encore. Sylvine se protégea comme elle put, mais elle eut l'impression que la maison s'effondrait sur elle. Elle s'écroula, abasourdie.

— Espèce de petite peste ! rugit le notaire. Je vais t'apprendre qui est le maître !

Soudain, Eugénie attrapa le notaire par les épaules et l'obligea à lâcher la fillette.

— Monsieur Gréville ! s'emporta-t-elle. Vous voulez la tuer ? On ne traite pas les enfants comme ça !

Il se dégagea brusquement et pointa le doigt sur elle.

— Vous, encore un mot et votre famille se retrouve dehors !

Madame Lefèvre hésita. Son mari et elle n'étaient pas propriétaires de leur maison, et le notaire avait le bras assez long pour leur créer toutes sortes d'ennuis. Elle répliqua cependant :

— Si vous la tuez, vous serez bien avancé ! Vous irez en prison !

Le notaire consentit enfin à se calmer.

— C'est bien ! Mais qu'elle se tienne tranquille ! Vous, vous m'amènerez ces livres dès demain à la première heure. Vous apporterez aussi cette horrible statue impie qu'ils gardaient chez eux. Je veux qu'elle détruise tout cela elle-même. Gare à vous si vous ne venez pas !

Il saisit durement Sylvine par le bras.

— Quant à toi, tu vas me suivre sans faire d'histoires. Il est grand temps que l'on t'inculque les bonnes manières !

Pendant le trajet, Sylvine ne desserra pas les dents. Le notaire l'avait fait monter à côté de lui dans la berline que conduisait son cocher. C'était la première fois qu'elle voyageait à bord de l'une de ces petites voitures fermées. Il y flottait un désagréable relent de cuir usé et de tabac froid. Gréville ne cessa de lui parler de ce qui l'attendait. L'institut s'appelait le pensionnat Sainte-Ursule. Là-bas, on saurait bien la remettre dans le droit chemin. Les bonnes sœurs avaient ordre de lui donner le fouet si elle ne se montrait pas obéissante. Le ton aigre du vieux bonhomme fatiguait Sylvine. Fallait-il qu'il fût méchant pour s'acharner sur elle de cette manière ! Mais s'il comptait la faire plier, il se fourrait le doigt dans l'œil !

Elle l'écoutait à peine. Ses pensées ne quittaient pas sa collection de livres, toujours cachée dans la maison troglodytique. Elle avait compris que madame Lefèvre ne pourrait pas se permettre de tenir tête au notaire. Dès demain, elle apporterait les livres et il lui faudrait assister à leur destruction. Elle serra les dents, ravalant sa haine et sa fureur. S'il pensait qu'elle pleurerait, là encore il se trompait.

La maison était à l'image de son propriétaire : lugubre, froide, sinistre. Les fenêtres hautes étaient tendues de rideaux sombres qui empêchaient la lumière de pénétrer. Les tissus étaient délavés, usés, tout comme le revêtement des fauteuils, qui laissait voir la trame. Une odeur de cire rance agressait les narines. Sur les murs trônaient les portraits de personnages sévères, en costumes de l'époque du roi Louis-Philippe. Il y avait un crucifix dans chaque pièce.

Dès son arrivée, Sylvine fut enfermée dans une chambre située au premier étage. Elle ne vit personne de la journée. Le soir venu, une vieille femme revêche lui porta un morceau de pain et un bol de soupe claire dans laquelle flottaient quelques légumes et un bout de gras. Jamais elle n'avait mangé aussi mal. Une nouvelle brimade de la part du notaire. Tandis qu'elle avalait sa soupe, elle se promit qu'un jour, elle serait grande, et qu'elle ferait payer sa méchanceté à Gréville.

Un jour.

Puis elle songea de nouveau à ses livres.

Le lendemain matin, Adolphe Gréville se réveilla de fort mauvaise humeur, comme à son habitude. Il lui fallait briser la volonté de cette petite vipère. Il ressentait encore la douleur du coup de pied qu'elle lui avait donné. Mais elle ne perdait rien pour attendre. Il lui tardait de récupérer ces maudits bouquins. Les voir brûler montrerait bien à cette gamine effrontée qu'elle n'avait d'autre choix que d'obéir. Il la forcerait à y mettre le feu elle-même.

Il poussa un soupir. Adolphe Gréville souffrait depuis son enfance de sa petite taille, qui avait déchaîné sur lui les moqueries des autres gamins. Elevé chez les frères, à Blois, il avait appris à s'endurcir et à patienter, remâchant avec patience sa rancune et sa volonté de vengeance. La charge notariale héritée de son père lui avait permis de prendre sa revanche. Une revanche qu'il exerçait depuis une quarantaine d'années. Il ne trouvait de plaisir que dans le fait d'exercer son autorité. Il aimait sentir les autres trembler devant lui. Il savait qu'on ne l'aimait pas. Mais on le redoutait. Même les autres notables. Il connaissait sur chacun des petits secrets qu'ils n'auraient pas aimé voir ébruiter. Lorsque l'un d'eux se montrait trop arrogant, il lui suffisait de le regarder bien en face et de lui lancer une allusion précise qui le remettait aussitôt dans le droit chemin. Adolphe Gréville n'aimait rien tant que l'ordre et la morale. Ou ce qu'il considérait comme tel.

Lorsqu'il prit son petit déjeuner, le jour se levait à peine. Il ordonna à sa femme de chambre de monter chercher Sylvine.

Quelques instant plus tard, celle-ci revint, affolée.

— Monsieur ! Elle n'est plus là !

20

Adolphe Gréville s'était imaginé que rester enfermée sans voir personne commencerait à rabattre le caquet de cette odieuse gamine. Jamais encore on n'avait osé lui parler sur le ton qu'elle avait employé lorsqu'il avait rendu visite à sa mère, quelques semaines auparavant. Il fallait que ce fût elle ! Cette petite peste de Sylvine !

Et voilà qu'elle le défiait à nouveau en s'échappant !

Après avoir copieusement invectivé Germaine, sa malheureuse femme de chambre qui n'en pouvait mais, il grimpa à l'étage et dut se rendre à l'évidence : la fillette avait filé par la fenêtre. Ivre de rage, il se pencha, nota qu'il était possible, pour un enfant agile, de s'agripper au lierre pour se laisser glisser à terre. Il poussa un rugissement de dépit et s'en prit une nouvelle fois à sa domestique.

— Espèce d'empotée ! Tu aurais dû la surveiller !

La pauvre femme lui aurait bien fait remarquer qu'il lui avait lui-même recommandé de ne lui rendre visite sous aucun prétexte, mais elle s'abstint. Elle connaissait la mauvaise foi de son patron.

— Elle a dû retourner chez elle, grommela-t-il. Alors, va la chercher ! Plus vite que ça !

Germaine le regarda avec des yeux ronds et écarta les bras en signe d'impuissance. Elle ne savait même pas où logeait la fillette. Mais elle n'eut pas à se poser la question longtemps. Le notaire furieux décida de se rendre lui-même sur place.

Il y trouva Eugénie Lefèvre qui cherchait sans conviction les livres demandés.

— Il n'y a rien ! dit-elle au notaire lorsqu'il arriva. Pas de livres, rien.

— Ah vous, ça suffit, hein ! Je suis sûr que vous savez où elle est !

— Comment ça, où elle est ? Elle n'est pas chez vous ?

— Cette vipère s'est enfuie ! Mais elle ne perd rien pour attendre. Lorsque je la retrouverai, je lui tannerai le cuir de telle façon qu'elle ne pourra plus s'asseoir avant un bon bout de temps.

Cette fois, la coupe était pleine. Malgré ses craintes, Eugénie se rebiffa.

— N'oubliez pas que cette petite vient de perdre sa mère, monsieur Gréville. Vous pourriez faire preuve d'un peu de compassion plutôt que de la traiter comme une bête sauvage.

— De quoi vous mêlez-vous ? Savez-vous bien qui je suis ?

— Je le sais, mais ne croyez pas que vous pourrez nous faire jeter à la rue comme ça. Nous avons toujours payé notre loyer honnêtement. La maison ne vous appartient pas. Vous ne m'empêcherez pas de rester et de vous dire ce que je pense de vous, tout notaire que vous soyez !

— Taisez-vous, ou je vous envoie les gendarmes !

— Que voulez-vous qu'ils fassent ? Je n'ai rien à me reprocher, moi !

— C'est ce que nous verrons ! Votre mari est gabarrier ! Je ne serais pas étonné qu'il se livre à des trafics douteux !

Puis, sans attendre de réponse, il la bouscula et se mit à fureter dans tous les coins, renversant et saccageant les meubles. Mais il eut beau vociférer et briser, il ne trouva aucun livre.

— Cette petite diablesse est venue ici et elle les a emportés ! Mais où a-t-elle pu aller ?

Eugénie en avait bien une petite idée, mais il était hors de question de mettre ce sinistre individu sur la voie. Au contraire.

— Si elle est partie cette nuit, elle est sans doute déjà loin, dit-elle.

— Comment ?

— Elle a peut-être pris le train, allez savoir.

— Toute seule ?

— Elle est très dégourdie, cette petiote.

Adolphe Gréville blêmit. Si la bonne femme disait vrai, elle pouvait être n'importe où.

— Je vais avertir les gendarmes, gronda-t-il.

A la vérité, Sylvine n'était pas très loin. Dès son enfermement, elle avait attendu d'être seule pour ouvrir discrètement la fenêtre. Elle avait aussitôt constaté qu'il était possible de s'enfuir. Pendant toute la journée, elle avait patienté. Jamais elle ne supporterait de voir brûler ses livres. Surtout que le vieux scélérat avait promis de l'obliger à les jeter elle-même au feu. Il ne restait qu'une solution : les mettre à l'abri. Il pourrait toujours essayer de la faire parler ensuite, elle ne dirait rien.

Elle avait épié les bruits de la maison jusqu'à ce que le silence se fît. Alors, elle avait rouvert la fenêtre et s'était aidée du lierre pour s'échapper. Une fois en bas, elle avait filé sur la route de Bourré en prenant soin d'éviter toute rencontre. Parvenue à la maison troglodytique, elle avait chargé ses livres dans un sac à pommes de terre. Elle y avait ajouté ses coquillages et la statue d'Isis. Elle avait pris un second sac dans lequel elle avait mis ce qui restait de nourriture, quelques pommes, un pain rassis et deux pots de confiture. Puis, équipée d'une lampe, elle s'était fondue dans la nuit, lourdement chargée. Il ne lui avait pas fallu longtemps pour gagner l'entrée secrète du sommet de la colline.

Un peu plus tard, hors d'haleine, elle atteignait la galerie oubliée dans laquelle elle avait déjà caché la cassette d'or de sa mère. Elle dissimula ses trésors sous une épaisse couche de *chapins*, et put enfin souffler. Peu lui importait d'être reprise. Au moins, sa fortune et ses livres étaient en sécurité. Mais il ne fallait pas qu'elle restât sur place. Elle remonta de plusieurs niveaux, se rapprochant instinctivement de l'atelier de Pierre. Epuisée, elle s'enveloppa dans la couverture qu'elle avait emportée, se lova contre la pierre et s'endormit. Malgré les ténèbres absolues qui l'environnaient, elle se sentait en sécurité dans ces cavernes qu'elle connaissait comme sa poche. Là, le démon acharné à détruire sa famille ne pourrait rien contre elle.

Elle fit un rêve où le monstre se multipliait et prenait tour à tour les visages d'Adolphe Gréville, d'Emile Ménétrier, de la grand-mère Louise, de Georgette Vernier, et même du collecteur de cheveux avec qui Pierre s'était pris de bec une éternité auparavant. Tous rôdaient à l'extérieur des caves, hurlant des phrases sans suite, incompréhensibles, guettant ses traces. Mais la pierre lui offrait un rempart inviolable dans lequel ils se perdaient, s'interpellaient. Ils finissaient par disparaître. Cependant, elle sentait toujours leur menace planer sur elle, rampant à l'extérieur, hors de l'enceinte protectrice des galeries souterraines.

Des bruits de conversation la réveillèrent. Elle se redressa, le cœur battant la chamade, s'imaginant qu'ils avaient découvert sa cachette. Mais elle constata avec soulagement qu'elle était seule. Au loin, une lueur falote montait d'un puits reliant deux niveaux. Des carriers se situaient juste au-dessous d'elle. Avec d'infinies précautions, elle s'approcha. Elle reconnut Simon la Grenouille et Boit-sans-Peur. Entendant son nom, elle tendit l'oreille.

— Il paraît que la petite Sylvine s'est échappée, disait la Grenouille.

— Qu'est-ce que tu racontes ?

— C'est ce vieux crabe de notaire de Montrichard qui l'avait emmenée chez lui. Il paraît qu'il voulait l'enfermer dans un couvent, ou quelque chose comme ça. Mais elle a filé. Il a averti les gendarmes. Ils sont à Bourré. Tout le village est sens dessus dessous.

— J'ai rien vu en venant.

— Evidemment, avec ce que t'as picolé hier.

Sylvine retint son souffle. Elle hésita un moment. Elle aurait pu leur signaler sa présence. Elle sentait qu'ils ne l'auraient pas trahie. Mais elle n'en était pas si sûre. Elle n'avait nulle part où aller et ils lui conseilleraient sans doute de retourner chez le notaire et d'accepter son sort. Au fond d'elle-même, elle savait que sa fuite finirait comme ça. Mais elle ne se rendrait pas sans combattre. Dans les livres qu'elle avait lus, les héros ne renonçaient jamais sans avoir tout essayé. Elle s'assit sur la pierre. Les deux hommes avaient repris le travail. Elle entendait les coups sourds qui martelaient la paroi à intervalles réguliers. Ce bruit familier la berçait. Elle sombra dans une demi-somnolence. Elle rêva qu'elle était revenue plus d'un an auparavant. Elle s'était assoupie contre un tas de *chapins* et son père était là, tout près, qui frappait avec détermination sur les coins pour détacher le bloc. Soudain, elle vit le banc basculer lentement sur lui. Elle s'éveilla en sursaut, faillit hurler de terreur. Mais l'instinct de survie la fit taire au dernier moment. Elle se mordit la main pour calmer les battements de son cœur affolé.

Au niveau inférieur, il y avait à présent trois hommes. Elle reconnut la voix de Fuful Pisse-à-Plat.

— Ça fait un drôle de remue-ménage, expliquait-il. Ils la cherchent partout. Le notaire est fou de rage.

— Où tu crois qu'elle est ? demanda Boit-sans-Peur.

Le roulier ne répondit pas tout de suite. Puis il fit entendre un petit rire.

— Où veux-tu qu'elle soit, sinon dans les caves ! C'est elle qui a eu l'idée de nous cacher ici quand les Prussiens ont envahi le pays. Elle connaît ces galeries bien mieux que n'importe lequel d'entre nous.

— Ouais ! Pauvre drôlesse, quand même, dit Boit-sans-Peur. Personne veut d'elle dans sa famille. Ils la traitent comme une pestiférée.

— Tu parles ! Pour ce cul-bénit d'Emile, c'est l'enfant du péché.

— Quand même, faire ça à c'te pauv' môme !

— Il n'empêche, reprit Fuful, c'est une drôle d'histoire, pour sûr. Les deux parents qui disparaissent comme ça, à un an d'intervalle, moi, je dis que c'est bizarre.

— Comment ça, bizarre ?

— La Juliette, elle est peut-être morte d'une sale maladie, mais on ne me fera pas croire que la mort du Pierre, c'était un accident !

Une onde glaciale parcourut l'échine de Sylvine.

— C'est vrai que le Pierre, il aurait jamais commis une telle maladresse, renchérit Simon. Je l'ai toujours pensé.

— Moi, j'en suis sûr ! reprit le roulier. Je l'ai vu étendu sous le banc. C'était pas beau à voir. Il y avait du sang partout. Mais j'ai bien vu qu'il avait reçu un coup sur la tête. Ça, c'était pas le bloc de tuffeau qu'avait pu le lui faire !

Sylvine se retint de hurler. Son père avait été assassiné ! Assassiné !

— Alors, qui ? demanda Maurice Girardin.

— Ça, le Pierre, il ne s'était pas fait que des amis !

— En tout cas, sa mort a drôlement arrangé le notaire, remarqua Simon. Il a pu racheter la Sauvagine pour une bouchée de pain.

— Je ne vois pas ce vieux grigou assommer un gars aussi costaud que le Pierre, répondit Boit-sans-Peur.

— Lui, non, mais il a pu charger quelqu'un de le faire.

— Qui ?

— Un amoureux éconduit de la Juliette. Il a fait des jaloux quand il l'a épousée.

— Pour sûr, c'était une sacrée belle fille.

— Y a aussi ce crétin de Maurice Piron, celui qui a déclenché la bagarre de Montrichard. Il a promis de se venger.

— Il y en a un autre, intervint Fuful. J'ai appris que le Roger Clusot, le bûcheron, il avait été libéré quelques semaines avant la mort de Pierre. Il a peut-être attendu son heure. Celui-là, il était capable d'assommer le Pierre.

— Ouais, en le frappant par-derrière !

— C'est vrai ! Il était blessé à la nuque. Après, on a dû le traîner sur le lit de *chapins*. Et on lui a fait tomber le bloc dessus. Il n'avait aucune chance de s'en sortir.

Le gros Maurice poussa un rugissement de colère.

— Si jamais je tombe sur le salopard qu'a fait ça, il regrettera d'être né ! Tu crois que c'est le Clusot ?

— On ne peut pas accuser sans preuve. De toute façon, le Clusot, il a disparu depuis un an. Alors, pour le retrouver…

— C'est lui ! clama Girardin. Il a fait son mauvais coup et il s'est sauvé.

— C'est possible, mais on dit qu'il a eu des problèmes

avec des types qu'il a connus en prison, et que c'est pour ça qu'il est parti.

Simon la Grenouille les interrompit.

— Attendez, attendez ! Si c'est vrai, ton histoire de coup sur la tête, pourquoi les gendarmes ont dit que c'était un accident ?

Fuful laissa passer un silence, soucieux de ménager ses effets.

— Ça, c'est une bonne question. Je leur ai fait remarquer la blessure. Eh bien, leur capitaine, là, le Boursier, il m'a pris à part et il m'a dit qu'il valait mieux que je ferme ma gueule si je ne voulais pas avoir d'ennuis.

— Hein ? s'exclama Maurice. Tu crois que c'est les gendarmes qui sont derrière tout ça ?

— Peut-être pas. Mais ils ont dû recevoir des ordres.

— Pourquoi ?

— On a dû leur dire de ne pas trop fouiller dans cette histoire. Parce que ça risquait de déranger des gens haut placés.

— Les salauds, grommela Boit-sans-Peur.

Au niveau supérieur, Sylvine n'avait pu retenir ses larmes. Elle s'en était voulu de ne pas avoir accompagné son père ce jour-là. Souvent, elle avait pensé qu'elle aurait pu lui éviter de commettre cette terrible imprudence. Mais il n'y avait pas eu d'imprudence. Son intuition ne l'avait pas trompée. Le démon existait bel et bien. Ce matin du 21 mars 1875, un homme, un criminel se tenait dans l'ombre. Il avait attendu Pierre et l'avait frappé lâchement, dans le dos. Puis il avait fait basculer le bloc sur le corps de sa victime. Pierre était mort et toute sa famille avait été anéantie. Sylvine ignorait tout de ce scélérat, de ses raisons, mais elle se jura de tout faire pour le retrouver, le démasquer et lui faire payer son crime.

La fillette résista neuf jours dans les caves *perrières*. Sortant la nuit pour aller chercher de l'eau, elle réussit à faire durer sa provision de nourriture pendant plus d'une semaine. A la présence des gueules blanches, elle savait si l'on était le jour ou la nuit. A plusieurs reprises, pendant leur absence, elle leur chipa un peu de carbure afin de faire durer sa lampe. Au bout de trois jours, rendant visite à l'atelier de la Grenouille et de Boit-sans-Peur, elle eut la surprise de découvrir un petit sac contenant du pain frais, des fruits, de la charcuterie et de l'eau, bien en évidence. Il ne pouvait s'agir d'un oubli. Ils savaient qu'elle était là. Ils avaient dû s'apercevoir de son petit larcin, et ils avaient mis la nourriture en réserve pour elle. Il y avait même, à côté, un petit pot de carbure hermétiquement clos. A l'emplacement du sac, elle dessina un S cerné d'un cœur pour les remercier. Le lendemain, il y avait un nouveau sac.

Ces attentions lui permirent de résister. Elle ne manquait ni de lumière ni de nourriture. Parfois, elle entendait les carriers qui commentaient les dernières informations, les recherches systématiques des gendarmes, les nouvelles des uns et des autres.

Un jour, elle entendit des voix inquiétantes. La maréchaussée était venue interroger les *perriers*, menée par un capitaine Boursier exécrable et inquisiteur. Mais il eut beau insister, menacer, tempêter, il n'obtint aucun renseignement de la part de ses amis.

Cependant, les journées comme les nuits étaient longues, et, peu à peu, elle se rendit compte qu'elle ne pourrait rester indéfiniment dans les caves. Elle comprit que sa fuite était vouée dès le départ à l'échec. Elle avait de plus en plus de mal à se réchauffer, malgré l'épaisseur de sa couverture.

Au matin du neuvième jour, lorsqu'elle s'éveilla, elle ne put s'arrêter de grelotter. Elle avait pris froid. La fièvre l'engourdissait et la faim lui tenaillait les entrailles.

S'enveloppant frileusement dans sa couverture, elle patienta la journée entière, attendant que les carriers fussent partis. Lorsqu'elle estima que la nuit était tombée, elle quitta les caves et se rendit directement au presbytère où Francis Rochelet la contempla avec ahurissement.

— Ma pauvre enfant, dit-il. Tu es gelée. Viens, rentre vite.

Il l'installa auprès de la cheminée où flambait un bon feu. Puis il lui prépara un bol de soupe. Le potage aux légumes et au lard réchauffa quelque peu Sylvine.

— Je suis content que tu aies fini par te montrer raisonnable, dit le prêtre, un peu rassuré. Tu aurais fini par mourir de froid et de faim dans ces galeries. Je me demande comment tu fais pour ne pas avoir peur dans le noir.

— J'avais une lampe et des réserves de carbure, répondit la fillette d'une voix rendue rauque par la fièvre. Et puis, il ne faut pas que je meure.

— Bien sûr que non.

Elle leva les yeux vers lui.

— Papa a été assassiné, monsieur le curé.

Francis pâlit.

— Ne dis pas des choses comme ça, ma petiote !

— C'est la vérité. J'ai entendu ce que disent les carriers. Il a été tué. Je ferai tout pour punir le coupable.

Il hocha la tête, anxieux.

— La vengeance n'appartient qu'à Dieu, Sylvine.

— Eh bien, je Lui donnerai un coup de main ! Je ne peux rien faire maintenant parce que je suis encore petite. Mais un jour, je serai grande. Alors, qui que ce soit, l'assassin paiera ses crimes.

Le curé ne répondit pas. Peut-être était-ce la volonté de Dieu. Surtout, il savait qu'il était inutile de tenter de la détourner de son projet. Elle n'avait que dix ans. Le temps se chargerait de la rendre raisonnable. Enfin, peut-être.

— Que comptes-tu faire, à présent ? demanda-t-il, connaissant d'avance la réponse.

— Je ne veux pas retourner chez le notaire.

— Pourquoi ?

— Il m'a frappée. C'est un homme mauvais.

— C'est pour ça que tu t'es enfuie.

— Oui. Il voulait m'obliger à brûler mes livres moi-même. Mais je les ai mis à l'abri et il ne les retrouvera jamais.

— Il va exiger que tu lui révèles ta cachette.

— Il peut toujours essayer ! Jamais je ne la lui dirai !

Francis connaissait assez la signification du regard déterminé de la fillette pour savoir qu'elle ne céderait pas.

— Je crains malheureusement que tu ne puisses échapper à monsieur Gréville.

— Je ne veux pas retourner chez lui ! s'obstina-t-elle.

— Je te comprends. Mais tu ne peux pas continuer à t'enfuir sans cesse. Crois-moi, il serait plus raisonnable de patienter. Tu apprendras probablement des choses intéressantes dans ce pensionnat.

— Ça m'étonnerait ! Il a dit que la lecture n'était pas pour les filles. Ils ne m'apprendront rien !

— Ecoute, Sylvine. Je sais que tu es forte. Mais tu ne peux pas lutter contre la décision du conseil de famille. Là-bas au moins, tu seras à l'abri. Tu auras à manger et un toit. Tu patienteras pour revenir plus tard. Parce que tu n'es pas seule. Ton frère et tes petites sœurs auront besoin de toi.

L'argument toucha Sylvine.

— Ils ne veulent pas que je les voie.

— Ils ne pourront pas toujours te l'interdire. Quand tu seras grande, plus personne ne t'obligera à faire ce que tu ne veux pas. Mais pour l'instant, tu es une petite fille. Il faut te montrer raisonnable.

Elle ne répondit pas. Mais elle se souvint de la promesse qu'elle avait faite à Juliette peu avant sa mort. Elle devait prendre soin des petits. On lui interdisait de les voir. Mais plus tard, elle reviendrait et s'occuperait d'eux.

— C'est bon, dit-elle enfin. J'irai chez les bonnes sœurs.

Par précaution, le curé se fit accompagner par le docteur Champréaux lorsqu'il ramena Sylvine chez le notaire, à Montrichard. Le vieux Gréville laissa exploser sa colère, puis voulut saisir le fouet qu'il gardait à portée de la main en prévision du retour de la fillette.

— Tu vas recevoir la correction que tu mérites ! rugit-il.

Mais le médecin s'interposa.

— Il suffit, monsieur Gréville. Elle nous a raconté la manière dont vous l'avez traitée. Cette petite n'est pas votre fille et vous n'êtes même pas son tuteur. Si elle doit recevoir le moindre coup de votre part, je porterai plainte contre vous et on vous la retirera.

— Mais qui croyez-vous être pour me donner des ordres ? s'insurgea le notaire.

— Le médecin qui a toujours soigné cette famille. Vous avez décidé de la placer dans un institut religieux et le conseil de famille vous a donné son aval. Cela ne vous autorise pas à la maltraiter.

— Cette petite vipère mérite d'être battue ! clama Gréville. Une fugue de dix jours ! C'est de la graine de bandit !

— Si elle avait été bien traitée, elle serait restée. Si elle s'est enfuie, c'est uniquement de votre faute ! Je vais prévenir la gendarmerie qu'elle a été retrouvée, et je vais exiger qu'ils viennent vérifier qu'elle n'est pas battue. Si c'est le cas, on vous la retirera.

— Fichez le camp de chez moi ! répliqua sèchement le notaire, blême de colère.

— Non, monsieur Gréville. Je ne sortirai que lorsque j'aurai reçu votre parole d'honneur que vous ne la toucherez pas !

Une fois de plus, Adolphe maudit sa petite taille. Le docteur Champréaux le dépassait de deux têtes et il avait la réputation d'un homme tenace. Par malheur, jamais il n'avait pu lui découvrir la moindre faiblesse. Pestant intérieurement, Gréville baissa pavillon.

— C'est bien. Je vous promets que je ne la battrai pas.

— Votre parole d'honneur ! Sinon, je la remmène.

L'autre hésita. Cependant, il accordait une trop grande importance à ce qu'il considérait comme l'honneur pour ne pas obtempérer.

— Vous l'avez, grinça-t-il. Mais vous me paierez ça ! Tous les deux, tous docteur et curé que vous êtes !

L'honneur devait vraiment titiller le notaire, car Sylvine ne reçut aucun coup de fouet. Mais elle fut enfermée dans une pièce dont la fenêtre, petite et étroite, était munie de barreaux, afin de lui ôter toute envie de s'échapper encore. Le soir, elle n'eut droit qu'à un bol d'eau et à un morceau de pain rassis, une vengeance mesquine du notaire.

Le lendemain, il lui laissa à peine le temps de faire une toilette à l'eau froide et la fit monter dans sa voiture. Sylvine comprit qu'elle allait rejoindre le pensionnat de Sainte-Ursule.

21

Adolphe Gréville n'avait pas choisi le pensionnat Sainte-Ursule par hasard. Dirigé d'une main de fer par la supérieure, mère Joséphine, il avait la réputation de dispenser un enseignement basé sur le respect absolu des règles de l'Eglise et de former des épouses soumises, reflet d'une certaine conception de la religion. L'ordre moral cher au président Mac-Mahon trouvait ici toute son expression.

L'établissement se situait peu après Chisseaux, sur un promontoire dominant la rive septentrionale de la rivière. Cerné par des murs hauts et lugubres, il abritait un parc occupé en grande partie par un bois. Une partie avait été aménagée en potager et en verger. Sylvine entrevit des religieuses courbées sur les plantations. Le bâtiment par lui-même offrait cet aspect rébarbatif que l'on connaît aux prisons, à la seule différence que les pensionnaires n'étaient pas des repris de justice mais des fillettes âgées de huit à quinze ans.

Une lourde porte à deux vantaux s'ouvrit pour laisser passer la voiture, puis se referma immédiatement après. Une petite cour de réception donnait sur un clos bordé d'un promenoir orné d'arcades. Des jeunes filles en longues robes noires y déambulaient sous la surveillance de religieuses au regard sévère.

Sylvine et son mentor furent accueillis par une sœur au visage dont la longueur était accentuée par une maigreur qui faisait saillir les os de ses joues. Les mains perdues dans des manches interminables, elle les invita à les suivre d'une voix grave. Impressionnée, la fillette frissonna. Ce n'était pas dans cet endroit désespérant qu'on voulait la faire vivre ! Elle dut rassembler toute sa volonté et son courage pour ne pas céder à la peur. Les fillettes qu'elle apercevait dans le cloître affichaient des mines tristes et résignées. Elle serra les dents. Elle s'était juré de résister et elle le ferait !

Après une enfilade de couloirs sinistres et sombres, on les fit entrer dans un bureau où les attendait la mère supérieure. Sylvine détesta immédiatement cette femme de petite taille, à la voix aigre et au regard inquisiteur, qui semblait vouloir pénétrer ses pensées les plus secrètes. Adolphe Gréville présenta la fillette comme une sauvageonne qu'il fallait à toute force ramener dans les voies de l'obéissance et de la soumission.

— C'est une orpheline que j'ai eu la bonté de prendre en charge afin de lui offrir la meilleure éducation. Elle m'en a remercié en fuguant dès la première nuit passée sous mon toit. On ne l'a retrouvée que dix jours plus tard. Dieu sait comment elle a survécu pendant ce temps. Il faudra se montrer particulièrement strict avec elle.

Sylvine faillit hurler qu'il l'avait frappée, mais elle se contint. Elle ne trouverait aucun appui auprès de la mère supérieure, bien au contraire. Gréville précisa :

— Son père était un socialiste doublé d'un mécréant. Il ne fréquentait pas l'église, et cette gamine n'a même pas fait sa communion.

Les yeux de la mère supérieure s'agrandirent d'effroi, puis retrouvèrent leur dureté.

— Est-elle seulement baptisée ? demanda-t-elle.

— Oui, elle l'est, parce que sa mère l'avait voulu. Mais ne parlons pas de sa mère. Une dévergondée.

La fillette serra les poings pour ne pas sauter à la gorge du notaire. Gréville continua :

— Je vous ai écrit ce qu'il en est. Il est indispensable de lui enseigner l'humilité et la soumission. Elle sait déjà lire, mais son père, bien entendu, ne lui a fait lire que des livres impies. Des récits de voyages chez les sauvages, ou encore, d'après ce que je sais, un roman parlant d'hommes s'envolant vers la Lune. Comme si une telle chose était envisageable !

Il se tourna vers Sylvine et ajouta :

— J'ai voulu lui faire détruire ces livres. Elle s'est enfuie et les a cachés. Je n'ai pas pu lui faire avouer l'endroit où ils se trouvent. Cette vipère est plus têtue qu'un régiment de mules. Je dois préciser qu'elle a aussi dissimulé une statuette représentant une déesse barbare que son père avait ramenée d'Orient. Vous voyez le genre d'éducation qu'elle a reçu jusqu'à maintenant.

La mère supérieure joignit ses mains dans un geste plein de componction et esquissa un sourire.

— Ne vous faites pas de souci, monsieur Gréville. Elle est entre de bonnes mains. Lorsqu'elle sortira de cet établissement, elle aura été ramenée dans les voies que le Seigneur impose aux jeunes filles de bonne famille.

Sylvine frémit. Le regard braqué sur elle reflétait une cruauté malsaine. Tout comme Adolphe Gréville, cette vieille femme prenait plaisir à humilier et à dominer ceux qui avaient le malheur de se trouver placés sous ses ordres. La mère supérieure laissa passer un silence et ajouta :

— Malheureusement, je crains que nous ne puissions continuer encore longtemps notre œuvre salvatrice.

— Je sais, répondit le notaire. Ce vaurien de Gambetta

l'a clamé en plein Parlement : « Le cléricalisme, voilà l'ennemi ! » Dans quel pays vit-on !

— On parle d'ôter l'éducation aux congrégations religieuses. Quel désastre ! Il n'y aura bientôt plus aucune morale.

— Raison de plus pour tenter de sauver cette âme égarée. N'hésitez pas à lui faire donner le fouet s'il le faut. Il n'y a que ça qu'elle comprenne !

— Je suppose qu'elle n'évitera pas le fouet. Mais nous avons aussi d'autres moyens de vaincre les esprits habités par le démon.

Après le départ du notaire, la mère supérieure examina la fillette de son regard aigu. Sylvine, bien décidée à ne pas se laisser faire, redressa fièrement la tête et répondit au regard scrutateur.

— Je vois, je vois, murmura la religieuse.

Elle poursuivit son examen en silence, puis décréta d'une voix doucereuse :

— Ma fille, ici, vous allez apprendre l'obéissance et la discipline.

L'instant d'après, sans transition, elle se mit à hurler d'une voix étonnamment puissante pour une femme aussi frêle :

— Je vous ordonne de baisser les yeux quand je vous parle !

Pétrifiée, Sylvine sentit les larmes lui monter aux yeux. Cette vieille chouette lui avait fait peur. Elle faillit réagir en se mettant à hurler à son tour. On ne lui avait pas demandé son avis avant de la conduire ici. Elle éprouva un instant l'envie de flanquer un bon coup de pied dans les tibias de la mère supérieure. Mais elle savait que cela ne la mènerait nulle part. Elle serait battue, privée de nourriture.

Elle se souvint d'un livre que son père lui avait offert, écrit par un poète des temps passés, Jean de La Fontaine.

L'un des poèmes parlait d'un roseau et d'un chêne qui prétendait résister à n'importe quelle tempête. Il avait été déraciné alors que le roseau, lui, avait survécu parce qu'il avait su plier lorsqu'il le fallait. Elle comprit qu'il était vain de se rebeller contre une personne qui détenait sur elle un pouvoir absolu. Elle était seule. On ne viendrait pas à son secours. Il fallait donc accepter et faire semblant d'obéir, afin d'avoir la paix. Il serait toujours temps d'agir lorsqu'elle en aurait appris plus. Elle serra les mâchoires puis, lentement, baissa le regard.

— Voilà qui est mieux ! grinça la mère supérieure d'un air satisfait. Il en sera ainsi chaque fois que je vous adresserai la parole. Les yeux baissés ! Toujours ! A présent, vous allez me suivre.

Sylvine fut conduite dans un dortoir où s'alignaient une dizaine de lits spartiates, sans matelas, pourvus de couvertures grossières.

— Ici, on dort sur des planches ! déclara la religieuse. Seules les plus riches de nos pensionnaires ont le droit au confort. Ce n'est pas votre cas. Vous vous installerez donc sur celui-ci, et vous mettrez vos affaires dans ce coffre.

Elle désignait une grossière caisse de bois munie d'un couvercle.

— Qui dort à côté ? demanda Sylvine.

A nouveau, la mère supérieure se mit à hurler.

— Ne parlez que lorsque l'on vous interroge, effrontée ! Votre insolence vous vaudra votre première punition. Pour demain, puisque vous savez écrire, vous me copierez cent fois le Notre-Père. Cela vous permettra de l'apprendre, car je suppose que vous l'ignorez.

En cela, elle se trompait, car Sylvine l'avait appris avec sa mère. Elle secoua lentement la tête et récita la prière d'une voix neutre. Déconcertée, la mère supérieure ne sut comment réagir.

— Hum, bon, ça ira. Mais vous la copierez tout de même cent fois pour demain.

Ainsi commença la vie de Sylvine au pensionnat Sainte-Ursule. Même dans ses pires cauchemars Sylvine n'aurait pu imaginer qu'un tel lieu pût exister. La mère supérieure lui avait attaché un garde-chiourme en la personne de sœur Hortense de la Visitation, une grande religieuse dégingandée aux yeux constamment en mouvement, qui se plaisait à traquer les moindres fautes des fillettes qu'elle avait sous sa garde.

Le matin, il fallait se lever à l'aube. La toilette se faisait à l'eau froide, hiver comme été. Puis commençait une longue journée qui ne laissait aucun répit, alternant les séances de prières et les cours. Ceux-ci se fondaient essentiellement sur l'enseignement religieux. L'écriture et la lecture avaient toujours les livres sacrés et la vie des saints pour thème. Il n'y en avait pas d'autre. Pour avoir la paix, Sylvine apprit par cœur les différentes prières. Sa mémoire prodigieuse lui permit de les restituer très vite, à la grande déconvenue de la mère Joséphine, qui pensait qu'elle se montrerait plus récalcitrante. Mais elle n'était pas dupe. Elle avait surpris le regard volontaire de la fillette le premier jour, et elle avait su qu'elle était capable de jouer la comédie.

Sœur Hortense de la Visitation faisait preuve d'un comportement pour le moins étrange. Ses yeux mobiles ne trahissaient pas seulement son désir d'épier les élèves. Elle semblait toujours avoir peur de quelque chose. Sa cellule jouxtait le dortoir. La nuit, Sylvine la surprit plusieurs fois à se réveiller en sursaut et à se mettre à sauter dans tous les sens. Elle finit par comprendre, au travers de bribes de conversation captées çà et là, que sœur Hortense souffrait de visions. Elle était terrorisée par le diable. Elle s'imaginait que le Malin, comme elle l'appelait, rôdait aux abords du pensionnat et y pénétrait la nuit. Chaque bruit, chaque souffle était suspect et empêchait la religieuse de dormir. Si elle n'avait été si méchante avec les pensionnaires, Sylvine aurait presque eu pitié d'elle. Mais sœur Hortense prenait un malin plaisir à se venger de ses tourments intérieurs en imposant aux fillettes une discipline de fer. A la moindre incartade, elles se retrouvaient isolées, obligées de maintenir les bras en croix, les genoux posés sur une règle de bois génératrice de vives douleurs.

L'établissement accueillait une quarantaine d'élèves issues de familles plus ou moins aisées de la région. Les plus nanties bénéficiaient de chambres qu'elles partageaient à deux ou trois. Les plus modestes se retrouvaient dans le dortoir, sur les lits inconfortables. Les parents pouvaient fournir un matelas et des draps, mais la plupart estimaient que la mortification faisait partie de l'éducation. Les fillettes devaient donc se contenter de la couverture, hiver comme été.

Elles bénéficiaient cependant d'un régime différent du sien. Elles ne dormaient à Sainte-Ursule que pendant la semaine. Leurs parents venaient les chercher chaque fin de semaine et elles revenaient le lundi. Sylvine, quant à elle, ne quittait jamais le pensionnat. Elle avait espéré, au début, se lier avec l'une ou l'autre des gamines du dortoir. Mais toutes la considéraient avec défiance. Elle se rendit compte que l'on avait prévenu ses camarades contre elle. A leurs yeux, elle faisait figure de démone, et il valait mieux ne pas la fréquenter.

Il régnait dans l'établissement un malaise persistant. La mère supérieure avait instauré un système redoutable, basé sur la méfiance réciproque. Elle encourageait les fillettes à dénoncer leurs camarades lorsqu'elles constataient un manquement à la discipline. Alternant les compliments et les menaces, récompensant les unes, punissant sévèrement les autres, elle avait réussi à installer un climat de délation permanente. Tout le monde soupçonnait tout le monde. Dans ces conditions, il était difficile de nouer une amitié. Chaque pensionnaire craignait les foudres de la mère supérieure et n'avait d'autre objectif que de se faire bien voir en tâchant d'attirer ses bonnes grâces, même si pour cela il fallait trahir les autres.

Sylvine se replia donc sur elle-même, opposant le silence et la dureté aux attaques. Cependant, la réputation diabolique que lui avait taillée la supérieure tourna à son avantage. Son farouche regard vert suffisait à tenir les autres filles en respect. On la considérait comme une sorcière mais, à cause de cela, on avait un peu peur d'elle. Aussi lui fichait-on une paix royale. Même si une ou deux fiers-à-bras tentèrent de l'intimider au début, elles n'insistèrent pas longtemps, redoutant d'être victimes d'un quelconque mauvais sort que Sylvine eût été pourtant bien incapable de leur jeter.

Sylvine souffrait peu de la solitude. Elle se réfugiait dans ses rêves, se repassait en mémoire toutes les histoires qu'elle avait lues, en inventait d'autres.

Pendant les cours, elle faisait ce qu'il fallait pour ne pas se faire remarquer, ce qui déconcerta quelque peu la mère supérieure, qui s'attendait à la voir renâcler sans cesse. Au fil des mois, elle parvint ainsi à se faire oublier. Elle connaissait par cœur les textes religieux qu'on l'obligeait à apprendre. Elle avait pensé développer ses connaissances, mais l'enseignement des sœurs se limitait à l'étude des écrits sacrés et à diverses tâches ménagères, dont on lui laissait les plus rebutantes. Elle ne songea même pas à s'en plaindre. Pendant ce temps-là, elle était tranquille.

Parfois cependant, son isolement lui pesait. Sans quitter le pensionnat, elle aurait au moins aimé recevoir de la visite. Elle songeait à son ami, le curé. Mais, au bout de plusieurs mois, il n'était toujours pas venu la voir.

Ce n'était pourtant pas faute d'en avoir envie. Francis Rochelet avait bien eu l'intention de se rendre à Sainte-Ursule. Mais quelques jours après son intervention chez le notaire, il avait été convoqué à Blois par son évêque. Celui-ci l'avait reçu avec une mine sévère.

« Père Rochelet, je vous ai demandé de venir pour vous faire savoir que je ne suis pas satisfait de vous. Vous savez le nombre de fois que j'ai fermé les yeux sur vos incartades, sur votre goût prononcé pour le vin, et aussi sur cette relation coupable que vous avez eue autrefois avec l'une de vos paroissiennes. »

Francis soupira. L'évêque lui ressortait cette histoire à chaque fois. Elle datait pourtant de plus de vingt ans.

« Je sais aussi que vous avez entretenu une relation amicale avec un homme aujourd'hui décédé, Pierre Ménétrier, dont le moins que l'on puisse dire est qu'il n'était pas un excellent chrétien. Dernièrement, vous vous êtes occupé de sa fille, Sylvine, qui devait rejoindre le pensionnat de Sainte-Ursule. Or, cette gamine s'est enfuie. Maître Gréville est venu me voir pour me raconter ce qui s'était passé. Lorsqu'elle a été retrouvée, huit jours plus tard, il paraît que vous avez menacé maître Gréville.

— Il avait frappé cette enfant, monseigneur !

— Et alors, si elle le méritait !

— C'est une orpheline, monseigneur. Maître Gréville ne s'est pas montré bon avec elle.

— Ce n'est pas à nous d'en juger, père Rochelet. Maître Gréville a eu la bonté de se charger de son éducation en la confiant à un établissement de bonne tenue. Il m'a expliqué les raisons qui l'avaient amené à prendre cette décision. Vous n'aviez donc pas à intervenir, et encore moins à le menacer. C'est pourquoi je vous interdis formellement de rendre visite à cette gamine.

— Alors, personne n'ira la voir, grommela Francis, amer.

— Ainsi est la volonté de Dieu, père Rochelet. Vous devez vous y soumettre. L'isolement fera le plus grand bien à cette enfant, dont maître Gréville m'a dit qu'elle manquait totalement d'éducation chrétienne. »

Au bout de quelques mois, le séjour de la fillette se trouva adouci par la présence d'une autre religieuse, sœur Marguerite de la Miséricorde. A l'inverse des autres sœurs qui avaient adopté la politique pernicieuse de la mère supérieure, sœur Marguerite ignorait le mal. Aussi large que haute, elle promenait sa petite taille le long des couloirs avec un air perpétuellement joyeux. Elle ne voyait dans la vie que le bon côté des choses, supportant les mauvais sans broncher, comme un mal nécessaire bien moins grave que ce qu'avait enduré le Christ sur la croix. Tout allait donc pour le mieux. Marguerite avait vite compris que Sylvine souffrait et lui avait apporté le réconfort de sa bonne humeur. Les autres sœurs la méprisaient à cause de sa petite taille et de son embonpoint. On lui confiait toujours les tâches les plus dégradantes, dont elle s'acquittait avec un caractère égal, sans même paraître remarquer les moqueries dont elle était l'objet. Sylvine avait fait sa connaissance vers la fin de l'été, alors qu'on les avait envoyées toutes deux cueillir des pommes dans le verger.

Comprenant que Marguerite n'avait rien à voir avec les autres sœurs, la fillette s'était laissé gagner par la gaieté communicative de la religieuse. Celle-ci trouvait son bonheur dans les joies les plus modestes, à tel point que la fillette crut au début qu'elle était un peu simplette. Mais elle fut vite détrompée. Marguerite refusait seulement de se plaindre, et savait voir dans la vie quotidienne de multiples raisons de s'émerveiller. En réalité, il y avait en elle une sorte de sagesse que les autres sœurs ne possédaient pas. Dans cet univers de suspicion et de malaise permanent, son caractère heureux était comme un havre de paix, une oasis au cœur d'un désert aride et menaçant. Sylvine se lia très vite d'amitié avec elle et retrouva le goût de bavarder. Elle lui raconta les circonstances qui l'avaient amenée dans ce pensionnat. Plutôt que de se lamenter sur ses déboires, la religieuse l'écouta avec attention, puis lui dit :

— Il ne sert à rien de se plaindre, ma gazoute. Il est parfois difficile de comprendre le bon Dieu. Mais il ne faut jamais perdre espoir. Il y a toujours un après, où les choses s'arrangent, où les ennuis s'effacent devant des bonheurs nouveaux. Ainsi est la vie. Tu dois reconstruire avec ce qui te reste. Et ce qui te reste, c'est ta jeunesse et ton avenir.

— Bel avenir, enfermée dans cette prison !

— Ce ne sera plus une prison, puisque je serai là. Et puis, tu n'y resteras pas toujours ! Un jour, tu partiras.

— Quand ?

— Quand tu seras grande.

— Le notaire m'imposera un mari dont je ne voudrai pas.

— Je crois que personne ne pourra jamais t'imposer sa volonté, répondit la sœur en souriant. Ne te fais pas de souci pour ça.

Tout était très simple pour Marguerite. Sylvine hésita à lui rapporter ses soupçons concernant la mort de son père. Mais elle renonça. La brave femme n'aurait pas compris. Dans son monde, le crime n'existait pas. Et puis, il n'aurait servi à rien de lui faire de la peine.

Grâce à cette complicité nouvelle, les journées de la

fillette se révélèrent beaucoup moins longues. Les repas servis au réfectoire étant plus que frugaux, Marguerite s'arrangea pour glisser discrètement dans les poches de Sylvine quelques gâteaux ou quelques fruits supplémentaires, en lui recommandant de se cacher pour les manger. Ce qui n'était guère difficile. Sylvine était régulièrement condamnée à divers travaux ménagers. Il lui suffisait d'attendre qu'Hortense se fût éloignée et elle pouvait sortir les friandises de sa poche. Avec le temps, la surveillante s'était lassée d'épier une gamine qui se tenait tranquille et sa vigilance s'était relâchée.

Marguerite put alors passer plus de temps avec Sylvine. D'autant plus qu'elles s'étaient découvert une passion commune : la lecture. La brave sœur ne se contentait pas de celle des livres sacrés. Elle connaissait Jules Verne, dont elle possédait les derniers volumes, qu'elle prêta à Sylvine. La fillette dissimulait l'ouvrage sous l'ample robe de bure grise dont on l'avait vêtue et trouvait toujours quelque endroit tranquille pour lire. Sa nouvelle amie lui fit également découvrir d'autres auteurs, comme Théophile Gautier, Paul Féval, ou encore Alexandre Dumas. Ce fut ainsi que Sylvine put lire – en cachette – *Le Roman de la momie*, *Le Bossu* ou encore *Les Trois Mousquetaires*. Marguerite elle-même lisait à l'insu de la mère supérieure, qui détestait tous les livres hormis les ouvrages sacrés.

— Pour elle, tous les livres païens sont source de perversion, dit-elle à Sylvine. Elle n'y connaît rien.

Une année et demie s'écoula ainsi. Sylvine parvenait à tromper sans trop de difficulté la surveillance de sœur Hortense. Mais la pauvre Marguerite se montrait beaucoup moins prudente qu'elle. Au début de l'automne 1877, alors qu'une série d'orages d'une exceptionnelle violence s'était déchaînée sur le pays, la supérieure se rendit compte qu'elle introduisait des livres impies dans l'enceinte du pensionnat. La sanction ne se fit pas attendre. Elle fut exclue de Sainte-Ursule sans espoir d'y revenir. Elle n'eut que le temps de faire ses adieux à Sylvine, à qui elle confia subrepticement quelques ouvrages qu'elle était parvenue à sauver.

Le départ de sœur Marguerite affecta beaucoup la fillette qui, une fois de plus, se retrouva totalement seule. Elle avait réussi à trouver une cachette pour les livres dans une cabane située au fond du verger, où l'on rangeait les outils. Par prudence, elle s'abstint d'y toucher pendant plusieurs jours. La surveillance de sœur Hortense avait repris de plus belle, car on n'ignorait pas la complicité qui l'unissait à sœur Marguerite. A plusieurs reprises, la mère supérieure elle-même lui rendit des visites surprises et vida son coffre avec rage pour y découvrir les livres disparus. En vain.

Mais le climat de délation entretenu par la supérieure porta ses fruits. Elle ne se méfia pas lorsque sœur Hortense feignit de se désintéresser d'elle. Elle ne remarqua pas que plusieurs des pensionnaires l'épiaient sans cesse, se relayant l'une l'autre afin de ne pas éveiller ses soupçons. Si bien qu'un jour d'octobre, alors qu'on l'avait envoyée dans le verger pour y balayer les feuilles, elle profita d'un moment où elle se crut seule et se risqua à sortir l'un des livres de la cachette.

Elle n'avait pas lu plus de trois pages que la porte s'ouvrait sur la mère supérieure, le visage déformé par un rictus de colère et de triomphe.

22

Pétrifiée, Sylvine n'osa faire un geste. Comme dans un cauchemar, elle vit la supérieure se précipiter sur elle et lui arracher violemment l'ouvrage des mains.

— Vous êtes prise sur le fait, ma petite ! Vous allez apprendre ce qu'il en coûte de désobéir ! A genoux !

Mais Sylvine n'était pas décidée à se laisser faire. Elle planta son regard vert dans celui de la mère Joséphine et la défia.

— Baissez les yeux ! hurla la vieille religieuse.

— Je ne faisais rien de mal ! riposta la fillette.

— Vous lisiez des livres interdits !

Derrière la supérieure, Sylvine aperçut la silhouette maigre et interminable de sœur Hortense, et, au-delà, les visages curieux et réjouis de quelques gamines. Sylvine comprit qu'elle avait été dénoncée. La mère Joséphine sortit la badine dont elle ne se séparait jamais et déclara :

— A présent, vous allez vous-même déchirer les pages de ce livre.

— Jamais ! répliqua Sylvine.

L'instant d'après, la badine cinglait l'épaule de la fillette. Elle serra les dents pour ne pas crier de douleur. Les yeux brûlés par les larmes, elle soutint le regard de la supérieure et hurla :

— Vous n'êtes qu'une vieille folle !

Outrée, la religieuse leva de nouveau sa badine pour frapper, mais Sylvine la bouscula et se précipita vers la sortie. Sœur Hortense, décontenancée par cette attitude inattendue, ne réagit pas immédiatement. Sylvine la repoussa violemment et la religieuse tomba sur les fesses en braillant d'une voix de fausset. La fillette se mit à courir, mais devant elle s'était constitué un rempart de gamines bien décidées à s'attirer les bonnes grâces de la supérieure en la capturant. Elle comprit qu'elle ne pourrait aller bien loin. Le cercle se refermait inexorablement sur elle. Alors, elle fonça et frappa à tour de bras sur les premières qui se présentèrent. Derrière elle, sœur Hortense s'égosillait :

— Elle est possédée par le diable ! Elle est possédée par le diable !

Malgré son courage et sa détermination, Sylvine ne pouvait lutter seule contre une dizaine de gamines dont les trois quarts étaient plus âgées qu'elle. Elle fut bientôt immobilisée et rouée de coups. La mère supérieure, ivre de colère d'avoir vu son autorité ainsi bafouée, se rua sur elle et abattit sa badine sur le dos de la fillette. Sylvine se mit à hurler.

— Sœur Hortense a raison, petite vipère ! Vous avez le diable dans le corps. Mais je saurai bien vous l'en arracher.

Après une fouille minutieuse, on découvrit les autres livres. La mère Joséphine les fit apporter devant Sylvine.

— A présent, vous allez les déchirer un à un.

Sylvine, les yeux brouillés par des larmes de douleur, la fixa et secoua lentement la tête. La badine frappa une nouvelle fois.

— Faites ce que je vous dis ! vociféra la religieuse, qui perdait le souffle.

Sylvine se mura dans le silence, mais ne bougea pas. Jamais elle n'obéirait à un ordre aussi stupide. Cette vieille carne pouvait la tuer, elle ne broncherait pas. En elle revint le souvenir des caves. Elle s'ancra dans l'idée qu'elle était faite, elle aussi, de pierre. Ivre de rage, la religieuse se précipita sur elle et déchira sa robe d'un geste violent, dénudant le torse de la fillette. Son dos était déjà marqué. Les autres filles reculèrent, impressionnées par la fureur qui se dégageait de la vieille femme. Jamais elles ne l'avaient vue dans cet état.

Puis la badine cingla la peau nue de Sylvine qui hurla, puis se releva et tenta de s'enfuir. Mais ses jambes lui refusèrent tout soutien et elle s'écroula. Poussant un cri de triomphe, la mère Joséphine leva de nouveau la cravache et l'abattit de toutes ses forces.

Cette fois, la plus âgée des pensionnaires s'avança.

— Ma mère, dit-elle. Arrêtez, s'il vous plaît !

La religieuse se tourna vivement vers elle.

— Ma mère, vous allez la tuer, insista l'adolescente.

Les yeux fous, la mère Joséphine hésita, puis prit conscience de ses débordements et recula, tremblant encore de colère. Elle attendit d'avoir retrouvé son souffle et dit d'une voix sèche :

— Cette vermine est habitée par le démon. Il faut l'extraire de son esprit. Je veux qu'elle détruise ces livres !

— Mais nous pouvons le faire nous-mêmes, si vous voulez.

— Oh oui ! s'écrièrent les autres avec un enthousiasme qui sonnait faux.

Elles n'aimaient pas cette gamine qui ne parlait jamais et qui leur faisait un peu peur, mais elles ne pouvaient s'empêcher d'admirer son courage et son obstination. Chacune, dans le secret de son âme, aurait aimé avoir le cran de défier ainsi la mère supérieure. Surtout, elles craignaient réellement pour sa vie, car la religieuse ne semblait plus avoir toute sa tête. Seule sœur Hortense paraissait approuver le châtiment. Elle frottait nerveusement ses doigts les uns contre les autres, fixant Sylvine écroulée sur le sol, comme si elle allait soudain se transformer en succube. Mais la fillette ne bougeait plus. Son dos la faisait atrocement souffrir, mais elle avait compris que celles qui l'avaient trahie prenaient à présent sa défense. Elle serra les dents pour ne pas gémir.

Déconcertée, la mère supérieure, consciente de s'être donnée en spectacle, se redressa pour faire bonne figure. Elle comprit qu'elle ne parviendrait jamais à faire obéir cette maudite gamine. Elle s'adressa alors aux adolescentes :

— C'est bien ! Détruisez-moi tous ces livres. Et redressez-la pour qu'elle voie ce que nous faisons de ces œuvres impies !

Les filles se ruèrent alors sur les volumes et empoignèrent les pages. L'instant d'après, les feuilles s'envolaient, arrachées, déchiquetées. Sylvine, que la mère supérieure toisait d'un œil glacé, observa le saccage en silence. Ces livres appartenaient à sœur Marguerite. Mais celle-ci n'était plus là. Si la vieille chouette pensait qu'elle allait se mettre à crier ou à pleurer, elle se trompait lourdement. Ces livres existaient à des milliers d'exemplaires. Elle pourrait les racheter, plus tard, lorsqu'elle aurait quitté cet enfer. Peu à peu, elle prit conscience de la vanité et de l'imbécillité de cette destruction. Elle leva les yeux vers la mère supérieure. Cette fois, ce n'était plus du défi que l'on pouvait y lire, mais une sorte de pitié, mêlée de mépris. Cette vieille femme était méchante, bête et frustrée.

La supérieure comprit la signification du regard de Sylvine, qui la renvoyait à sa propre insatisfaction, à ses doutes. Cette vipère l'avait percée à jour. Sa colère rebondit et elle empoigna de nouveau sa badine. Mais elle n'acheva pas son geste. Soudain, l'une des filles s'écria :

— Regardez !

Elle désignait Sylvine, assise sur le sol, les jambes à demi dénudées. Depuis quelques instants, une sorte de vertige s'était emparé de la fillette et elle ressentait comme une bouffée de chaleur. Son regard se porta sur ses cuisses et elle poussa un cri d'horreur : du sang s'écoulait, poisseux, maculant sa robe. Elle pensa aussitôt que la vieille chouette l'avait blessée plus gravement qu'elle ne le croyait et un grand froid l'envahit. Son dos la brûlait atrocement, mais elle ne voulait pas se plaindre. Elle ne voulait pas. Cependant, la douleur était trop forte et, après une nouvelle bouffée de chaleur, elle perdit conscience.

Lorsqu'elle s'éveilla, elle se trouvait dans un endroit sombre et malodorant. La seule lumière qui lui parvenait filtrait chichement à travers un judas mal fermé. Elle était allongée sur une planche rugueuse, recouverte d'une couverture puante. Elle se redressa et regarda autour d'elle. Elle reconnut le cachot dans lequel elle avait déjà été enfermée deux fois depuis son arrivée à Sainte-Ursule.

Les derniers événements lui revinrent. Malgré ses blessures, la vieille chouette n'avait pas hésité à la condamner à l'isolement. La méchanceté de cette femme n'avait rien à envier à celle du notaire. Il n'était pas étonnant qu'ils se soient entendus.

Une douleur soudaine vrilla le ventre de Sylvine. La large tache de sang lui revint en mémoire. Elle allait peut-être mourir. Elle examina ses cuisses, anxieuse. Mais on avait lavé la plaie. Elle constata qu'on l'avait garnie d'une sorte de culotte épaisse et inconfortable. Peu à peu, elle comprit ce qui s'était passé. Depuis quelque temps, elle ressentait de vagues tiraillements dans l'abdomen. Juliette l'avait prévenue de ce phénomène, qui signifiait simplement qu'elle était devenue une femme. Elle en éprouva un sentiment de triomphe. Elle commençait à devenir grande.

Ses derniers séjours dans cette prison nauséabonde n'avaient duré que deux jours à chaque fois. On l'avait punie ainsi des regards effrontés qu'elle adressait à la mère supérieure. Cette fois, la peine serait sans doute plus longue. Personne ne lui rendit visite de la journée, malgré la douleur lancinante qui lui taraudait le dos. Elle défit sa chemise avec précaution, constata qu'on l'avait grossièrement soignée afin que les plaies ne s'infectent pas.

Ce fut seulement vers le soir que sœur Hortense lui porta un brouet peu ragoûtant et un morceau de pain rassis. Elle entrouvrit la porte à la hâte, glissa l'écuelle et la cuiller de bois, puis referma très vite, effrayée à l'idée que la démone enfermée à l'intérieur pût lui sauter à la gorge. Sylvine éclata d'un rire clair en imaginant la tête terrifiée qu'elle devait faire.

— Vous osez rire ! s'exclama la religieuse d'une voix tremblante. Prenez garde ! Vous ne vous en tirerez pas comme ça. Mère Joséphine vous a condamnée à quinze jours de cachot. Pour désobéissance répétée et rébellion.

— Pensez à m'apporter de l'eau, afin que je puisse me laver, répliqua Sylvine. La serviette que vous m'avez donnée sera vite sale. Il faudra la remplacer.

— Silence ! glapit la sœur, outrée. On ne parle pas de ces choses-là.

— Pourquoi ? Ne connaissez-vous donc pas ce phénomène, ma sœur ?

— Taisez-vous, petite dévergondée !

Puis elle s'enfuit, saluée par un nouveau rire de Sylvine.

Cependant, la garde-chiourme devait avoir des ordres, car elle apporta à la fillette ce dont elle avait besoin. Les soins ne furent pas faciles dans l'obscurité du cachot, mais Sylvine mit un point d'honneur à rester propre, malgré les conditions pénibles de sa détention. On l'avait condamnée à quinze jours de cachot ? Eh bien, pendant ce temps-là, elle n'aurait pas à supporter la méchanceté de la mère supérieure et la vindicte des autres gamines. Sœur Marguerite lui manquait. Avec elle au moins, elle aurait pu bavarder. Rien ne serait arrivé si elle était restée. A présent, il y avait peu de chances qu'elle la revît.

Afin de combattre l'ennui et l'angoisse d'être enfermée dans le noir, elle s'obligeait à repasser dans sa mémoire toutes les histoires qu'elle avait lues. Cette discipline lui permit de supporter sa captivité. La mère Joséphine espérait la briser ? Elle lui donnerait du fil à retordre. Elle se ferait aussi dure que la pierre. La vieille se casserait les dents.

Peu à peu, une idée s'imposa à elle : elle ne pouvait pas rester à Sainte-Ursule. Elle venait d'avoir douze ans. Sa résistance avait des limites. Au fil des années, elle risquait de devenir folle. Mais où aller ? Qui accepterait de la recueillir ? Soudain, la solution s'imposa à elle, tellement évidente qu'elle s'en voulut de ne pas y avoir pensé plus tôt : elle allait se rendre chez ses arrière-grands-parents ! Eux, au moins, ne la chasseraient pas. Une angoisse soudaine s'empara d'elle. Cela faisait trois ans qu'elle ne les avait pas revus. Et s'ils étaient... ? Non, il ne fallait pas y penser. La dernière fois, ils étaient tous deux en très bonne santé. Elle allait quitter cet endroit maudit et se réfugier chez eux. A cette perspective, l'idée de supporter encore plusieurs jours de cachot lui sembla plus facile.

Il restait cependant un obstacle de taille à surmonter : comment s'évader du pensionnat ?

23

Dès sa sortie du cachot, Sylvine fut amenée devant la mère supérieure. Elle avait longtemps hésité sur la conduite à tenir. Il n'aurait servi à rien de se révolter à nouveau. Mieux valait laisser croire à la vieille chouette que les deux semaines de cachot l'avaient amenée à accepter la discipline. Mais il ne fallait pas en faire trop, sous peine d'éveiller les soupçons. Sylvine opta pour le silence et les yeux baissés. La mère Joséphine ne pourrait ainsi pas lui reprocher de la défier du regard. Elle dut cependant subir pendant plus d'une heure remontrances et avertissements.

— Sachez que j'aurai recours au cachot aussi souvent qu'il le faudra ! glapit la supérieure de sa voix stridente. Si vous ne vous pliez pas aux règles de cette maison, vous y passerez le plus clair des années qui vous restent à suivre notre enseignement. Je briserai le démon qui est en vous. Dieu m'en est témoin.

Sylvine resta muette.

— Et l'on répond « Oui, ma mère ».

— Oui, ma mère, murmura la fillette d'une voix étouffée, qui pouvait laisser croire qu'elle se soumettait.

En réalité, elle jubilait intérieurement. Elle allait de nouveau pouvoir circuler librement et chercher le moyen de s'enfuir. Lorsqu'elle s'était échappée de chez le notaire, elle n'avait aucun endroit où se réfugier. Cette fois, elle savait où aller.

Dans les jours qui suivirent, elle garda une attitude soumise afin de ne pas attirer l'attention. Elle se rendit compte que les autres filles la considéraient d'un œil différent. Aucune n'osa lui adresser la parole de peur de provoquer la colère de la mère supérieure, mais personne ne l'ennuya. Sylvine sentit qu'elles étaient un peu embarrassées. Il y avait une certaine admiration dans le regard des filles.

Un jour, la plus âgée, celle qui avait pris le risque d'arrêter le bras vengeur de la supérieure, se retrouva avec elle dans le verger. Après bien des hésitations, elle s'approcha, certaine que personne ne les observait. Un peu gênée, elle déclara :

— Je voulais te dire : nous sommes ennuyées d'avoir détruit tes livres. Tu as un sacré courage pour avoir défié la vieille.

Sylvine la regarda en silence. La fille s'appelait Clara. Elle lui répondit par un vague sourire. Elle se méfiait d'un piège toujours possible.

— Mais tu sais, si nous avons agi ainsi, c'est parce que nous avons eu peur pour toi. J'ai cru qu'elle allait te tuer parce que tu refusais de déchirer tes livres toi-même. J'ai pensé qu'en lui proposant de le faire nous-mêmes, ça détournerait sa colère. En tout cas, je n'aurais jamais eu le culot de lui tenir tête comme tu l'as fait.

— J'aurais encore mes livres si vous ne m'aviez pas espionnée.

L'autre baissa les yeux.

— Ce sont des livres interdits, se justifia-t-elle.

— Je ne vois pas pourquoi. Il n'y a rien dedans qui

contredise la religion. C'est plutôt un moyen pour la mère supérieure d'exercer son pouvoir sur nous. Elle veut tout interdire.

— C'est vrai, tu as raison. Je voulais te dire...

Clara hésita encore, puis ajouta :

— Je te demande pardon. Sœur Hortense nous a dit que tu n'avais plus tes parents. Nous avons été injustes envers toi. Je ne suis pas fière de t'avoir trahie. Si je peux faire quelque chose pour t'aider...

Sylvine hésita. Clara paraissait sincère. Cependant, elle n'avait qu'une confiance limitée en elle. Non pas qu'elle songerait désormais à renouveler sa trahison. Mais il suffirait que la mère Joséphine élève un peu la voix pour qu'elle lui obéisse.

Une idée traversa soudain l'esprit de la fillette. Si elle parvenait à s'évader, il lui faudrait des vêtements en meilleur état que l'horrible robe fournie par le pensionnat à son arrivée, et qui risquait de la trahir à l'extérieur. On devinerait facilement d'où elle venait.

Elle répondit :

— J'aimerais bien avoir une robe aussi jolie que celles que tu portes quand tu t'en vas.

— Une robe ? Quand la mettrais-tu ?

— Peut-être jamais. Mais au moins, je l'aurais.

Sylvine était un peu plus petite que Clara. Celle-ci réfléchit, embarrassée.

— Je ne sais pas si je vais pouvoir faire ça, dit-elle enfin. Mes parents ne m'achèteront jamais une robe pour la donner à une autre.

— Oh, elle n'a pas besoin d'être neuve ! L'une de tes vieilles robes me suffirait.

Le visage de Clara s'épanouit.

— Alors, j'ai la solution. C'est bientôt Noël. Mes parents vont donner de vieux vêtements aux pauvres. Je fouillerai dans les sacs qu'ils auront préparés. Je suis sûre que j'arriverai à te trouver quelque chose.

Sylvine répondit cette fois d'un véritable sourire.

Le samedi suivant, Clara quitta le pensionnat avec les autres. Restée seule, Sylvine utilisa le peu de temps que sœur Hortense lui laissait libre pour rechercher un moyen de s'enfuir. Elle avait pensé, dans un premier temps, essayer de se glisser dans l'une des voitures des parents venus chercher leurs filles à la fin de chaque semaine. Mais elle avait eu beau retourner le problème dans tous les sens, l'entreprise se révélait impossible. Il y avait toujours du monde autour, et on l'aurait immanquablement remarquée.

L'établissement produisant la quasi-totalité de la nourriture, les carrioles de livraison étaient extrêmement rares. Il en venait une, parfois, pour livrer du tissu. Mais elle était conduite par une grosse bonne sœur à l'air revêche et elle était trop petite pour s'y dissimuler.

La seule solution qui apparut bientôt à Sylvine fut d'escalader le mur d'enceinte. Celui-ci était élevé, mais l'opération était possible par la muraille qui longeait le Cher. Un peu moins haute, elle devait être accessible grâce à l'échelle que l'on utilisait pour cueillir les fruits. Bien décidée à quitter les lieux au plus vite, Sylvine profita d'un moment où elle était seule dans le verger pour repérer l'endroit où les sœurs rangeaient cette échelle. Malheureusement, le local était fermé à clé. Et la clé restait dans la poche de sœur Hortense.

Autre problème : choisir le moment de l'évasion. Il était impossible d'envisager une fuite en plein jour. Il fallait profiter de la nuit. Malheureusement, Hortense, en proie à ses insomnies, se réveillait plus souvent qu'à son tour et effectuait des rondes incessantes dans le dortoir. Sylvine ne fut pas longue à trouver la solution. Avec son arrière-grand-mère, elle en avait appris suffisamment sur les herbes pour fabriquer une tisane somnifère à base des plantes qui poussaient dans l'enceinte du pensionnat.

Elle passa son dimanche, seul jour où elle bénéficiait d'un peu de répit, à étudier les herbes du parc. Elle ne fut pas longue à repérer, près des ruines d'une cabane située au bout du potager, quelques plants de jusquiame noire, que l'on appelait aussi herbe-au-somme. Marie lui avait assez parlé des propriétés particulières de cette plante, connue aussi bien comme narcotique que pour ses vertus aphrodisiaques. A l'idée des effets que la jusquiame pourrait avoir sur sœur Hortense, Sylvine eut un petit rire. Mais il fallait bien étudier la dose. En quantité trop importante, elle pourrait se révéler mortelle. Il ne serait pas difficile de préparer discrètement la potion. Sylvine était souvent de corvée aux cuisines, où elle pourrait emprunter un peu d'eau chaude. Glisser ensuite la potion dans la nourriture de la sœur serait un jeu d'enfant.

Sylvine avait prévu de s'évader pendant la semaine suivante. Mais un événement inattendu vint contrarier ses projets. Depuis un mois, il avait plu presque sans discontinuer. Ces pluies abondantes avaient également arrosé le Massif central, où les torrents gonflés avaient dévalé les montagnes et grossi les rivières. Le lundi matin, sous un ciel bas et menaçant, les élèves revinrent au pensionnat. Sylvine attendait Clara avec impatience. Sans la robe qu'elle avait promis de lui donner, son évasion était compromise. Or, Clara n'était pas là. Elle en comprit très vite la raison. Sur les cinquante fillettes qu'accueillait Sainte-Ursule, près de la moitié étaient absentes. Le niveau des eaux avait monté depuis le vendredi et certaines routes avaient été coupées. En plusieurs endroits, des maisons avaient dû être évacuées. On parlait même de noyés.

Sylvine n'avait aucune idée de ce que pouvait être une inondation. Ses parents lui avaient dit que le Cher était parfois sorti de son lit pour envahir les rives, mais elle n'avait jamais assisté à ce phénomène. A présent, l'inondation était là et elle ne pouvait même pas la voir, à cause des hauts murs qui cernaient le pensionnat. L'eau s'était infiltrée partout. Le potager était un véritable bourbier ; dans le verger, on s'enfonçait dans une boue épaisse et collante. Les arbres s'étaient dépouillés de leurs feuilles et leurs branches dénudées griffaient le ciel bas sous les assauts des bourrasques automnales. Jamais Sainte-Ursule n'avait paru aussi sinistre à la fillette. La pluie incessante semblait vouloir diluer les bâtiments, le parc et le bois qui le prolongeait.

Clara arriva au pensionnat au début de la semaine suivante. Sylvine se reprit à espérer. Elle n'avait aucune idée de ce qui se passait réellement à l'extérieur. Pendant la semaine précédente, les filles ne lui avaient pas parlé, pas plus que les sœurs. Elle avait dû se contenter des bribes d'informations captées au hasard. En apercevant Clara, Sylvine se retint de sauter de joie. Si elle lui apportait la robe, elle allait pouvoir s'enfuir.

Malheureusement, elle déchanta très vite. Clara ne lui adressa pas plus la parole que les autres. Le soir, Sylvine se coucha avec un sentiment de désespoir. Elle envisagea un moment de s'évader malgré tout, mais l'entreprise était trop risquée.

L'attente dura trois jours. Le jeudi matin enfin, alors que Sylvine était allée ramasser des noix dans le verger, elle vit soudain Clara arriver, un gros paquet sous le bras. Le cœur de Sylvine se mit à battre plus vite. Sans un mot, Clara lui indiqua de se rendre dans la vieille cabane en ruine. Avec la pluie qui tombait, il était peu probable que l'on vînt les déranger.

— Je suis désolée, dit Clara lorsqu'elles furent installées, je n'ai pas pu te parler plus tôt, afin de ne pas attirer l'attention. Les autres ne doivent pas savoir que nous sommes amies. Je ne crois pas qu'elles comprendraient.

Elle ouvrit le gros sac sous les yeux ébahis de Sylvine. Il y avait bien une robe, mais pas seulement.

— J'ai eu un mal de chien à cacher tout ça, expliqua Clara, le visage rayonnant. Voilà la robe.

C'était une magnifique robe de laine d'un vert foncé parfaitement assorti aux yeux de Sylvine. Clara la plaça devant la fillette, la mine réjouie.

— C'est tout à fait ta taille. Elle ne m'a presque pas servi. J'ai grandi très vite après que ma mère me l'a fait faire.

Elle sortit un manteau de la même couleur, lui aussi en laine épaisse, et orné d'une capeline.

— Il est comme neuf. Voilà un chapeau et des chaussures.

Elle lui montra une paire de souliers de cuir noir.

— Je n'ai pas eu à mentir. J'ai dit à mes parents que c'était pour une orpheline du pensionnat. Ils ont accepté aussitôt.

— Mais alors, pourquoi les cacher ?

— A cause de la mère supérieure. Si elle savait que j'ai ramené ça pour toi, elle te confisquerait tout.

— C'est vrai.

Sylvine la regarda avec des yeux brillants, puis lui sauta au cou. C'était la première fois que quelqu'un lui témoignait de la gentillesse depuis le départ de sœur Marguerite. Clara la serra très fort contre elle.

— Je ne sais pas comment te remercier, dit Sylvine. Ça représente tellement pour moi. Tu ne peux pas savoir.

Clara la regarda avec un petit sourire, mais ses yeux brillaient eux aussi.

— J'avais une dette envers toi. Ces affaires sont peu de chose par rapport à ce que tu m'as appris sans le vouloir.

— Moi ?

— Tu m'as appris le courage. La semaine dernière, je n'ai pas cessé de penser à toi, à la façon dont tu as tenu tête à la mère supérieure. J'ai compris que c'était une mauvaise femme. Elle nous enseigne l'amour du Christ, mais elle ne le pratique pas elle-même. Comme sœur Hortense, et beaucoup d'autres dans cette école. On nous a appris à nous dénoncer les unes les autres. C'est ce que j'ai fait, moi aussi. Sur sa demande, je t'ai espionnée et je t'ai trahie, pour plaire à cette vieille peau de vache. Je ne t'aimais pas, simplement parce que je ne te connaissais pas. C'est stupide. J'aurais dû être ton amie, au contraire, ne pas te laisser seule alors que tu n'avais même plus tes parents.

Elle resta un moment silencieuse, puis poursuivit lentement :

— J'ai trop peur pour me révolter. Je suis pourtant plus âgée que toi.

Elle prit la main de Sylvine dans les siennes.

— Alors, tu as un autre moyen de me remercier.

— Lequel ?

— Réussis ton évasion !

Sylvine la contempla d'un air stupéfait.

— Mais... comment...

— Ne t'inquiète pas ! Cette fois, je ne te trahirai pas. Au contraire, si je peux t'aider...

Sylvine resta silencieuse, ne sachant trop si elle devait confirmer les soupçons de Clara. Celle-ci poursuivit :

— Depuis que tu es sortie du cachot, je t'ai vue observer les voitures des parents. Tu n'avais jamais fait ça auparavant. Et puis, tu m'as demandé une robe. J'ai trouvé ça un peu bizarre, puisque tu ne pourrais pas la mettre à l'intérieur du pensionnat. J'ai réfléchi, et j'ai compris. A ta place, c'est ce que je ferais aussi, enfin... si j'avais ton courage. Tu sais où aller ?

Sylvine acquiesça de la tête.

— Alors, ne me dis rien. Je ne veux pas savoir comment tu vas t'y prendre, ni où tu vas. Comme ça, je ne risquerai pas de parler si on m'interroge. Je ne veux pas savoir non plus quand tu partiras. En attendant, il vaudrait mieux cacher tout ça ici. Si tu le mets dans ton coffre, la vieille chouette tombera dessus.

— Merci, dit simplement Sylvine.

Clara avait gardé la main de la fillette dans la sienne.

— C'est dommage, dit-elle enfin. Nous aurions pu devenir amies. Tu m'aurais raconté ce qu'il y avait dans ces livres interdits. Cela m'aurait changé des Evangiles. Je suis sûre qu'il n'y a rien de terrifiant dedans.

— Non, bien sûr.

— On ne se reverra jamais, dit Clara.

— Je ne sais pas. Là où je vais, il faudra que je me montre prudente.

— Je comprends.

La nuit suivante, alors qu'au-dehors se déchaînait une terrible tempête, Sylvine versa subrepticement la potion de jusquiame dans la nourriture de sœur Hortense. Celle-ci se mit à ronfler dès qu'elle fut au lit, oubliant de faire sa ronde inquisitrice comme elle en avait coutume tous les soirs. Par prudence, Sylvine attendit un bon moment que les autres filles du dortoir fussent toutes endormies, puis, en silence, elle enfila sa robe de bure grise, sur laquelle elle passa son manteau de toile imperméable. Elle n'avait préparé que quelques fruits et des biscuits dans un sac léger. Le reste l'attendait dans la cabane en ruine. Mais il fallait auparavant récupérer la clé. Celle-ci se trouvait dans le manteau de sœur Hortense, accroché dans sa cellule. C'était l'opération la plus risquée. Il fallait espérer que la religieuse ne s'éveillerait pas au moment où Sylvine fouillerait ses poches.

Le cœur battant la chamade, la fillette se glissa hors du dortoir, puis manœuvra le plus silencieusement possible la porte de la chambre. Le bois grinça, mais les hurlements de la tempête couvrirent le bruit. A tâtons, Sylvine entra dans la cellule, accueillie par les ronflements puissants de la sœur, et se dirigea vers l'endroit où était accroché le manteau qu'elle avait repéré. Retenant sa respiration, elle introduisit ses mains dans les amples poches. Elle bondit de joie intérieurement. La clé était là. Furtive comme un chat, elle se coula dans le couloir et se dirigea vers le cloître. Par chance, il s'était arrêté de pleuvoir. Par endroits, le ciel se dégageait, laissant entrevoir une lune presque pleine qui jouait à saute-mouton avec de gros nuages pressés.

Quelques instants plus tard, Sylvine parvenait devant la cabane, qu'elle n'eut aucune peine à ouvrir grâce à la clé. Elle tira l'échelle jusqu'au mur, se hissa au sommet. Là, sous la clarté obscure de la nuit humide, elle découvrit un paysage inattendu. La vallée avait disparu. Aussi loin que la vue pouvait porter, le Cher avait envahi les berges. Elle distingua des masses informes et inquiétantes qui glissaient à la surface noire, emportées par un courant furieux. La rivière s'étendait à présent presque jusqu'au pied de la muraille.

Une angoisse incoercible s'empara de Sylvine. Elle était prise au piège. Comment rejoindre la Sologne alors que la région était envahie par les eaux ?

24

Le lendemain, sœur Hortense s'éveilla avec un goût étrange dans la bouche et une vague envie de vomir. L'esprit embrumé, elle vit arriver vers elle une demi-douzaine de gamines affolées et piaillantes.

— Ma sœur ! Ma sœur ! Sylvine a disparu !

Il fallut un bon moment à la religieuse pour comprendre. Ses idées avaient du mal à s'organiser, ses yeux étaient lourds. Puis la lucidité lui revint et elle réagit.

— Cette petite peste s'est encore échappée, glapit-elle.

Un peu plus tard, l'ensemble du pensionnat était en effervescence. Tout le monde, bonnes sœurs et pensionnaires, avait été requis pour traquer la fuyarde. Pas un instant on n'imagina qu'elle avait pu quitter l'enceinte de l'établissement. Tandis que la mère supérieure ruminait les punitions qu'elle allait infliger à la coupable, sœur Hortense racontait à qui voulait l'entendre qu'elle avait tenté de l'empoisonner, ce qui expliquait son état nauséeux. Clara s'amusait intérieurement. La pluie incessante ne facilitait pas la tâche. Les vêtements détrempés entravaient les mouvements, une gadoue gluante pénétrait les souliers. Au bout de deux heures de recherches, on n'avait rien trouvé et les filles comme les religieuses étaient couvertes de boue.

— C'est insensé. Où se cache-t-elle donc ? vociférait Joséphine.

En fin de matinée, on finit par retrouver, masquée par les herbes, l'échelle utilisée par Sylvine.

— Elle s'est enfuie ! s'écria la supérieure, frustrée à l'idée que le châtiment était désormais remis à une date ultérieure.

Dieu seul savait où était maintenant cette maudite vipère !

Les recherches se poursuivirent aux alentours du pensionnat. Clara, comme les autres, y participa. Mais, à l'extérieur, l'inondation avait presque atteint les murs. Devant les religieuses et les pensionnaires s'étendait une sorte de lac qui allait d'un bord à l'autre de l'horizon en longeant la vallée. Vers le sud, la pluie battante noyait les collines de l'autre rive. Des bourrasques glacées bousculaient les filles, giflaient les religieuses sous leurs capuches imprégnées d'eau.

La fuyarde n'avait certes pas attendu qu'on vînt la chercher. Le plus raisonnable eût été de prévenir la gendarmerie. Mais la mère Joséphine, portée par la hargne, obligea les pensionnaires et les sœurs à continuer, malgré le temps épouvantable, malgré les pieds qui s'enfonçaient de plus en plus dangereusement dans la boue. Peut-être cette traque insensée les aurait-elle menées ainsi jusqu'au bout du monde si une fillette n'avait tout à coup basculé dans un trou d'eau. Elle se mit à hurler de terreur et on eut toutes les peines du monde à la tirer de ce mauvais pas, grelottante et dégoulinante de boue. La mère supérieure prit alors conscience de l'inutilité de cette expédition hasardeuse. On ignorait quelle direction avait pu prendre la fugitive, et les pensionnaires risquaient d'attraper la mort en continuant ainsi. Dépitée, elle ordonna de revenir à Sainte-Ursule.

On envoya immédiatement une sœur prévenir les gendarmes. Les recherches commencèrent aussitôt. Mais au bout de plusieurs jours, il fallut se rendre à l'évidence : Sylvine avait disparu. Le niveau du Cher se mit à baisser, laissant apparaître peu à peu les dégâts engendrés par la crue. Les carcasses gonflées de dizaines d'animaux furent retrouvées, ainsi que plusieurs cadavres, échoués sur les rives détrempées.

Prévenu, Adolphe Gréville se rendit à la gendarmerie.

— Il n'est pas question d'abandonner les recherches, dit-il. Elle doit bien être quelque part !

— Cela fait deux semaines que nous la cherchons, répondit le capitaine Boursier, qui avait pris la traque en main. Nous sommes allés à Bourré et nous avons interrogé les *perriers*. Ils prétendent qu'ils ne savent rien. Personne ne l'a vue là-bas.

— Mais enfin, une gamine de cet âge ne peut pas passer inaperçue pendant des semaines ! Même dans les caves, elle n'aurait pas pu tenir si longtemps. Il faut absolument la retrouver, capitaine. Je veux qu'elle soit sévèrement châtiée.

— Nous allons élargir les recherches, maître Gréville. Vous pouvez compter sur moi.

25

Quinze jours plus tôt

Lorsqu'elle avait découvert, assise à califourchon sur le mur glissant, l'immense étendue d'eau éclairée par la lumière blafarde d'une lune épisodique, Sylvine avait connu un moment de terreur. Il n'y avait pas plus de quelques mètres entre la terre ferme qui longeait l'enceinte et les premières avancées de l'inondation. Cependant, elle n'avait pas le choix. Il était hors de question de rester à Sainte-Ursule. Elle laissa tomber le sac contenant ses vêtements et la nourriture qu'elle avait emportée et descendit à terre en s'aidant des aspérités de la muraille.

Elle se rendit compte que l'école se situait en lisière des zones atteintes par la crue. Au-delà, la terre ferme reprenait ses droits. Cependant, le sol détrempé ne faciliterait pas sa fuite et elle n'irait pas très loin dans ces conditions. Elle regarda en direction du Cher. La ligne de chemin de fer émergeait d'au moins trois mètres, hors de portée de l'inondation. Elle semblait posée sur la surface mouvante et noire, comme isolée du reste du monde. Sylvine comprit qu'elle tenait là le moyen de quitter rapidement la région. Il lui suffirait de suivre les rails en direction de Vierzon. La difficulté consistait à trouver un passage pour l'atteindre.

Pataugeant dans les eaux noires, elle se mit en marche, l'angoisse chevillée au cœur. Heureusement, à Chissay, elle découvrit une portion de route qui croisait la ligne de chemin de fer. Elle s'engagea résolument sur les rails, marchant sur les traverses. Malgré le vent froid, elle progressait régulièrement. Sa robe de bure et son manteau de toile épaisse, même s'ils étaient laids, la protégeaient efficacement du froid. Evidemment, il lui faudrait se méfier des trains, mais ils faisaient assez de vacarme pour qu'elle ait le temps de quitter la voie et se cacher.

Marchant d'un bon pas malgré la fatigue qui lui broyait les membres, elle atteignit la gare de Montrichard un peu après minuit. Devant elle, la voie se ramifiait en plusieurs branches, sur lesquelles patientaient des wagons de marchandises de toutes sortes. Elle se dirigea vers eux. L'endroit était totalement désert. Seule une lueur falote éclairait chichement l'intérieur des bâtiments, au loin. Elle savait que les cheminots travaillaient aussi la nuit. Elle allait devoir se montrer prudente.

Elle observa les wagons. Sans doute allait-on les organiser en trains de marchandises. Son père lui avait expliqué les manœuvres. Certains se dirigeraient vers Tours, d'autres vers Vierzon et au-delà. Soudain, une idée lui vint. Si elle montait dans un wagon à destination de cette ville, elle gagnerait un temps précieux tout en échappant à ses poursuivants. Elle se dirigea vers la première rame. Elle se glissa du côté opposé à la gare afin de ne pas attirer l'attention. La chance était avec elle : la destination était inscrite sur un tableau situé à l'avant. Tous les wagons partaient pour Vierzon. Elle constata que les portes coulissaient sans difficulté. Grelottant de froid, elle s'introduisit à l'intérieur du premier. Il était chargé de caisses énormes, empilées les unes sur les autres. Cependant, leur taille était telle qu'il subsistait un vide assez large pour qu'elle pût se faufiler derrière. Si un cheminot montait à bord du wagon, il ne la verrait pas. La niche n'était pas très grande et ne lui permettait pas de s'allonger, mais elle y serait en sécurité. Bien malin qui penserait à venir la chercher là. Epuisée, elle finit par s'endormir.

Bien plus tard, un choc brutal l'éveilla en sursaut. Elle regarda autour d'elle. Elle mit plusieurs secondes avant de se rappeler où elle se trouvait. Puis la mémoire lui revint. Le wagon roulait, jusqu'à ce qu'un nouveau choc l'arrêtât, puis il repartait lentement. Il faisait grand jour, à présent, un jour gris et maussade. Le crépitement d'une pluie incessante martelait le toit du wagon. Des douleurs vives lui vrillaient les reins. La position dans laquelle elle s'était endormie n'était guère confortable. Elle songea un moment à sortir de sa cachette, mais c'était trop risqué.

Au loin, elle entendit le halètement d'une locomotive, des appels. Le train était en formation. Il ne fallait surtout pas bouger. A Sainte-Ursule, on s'était sans doute déjà aperçu de sa disparition et on allait se mettre à sa recherche. Mais on chercherait d'abord dans le pensionnat, puis aux alentours. Ils ne penseraient pas tout de suite qu'elle ait pu se glisser dans un train. Ils songeraient d'abord aux carrières de Bourré, où elle s'était cachée la dernière fois.

Tant que durèrent les manœuvres, Sylvine redouta que l'on vînt décharger son wagon. Peut-être s'était-elle trompée. Peut-être les caisses devaient-elles rester à Montrichard. Des pas résonnaient le long de la voie, des bribes de conversation lui parvenaient, qu'elle ne comprenait pas. Après de nombreux heurts, le wagon s'immobilisa. Soudain, la porte coulissa et quelqu'un monta. Une brusque bouffée d'adrénaline coula le long de l'échine de la fillette. On l'avait vue se glisser dans le train. Elle allait être capturée, ramenée à Sainte-Ursule. Elle se terra comme elle put dans sa cachette, mais l'homme se contenta d'un regard d'inspection, puis sauta à bas du wagon dont il referma la porte. Sylvine se retint de laisser échapper un soupir de soulagement.

— Tout est en ordre, dit une voix à l'extérieur, tout près. Nous pouvons partir.

Quelques minutes plus tard, la locomotive siffla et le convoi s'ébranla. Sylvine put enfin s'extirper de sa cachette inconfortable et se dégourdir les muscles. Elle eut envie de crier de joie. Le train allait l'éloigner de Sainte-Ursule. Par les interstices de la porte à claire-voie, elle distingua le paysage. Sur des kilomètres, la vallée était noyée par les eaux. Par endroits, des maisons avaient été isolées et en partie recouvertes. Une pluie fine diluait les collines méridionales dans une aquarelle grise et brune. Sylvine reconnut la gare de Bourré, où le train ne s'arrêta pas.

La rivière furieuse roulait des carcasses de vaches et de moutons surpris par la crue, des troncs d'arbre, des masses informes et impossibles à identifier. Tout à coup, elle poussa un cri de terreur. En contrebas de la voie, elle avait aperçu un cadavre humain, gonflé par les eaux. Elle n'aurait su dire s'il s'agissait d'un homme ou d'une femme. Le cœur au bord des lèvres, elle recula, pensant que quelqu'un, à bord du train, l'avait entendue crier. Elle en eut la confirmation quand elle se rendit compte que le convoi ralentissait. Elle réfléchit très vite. Deux solutions se présentaient : ou bien elle tentait de sauter en marche et de s'enfuir – mais la voie était cernée par les eaux – ou bien elle se réfugiait dans sa cachette. On l'avait entendue, mais on n'avait peut-être pas pu la localiser. Elle se faufila dans son recoin et s'y tassa le plus possible.

Le train s'immobilisa. Le cœur battant la chamade, Sylvine attendit. Elle crut qu'il allait s'arrêter quand la porte s'ouvrit. Elle était prise. Pourtant, personne ne tenta de la faire sortir de son trou. Des cris, des appels et des craquements retentirent.

— Il y a encore de la place dans celui-là, clama une voix.

Elle comprit qu'on n'en avait pas après elle. Les cheminots chargeaient seulement de nouvelles caisses. Elle cessa de trembler. Elle était stupide. Avec le vacarme des roues de métal sur les rails, on n'avait pas pu l'entendre.

Lorsque le train s'ébranla à nouveau, Sylvine sortit de son trou et connut un autre moment d'angoisse. Un énorme coffre bouchait le passage par lequel elle s'était infiltrée dans le fond du wagon. Elle faillit hurler de dépit. Elle était condamnée à demeurer là jusqu'à l'arrivée à Vierzon, où l'on déchargerait les caisses et où on la trouverait. Ce n'était pas possible ! Il lui fallait trouver une solution pour sortir de là. Selon son plan, elle devait sauter du train peu avant Selles-sur-Cher. A cet endroit, elle le savait, la ligne s'éloignait de la rivière. L'inondation n'avait pas pu remonter jusque-là.

Après avoir tenté, en vain, de pousser le gros coffre, elle remarqua qu'elle pouvait essayer de passer par-dessus les caisses, dans l'espace vide qui les séparait du toit du wagon. Il n'était pas grand, mais, après quelques acrobaties et contorsions au cours desquelles elle déchira sa robe usée, elle réussit à se hisser sur les caissons. Poussant son sac de toile devant elle, elle parvint, au prix de mille efforts et de plusieurs égratignures, à ramper jusqu'à la porte, devant laquelle subsistait un vide assez large. Elle avait de la chance. Les cheminots auraient pu compléter le chargement du wagon et elle se serait retrouvée coincée.

Il lui fallait à présent sauter du train en marche avant l'arrêt à Selles-sur-Cher. Car dans la gare, elle ne pourrait quitter le wagon sans attirer l'attention. Il n'était même pas sûr que le convoi s'arrêterait. Elle entrouvrit la porte. Scrutant le paysage, elle reconnut la forêt de Gros-Bois, située au nord de Noyers. La famille passait par là lorsqu'elle se rendait à Marcilly. Elle ne devait plus attendre. Dans cette forêt, elle avait peu de chance d'être aperçue par les cheminots. Mais plus loin, le train traverserait une zone de fermes et de petits villages où il serait sans doute plus risqué de sauter.

Le train ne roulait pas très vite. Devant elle, les arbres défilaient lentement, tordus par le vent. Tout à coup apparut une clairière. Sylvine fit appel à tout son courage et, prenant son élan, bondit à l'extérieur, serrant très fort le sac contenant ses vêtements propres. D'instinct, elle avait sauté dans le sens de la marche. Elle atterrit deux mètres plus bas, dans un fouillis d'herbes et de buissons où elle s'enfonça. Il lui sembla que des dizaines de griffes l'avaient accueillie. Un peu étourdie, elle fit jouer ses bras et ses jambes, constata que tout allait bien, hormis quelques écorchures. Elle faillit crier de joie. Elle avait réussi ! Par prudence, elle évita de s'extraire immédiatement de sa prison végétale et se terra au cœur des arbustes. Bien lui en prit. A l'arrière du convoi, le chef de train et un collègue bavardaient, debout sur la plate-forme. Sylvine se recouvrit la tête de son sac. Lorsque la queue du convoi parvint à sa hauteur, elle saisit des bribes de la conversation des deux hommes.

— Je te dis que j'ai vu quelque chose !

— Bah, sans doute un animal ! Avec cette flotte, on n'y voit goutte.

— Non ! Je suis sûr que j'ai vu quelqu'un sauter du train.

— On ne va tout de même pas s'arrêter parce que monsieur a cru voir quelque chose.

Le reste se perdit dans le vacarme métallique. Sylvine redouta un instant d'entendre le train ralentir, mais il poursuivit sa route et le bruit s'estompa derrière le battement lancinant de la pluie. Cette fois, elle était vraiment sauvée.

Elle se releva, le souffle court. Sa robe et son manteau étaient sales et déchirés en plusieurs endroits. Ainsi, elle ressemblait à une petite vagabonde. Il était temps de changer de vêtements. Elle s'enfonça résolument dans la forêt. A cette époque de l'année, elle risquait de rencontrer des bûcherons. Mais le mauvais temps était son allié. Ils ne travaillaient sans doute pas avec ce déluge. Elle eut tôt fait de trouver un chemin qui l'amena jusqu'à un étang. Sur ses rives se dressait une petite cabane. Elle s'approcha avec prudence de l'unique fenêtre. Après vérification, la baraque était déserte. A la couche de moisissure qui couvrait les murs de bois, elle semblait même inoccupée depuis un certain temps. Une table grossière et deux tabourets la meublaient.

Soudain, une douleur sourde tordit l'estomac de la fillette. Elle avait faim. Elle s'était forcée à se rationner, mais il ne lui restait plus grand-chose. Elle résista à l'envie de poursuivre sa route. Plus loin, elle trouverait certainement une ferme où elle pourrait demander le souper. Elle inventerait une histoire. Cependant, c'était très risqué. L'après-midi était déjà bien avancé. Il ferait nuit dans moins d'une heure et il ne serait guère prudent de poursuivre avec les trombes d'eau qui tombaient à présent du ciel. Elle avait besoin de reprendre des forces. Personne ne viendrait la chercher là. Elle poussa la porte et se réfugia dans la cabane.

Epuisée, elle posa ses affaires sur la table de bois usée. Par la fenêtre, elle apercevait la surface grise de l'étang, sur lequel dansaient des volutes mouvantes de pluie torturées par les bourrasques. Une intense odeur d'humus, de champignons, de feuilles mortes et de terre imprégnait les narines de la fillette. Sylvine aimait ces effluves forestiers. Elle était trempée jusqu'aux os. Attendant le crépuscule, elle surveilla prudemment les alentours, recroquevillée frileusement près de la fenêtre. Malgré l'aspect abandonné des lieux, elle redoutait de voir arriver un paysan, un chasseur ou un bûcheron. Mais la nuit tomba sans qu'elle ait vu qui que ce fût. Elle était seule. Profitant de ce qui restait de lumière, elle décida de changer de vêtements. Frissonnant de la tête aux pieds, elle se déshabilla, jeta ses vieilles hardes et enfila la robe de Clara, puis s'emmitoufla dans le manteau. Bientôt, elle sentit la chaleur revenir dans ses membres engourdis.

Luttant farouchement contre la faim, elle se contenta des deux biscuits qui lui restaient, gardant sa dernière pomme pour le lendemain. Elle n'avait pas la moindre piécette pour acheter un morceau de pain. Il lui faudrait attendre d'être arrivée à Marcilly pour manger à nouveau. Si tout allait bien.

Elle n'y voyait plus rien. Refusant de céder à la peur face aux ténèbres qui l'entouraient, elle s'allongea comme elle put sur la table de bois, afin de ne pas trop sentir l'humidité, et tenta de dormir.

Malgré son épuisement, le sommeil fut long à venir, et entrecoupé de cauchemars. Au-dehors, l'ouragan faisait entendre un mugissement continuel, haché par les craquements des arbres, les appels des rapaces de la nuit. Sylvine se morigéna intérieurement. Elle avait passé plusieurs jours dans les grottes de tuffeau et elle n'avait pas eu peur. Elle devait donc résister. Mais elle connaissait les caves. Ici, le danger pouvait surgir à tout moment des profondeurs de la forêt. A plusieurs reprises, des reniflements, des grognements et des grattements l'éveillèrent en sursaut. Elle se mit à trembler, puis elle comprit qu'il ne s'agissait que de sangliers à la recherche de nourriture.

Pour chasser sa frayeur, elle se concentra sur ce qu'elle devrait faire le lendemain. Elle était à peine à mi-chemin. Il lui faudrait suivre la route qui conduisait de Selles-sur-Cher à Romorantin. Elle se demanda s'il ne valait pas mieux voyager de nuit. Une fille d'une douzaine d'années seule risquait d'attirer l'attention. D'un autre côté, elle pouvait faire de mauvaises rencontres. Si elle se déplaçait de jour, le risque de tomber sur un vagabond agressif était moindre. La route de Romorantin était fréquentée. Si elle avait la chance qu'un paysan accepte de la prendre dans sa carriole, cela faciliterait son voyage. Il n'y avait guère qu'une petite vingtaine de kilomètres entre les deux villes. A peine deux heures de voiture. Pourquoi ne pas dire tout simplement qu'elle se rendait à Marcilly, chez ses arrière-grands-parents ? Cela faisait à peine deux jours qu'elle s'était enfuie de Sainte-Ursule. On devait la chercher du côté de Montrichard, peut-être à Bourré. Mais certainement pas à Selles-sur-Cher. Les vêtements bourgeois qu'elle portait à présent ne la désignaient pas comme une fugitive.

Le lendemain matin, le temps s'était nettement amélioré. La température restait basse, mais les violentes bourrasques nocturnes avaient chassé les nuages vers l'est. Un soleil éblouissant inondait la forêt. De l'étang montaient des nappes de brume translucides.

Après s'être débarrassée de ce qui restait de ses anciens vêtements, Sylvine se mit en route en direction de Selles-sur-Cher. Elle avait pris soin de rabattre son capuchon sur son visage. Il y avait peu de risques qu'elle rencontrât ses grands-parents, mais il valait mieux être prudente. Marchant d'un bon pas, il ne lui fallut qu'une heure pour gagner le centre de la ville. Là, après avoir humé avec délices les odeurs appétissantes qui s'échappaient des boutiques, elle prit résolument la route de Romorantin.

Contrairement à ce qu'elle avait craint, personne ne lui accordait d'attention. Elle comprit que son allure décidée et sa vêture coûteuse la protégeaient.

Parfois, un chariot la dépassait ou la croisait. Elle aurait aimé que l'un d'eux s'arrêtât et que son conducteur lui proposât de l'emmener. Mais la circulation n'était pas très dense.

Cependant, au bout d'une demi-heure, une lourde charrette à quatre roues tirée par deux puissants percherons s'arrêta à sa hauteur. Un paysan jovial la salua d'un large geste de la main.

— Pardonnez-moi, mademoiselle, mais je vous vois là à arpenter le chemin toute seulette, avec ce froid ! Si vous voulez que je vous fasse profiter de ma carriole, ce sera avec grand plaisir.

Elle leva les yeux vers lui. Il n'avait pas l'air méchant.

— J'ai raté le coche à Selles, expliqua-t-elle d'une voix qu'elle tâcha de rendre assurée. Je vais à Romorantin.

— Eh bien montez ! J'y vais aussi.

Le remerciant d'un sourire, elle se hissa à ses côtés. Il lui tendit une main calleuse.

— Fernand Marchelier, pour vous servir, mademoiselle. Vous allez donc à Romorantin.

Elle décida de forcer la chance.

— A la vérité, répondit-elle, je vais même plus loin. Je me rends à Marcilly, chez mes grands-parents.

— Oh, mais je connais quelqu'un qui peut vous y conduire. Il vient tous les jours livrer des tuiles et des briques à la ville. Il repart à vide. Quand nous arriverons, nous le trouverons pour sûr au café du Moine pansu.

Une heure plus tard, la charrette entrait dans Romorantin. Très bavard, Fernand avait fait la conversation à lui seul, ce qui avait évité à Sylvine de trop en dire. Cependant, à mesure qu'elle approchait, une nouvelle angoisse saisit la fillette. Elle allait devoir donner le nom de Marie et Jules au transporteur de briques. S'il lui apprenait qu'ils avaient disparu, elle allait devoir fournir des explications. Le cœur broyé par l'inquiétude et par une tristesse qui n'avait peut-être pas lieu d'être, elle se força à garder bonne figure.

— Sa voiture est là ! s'exclama soudain Fernand comme ils s'arrêtaient devant un estaminet du centre de la ville, dont l'enseigne représentait un moine au ventre rebondi et à la mine réjouie.

Il eut un petit rire et ajouta :

— Restez là, je vais aller le chercher. Les bistrots ne sont pas des endroits convenables pour les jeunes filles.

Elle était bien d'accord avec lui. Quelques instants plus tard, il revenait en compagnie d'un gros bonhomme à la mine rougeaude, qui devait avoir arrosé dignement sa livraison du jour. Il ôta son bonnet pour la saluer.

— Mathias Rouget, dit-il d'une voix pâteuse. Fernand m'a dit que vous alliez à Marcilly. Ça tombe bien, j'y retourne.

Après avoir remercié le brave Fernand, Sylvine s'installa dans la carriole du transporteur, dont l'élocution se révéla un tantinet laborieuse.

— Comment vous avez dit qu'y s'appelaient, vos grands-parents ?

— Froissard. Marie et Jules.

— Ah ben, ça alors ! s'exclama-t-il. Vous êtes la petite-fille du Jules et de la Marie ?

— Oui.

Il la contempla d'un œil un peu larmoyant.

— C'est bizarre, je croyais que vous auriez été un peu plus âgée. Sans vouloir vous manquer de respect.

— En fait, je suis leur arrière-petite-fille. Je m'appelle Sylvine.

— Je me disais aussi.

— Cela fait longtemps que je ne les ai pas vus. Comment vont-ils ?

— Oh, pour ça, ils vont bien. Vous faites pas de souci.

Il hocha la tête d'un air un peu abruti. Puis il claqua son fouet. La voiture s'ébranla. Sylvine se fit toute petite. Elle n'avait pas envie de parler. Ce Mathias était sans doute un brave homme, mais il empestait le mauvais vin. Heureusement, les chevaux connaissaient la route. Par deux fois, il manqua de s'endormir et faillit tomber de son siège. Sylvine finit par lui proposer de conduire l'attelage à sa place.

— Comme ça, vous pourrez dormir à l'arrière, avança-t-elle.

— Oh, ben v'là une bonne idée. Mais vous savez conduire ?

— Bien sûr. Je l'ai déjà fait.

— Alors d'accord.

Il se laissa glisser dans la charrette où il se mit à ronfler à peine quelques secondes plus tard. Ravie, Sylvine prit les rênes. Le temps s'était maintenu au beau et un vent frais lui fouettait le visage. Pour la première fois depuis fort longtemps, elle se sentait bien. Elle était rassurée sur le sort de ses arrière-grands-parents et elle avait hâte de les revoir.

L'après-midi était déjà bien avancé lorsqu'elle pénétra dans Marcilly. Plusieurs personnes se retournèrent sur son passage, étonnées de voir une gamine si jeune conduire un attelage de deux percherons. Puis on entendit les ronflements du gros Mathias.

— Ho, ho, Gros-Tonneau a encore son compte !

Sylvine comprit qu'il s'agissait du surnom du transporteur.

— Mais c'est qui la gamine ?

Sylvine n'avait plus peur. Elle connaissait certains

habitants de Marcilly, qu'elle avait eu l'occasion de rencontrer lors de ses vacances chez ses arrière-grands-parents. Mais elle n'avait que neuf ans la dernière fois qu'elle était venue. Avisant le grand Hector, le boucher, elle lui adressa un signe joyeux.

— Bonjour, Hector !

— Oh ! Mais c'est la p'tite Sylvine ! La petiote du Jules et de la Marie !

Elle arrêta la charrette et sauta à terre.

— Ho, ho, comme t'as changé, ma belle ! s'exclama-t-il.

Un petit attroupement se formait pour lui souhaiter la bienvenue. Elle montra Mathias qui commençait à se réveiller en se demandant où il était.

— Il a offert de m'amener de Romorantin, expliqua-t-elle. Mais je crois qu'il s'était un peu attardé au café avant.

— Comme d'habitude ! s'esclaffa un paysan dont la trogne n'avait pourtant rien à envier à celle du roulier.

— Acré bonsoir ! marmonna Mathias, les yeux rouges. C'est-y pour moi, c't accueil en fanfare ?

Les badauds éclatèrent de rire.

— Ça fait bien longtemps qu'on ne t'a vue, dit la bouchère à Sylvine.

La fillette baissa les yeux.

— Il y a trois ans que je ne suis pas venue, répondit-elle embarrassée. Il s'est passé beaucoup de choses depuis. Mes parents sont morts.

— On sait, répondit la commerçante en hochant la tête d'un air compatissant. La Marie nous a raconté. Alors, tu es venue les voir ?

— Oui.

Mais Sylvine n'avait pas envie de fournir trop d'explications. Elle salua les villageois et s'éloigna avant d'avoir à répondre à des questions embarrassantes.

Le jour déclinait quand elle pénétra dans la forêt de Bruadan. Ses bras et ses jambes la faisaient souffrir en raison des multiples griffures récoltées au cours de son périple. Surtout, même si elle avait fait bonne figure devant les villageois, son estomac criait famine. Cela faisait trois jours qu'elle n'avait presque rien avalé, à part quelques fruits et des biscuits.

Enfin, la petite maison de brique apparut devant elle.

26

Les chiens se mirent à aboyer, puis coururent vers elle pour lui faire fête. Ils étaient trois. Finaud, le plus vieux, était un épagneul noir et blanc au pas chaloupé et à la langue pendante. Le Crotté, un bâtard aux origines improbables, devait son nom au fait qu'il adorait patauger dans les marais et en ressortait couvert de boue. Mouchette, la jeune chienne noire et blanche, avait été donnée à Marie et Jules lors du dernier séjour de Sylvine. Tandis qu'ils bondissaient autour d'elle en jappant et en pleurnichant de joie, la porte de la maison s'ouvrit et Marie apparut. Elle contempla l'arrivante avec des yeux ronds.

— Ma P'tite Belle ? C'est-y toi ?

— C'est moi, mamie !

— C'est-y pas Dieu possible ! Jules, viens vite voir !

L'intéressé, qui était en train de couper du bois dans la grange, survint aussitôt.

— Ah ben ça alors ! La petiote ! Vos gueules, les chiens !

La « petiote » était en fait à présent presque aussi grande que son arrière-grand-mère. Recrue de fatigue et saisie par l'émotion, Sylvine s'avança vers Marie, puis tomba dans ses bras en éclatant en sanglots.

Quelques instants plus tard, elle était attablée devant une épaisse soupe de légumes parfumée au lard et trempée de pain. Du pâté, un gros morceau de chèvre maison et une galette de pommes fumante attendaient à côté.

— Mais comment ça se fait que t'es là ? demanda Jules, ému aux larmes.

— Laisse-la donc manger ! grogna Marie. Tu vois pas qu'elle meurt de faim ? Elle nous dira après !

— Bien, bien, j'me tais, j'me tais !

Tout en mangeant, Sylvine raconta ce qui lui était arrivé, la mort de son père, puis de sa mère, le refus des grands-parents de la recueillir avec les autres enfants, la manière dont elle était traitée à Sainte-Ursule, la méchanceté du notaire Gréville.

— Mais de quoi il se mêle, celui-là ? s'emporta l'arrière-grand-père. Pourquoi ils nous ont pas demandé notre avis ? Nous, on t'aurait prise, si on avait su.

— Ils nous ont rien dit, grommela Marie. On a appris bien après que ta mère était morte. Louise a fini par nous écrire. Elle a dit de pas nous en faire pour les enfants, qu'ils avaient tous été recueillis par le père de Pierre.

— C'est faux. Personne n'a voulu de moi. Ni la grand-mère Louise, ni le grand-père Emile. C'est pourquoi le notaire m'a placée dans un pensionnat religieux.

Elle prit fébrilement les mains de son aïeule.

— C'était horrible, mamie. La mère supérieure était folle. Elle me battait sous n'importe quel prétexte. Un jour, parce que je lisais des romans en cachette, elle m'a fouettée si fort que j'ai cru qu'elle allait me tuer. Heureusement, les autres filles sont intervenues. Mais je ne pouvais pas rester là-bas.

Elle leur décrivit son odyssée, le train de marchandises, sa marche sous la pluie, sa nuit en forêt, la gentillesse de Fernand et de Mathias.

— Je ne savais pas où aller, mamie ! Alors, je suis venue ici.

— Tu as bien fait, s'exclama Marie. Nous allons te garder. Louise a toujours été près de ses sous. Une bouche de plus à nourrir, ça lui plaisait sans doute pas. Ses fils, les frères de ta mère, ne valent pas mieux.

— Je ne les connais même pas.

— Ça ne m'étonne pas. Quant à Emile, c'est un imbécile.

Ce n'était pas Sylvine qui l'aurait contredite. Mais elle avait un autre sujet d'inquiétude.

— Je suis sans doute recherchée par les gendarmes. La mère supérieure et le notaire ont dû les prévenir. Que se passera-t-il s'ils apprennent que je suis chez vous ?

— Eh bien qu'ils viennent ! s'exclama Jules, furieux. A coups de fusil, que je les recevrai ! Ah mais !

— Ne t'inquiète pas, dit Marie. Pourquoi viendraient-ils te chercher à Marcilly ? Et puis, s'ils viennent, nous dirons qu'on te garde. Après tout, nous sommes de ta famille. Ce qui n'est pas le cas de ce notaire ! Ni de ta bonne sœur !

Sylvine se blottit contre elle et laissa passer un long silence. Une autre question la taraudait.

— Le grand-père Emile a dit que papa n'était pas mon vrai père. Le père Rochelet me l'a confirmé. C'est vrai ?

Marie haussa les épaules.

— Encore une méchanceté de la part de ce crétin d'Emile.

— Mais il n'a pas menti ?

— Non, malheureusement ! C'est pour ça qu'ils veulent pas de toi, ces culs-bénits ! Pour eux, tu es l'enfant du péché. Comme si tu y étais pour quelque chose !

— Alors, maman a eu... une aventure avec un autre homme ?

— C'est pas si simple que ça. Il ne faut pas en vouloir à

ta mère. C'était une femme douce et généreuse. Malheureusement, elle a perpétuellement été écrasée par sa garce de mère. Louise a toujours été jalouse d'elle.

Marie laissa passer un silence, puis poursuivit :

— Mon premier enfant s'appelait Sylvain. Hélas, il est mort de la fièvre quand il avait deux ans. On mourait beaucoup en Sologne à l'époque, avant que l'empereur Napoléon III fasse assécher les marais. Louise est venue au monde un an plus tard, mais la naissance s'est mal passée. Son visage a été déformé, et elle n'y voit pas d'un œil. On a dit que j'avais fait une mauvaise maladie pendant que je l'attendais. Elle m'en a toujours voulu pour ça. Elle m'a reproché de ne pas m'être soignée. Louise est un mauvais caractère. Ta mère était tout son contraire, d'humeur joyeuse, toujours prête à rendre service. Elle a souffert chez ses parents. On lui laissait toutes les basses corvées, afin d'économiser une servante. Quand elle a eu douze ans, Louise l'a placée dans une ferme. Ça lui faisait une bouche de moins à nourrir et ça lui rapportait de l'argent. C'est comme ça que cette pauvre Juliette s'est retrouvée enceinte plus tard.

— Tu sais qui est mon vrai père ?

— Non. Mais si je le savais, je ne sais pas si je te le dirais. Ce n'est pas quelqu'un de bien, de toute façon. On n'abandonne pas une fille à qui on a fait un enfant. Ton père, lui, c'était un homme d'honneur. Juliette venait juste d'apprendre qu'elle attendait un bébé quand elle est entrée à son service. Son patron précédent l'avait flanquée à la porte. Je suis presque sûre que c'est lui, le père.

Sylvine frémit. Il lui suffirait de savoir pour qui travaillait Juliette juste avant qu'elle rencontrât Pierre. Mais qui pourrait la renseigner ? Marie continua :

— Pierre Ménétrier venait d'arriver à Bourré. Il était célibataire et il avait besoin de quelqu'un pour tenir sa maison. Par honnêteté, elle lui a avoué qu'elle était enceinte et qu'elle avait été rejetée par sa famille. Lui, il ne l'a pas jugée, il l'a acceptée avec son bébé. Très vite, ils sont tombés amoureux l'un de l'autre. Quand tu es née, Pierre t'a adoptée et tu as été sa fille, comme ceux qui sont venus plus tard. Jamais il n'a fait de différence.

— Je sais. Il était tellement gentil...

Elle releva le nez vers Marie.

— Il y a quelque chose que je voudrais te dire, mamie.

— Dis-moi, ma P'tite Belle.

— Je crois qu'il a été assassiné.

La vieille femme sursauta.

— Qu'est-ce qui te fait penser ça ?

Sylvine lui raconta alors les conversations des carriers qu'elle avait surprises lors de sa première fugue. Marie hocha la tête longuement, mais ne tenta pas de la détromper.

— Si tu dis vrai, c'est encore plus monstrueux, soupira-t-elle enfin.

— Ma mère n'a pas supporté la disparition de mon père. C'est pour ça qu'elle est morte. Elle n'avait plus envie de vivre. Mais pour papa, qu'est-ce qu'on peut faire ?

— Malheureusement, si les gendarmes ont dit que c'était un accident, j'ai peur qu'on n'y puisse rien.

— Oh, si mamie ! Quand je serai grande, je retournerai là-bas et je mènerai mon enquête. Je te jure que je démasquerai le coupable et que je vengerai mes parents.

Marie lui caressa le visage.

— C'est très courageux, ma petiote. Mais c'est une entreprise dangereuse. Et puis tu sais, le criminel est déjà condamné.

Sylvine haussa les épaules.

— Je sais. Le curé m'a dit que Dieu se chargerait Lui-même de le punir. Mais je ne crois pas à tout ça.

— Je ne parle pas du dieu des curés, Sylvine, mais de la nature.

— La nature ?

— Elle te renvoie toujours l'écho de tes actes et de tes pensées. Si tu donnes de l'amour, si tu fais le bien, tu recevras de l'amour en retour. Mais si tu fais le mal, un jour ou l'autre, le mal te frappera.

— Papa n'avait rien fait de mal, mamie.

— Ce n'est pas la nature qui l'a tué. C'est un homme. Il paiera pour son crime, tôt ou tard.

Sylvine hocha la tête, pas très convaincue.

— Tu as sans doute raison, mamie, peut-être que le dieu de la nature le punira. Mais je l'aiderai quand même un peu quand le moment sera venu.

Marie la reprit contre elle avec tendresse.

— Allez, il ne faut plus penser à tout ça. Tu as besoin de reprendre des forces. Tu vas rester chez nous. Tu verras, tu seras bien.

— Merci, mamie. Je vous aiderai ! Les derniers temps, maman ne pouvait plus rien faire. J'étais toute seule pour m'occuper des petits.

— Ah, pour sûr, le travail ne manque pas. Mais tu feras aussi autre chose. Je vais t'enseigner ce que je sais sur les plantes. Tu deviendras une vraie guérisseuse.

Les yeux de la petite s'illuminèrent.

— C'est vrai ?

— Ce serait dommage que tout ce que je sais disparaisse avec moi, non ?

Cette nuit-là, le ventre plein et après avoir pris un bain réparateur, Sylvine dormit d'une traite jusqu'au lendemain, où l'attendait un festin de tartines de pain grillé, de confiture et de café au lait.

Une nouvelle vie commença pour Sylvine. On l'avait installée dans la petite chambre située au premier étage, d'où elle bénéficiait d'une vue magnifique sur la forêt. Elle s'y sentait chez elle.

Cependant, son angoisse n'avait pas disparu. Elle se doutait que le notaire n'avait pas abandonné et la faisait encore rechercher. Elle ne quittait pas la maison, sinon pour aller en forêt, où elle se sentait en sécurité. Mais elle n'osait pas se rendre à Marcilly. Dans le village, on était au courant de sa présence. Si l'enquête des gendarmes les menait jusqu'ici, ils seraient vite renseignés.

Cette hantise la perturbait tellement qu'elle en dormait mal la nuit. Il lui arrivait de rêver qu'une cohorte de soldats investissait les lieux et saccageait la maison avant de l'emmener, chargée de chaînes. Chaque matin, elle craignait de voir son cauchemar se réaliser. Elle connaissait assez Jules pour savoir qu'il aurait effectivement accueilli la maréchaussée à coups de fusil.

Marie, qui avait bien compris l'angoisse de Sylvine, tentait de la rassurer.

— Même s'ils venaient jusqu'ici, ils ne pourraient pas t'arrêter. Tu n'es pas une criminelle.

Mais ces paroles ne convainquaient la petite qu'à moitié.

Deux mois s'écoulèrent ainsi sans qu'il se passât rien. Noël arriva, que tous trois fêtèrent dignement. Pour la première fois depuis trois ans, ce ne fut pas une fête triste pour Sylvine.

Ses angoisses s'estompèrent avec l'arrivée de la neige, après le jour de l'an 1878. Un épais manteau blanc recouvrait la forêt. La maison de Bruadan semblait s'être repliée sur elle-même, comme si plus rien d'autre n'existait. A part quelques bûcherons qui s'arrêtaient parfois pour boire un canon en compagnie de Jules, on ne voyait pas grand monde. Mais personne ne vint la chercher, ni gendarmes, ni notaire, ni religieuses. Sylvine commença à penser qu'on l'avait oubliée.

Jusqu'à ce matin de début février, où le facteur apporta une lettre, faisant d'un coup renaître l'angoisse de la fillette.

27

Marie vint au-devant du facteur, qui déclara :

— Bonjour, la Marie. Faut pas m'en vouloir, mais y a une surtaxe à payer. La lettre n'est pas suffisamment timbrée.

— Alors, elle vient de Louise ! s'écria Marie avec bonne humeur.

Le cachet de Selles-sur-Cher lui confirma qu'elle ne se trompait pas. Elle s'acquitta de la surtaxe en haussant les épaules. Le facteur parti, elle décacheta la missive et la tendit à Sylvine.

— Tiens, lis. Moi, je ne connais pas assez bien mon alphabet.

Rongée par l'inquiétude, Sylvine eut quelque peine à déchiffrer l'écriture serrée et incisive. Très vite pourtant, son visage refléta l'étonnement.

— C'est bizarre. Cette lettre dit que je me suis noyée quelque part du côté de Bléré.

— Comment ça ? demanda Marie.

— On a retrouvé le corps d'une fille de douze ans emportée par le Cher à la suite de la crue, quelques jours après mon évasion. Les gendarmes ont dû la prendre pour moi, et ils ont averti la famille que j'étais morte.

— C'est bien triste pour cette petite. Mais sa mort te

sauve. Personne ne viendra plus te chercher, ma P'tite Belle. Tu vas pouvoir dormir tranquille.

Cependant, Sylvine restait soucieuse.

— Qu'as-tu donc ? demanda son arrière-grand-mère. Tu me fais pourtant une noyée en parfaite santé.

— Ce n'est pas ça, mais les petits ont dû apprendre la nouvelle. Eux aussi, ils doivent me croire morte.

Marie la prit contre elle.

— Bien sûr ! Mais tu es bien vivante. Alors songe à leur joie quand tu les retrouveras plus tard. Pour l'instant, on ne peut rien dire, sinon, le notaire risque de vouloir te reprendre. Il vaut mieux le laisser dans l'erreur. Quand tu seras grande, il ne pourra plus rien contre toi.

Marie et Jules avaient rajeuni de vingt ans chacun. Sylvine leur apportait la fantaisie et la fraîcheur de la jeunesse, et une aide précieuse pour les travaux qu'ils peinaient à faire. La petite ne rechignait pas à la tâche, bien au contraire, mais cela ne les empêchait pas de la traiter comme une princesse.

Parfois, Sylvine s'inquiétait pour leur santé. Tous deux approchaient les quatre-vingts ans. Heureusement, ils paraissaient aussi solides que des rocs et jouissaient, l'un comme l'autre, d'un redoutable appétit. Contrairement à beaucoup de personnes âgées, ils n'avaient pas perdu de leur lucidité, même si leur mémoire leur jouait parfois des tours.

Un jour, Marie dit à Sylvine :

— Ne te fais pas de souci pour nous, ma P'tite Belle. Chacun de nous a une tâche à accomplir en ce bas monde. Je sais maintenant quelle était la nôtre : t'aider à devenir adulte. Tes parents ont disparu, c'est donc à nous de prendre le relais. C'est pourquoi Dieu nous maintiendra en vie jusqu'à ce que tu sois grande.

Auprès d'elle, Sylvine poursuivit son apprentissage des plantes qui soignent. Marie lui expliqua comment les reconnaître, à quelle période les récolter, comment les conserver. Elle lui enseigna la fabrication des onguents, pommades et autres sirops destinés à soulager les maux de toutes sortes. L'excellente mémoire de la fillette et sa capacité d'analyse lui permirent, en quelques années, d'en savoir autant que son aïeule. Chaque soir, elle notait dans des cahiers ce qu'elle avait appris dans la journée.

Dans la région, Marie était parfois considérée comme une sorcière, parfois comme une bonne fée. Beaucoup d'habitants de Marcilly n'avaient pas les moyens de s'offrir les services d'un médecin et ils avaient recours à elle. Il arrivait que l'on vînt la chercher dans la nuit pour soulager un malade, réduire une fracture, soigner une entorse, ou pour aider une femme à accoucher. Jamais elle ne refusait son aide.

Très vite, Sylvine l'accompagna. Elle restait silencieuse et observait. Elle découvrit que son arrière-grand-mère soignait également grâce à l'imposition des mains. Elle manipulait avec un mélange de fermeté et de douceur les membres endoloris, remettait en place les épaules déboîtées, les chevilles tordues, les torticolis, soulageait les règles douloureuses, les estomacs contrariés, débloquait les intestins encombrés. Plus surprenant encore, Sylvine la vit plusieurs fois calmer en quelques instants la douleur vive causée par une brûlure, par simple contact.

Un jour, alors qu'elle venait d'avoir quatorze ans, Marie lui demanda de poser ses propres mains sur l'épaule luxée d'un gamin victime d'une mauvaise chute.

— Il y a en toi un fluide capable de soulager sa

souffrance, ma petiote. Concentre-toi et laisse ce fluide couler sur la douleur.

— Je ne sais pas si…

— Tu peux le faire ! Tu dois avoir confiance en toi.

La fillette hésita. Puis elle se souvint que son père lui demandait parfois de poser ses petits doigts sur ses épaules lorsqu'il souffrait d'avoir trop frappé les coins de bois. Résolument, elle plaça ses mains sur l'épaule endolorie. Peu à peu, elle sentit une onde de chaleur passer dans ses doigts, se répandre dans le corps du petit garçon, dont le visage se détendit. En quelques instants, la douleur s'était apaisée comme par miracle.

Plus tard, lorsque Sylvine se retrouva seule avec Marie, celle-ci rayonnait.

— C'est un cadeau merveilleux que t'a fait la nature, ma fille. Je désespérais de le voir se transmettre dans la famille. Louise est bien trop égoïste pour se soucier des autres. Ta pauvre mère n'avait pas le don, mais il est passé en toi. Crois-moi, cela vaut mieux que la fortune, car c'est un don d'amour. Pour qu'il puisse s'exprimer pleinement, il faut aimer les autres. Tu possèdes cette grâce. C'est presque un miracle. Après tout ce qu'on t'a fait subir, tu aurais pu devenir aigrie et le perdre. Mais le sens de la vie est très puissant en toi et il a étouffé la rancœur.

— Peut-être pourrai-je en faire mon métier, suggéra Marie.

— Pourquoi pas. Mais souviens-toi de ne jamais demander quoi que ce soit en paiement de tes services. Les gens que tu soigneras te donneront ce qu'ils pourront, en fonction de leur richesse. Tu devras soigner aussi bien le pauvre que le riche, avec le même amour. Le médecin, à qui je fournis parfois des remèdes, m'a dit qu'il avait fait lui-même un serment semblable, exigé par sa profession. C'est un savant des temps anciens qui l'a imposé à ses disciples il y a fort longtemps. C'est un honneur de respecter cet engagement.

— Je le respecterai, mamie.

La vie du vieux couple tournait autour de la forêt. Elle était leur décor et leur raison de vivre. Si Marie en connaissait les plantes, Jules prenait soin de ses arbres, protégeait ses animaux contre les braconniers, bien qu'il fût chasseur lui-même.

— Il faut respecter l'équilibre de la nature, disait-il. Avec tous ces rupins de Paris qui ont acheté des terrains de chasse en Sologne, bientôt, ces terres n'appartiendront même plus à leurs habitants. Et ces imbéciles massacrent sans discernement. Si on les laisse faire, il n'y aura bientôt plus de cerfs ni de chevreuils.

Lorsque Sylvine n'accompagnait pas Marie, elle suivait Jules sur des sentiers que lui seul connaissait, des voies tracées par les animaux. Ce fut ainsi qu'à l'automne suivant son arrivée, elle fut témoin d'un spectacle extrêmement rare. C'était le début du mois d'octobre. Depuis quelques jours, la forêt retentissait d'un vacarme insolite et inquiétant. Un peu anxieuse, elle s'enfonça sous les frondaisons que l'automne avait commencé à habiller de fauve, de rouge et d'or, dans les pas de son arrière-grand-père.

— Ne fais aucun bruit, chuchota Jules.

C'était un conseil inutile. Sylvine avait très vite appris à se fondre silencieusement dans la forêt. Peu à peu, l'étrange clameur se rapprocha. Tout à coup, au milieu d'une clairière, la fillette aperçut une harde de cerfs. Elle ne comportait que des biches et des jeunes de moins d'un an, que l'on appelait des hères. A quelque distance, deux superbes dix-cors paradaient, les jambes raides, l'encolure hérissée, les yeux exorbités. Le museau tendu, ils faisaient entendre une sorte de mugissement très puissant et très grave. L'un des deux se maintenait ostensiblement entre la harde et l'envahisseur. Curieusement, les biches et leurs petits n'accordaient aux deux jouteurs qu'une indifférence royale.

Soudain, les deux mâles bondirent l'un vers l'autre. Leurs bois s'entrechoquèrent avec violence, s'emmêlèrent. Les pattes arc-boutées, les lutteurs tentaient de se déséquilibrer l'un l'autre.

— Ils vont se tuer ! s'inquiéta Sylvine.

— Ça arrive, mais c'est rare. Lorsque l'un d'eux s'estimera vaincu, il déguerpira la queue entre les jambes.

Parfois, l'une des biches regardait vers eux, l'œil inquiet, mais ils étaient parfaitement dissimulés par l'épaisseur des buissons.

— Nous sommes sous le vent, dit Jules à voix basse. Ils ne peuvent pas percevoir notre odeur.

Le combat dura longtemps. Les deux concurrents étaient de la même force. Une odeur épaisse et âcre prenait Sylvine à la gorge.

— Ça sent drôle, dit la fillette.

— Ces cochons-là pissent partout ! expliqua Jules. Pour marquer leur territoire.

Bientôt cependant, l'un des deux mâles donna des signes de fatigue. Tout à coup, il bascula sur le sol. Aussitôt, l'autre se rua sur lui, essayant de l'éventrer avec les bois courts situés juste au-dessus de sa tête.

— Ce sont les « andouillers de massacre », précisa Jules. Plus d'un chien courant y a laissé ses tripes.

Sylvine serra les dents. Elle n'avait pas envie de voir le vainqueur ouvrir le ventre de l'autre. Mais ce dernier se remit rapidement sur ses pattes et s'enfuit sans demander son reste. L'autre le poursuivit quelques mètres, mais revint très vite vers la harde en claironnant un brame de triomphe qui ne provoqua aucune réaction chez les biches. Elles continuèrent à brouter paisiblement comme si de rien n'était.

— Ça ne les impressionne pas beaucoup, chuchota Sylvine.

— Et comment ! Ces braillards sont les rois de l'esbroufe. Ils plastronnent en jouant les gros bras, mais si un danger survient, ce sont les femelles plus âgées qui prendront soin des jeunes et qui dirigeront la fuite. Le mâle, lui, se contentera de suivre la harde.

La forêt de Bruadan regorgeait d'animaux de toutes sortes. Outre les cerfs, on rencontrait des daims, des chevreuils, des sangliers, des blaireaux et quantité de lapins. Jules ne partait jamais sans son fusil, au cas où ils auraient croisé un lièvre.

— C'est un animal curieux, expliquait-il. Il revient toujours sur les lieux où il a été levé. Parfois, il suffit de l'attendre.

Un jour, en mai, ils découvrirent un faon isolé dans un taillis. Il portait encore le pelage tacheté de blanc prouvant sa naissance récente. Attendrie, Sylvine voulut le caresser, mais Jules l'arrêta.

— Il ne faut pas le toucher, dit-il. Sinon, sa mère sentira notre odeur et l'abandonnera. Il mourra victime d'un chat sauvage ou d'un renard.

Sylvine redoutait un peu de rencontrer des loups au plus profond de la forêt. Le vieil homme la rassura.

— Il n'y a plus de loups par ici. Les chasseurs les ont exterminés. Mais il ne faut pas avoir peur des loups. On raconte beaucoup de bêtises sur eux. Ils sont moins dangereux que les chiens.

— Tu crois ?

— Si tu frappes dans tes mains, ils s'enfuient. Le seul animal dangereux que tu croiseras sur ta route, ma petiote, c'est l'homme. Fais bien attention à lui.

— Je te le promets, grand-père.

Les années passèrent ainsi, partagées entre la cueillette des simples et l'observation de la forêt.

Sylvine avait retrouvé avec plaisir le magnifique cheval noir de Jules, qu'il avait baptisé Lucifer, par provocation. En raison de son grand âge, il ne le montait plus et il le donna à Sylvine. Avec le temps, elle prit l'habitude de se déplacer seule. Marie avait dépassé les quatre-vingts ans et ses rhumatismes commençaient à la faire souffrir. Peu à peu, Sylvine la remplaça lors des visites aux malades.

Montée en amazone, elle parcourait la forêt, qu'elle connaissait désormais comme sa poche, ou bien se rendait à Marcilly ou à Romorantin. Elle aimait flâner en ville, à l'affût des nouveautés. Elle achetait des cahiers, des porte-plumes et de l'encre pour compléter ses notes. Elle avait aussi découvert une librairie, dans laquelle elle passait des heures. Le libraire, avec qui elle s'était liée de sympathie, la tenait informée des parutions récentes, et notamment des nouvelles productions de son auteur préféré, Jules Verne. Au fil des années, elle lut ainsi les aventures de *Michel Strogoff*, *Les Indes noires*, *Un capitaine de quinze ans*, *Les Tribulations d'un Chinois en Chine*, *La Maison à vapeur*, *Le Rayon vert*... Mais elle poursuivit également sa découverte d'autres auteurs. Elle dévora les vers et les drames de Victor Hugo, se plongea dans les romans de Balzac, de

Flaubert, de Paul Féval, d'Alexandre Dumas et de Théophile Gautier.

Souvent le soir, au coin de la cheminée, elle faisait la lecture à ses arrière-grands-parents, et, depuis la petite maison solognote, tous trois suivaient les traces de Lagardère, du capitaine Fracasse, ou bien s'évadaient à l'autre bout du monde.

Comme son père avant elle, Sylvine se tenait au courant de ce qui se passait en France. Elle achetait les journaux, qu'elle commentait le soir à Marie et à Jules. A cette époque, la France était le théâtre d'une véritable « guerre scolaire », qui opposait le gouvernement et l'Eglise. En juin 1881 fut instaurée la gratuité de l'école. En mars 1882, elle devint laïque et obligatoire pour les enfants de six à treize ans, les garçons comme les filles, qui allaient enfin pouvoir recevoir un enseignement. En 1880 avait même été votée une loi créant des lycées de jeunes filles. L'Eglise vitupérait, affirmant que le gouvernement lui ôtait son contrôle sur « l'âme de la jeunesse ». « On crée une école sans Dieu ! » clamaient les prêtes. Ces décisions réjouissaient Sylvine, qui gardait un souvenir exécrable de son passage à Sainte-Ursule.

D'autres informations paraissaient plus inquiétantes. Les Français n'avaient pas digéré la défaite de 1870 et partout fleurissait un esprit vindicatif appelant à la guerre pour reprendre les provinces perdues d'Alsace et de Lorraine. En mai 1882, Paul Déroulède fonda la Ligue des patriotes pour la revanche. La même année, en réponse à la provocation française, l'Allemagne formait la Triplice, une triple alliance avec l'Italie et l'Autriche, destinée à réagir en cas d'attaque française. En 1884, le 14 juillet fut choisi pour commémorer la Fédération du 14 juillet 1790. Cette date devint celle de la fête nationale. Déjà, en 1880, la *Marseillaise* était devenue l'hymne national. Autour de Sylvine, on se réjouissait à la perspective d'aller « casser la gueule aux "casques à pointe" ».

Elle n'aimait pas ce qui se passait. Elle gardait en mémoire les souvenirs de la guerre de 1870, l'inquiétude des villageois devant l'avancée des troupes ennemies, cette sensation d'angoisse qui lui nouait l'estomac lorsqu'elle entendait les adultes évoquer les batailles et les morts. Elle revoyait les cohortes de réfugiés démunis de tout hanter les routes, fuyant l'approche ennemie, les hommes et les enfants aux pieds nus, en haillons, les blessés, les miséreux accueillis par son père. L'ennemi ne s'était pas montré à Bourré et le danger s'était estompé. Elle n'avait connu de la guerre que les visages des malheureux contraints de tout abandonner, et elle n'avait aucune envie de revivre tout cela.

Elle ne comprenait pas cette flambée de haine. Les soldats de Thiers s'étaient montrés pires que les Allemands lors de la répression de la Commune. Elle n'avait pas oublié les bavardages de Thibault lorsqu'il se croyait seul avec Pierre. Elle avait surpris ce qu'il avait raconté sur la Commune, les crimes commis par ceux qu'il appelait les versaillais. Alors, ces Français-là valaient-ils mieux que les soldats ennemis ?

Sylvine pensait souvent à Christophe, Angélique et Honorine. Avec le temps, ils devaient avoir beaucoup changé. Elle aurait été parfaitement heureuse à Marcilly si elle avait pu avoir de leurs nouvelles de temps en temps. Mais il ne fallait pas y compter. Louise ne venait jamais voir ses parents et se contentait de leur écrire une fois l'an en sous-payant l'affranchissement. Si elle avait des nouvelles de ses petits-enfants, elle ne jugeait pas utile de les transmettre à Marie et Jules. Quant à Emile, il ne fallait bien sûr pas compter sur lui.

Les années passant, Sylvine s'étoffa, perdit ses traits enfantins, se métamorphosant petit à petit en une femme superbe. A dix-huit ans, elle était la plus jolie fille du pays. De jeunes hommes commencèrent à trouver plaisant de venir bavarder avec Jules, l'inviter à chasser en leur compagnie, en espérant qu'elle participerait à l'expédition. Ils lui faisaient une cour assidue, malgré les avertissements de leurs mères qui se méfiaient d'elle. Aux yeux de certaines, elle était l'héritière de la sorcière de Bruadan et il fallait l'éviter à tout prix. On racontait qu'elle connaissait les secrets des herbes démoniaques et qu'elle était capable de se transformer en un être monstrueux. Quelques vieilles assuraient l'avoir vue danser nue au cœur de la forêt, au milieu de démons grimaçants et cornus, surgis tout droit des profondeurs infernales. Mais ces mauvaises langues étaient peu nombreuses. La plupart la considéraient comme une jolie fée qui régnait sur la forêt. Elle avait sauvé trop de monde depuis son arrivée pour qu'il y ait quoi que ce fût de mauvais en elle.

Cependant, même ses partisans reconnaissaient qu'il y avait en elle quelque chose d'étrange. Elle n'avait pas l'allure d'une paysanne. D'ordinaire, elle portait un long manteau noir doublé d'une capeline, qui accentuait cet aspect mystérieux. Lorsqu'elle sortait, pour les fêtes du village ou lorsqu'elle se rendait en ville, elle portait des robes élégantes, qu'elle se faisait confectionner par une couturière de Romorantin, et dont elle trouvait les modèles dans des revues de mode de Paris. A la différence des femmes solognotes, elle ne portait pas de bonnet et laissait son abondante chevelure rousse crouler sur ses épaules.

Elle souriait facilement, avait toujours un mot aimable pour chacun. Mais elle parlait peu, et s'exprimait dans un langage châtié. Ses yeux d'émeraude impressionnaient ses interlocuteurs. Son visage était grave, ses traits fins, mais marqués par les souffrances passées.

Elle n'avait aucune amie parmi les filles de son âge. En réalité, Sylvine n'aurait pas demandé mieux, mais son goût de la lecture et sa curiosité naturelle l'avaient amenée à posséder un savoir qui faisait défaut aux garçons et plus encore aux filles de Marcilly.

Les garçons lui paraissaient grossiers et maladroits. Certains fanfaronnaient et plastronnaient afin d'attirer son attention, mais elle repoussait systématiquement leurs avances. Ce qui ne les décourageait pas pour autant.

L'un d'eux, Martial Ferrand, connaissait un certain succès auprès de la gent féminine. Devant les échecs essuyés par les autres, il avait fait le pari qu'il parviendrait à la séduire. Sylvine le vit arriver un jour alors qu'elle était allée cueillir des simples près d'un étang. Il simula la surprise de la trouver là, mais elle ne fut pas dupe de son manège. Il l'avait suivie. Elle lui jeta un regard glacial. Elle n'aimait pas cet individu, qui se vantait volontiers de ses conquêtes. Malgré la froideur qu'elle lui témoigna, il lui fit une cour assidue et entreprenante. Malheureusement pour lui, il n'obtint pas le résultat escompté. Sa tentative de l'embrasser se solda par un coup de griffe magistral. Se tenant le visage, il s'écarta, furieux.

— Tu n'es qu'une garce ! clama-t-il. Un jour, tu me paieras ça !

Elle pointa le doigt sur lui.

— Méfie-toi, Martial ! répliqua-t-elle d'une voix menaçante. N'oublie pas que je suis un peu sorcière. Prends bien garde que je ne te noue l'aiguillette.

L'autre pâlit.

— Tu... tu ne ferais pas ça ?

— Je n'hésiterai pas une seconde si tu m'approches encore une seule fois.

Elle avait l'air si sûre d'elle qu'il perdit tout à coup de sa superbe. La perspective d'être privé de sa virilité ne le réjouissait pas et il s'enfuit en courant.

Le lendemain, Sylvine apprit par Marie qu'il avait eu si peur qu'il en était tombé malade. Sa mère avait proposé de faire venir Sylvine, mais il avait refusé et demandé son arrière-grand-mère, qui s'était déplacée, malgré son grand âge.

— Je ne sais pas ce que tu lui as raconté, mais tu lui as flanqué une de ces trouilles ! Il était tout jaune.

Hormis les esprits simples qui croyaient encore fermement au diable, Sylvine s'était constitué peu à peu une clientèle fidèle dans la région de Marcilly, et même à Romorantin. Les médecins et apothicaires la connaissaient, et certains venaient parfois lui demander conseil à propos des plantes. Elle était parvenue à se les concilier, car elle connaissait les limites de ses remèdes et elle n'hésitait pas à envoyer ses clients consulter lorsqu'elle se sentait incapable de les soulager. Le sérieux qu'elle apportait à son travail – ainsi que ses magnifiques yeux verts – avait séduit nombre d'hommes de l'art. Elle avait même reçu une proposition de mariage, qu'elle avait repoussée, car l'homme avait le double de son âge.

Au mois de janvier 1885, Marie et Jules lui firent part d'une décision importante. Ce fut Marie qui parla.

— Cela fait à présent plus de sept ans que tu vis avec nous, ma petite Sylvine. Jules et moi allons sur nos quatre-vingt-cinq ans. Nous sommes encore en bonne santé, mais nous ne sommes pas éternels.

Vivement émue, Sylvine posa sa main sur celle de son arrière-grand-mère.

— Tu as pu constater, depuis sept ans que tu vis avec nous, que pas une fois notre fille ne nous a rendu visite. La seule chose qui l'intéresse, c'est notre héritage, cette maison et l'argent que nous avons économisé. C'est une méchante femme. Aussi, nous ne voulons pas que tout ça lui revienne. Nous avons fait venir le notaire hier, pendant que tu étais absente, et nous avons fait un testament en ta faveur. C'est toi qui hériteras de nous quand nous partirons.

Sylvine ne répondit pas. Les yeux brouillés par les larmes, elle serra seulement les mains de ses aïeux. Elle n'avait pas besoin de parler. Ils la connaissaient assez pour savoir qu'elle aurait souhaité les voir vivre centenaires. Mais elle avait remarqué que leurs forces déclinaient inexorablement. Elle savait aussi qu'ils ne survivraient pas longtemps l'un à l'autre. Il y avait entre eux une trop grande complicité. Jamais elle ne les avait entendus se disputer. Ils avaient l'un pour l'autre des attentions touchantes, comme le café que Marie préparait tous les matins pour Jules, ou encore les fleurs sauvages dont il lui rapportait un bouquet chaque jour.

Sylvine ajouta seulement :

— Ce sera aussi l'héritage de mes frère et sœurs. Je partagerai avec eux quand je les aurai retrouvés.

Vers la fin du mois de mai 1885, Sylvine apprit par les journaux que Victor Hugo était mort. Ce ne fut sans doute qu'une coïncidence, mais à partir de cette date, la santé de ses arrière-grands-parents commença vraiment à se détériorer.

28

Un matin de la fin du mois de juin, Jules ne se réveilla pas. Marie ne lui survécut pas plus de huit jours. Son état de santé était pourtant bien meilleur que celui de son mari, mais Sylvine comprit qu'elle n'avait aucune envie de lui survivre.

— Nous avons fait ce que nous avions à faire, ma petiote, dit-elle à son arrière-petite-fille. Grâce à toi, la fin de notre vie a été pleine de soleil. Mais il faut savoir partir un jour, et quatre-vingt-cinq ans, c'est un bel âge. Beaucoup n'y arrivent pas.

Elle lui prit la main et ajouta :

— Il ne faut pas avoir de peine pour nous. Je ne crois pas à ce que disent les curés sur le paradis et l'enfer. Mais je suis sûre qu'il y a quelque chose de l'autre côté et mon Jules m'y attend. Nous avons eu une vie bien remplie. Nous avons eu la chance de pouvoir faire le bien autour de nous. Je ne compte plus ceux que j'ai pu soulager de leurs douleurs. Tu as toi aussi une tâche à accomplir. Ton frère et tes sœurs ont besoin de toi. Peut-être auras-tu l'occasion d'éclaircir la mort de Pierre, mais le plus important est de t'occuper d'eux. Tu es forte, Sylvine. C'est un devoir et un honneur pour les forts d'aider les plus faibles à devenir forts à leur tour.

— J'ai bien l'intention de les reprendre. Ils viendront vivre avec moi.

— Je sais.

Marie partit elle aussi une nuit, comme on éteint la lumière. Sylvine en éprouva un chagrin profond, et aussi, paradoxalement, un grand sentiment de paix. Comme l'avait dit Marie, leur temps était achevé et ils avaient eu tous deux le désir de partir. Sans doute était-ce ce que l'on ressent lorsque le corps est trop usé. L'âme qui l'anime éprouve le besoin de s'en séparer pour poursuivre son chemin. Il fallait donc accepter ce double départ avec sérénité.

Pierre, en revanche, n'avait pas demandé à mourir. Il avait encore de nombreuses années devant lui. Mais on lui avait arraché la vie, et elle était bien décidée à découvrir la vérité.

Comme pour Jules huit jours plus tôt, une foule nombreuse assista aux obsèques de Marie. Pourtant, pas plus que pour son père, Louise ne fut présente. Sylvine l'avait fait prévenir par télégramme et Marcilly n'était qu'à trois ou quatre heures de voiture de Selles-sur-Cher.

En revanche, elle arriva deux jours plus tard afin de prendre possession de la maison par anticipation, certaine qu'elle était d'en hériter. Elle arriva en voiture, en compagnie de son mari, encore plus voûté que la dernière fois où Sylvine l'avait vu, huit ans plus tôt. Louise jeta un coup d'œil conquérant sur la demeure et se comporta immédiatement en terrain conquis, évaluant déjà les lieux avec convoitise.

Cependant, la présence sur place d'une superbe fille de vingt ans l'étonna. Les lèvres pincées, elle la contempla de bas en haut, nota ses vêtements élégants.

— Qui êtes-vous ? Que faites-vous ici ? demanda-t-elle d'un ton cinglant.

Sylvine sourit. Le comportement méprisable de sa grand-mère était tellement prévisible que la colère éprouvée devant son absence lors des deux enterrements s'évanouit devant une grande envie de rire. Louise était esclave de son avarice. Ce défaut répugnant avait fait de sa vie un enfer. Au fond, Sylvine la plaignait.

— Vous ne me reconnaissez pas ? Cherchez bien !

Elle fixa son regard vert sur la vieille femme. Derrière elle, le grand-père Hubert écarquilla les yeux. Cette demoiselle ravissante ressemblait beaucoup à Juliette. Mais Louise ne voyait qu'une chose : cette intruse n'avait rien à faire dans cette maison qui lui appartenait !

— Je ne sais pas qui vous êtes, mais si vous ne quittez pas cet endroit immédiatement, j'appelle les gendarmes !

— Eh bien, appelez-les ! Ils vous diront que c'est à vous d'en sortir.

— J'aimerais bien voir ça ! D'ailleurs, j'attends le notaire. C'est moi qui l'ai convoqué. Il vous dira bien que vous n'avez rien à faire ici.

Un vieux bonhomme au visage réjoui sortit soudain de la cuisine où il avait patienté, attendant avec gourmandise le moment d'entrer en scène.

— Je crains bien que cette demoiselle ne soit dans son droit, madame Descombes. C'est vous qui n'avez rien à faire ici.

— Comment ça ? s'étrangla Louise. Qui êtes-vous, vous-même ?

— Je suis maître Fortier, notaire à Romorantin. J'ai répondu à votre convocation, comme vous dites, et à l'invitation de mademoiselle Sylvine Ménétrier.

— De mademoiselle qui ?

Hubert agrippa le bras de sa femme.

— Tu l'as pas reconnue ? C'est Sylvine, la fille de Juliette.

— C'est exact, confirma l'intéressée. Je suis votre petite-fille, ma chère grand-mère.

Abasourdie, Louise recula, certaine d'avoir affaire à un fantôme.

— Mais ce n'est pas possible ! Tu es morte il y a plusieurs années.

— Le corps qu'on a retrouvé n'était pas le mien. Les gendarmes se sont trompés. Lorsque je me suis échappée de Sainte-Ursule, je suis venue me réfugier ici, chez Marie et Jules. Ils m'ont recueillie et élevée.

— C'est vrai que tu t'es évadée ! Mais les gendarmes sauront que tu es là ! Ils vont venir te chercher.

Le notaire, qui jubilait visiblement, l'interrompit.

— Je crains que vous ne vous fassiez des illusions, madame Descombes. Mademoiselle Ménétrier est émancipée et donc majeure. Elle est libre de mener sa vie comme elle l'entend.

— C'est ce que nous allons voir ! Maître Gréville sera informé.

— Maître Gréville n'a aucun droit sur elle, précisa le notaire dont le ton commençait à se durcir. Mais si vous voulez me suivre, je vais procéder à la lecture du testament de monsieur et madame Froissard.

Testament dont il ressortit aussitôt que Louise n'héritait de rien. Ce qui la mit dans une rage folle.

— C'est un faux ! Je ferai casser ce testament ! Cette gourgandine a intrigué pour tromper mes parents ! Mais je vais porter plainte contre elle. Elle ira en prison !

Le visage du notaire répliqua sèchement :

— Vous pouvez porter plainte si vous le souhaitez, madame. Mais cela ne servira à rien. Vos parents ont fait ce testament alors qu'ils étaient sains de corps et d'esprit. Ils ont précisé qu'ils avaient agi ainsi en raison de votre avarice et de votre désintérêt à leur égard. Où étiez-vous lorsqu'on les a mis en terre ?

Désemparée, Louise, riposta :

— J'avais à faire. Mais je me suis occupée d'eux !

— Vous leur avez écrit une lettre par an, sans jamais venir les voir. Belle preuve d'amour filial en vérité ! Il ne faut pas vous étonner dans ces conditions qu'ils vous aient déshéritée. Mais rassurez-vous, leurs biens resteront dans la famille, puisque c'est votre petite-fille qui en est légataire.

— Ma petite-fille ? Une dévergondée et une intrigante, voilà ce qu'elle est ! hurla la grand-mère Louise.

— Une dévergondée que vous avez refusé de prendre sous votre toit lorsqu'elle s'est retrouvée orpheline ! Pas plus que vous n'avez recueilli son frère et ses sœurs.

— C'est faux ! J'ai élevé les trois autres !

— Ah oui, et quand cela ? demanda Sylvine, soudain émue.

— Lorsque leurs autres grands-parents sont morts, il y a de ça cinq ans environ, je les ai accueillis chez moi.

— Ils y sont donc en ce moment ! conclut le notaire.

Nouvel embarras de Louise.

— Pas exactement. Je les ai placés dans des fermes. Pour qu'ils aient un bon métier, précisa-t-elle.

Cette fois, Sylvine se mit en colère.

— Vous les avez placés ? Mais Angélique n'avait que dix ans ! Et Honorine huit !

— Eh bien ! Elles avaient l'âge de travailler ! Et puis je n'allais pas les nourrir pour rien ! J'ai toujours travaillé, moi ! Et j'ai commencé de bonne heure !

— A huit ans ? Ça m'étonnerait. Mais vous allez me dire où ils se trouvent. Il est temps qu'ils retrouvent leur vraie famille. C'est moi qui les élèverai !

La grand-mère pinça les lèvres, puis hurla :

— Tu ne le sauras pas ! Tu ne sauras pas où ils sont ! Jamais !

Sylvine se retint de la gifler. Cette femme était encore plus mauvaise qu'elle ne l'avait pensé.

— Oh que si, je finirai par l'apprendre ! Je n'ai pas besoin de vous pour ça. Mais vous, vous allez quitter immédiatement cette maison !

— Quoi ? Tu oses me parler sur ce ton ? A moi, ta grand-mère ?

— Quelle grand-mère ? Celle qui m'a abandonnée ? Celle qui exploite mes petites sœurs et mon frère ?

— Tu n'as pas à me juger ! Je saurai bien te faire rendre gorge ! Je te chasserai d'ici !

Le notaire comprit que les deux femmes étaient sur le point d'en venir aux mains. Il s'interposa.

— Madame Descombes, mademoiselle Ménétrier est dans son droit. Vous devez donc quitter les lieux. Quant à faire un procès, je vous mets en garde contre cette initiative. Vous n'avez aucune chance de gagner et cela vous coûtera très cher, car vous devrez payer un avocat, ainsi que les frais de justice.

Louise pâlit. Elle n'avait pas pensé à ça. Furieuse, elle sortit en claquant violemment la porte. Docile, Hubert la suivit.

— Pauvre homme ! dit maître Fortier. Il ne doit pas s'amuser tous les jours.

— Je crois qu'il n'est pas méchant, mais il est sous la coupe de cette harpie, répondit Sylvine.

— Peut-être vous dirait-il où se trouvent votre frère et vos sœurs.

Sylvine soupira.

— J'ai bien peur que non. C'est un lâche. Il n'osera pas aller contre sa femme. Je vais être obligée d'agir autrement.

— Alors, je vous souhaite bonne chance.

Restée seule, Sylvine s'assit dans le salon. Mouchette, la seule chienne encore vivante, vint poser sa tête sur ses genoux et coula vers elle un regard d'adoration. Les pensées de la jeune fille revenaient sans cesse vers sa famille. Christophe devait avoir dix-huit ans à présent. Quant à Angélique et Honorine, elles avaient quinze et treize ans. Elle se doutait que les maigres salaires qu'ils rapportaient devaient être versés à Louise. Une bouffée de colère la saisit contre cette grand-mère abominable. C'était une forme d'esclavage. Mais elle ferait tout pour les tirer de là.

Elle se leva, regarda autour d'elle. A présent que Jules et Marie n'étaient plus, elle n'avait pas envie de rester dans cette maison. Mais elle ne voulait pas la vendre. Un jour, elle reviendrait avec les trois plus jeunes. Car cette maison leur appartenait, à eux aussi. Ils s'y retrouveraient tous, comme autrefois.

Quelques jours plus tard, après avoir fait ses adieux aux habitants de Marcilly, elle se mit en route. Afin de transporter ses biens, elle avait acheté une voiture et un cheval de trait. Cependant, elle n'avait pu se résoudre à se séparer de Lucifer. Il n'avait que quinze ans et elle avait noué avec lui une grande complicité. L'animal suivait donc docilement la voiture. Aux côtés de Sylvine se tenait fièrement Mouchette, qui allait à présent sur ses douze ans, mais jouissait encore d'une excellente santé. L'abandonner eût signifié la condamner à mort.

Tandis que la route défilait, Sylvine réfléchissait. Avec ce que lui avaient laissé ses arrière-grands-parents, elle n'avait pas vraiment besoin d'argent. Elle devait aussi récupérer la cassette que lui avait donnée Juliette avant sa mort. Mais il était hors de question de se laisser vivre sur ce qu'elle possédait. Une grande partie devait revenir à Christophe, Angélique et Honorine. Elle allait se mettre à leur recherche, même si elle n'avait aucune idée de la manière de s'y prendre.

Pour se donner les meilleures chances de localiser les fermes dans lesquelles ils avaient été placés, elle aurait logiquement dû s'installer du côté de Selles-sur-Cher. Mais elle n'en avait pas envie. Elle préférait trouver une maison à Montrichard. Elle aimait cette ville et elle était sûre de pouvoir y vendre ses produits. Bien sûr, il lui faudrait se constituer une clientèle. A Marcilly, elle avait bénéficié de celle de sa grand-mère. Mais elle avait commencé à travailler avec des apothicaires, à qui elle fournissait des tisanes et des potions. Pourquoi ne pourrait-elle pas faire la même chose là-bas ?

Cela lui laisserait le temps de s'occuper de l'autre tâche qu'elle s'était assignée, et qu'elle n'avait pas oubliée, malgré les années écoulées : découvrir ce qui s'était réellement passé dans la nuit du 20 au 21 mars 1875 et démasquer l'assassin de son père.

29

Sylvine arriva à Montrichard dans la soirée. Depuis huit ans qu'elle n'était pas venue, la ville s'était agrandie. De nouvelles maisons s'étaient construites, aussi bien dans le centre que dans le quartier de la gare, mais la plupart des commerçants étaient toujours là. Elle reconnut les cafés, les épiceries, la cordonnerie, la boutique du serrurier de la rue du Pont, l'hôtel de ville, la place du Commerce, son bazar vert et son *grou t'ormiau.*

Elle craignit un moment qu'on ne la reconnût. Elle était venue assez souvent à Montrichard avec sa mère pour vendre les produits de la ferme et sa chevelure auburn était repérable. Mais personne ne semblait s'interroger sur elle. Les hommes lui adressaient des regards conquérants en se lissant la moustache, des femmes en noir lui jetaient des coups d'œil scandalisés parce qu'elle ne portait pas de bonnet.

Elle se rendit compte qu'elle n'avait plus aucun rapport avec la fillette que l'on avait enfermée à Sainte-Ursule. Elle avait vingt ans à présent et ses vêtements élégants lui donnaient l'allure d'une dame de la bourgeoisie. Qui aurait pu faire le rapprochement avec la petite Sylvine qui avait officiellement péri noyée huit ans plus tôt ?

Pendant les premiers jours, elle prit une chambre à

l'auberge de la Tête noire, sous le nom de jeune fille de son arrière-grand-mère, Marie Vallée. Il était inutile d'attirer l'attention sur elle si elle voulait enquêter discrètement. Elle n'avait aucune intention de fournir des explications au sujet de sa « résurrection ».

Dès le lendemain de son arrivée, elle se mit en quête d'une maison à louer, qu'elle trouva rapidement par l'intermédiaire de la mairie. C'était une demeure modeste, mais confortable, située sur les rives du Cher. Elle comportait quatre pièces et un jardin assez grand que Mouchette accapara aussitôt.

La première nuit après son installation, profitant de la pleine lune, elle passa des vêtements résistants et sella Lucifer. Puis, en prenant soin d'éviter une éventuelle patrouille de gendarmes, elle se rendit dans la forêt de Montrichard. Elle eut quelque peine à retrouver l'entrée du boyau par lequel Thibault et Elisabeth s'étaient enfuis dix ans plus tôt. Mais elle finit par repérer le trou au milieu des buissons. La dernière fois qu'elle s'était aventurée par là, c'était pour cacher la cassette que lui avait confiée Juliette. Elle se glissa agilement dans l'ouverture, puis alluma la lampe à acétylène dont elle s'était munie. A cette heure de la nuit, il n'y avait personne dans les *perrières*. Dans la grande salle, elle reconnut les gravures faites par les soldats de Napoléon, les objets abandonnés. Personne n'était venu là depuis la dernière fois.

Elle se faufila par le conduit d'aération, aboutit dans une galerie. Là, elle fit appel à toute sa mémoire pour retrouver l'endroit de la cachette. Autrefois, elle venait dans les caves plusieurs fois par semaine. Mais elle n'y avait pas remis les pieds depuis dix ans. A plusieurs reprises, elle se trompa et dut retourner sur ses pas. Peu à peu cependant, les souvenirs revinrent. Les odeurs familières de la pierre, du carbure de calcium, du salpêtre éveillèrent en elle des sensations oubliées. Elle reconnut les dessins sur les parois, les galeries, les ateliers abandonnés. Elle descendit ainsi de plusieurs niveaux et aperçut enfin l'ancienne meule derrière laquelle elle avait dissimulé le coffret. Le cœur battant la chamade, essoufflée par sa difficile marche nocturne, elle ôta fébrilement les pierres qui masquaient la cache. Elle poussa un soupir de soulagement. Rien ne manquait : ni la cassette, ni le sac contenant ses précieux livres, ni la statuette de la déesse Isis, ni ses fossiles. Les pièces d'or étaient toujours en place. Ses livres avaient un peu souffert de l'humidité et présentaient des traces de moisissure, mais au moins, ils étaient là.

Lorsqu'elle quitta les lieux, elle était lourdement chargée et eut du mal à se faufiler par le conduit d'aération. Il était hors de question d'abandonner quoi que ce fût. Cette nuit-là, elle ne dormit guère. Elle avait placé la statuette d'Isis dans sa chambre. Il valait mieux ne pas la mettre en vue en cas de visite. Puis elle passa plusieurs heures à examiner ses fossiles et à feuilleter ses romans.

Elle fit également le compte de ce qu'elle possédait. Avec le contenu de la cassette, la somme reçue en héritage de Jules et Marie et l'argent qu'elle avait gagné en tant que guérisseuse à Marcilly, elle possédait largement de quoi acquérir une belle maison. Peut-être même avait-elle les moyens de racheter la Sauvagine. Mais celle-ci était tombée entre les mains des Gréville. Ils n'accepteraient jamais de la lui revendre.

Dans les mois qui suivirent, elle prit contact avec les pharmaciens et les médecins de la région pour leur présenter les tisanes et pommades qu'elle fabriquait à base de plantes. Tous furent un peu réticents au début, mais ils durent convenir, après les avoir essayés, que ses produits étaient efficaces. Le charme de ses yeux verts faisait le reste. Peu à peu, on prit l'habitude de la voir parcourir les chemins alentour, montée sur son cheval noir. Marie lui ayant aussi enseigné l'art de soigner les animaux, on s'adressa également à elle pour aider les vaches et les juments à mettre leurs petits au monde. En quelques mois, sa réputation de guérisseuse était bien établie.

Cependant, malgré l'envie qu'elle avait de le revoir, elle évita le docteur Champréaux, qui aurait pu la reconnaître. Elle devait préserver son anonymat.

Ses déplacements quotidiens lui permettaient de se rendre où elle voulait sans que quiconque songeât à s'en étonner. Elle retourna ainsi aux abords de la Sauvagine. De loin, elle aperçut la maison. Elle n'avait pas changé depuis qu'elle avait été vendue. Elle était seulement moins bien entretenue. Passant par les vignes, elle constata que le nouveau métayer n'appliquait pas les mêmes méthodes que Pierre. La qualité des raisins s'en ressentait. Et probablement celle du vin. Si ces terres étaient encore à elle, elle saurait quoi faire. Elle n'avait rien oublié des conseils de son père. Il lui semblait encore entendre sa voix chaude et grave lui dire comment tailler les pieds de vigne, le nombre d'yeux à laisser suivant les cépages.

Tout à coup, une vois la héla.

— Mademoiselle !

Elle se retourna. Un homme d'une cinquantaine d'années approchait. Elle reconnut le métayer qui avait pris possession des lieux dix ans plus tôt.

— Vous cherchez quelqu'un ? demanda-t-il d'un ton un peu méfiant.

Elle ne descendit pas de cheval.

— Non. J'admirais votre vignoble. Il se trouve que je m'y connais un peu. Je souhaiterais en acheter un.

— Ah ? Vous vous y connaissez ? Vous savez, c'est pas le travail d'une femme.

Elle éluda la remarque.

— J'aimerais posséder une terre comme celle-ci. Je suis sûre qu'elle produit un vin excellent.

— Pour ça oui. Mais elle n'est pas à vendre.

— Vous en êtes le propriétaire ?

— Moi non. Je ne suis que métayer, hélas. Elle appartient à monsieur de Gréville. Il possède beaucoup de vignobles par ici.

Elle hocha la tête. Il ajouta :

— Il n'est pas souvent là. La plupart du temps, il vit à Paris. C'est un grand homme d'affaires. Mais sa fille, mademoiselle Lucille, habite ici. Elle est malade, la pauvre.

Sylvine se souvint de la fillette pâle qu'elle avait vue en compagnie d'Edmond de Gréville autrefois. Elle devait avoir un ou deux ans de moins qu'elle.

— Je lui rendrai peut-être visite. Je suis guérisseuse.

— Je sais. J'ai entendu parler de vous. Mademoiselle de Gréville habite le petit manoir que vous voyez en descendant vers le Cher.

Après avoir salué le vigneron, elle reprit la route de Montrichard. Une colère sourde lui broyait les entrailles. Elle ne pouvait s'empêcher de penser que cet Edmond de Gréville était peut-être le commanditaire du meurtre de son père. Pierre avait refusé plusieurs fois de lui vendre la Sauvagine, dont il désirait à tout prix s'emparer. Et curieusement, immédiatement après sa mort, le père Gréville avait harcelé Juliette afin qu'elle lui cédât ses terres.

Si c'était le cas, ces deux-là paieraient pour leur crime.

30

En trois mois, Sylvine avait commencé à se constituer une clientèle dans la région. Si au début les hommes s'étaient intéressés à elle à cause de sa silhouette et de ses yeux verts, on avait pu constater l'efficacité de ses remèdes et le sérieux qu'elle apportait à son travail. Des gens de toutes conditions venaient régulièrement lui demander conseil. On appréciait aussi sa disponibilité et son humilité. Elle n'hésitait pas à se déplacer la nuit pour venir au chevet de ses malades, et elle n'acceptait d'être payée que lorsque ses soins avaient donné des résultats. De même, elle n'hésitait pas à envoyer ses patients chez le médecin lorsqu'elle se rendait compte qu'elle ne pouvait rien faire pour eux, ce qui lui apporta l'estime des docteurs.

Ses occupations lui demandaient du temps et il ne lui en restait guère pour rechercher son frère et ses sœurs. Cette quête s'annonçait difficile. Ils pouvaient être n'importe où autour de Selles-sur-Cher, et elle ne pouvait tout de même pas visiter toutes les fermes de la région.

Parallèlement, elle réfléchissait aux moyens de mener son enquête. Il s'était écoulé dix ans depuis l'assassinat de Pierre. Les gendarmes avaient conclu hâtivement à un accident. Ils ne feraient rien pour l'aider si elle s'adressait à eux. Elle se méfiait aussi du capitaine Boursier, qui avait fait preuve de beaucoup de zèle pour capturer Thibault et Elisabeth. Elle avait appris qu'il était encore en poste. Et rien ne prouvait qu'il n'était pas mêlé à cette affaire.

Début octobre, elle reçut une visite inattendue. Un matin, alors qu'au-dehors régnait un soleil triomphant, une jeune femme frappa à sa porte. Elle était emmitouflée dans un manteau élégant. Son teint était pâle, mais ses traits étaient jolis. Sylvine fut touchée par la douceur et la tristesse de son regard. Sur la route était stationné un cabriolet conduit par un cocher.

— Excusez-moi de vous déranger, dit la jeune fille. Etes-vous mademoiselle Vallée ?

— Oui.

— Je voulais vous voir.

Sylvine la fit entrer, intriguée et un peu méfiante. Elle avait reconnu la visiteuse.

— Mon nom est Lucille de Gréville, dit celle-ci. Vous ne me connaissez pas, mais j'ai entendu dire beaucoup de bien de vous par l'un de nos métayers.

Sylvine se souvint qu'elle avait récemment soigné un paysan de Bourré.

— Il souffrait depuis quelque temps de mauvaises fièvres, et vous l'avez guéri.

— J'en suis heureuse. Son affection ressemblait beaucoup aux fièvres des marais que l'on rencontre en Sologne.

La prévention de Sylvine tomba très vite. A l'inverse des gens de la bourgeoisie, Lucille n'affichait pas l'arrogance et le mépris qui étaient l'apanage de ses pairs. Elle semblait même un peu timide. Lorsque Mouchette vint lui faire fête, elle lui caressa gentiment la tête, sans s'offusquer de la familiarité de l'animal. Sylvine savait que la chienne n'accordait son affection qu'avec parcimonie et fuyait les personnes dont le fond était mauvais.

Sylvine fit asseoir Lucille.

— Que puis-je pour vous ? demanda-t-elle.

— Je ne sais pas si vous pourrez m'aider. Je souffre d'une maladie dont hélas on ne guérit pas, la phtisie. On m'a présentée aux plus grands médecins de la capitale, mais leur science s'est révélée vaine. Tous ont dit que j'étais condamnée. Mon père m'a fait revenir de Paris parce qu'il pensait que l'air de Touraine serait meilleur pour moi. Peut-être pourrez-vous faire quelque chose.

— Je connais cette maladie. Malheureusement, je ne peux pas vous donner de faux espoirs. Mes connaissances sont insuffisantes pour lutter contre elle. Je peux essayer cependant de calmer vos douleurs et votre toux.

— Ce serait déjà beaucoup.

Sylvine sortit ses cahiers. Tout en consultant ses notes, elle songeait aux paroles que son arrière-grand-mère lui avait dites plusieurs années auparavant, lorsqu'elle lui avait parlé de venger son père.

« La nature te renvoie toujours l'écho de tes actes et de tes pensées. Si tu donnes de l'amour, si tu fais le bien, tu recevras de l'amour en retour. Si tu fais le mal, un jour ou l'autre, le mal te frappera. »

Se pouvait-il que le sort ait frappé l'assassin de Pierre par l'intermédiaire de sa fille ? C'eût été une injustice. Lucille n'était pour rien dans le crime de son père. Sans doute n'y avait-il là qu'une coïncidence.

— Je vais vous préparer trois médications, dit-elle enfin. Tout d'abord, une pommade à appliquer sur la poitrine le soir au coucher, afin de dégager les bronches ; ensuite une tisane, qui calmera la douleur et vous aidera à dormir ; puis un sirop pour apaiser la toux. Je vais vous donner aussi des pastilles qui renforceront votre appétit. Il faut que vous buviez beaucoup d'eau afin d'éliminer les mauvais fluides, et que vous mangiez de même afin de prendre des forces. J'irai vous porter ces préparations cet après-midi.

— Je vous remercie.

Elle sortit sa bourse pour payer, mais Sylvine l'arrêta d'un geste.

— Vous ne me devez rien.

Lucille la regarda, étonnée.

— Pourquoi ?

— Je vous l'ai dit, je peux juste vous soulager. Enfin, je l'espère.

— Ces préparations vont vous donner du travail.

— Les plantes sont offertes par la nature. Elles ne me coûtent rien. Mais je ne peux pas accepter d'argent de quelqu'un que je ne pourrai pas guérir.

En réalité, Sylvine avait une autre raison. Elle ne pouvait pas s'empêcher de penser qu'elle avait peut-être face à elle la fille de l'assassin de son père.

Dans l'après-midi, elle se rendit à Bourré, montée sur Lucifer. Le manoir acheté par Edmond de Gréville avait été construit au XVIIIe siècle pour servir de pavillon de chasse à un riche seigneur. Après la Révolution, il avait plusieurs fois changé de mains au gré des fortunes de ses différents propriétaires. C'était une belle demeure de deux étages, cernée par un parc peuplé d'arbres centenaires et de massifs de fleurs un peu laissés à l'abandon.

Lucille attendait Sylvine avec impatience.

— Je ne reçois pas beaucoup de visites, dit-elle. Mes parents ne sont pas souvent là et les gens d'ici osent à peine me parler.

Elle avait fait préparer du thé par sa gouvernante, une femme âgée au visage grave.

— Est-ce que cela vous ennuierait de rester un peu bavarder avec moi ? demanda Lucille.

Sylvine ne demandait pas mieux, au contraire. Mais elle sentit certains scrupules se manifester. Lucille ne méritait pas qu'on lui fît du mal. Or, si elle démasquait son père, elle lui en ferait inévitablement.

— Pardonnez-moi si je me montre indiscrète, mais je m'étonne que vos parents vous laissent seule ici alors que vous êtes gravement malade.

Lucille poussa un soupir.

— Oh, mon père vient me voir régulièrement, mais il est très pris par ses affaires, à Paris. C'est là-bas que tout se joue actuellement.

— Et votre mère ?

— Ma mère ne vient pas très souvent. Je ne l'ai pas vue de l'été.

Elle se tut, puis ajouta :

— En réalité, je crois qu'elle a honte de moi. Elle ne veut pas présenter une fille maladive à ses amis.

Il y avait une telle amertume dans sa voix que Sylvine voulut changer de sujet. Pourtant, Lucille poursuivit :

— Mes parents ne s'entendent plus très bien. C'est moi qui ai demandé à rester ici. Au moins, je ne suis plus témoin de leurs querelles incessantes. Je suis seule, mais je suis au calme. La région est belle.

— Il y a un notaire du nom de Gréville à Montrichard, avança Sylvine en feignant l'ignorance.

— C'est mon grand-père. Il ne vient jamais me voir. Lui aussi a probablement honte de moi. Mais pas mon père. Il souffre de me voir malade. Il a fait tout ce qu'il a pu, quand j'étais à Paris. Malheureusement, on ne guérit pas de la phtisie.

Elle porta un mouchoir à sa bouche et se mit à tousser discrètement.

— Pardonnez-moi.

— Ne vous excusez pas.

Sylvine ouvrit son sac de cuir.

— Je vous ai apporté de quoi vous soigner. J'espère que cela vous soulagera un peu.

Elle lui expliqua comment prendre les différents remèdes, puis toutes deux burent leur thé. D'une manière inexplicable, Sylvine ressentait une grande attirance pour cette fille pâle, qui aurait été très jolie sans cette maigreur provoquée par son état. Elle avait envie de la protéger, de l'aider à combattre le mal. Elle était pourtant la fille de celui qu'elle considérait comme son ennemi. Elle aurait voulu qu'elle fût revêche et méprisante comme l'étaient les gens de son milieu. Mais Lucille suscitait la sympathie et la compassion.

— Aimez-vous lire ? lui demanda soudain Sylvine.

— Oui, beaucoup, répondit son hôtesse.

Quelques instants plus tard, elles s'étaient découvert un terrain d'entente : la lecture. Sylvine, passionnée par les romans, lui parla de ses auteurs préférés, Jules Verne, Alexandre Dumas, Paul Féval. Lucille, elle, était très attirée par la poésie romantique. Nerval, Lamartine, Musset, Vigny et Hugo n'avaient pas de secrets pour elle. Mais elle connaissait aussi Jules Verne qu'elle avait commencé à lire deux ans plus tôt.

Lorsqu'elles se quittèrent, il faisait presque nuit. Sylvine promit de revenir et d'apporter des livres.

Ce fut ainsi que Lucille et Sylvine devinrent les meilleures amies du monde. Dès qu'elle le pouvait, Sylvine se rendait au manoir de Gréville et toutes deux parlaient littérature, échangeaient des romans, comparaient leurs impressions tout en prenant le thé. En quelques jours, Lucille s'était métamorphosée.

— Vos remèdes me font le plus grand bien, dit-elle. Mais c'est aussi votre présence. J'ai parfois l'impression que nous nous connaissons depuis toujours. N'est-ce pas étrange ?

Sylvine ne pouvait lui dire qu'elle l'avait aperçue plusieurs fois quand elle était encore petite, avec ses parents. Il lui en coûtait de ne pouvoir lui avouer la vérité, mais celle-ci aurait fait trop de mal à sa nouvelle amie.

Et puis, elle aussi était heureuse de cette amitié. Malgré sa forte personnalité, il lui arrivait de souffrir de la solitude. Le soir, lorsqu'elle se retrouvait chez elle, elle n'avait plus près d'elle que sa chienne, Mouchette, qui ne la quittait pas d'une semelle. Mais elle n'avait personne à qui parler. Hormis la période qu'elle avait passée au pensionnat Sainte-Ursule, elle avait toujours vécu au sein d'une famille unie et pleine de chaleur. D'une certaine manière, Lucille compensait un peu ce vide.

Parfois, lorsque le temps le permettait, Sylvine l'entraînait pour une promenade à cheval en forêt. Peut-être était-ce vraiment grâce à ses soins ? Lucille avait repris des forces. Suivant ses conseils, elle s'était obligée à manger plus et ses traits creusés s'étaient remplis.

— J'ai reçu une lettre de mon père ce matin. Il me dit qu'il ne voit pas beaucoup ma mère. Elle fréquente les salons des partisans du général Boulanger.

— J'ai entendu parler de lui.

— Elle estime qu'il sera un jour président de la République. Mais mon père ne l'aime pas. Encore un sujet de dispute.

Peu à peu, son amitié avec Lucille se renforçait. Sylvine ne comprenait pas que son père pût la laisser ainsi seule dans cette grande maison où elle n'avait pour toute compagnie qu'une gouvernante au visage sévère, un vieux jardinier taciturne et un cocher qui passait le plus clair de son temps au cabaret.

Malgré l'amélioration apportée par sa compagnie et par ses remèdes, Sylvine ne se faisait aucune illusion. Lucille ne vivrait pas très longtemps. Elle en voulait encore plus à Edmond de Gréville de ne pas s'occuper d'elle. Pierre, lui, n'aurait pas agi ainsi si l'un de ses enfants avait été malade. Mais Gréville, tout comme son père le notaire, était dépourvu de scrupules.

Pendant le temps qui lui restait, Sylvine continuait de rechercher les siens. Elle avait tenté d'infléchir la position de sa grand-mère, mais celle-ci n'avait même pas répondu à sa lettre. Elle lui avait rendu visite, sans plus de succès. Louise avait refusé de la recevoir et Sylvine avait fait le déplacement à Selles-sur-Cher pour rien. Alors, elle avait commencé à écrire aux mairies de la région.

Peu avant Noël, elle reçut une visite à laquelle elle ne s'attendait pas.

L'après-midi était déjà bien avancé lorsqu'une silhouette confortable se présenta à la porte du jardin. Dès qu'elle reconnut l'arrivant, une grande émotion s'empara d'elle. Le visiteur n'était autre que le père Rochelet.

— Bonjour, monsieur le curé, dit-elle d'une voix mal assurée. Que puis-je pour vous ?

— Je ne sais pas. Vous savez, avec l'âge, les douleurs se multiplient. Sans doute est-ce la volonté du Seigneur.

— Mes potions pourront peut-être les calmer. Il faudrait que vous m'en disiez plus.

Il ne répondit pas, et se contenta de la regarder longuement.

— Ce n'est pas possible, dit-il enfin.

— Qu'est-ce qui n'est pas possible ?

Il était trop fin pour ne pas remarquer qu'elle était mal à l'aise.

— Pourquoi n'es-tu pas venue me voir ? demanda-t-il soudain.

Elle comprit qu'il l'avait démasquée et ne chercha pas à nier.

— Je suis revenue sous un autre nom. Les gens d'ici m'ont fait trop de mal.

— Moi, je ne t'ai pas fait de mal, Sylvine, plaida-t-il.

Elle sentit les larmes lui monter aux yeux.

— Non, c'est vrai. Mais un peu quand même.

— Quand t'ai-je fait du mal, ma fille ?

— Je suis restée enfermée pendant deux ans dans ce pensionnat. Pas une fois vous n'êtes venu me voir.

Il hocha la tête.

— Pardonne-moi. On me l'avait interdit. J'ai reçu des ordres de la part de monseigneur l'évêque lui-même.

— Vous auriez pu lui désobéir. Je me suis retrouvée seule, sans aucun ami.

— Je l'ai fait, Sylvine, j'ai désobéi. Mais quand je me suis présenté là-bas, on a refusé de me recevoir. La mère supérieure avait des ordres, elle aussi. J'ai essayé d'avoir de tes nouvelles, mais on me les a refusées. L'évêque a été averti et m'a convoqué à nouveau. Il m'a passé un sermon et m'a conseillé fermement de ne pas m'occuper de ce qui ne me regardait pas. Tu vois, je ne t'ai pas abandonnée. Je sais que le docteur Champréaux a tenté de te voir de son côté. A lui aussi on a interdit l'entrée du pensionnat. Il a fini par renoncer. Et puis, il y a huit ans, nous avons appris que tu t'étais évadée de Sainte-Ursule et qu'on t'avait retrouvée noyée quelques jours plus tard.

Il laissa passer un silence, puis poursuivit :

— J'avoue qu'à ce moment-là, j'ai éprouvé un doute sérieux sur le sens de la vie et sur la bonté de Dieu. Pourquoi avait-Il permis que de tels malheurs frappent ta famille ? J'en ai parlé à monseigneur l'évêque, qui m'a répondu que les voies du Très-Haut étaient impénétrables. J'en ai conclu que Dieu t'avait permis de rejoindre tes parents et que c'était peut-être mieux ainsi. Mais un jour, c'était il y a environ un mois, je t'ai aperçue à Bourré. Enfin, j'ai vu une jeune femme, montée sur un cheval noir, qui m'en a rappelé une autre que j'avais connue il y a vingt ans. Ta mère, Juliette. Les mêmes yeux verts, la même chevelure. Mais elle la dissimulait modestement sous un bonnet. Toi, tu la laisses libre sur tes épaules. Il y avait aussi dans ton allure quelque chose de plus affirmé et de plus inquiétant. Tu étais vêtue d'une longue cape noire. J'ai cru voir un fantôme venu réclamer vengeance. Mais on m'a dit que tu t'appelais Marie Vallée, que tu venais de Sologne, et que tu soignais les gens avec des plantes. On m'a dit aussi que tes remèdes étaient très efficaces.

Il la regarda, intrigué.

— Pourquoi as-tu appelé ton cheval Lucifer ? C'est l'un des noms du diable. Veux-tu que l'on te prenne pour une sorcière ?

Elle sourit.

— Lucifer n'est pas seulement le nom du diable. Dans la mythologie romaine, c'est la divinité qui apporte la lumière.

— La mythologie romaine ?

— J'ai beaucoup lu et je me suis intéressée à de nombreux sujets.

Il eut un sourire ému.

— Tu es bien la fille de ton père. Toujours ce côté un peu provocateur.

Ils restèrent un long moment sans mot dire. Sylvine servit au prêtre un verre de vin blanc, qu'il but avec un plaisir évident.

— Il est bon, mais il ne vaut pas celui de Pierre.

Sylvine ne répondit pas.

— J'ai souvent pensé à lui, ajouta Francis. A ta mère, à toi et aux autres petits. As-tu de leurs nouvelles ?

— Aucune. Ma grand-mère Louise les a placés dans des fermes. Lorsque je suis revenue, j'ai voulu les prendre avec moi, mais elle a refusé de me dire où ils se trouvaient. Je ne sais pas comment faire pour les retrouver.

— Je me souviens de ta grand-mère, en effet. Dieu me pardonne, mais je crois que c'est une méchante femme. Si je le peux, je t'aiderai. Mais toi, dis-moi, que s'est-il passé pendant toutes ces années ? Où étais-tu ?

Sylvine lui raconta les mauvais traitements subis à Sainte-Ursule, son évasion et son odyssée pour rejoindre ses arrière-grands-parents à Marcilly-en-Gault.

— Tes arrière-grands-parents ! s'exclama Francis. Mais comment n'y ai-je pas pensé ? J'aurais dû proposer qu'ils te recueillent lorsque ta mère est morte. Cela t'aurait évité tous ces malheurs.

— Je ne suis pas sûre que les autres auraient accepté. Ils me détestaient parce que j'étais l'enfant du péché, comme ils disaient.

— Mais Dieu t'a conduite vers eux, finalement.

— Je ne sais pas si c'est Dieu, mais ils m'ont élevée et m'ont légué tous leurs biens. Ce qui a mis ma chère grand-mère Louise en rage.

Francis eut un large sourire.

— Voilà une bonne nouvelle.

Puis il se reprit et afficha une mine faussement contrite.

— Oh, je ne suis pas charitable envers cette pauvre femme.

Il se tut un instant, puis ajouta plus sérieusement :

— Donc, tu es revenue pour rechercher ton frère et tes sœurs !

— Oui.

— Est-ce seulement pour ça ? insista-t-il.

— Non ! Je n'ai pas perdu de vue l'idée de démasquer l'assassin de mon père.

Le visage du curé s'assombrit.

— Je me disais aussi. Tu sais, il n'est pas sûr qu'il ait été assassiné. Il est plus probable qu'il s'agissait d'un accident.

— Je n'ai pas oublié les paroles de ses compagnons. Il portait une étrange blessure à la tête. Elle ne pouvait pas avoir été faite par la chute du bloc de tuffeau. Il a été assommé et placé sur le lit de *chapins* pour faire croire à un accident. Les gendarmes n'ont pas cherché à en savoir plus. Le capitaine Boursier détestait mon père. Pour lui, cela faisait un socialiste de moins.

— Il y a de la haine en toi, ma fille, soupira Francis. Tu dois la chasser de ton cœur. Tu as assez souffert. Tu es jeune, tu es belle, tu devrais plutôt songer à construire ta vie, te trouver un mari.

— Croyez-vous que j'aie l'esprit à me marier alors que l'homme qui a anéanti ma famille reste impuni ? Je ferai tout pour savoir qui c'est, sachez-le.

— Comment t'y prendras-tu après tout ce temps ? L'assassin – si assassin il y a – est peut-être mort, lui aussi.

— Je ne crois pas. Je suis même sûre qu'il se porte très bien.

— Tu as ta petite idée.

Sylvine ne répondit pas immédiatement.

— Je dois chercher parmi les personnes qui avaient intérêt à faire disparaître mon père. Or, quelqu'un avait toutes les raisons de le supprimer.

Il la regarda avec méfiance.

— Qui donc es-tu prête à accuser ?

— Edmond de Gréville. Son père a racheté la Sauvagine immédiatement après la mort de papa. Cette mort les arrangeait bien tous les deux.

Le curé secoua la tête.

— Et c'est pour cette raison que tu t'es introduite dans le manoir de Gréville ? Méfie-toi, Sylvine, celui qui sème le vent récolte la tempête.

— C'est une coïncidence. Je me suis liée d'amitié avec la fille de Gréville. C'est une amitié sincère. Mais il la traite bien mal, elle aussi. Elle est très malade et il n'est pas auprès d'elle.

— Tu crois qu'Edmond de Gréville aurait été capable de tuer ton père ?

— Peut-être pas lui-même. Mais il a pu payer quelqu'un pour le faire.

— Non, Sylvine. Ça ne peut pas être lui. Edmond de Gréville n'aurait jamais fait de mal à ta famille.

— Pourquoi ?

— Parce que ton véritable père, c'est lui.

31

Sylvine resta abasourdie.

— Lui ? Mon père ?

Le curé acquiesça, puis précisa :

— Dès qu'elle a eu dix ans, Juliette a été placée comme bonne à tout faire dans différentes familles de la région. A dix-sept ans, elle a été engagée par les Gréville. Edmond s'était lancé dans la politique depuis quelques années. Il avait vingt-sept ans à l'époque. Il fréquentait de hauts personnages dans l'entourage de Napoléon III. Il avait déjà ajouté une particule à son nom en prétendant que l'empereur l'avait anobli pour services rendus. Je n'ai aucune certitude que ce soit vrai, mais c'était un temps où les nouveaux riches se recherchaient à tout prix une ascendance noble. Gréville avait accumulé une certaine fortune, indépendante de celle de son père, en investissant dans de grands projets industriels. Je n'en sais pas plus. Il venait régulièrement à Bourré, où son père avait acheté, plusieurs années auparavant, un vieux manoir du XVIIIe siècle. Edmond l'a fait remettre en état pour accueillir ses amis parisiens. Il organisait de somptueuses parties de chasse. Ta mère travaillait pour lui. Il l'a séduite, et elle s'est retrouvée enceinte. C'est aussi simple que ça. Mais lorsqu'elle lui a appris qu'elle attendait un bébé, il l'a chassée.

— C'est monstrueux ! éclata-t-elle. Vous dites qu'il n'aurait pas fait de mal à ma famille ? Il en était parfaitement capable.

— Je ne crois pas.

Sylvine se souvint des regards étranges qu'Edmond de Gréville lui adressait lorsqu'elle était plus petite. Il savait qu'elle était sa fille.

— Alors, ça veut dire que Lucille est ma demi-sœur !

— Exactement. C'est pourquoi tu ne dois pas lui faire de mal.

— Je n'en ai pas l'intention. Comment pouvez-vous penser que je puisse me venger sur une innocente ?

— Pardonne-moi cette réaction, mais je ressens une telle colère en toi…

— Cette pauvre fille souffre déjà bien assez comme ça. Et puis, j'ai de l'affection pour elle. Je sais pourquoi à présent.

Elle laissa passer un silence et ajouta :

— Le plus triste, c'est que je ne peux même pas lui dire que je suis sa sœur. Cela lui ferait pourtant tellement de bien.

Francis soupira.

— Tu connais la vérité à présent, ma petite Sylvine. Je suis persuadé qu'Edmond n'a pas pu tuer ou faire tuer ton père. Il lui était reconnaissant de t'avoir prise en charge. Crois-moi, il vaudrait mieux oublier tes projets de vengeance. Même si tu dis vrai, si ton père a bien été assassiné, traquer son meurtrier comporterait beaucoup de risques et ne ramènerait pas tes parents. Tu as une autre tâche à accomplir : retrouver ton frère et tes sœurs. C'est autrement plus important.

Elle ne répondit pas immédiatement.

— Vous avez peut-être raison, dit-elle enfin. Il faut que j'y réfléchisse.

— Tu pourrais te faire connaître d'Edmond de Gréville. Peut-être en sortirait-il quelque chose de bon.

— Certainement pas, le coupa-t-elle. Il a racheté les terres de mon père et il a mené ma famille à la ruine. Il n'est pas intervenu quand son père m'a enfermée dans cet abominable pensionnat. Je le déteste.

— Adolphe Gréville a agi ainsi pour tenter de te donner une éducation selon ses vues.

Soudain, Sylvine pâlit.

— C'est pourtant vrai. J'ai toujours pensé qu'il avait voulu me faire plier parce que j'avais osé lui tenir tête. Mais c'était faux. Il m'a placée à Sainte-Ursule parce qu'il est mon grand-père.

Elle poussa un cri de rage mêlée de désespoir.

— Mais ce n'est pas possible ! Je ne veux pas d'un tel grand-père ! C'est un être ignoble et méchant !

— Calme-toi !

— Me calmer ? Croyez-vous que j'aie oublié la manière dont il m'a frappée et humiliée ? Il voulait me briser, disait-il ! Il voulait que je brûle moi-même les livres que mes parents m'avaient offerts ! Et vous voudriez que j'accepte cet individu pour grand-père ? Jamais !

Le curé haussa les épaules.

— Les choses sont ainsi, tu n'y peux rien. Et puis, de toute façon, tu ne veux pas leur dire qui tu es.

— Certainement non !

— Alors, tout est bien. Il vaut mieux que tu restes l'amie de Lucille. Tu sauras lui apporter du réconfort et l'assister dans son épreuve.

— Je le ferai ! Elle, je l'aime beaucoup.

Le prêtre lui prit la main.

— Je sais que tu es une personne de bien, Sylvine. Je vais

t'aider à retrouver ton frère et tes sœurs. Je ne sais pas si j'y parviendrai, mais je vais m'en occuper.

— Je vous remercie. Mais comment se sont-ils retrouvés chez la grand-mère Louise ?

— La mère de ton père, Justine, est morte voici bientôt six ans. Le vieil Emile s'est senti perdu. Il est devenu incapable de s'occuper des petits. Il y a eu une nouvelle réunion du conseil de famille. Cette fois, Louise a accepté de les prendre sans discussion. Cela m'a étonné sur le moment, mais je sais à présent pourquoi : elle voulait les placer et récolter l'argent qu'ils rapporteraient. C'est bien dans son caractère. Je sais aussi qu'elle a demandé de l'argent à maître Loubet pour leur éducation.

— Belle éducation en vérité ! Elle ne s'est jamais occupée d'eux. Elle en a fait des esclaves à son service !

Une bouffée de colère envahit Sylvine à l'évocation de la vieille avare.

— Il ne doit pas rester grand-chose de notre héritage.

— Ça…

— Cela n'a aucune importance. Marie et Jules m'ont permis de récupérer ce qu'elle nous a volé.

Lorsque le père Rochelet fut parti, Sylvine resta un long moment à méditer sur ce qu'elle venait d'apprendre. Elle était heureuse d'avoir revu le vieux curé. Avec le docteur Champréaux, il était le seul qui se soit montré bon avec elle. Il y avait aussi madame Lefèvre. Mais elle ne pouvait pas se faire connaître d'elle. Du médecin, peut-être. Elle verrait plus tard. Pour l'instant, il valait mieux garder le nom de Marie Vallée. Au moins jusqu'à ce qu'elle en apprenne plus.

Depuis la révélation du prêtre, un malaise s'était emparé d'elle. Elle n'aimait pas du tout l'idée d'être la fille d'Edmond de Gréville. C'était un peu comme si on l'avait éloignée définitivement de son père adoptif. Tant que l'identité de son géniteur lui était inconnue, elle pouvait toujours croire à la paternité de Pierre. Mais elle connaissait à présent son nom, et cette nouvelle avait fait naître en elle une sensation d'écœurement. Malgré ce qu'en pensait le curé, elle n'était pas persuadée que Gréville se serait embarrassé de scrupules pour éliminer Pierre. Chez les gens de son milieu, la fin justifiait les moyens. Cependant, il n'avait pas dû faire la besogne lui-même. Alors, qui avait commis le crime ?

Elle passa en revue dans sa mémoire les hommes qui, autrefois, avaient pu avoir des motifs d'en vouloir à son père au point d'aller jusqu'à le tuer.

Tout d'abord, il y avait ce bûcheron, Roger Clusot, qui avait égorgé leurs vaches et qui avait fait quatre ans de prison ensuite. Il avait promis de se venger. Curieusement, il avait été libéré peu avant la mort de Pierre. Les carriers avaient dit qu'il avait fui parce qu'il avait eu des ennuis avec des individus louches. Mais les raisons de sa fuite étaient peut-être différentes. Il avait pu commettre le crime et quitter le pays ensuite.

Elle se souvint aussi de l'individu qui avait déclenché la bagarre de Montrichard. Elle eut peine à retrouver son nom. Maurice Piron ! Il n'avait pas pardonné à Pierre les ennuis causés ensuite par la gendarmerie. Ni sa dent cassée. Lui aussi avait juré de faire payer son père.

Mais peut-être y en avait-il d'autres.

Cette année 1885, elle ne fêta pas Noël. Edmond de Gréville était venu chercher Lucille et l'avait emmenée à Paris. La jeune fille n'avait eu que le temps de faire parvenir un mot à son amie, lui promettant de revenir pour le printemps. Sylvine resta seule, avec sa chienne pour unique compagnie. Elle était habituée à la solitude, mais celle-ci, en ce jour de fête, devenait particulièrement pesante. Elle se jura qu'au Noël suivant, elle aurait réuni sa famille.

Vers la fin du mois de janvier, un événement lui permit de renouer avec son enquête. Un matin, elle vit arriver chez elle une femme inquiète qui lui demanda de se rendre au chevet de son époux malade. C'était une paysanne timide, au parler rocailleux, qui ne cessait de presser ses mains l'une contre l'autre.

— Mon homme, c'est pas un mauvais gars, dit-elle, mais il lève le coude plus souvent qu'à son tour. Voilà que ça lui joue un mauvais tour. Il a mal au ventre que c'en est une pitié.

— Je vais voir ce que je peux faire.

Après avoir attelé le cheval à la voiture, elle ramena la paysanne chez elle. Elle habitait Bourré et avait fait le trajet à pied. Curieusement, il lui semblait la connaître, mais elle ne parvenait pas à se rappeler son nom.

La mémoire lui revint lorsqu'elle entra dans la petite maison troglodytique où vivaient la paysanne et son mari. Un homme était allongé sur le lit, le teint jaune et les yeux injectés de sang. Elle le reconnut immédiatement : le malade n'était autre que Maurice Girardin, l'un des compagnons de son père, celui qu'on surnommait Boit-sans-Peur. Il n'y avait pas besoin d'être grand clerc pour comprendre qu'il souffrait du foie. Dès qu'il l'aperçut, ses traits semblèrent se décomposer.

— Oh, gémit-il, c'est mes yeux qui me jouent des tours. Juliette ? Juliette, c'est-y toi ?

Puis il se mit à geindre, apparemment en proie à une peur panique. Près de Sylvine, sa femme soupira.

— Voilà, il recommence à délirer.

Elle regarda la jeune fille.

— C'est vrai que vous lui ressemblez, dit-elle enfin.

— A Juliette ?

— Oui. C'était une brave femme. Mais elle est morte il y a dix ans. Sa pauvre fille aussi, la petite Sylvine. Noyée, qu'on a dit.

L'intéressée hésita. Elle se souvenait à présent du prénom de la femme : Mathilde. Elle savait pouvoir faire confiance à ces gens qui avaient été leurs amis autrefois. Peut-être pouvaient-ils l'aider à en apprendre plus sur les circonstances de la mort de Pierre. Elle regarda Boit-sans-Peur dans les yeux.

— Rassure-toi, tu ne délires pas, Maurice. Je suis Sylvine, et je ne suis pas morte noyée. C'est le corps d'une autre petite fille que l'on a retrouvé dans le Cher. Moi, je me suis enfuie du pensionnat où l'on m'avait enfermée et je me suis réfugiée chez mes arrière-grands-parents, en Sologne.

Tous deux la contemplèrent, ébahis.

— Sylvine ? balbutia Boit-sans-Peur. C'est bien toi ? T'es donc pas morte ?

Il roulait les yeux de manière si comique que la jeune fille éclata de rire.

— Comme tu vois !

Mathilde, un peu tremblante, se laissa tomber sur une chaise qui gémit sous son poids confortable.

— Mais on m'a dit que vous vous appeliez mademoiselle Vallée.

— C'est vrai. C'est sous ce nom que je suis revenue m'installer à Montrichard.

— Tu vas rester ici ? s'exclama Maurice. Oh, ben alors, ça s'arrose !

Elle leva la main.

— Il vaudrait mieux éviter de boire du vin en ce moment, Maurice, dit-elle. Si tu veux guérir.

— Pourquoi ? C'est pas un petit verre qui me fera du mal !

— Je suis venue pour te soigner, insista Sylvine. Pas pour faire empirer ton état.

Elle s'approcha du lit et lui appuya résolument sur le ventre. Il se mit à hurler.

— C'est là que tu as mal, n'est-ce pas ?

— Oooh, pleurnicha-t-il. Tu m'as fait mal.

— Ce n'est pas moi. C'est ton foie. Il est en très mauvais état. Alors, tu as le choix. Ou bien tu arrêtes de boire pendant qu'il en est encore temps. Je peux te soigner en te donnant des tisanes qui vont calmer la douleur et te redonner des forces. Ou bien tu continues et tu vas mourir.

— Mourir ?

— Oh oui ! Et dans des conditions très pénibles. Ton ventre va gonfler, gonfler et tu auras l'air d'une femme enceinte. Tu souffriras atrocement.

— Le docteur lui a dit la même chose, confirma Mathilde.

— Oh là là là là ! geignit Maurice.

— Il va falloir te montrer raisonnable, ajouta Sylvine. Donc, pas de vin.

— Même pas un peu ?

— Non ! Plus tard, peut-être, lorsque tout sera rentré dans l'ordre. Mais en petite quantité.

Il fit grise mine, mais la description de sa mort prochaine, donnée par Sylvine, lui avait fait peur. Après lui avoir prescrit quelques potions, elle prit des nouvelles des autres carriers.

— Oh, ils sont encore tous là, avec quelques années de plus, dit Maurice. Fuful a dépassé les soixante-cinq ans. Il est plus tout jeune, mais il continue. Quant à la Grenouille, il pêche toujours et il trafique de même. Champ-d'Avoine travaille avec Simon depuis que je suis malade.

— Je voudrais les rencontrer. Je dois leur parler de la mort de mon père.

— Ah ouais ! Une drôle d'histoire. T'as qu'à aller dans les caves. Ils seront contents de te voir. Je vais t'expliquer où se trouve leur atelier.

Dès le lendemain, Sylvine se rendit à l'aube dans les *perrières*. Elle attendit que les carriers fussent tous rentrés et pénétra dans les galeries. Elle avait pris soin de se munir d'une lampe à acétylène. Quelques minutes plus tard, grâce aux indications données par Boit-sans-Peur, elle trouva l'atelier. La chance lui sourit une fois de plus, car le roulier Fulgence Levasseur était là lui aussi. Les trois hommes, stupéfaits de l'apparition d'une jolie fille dans leur environnement minéral, restèrent ébahis.

— Ah ben ça alors ! finit par dire Champ-d'Avoine. C'est le fantôme de la Juliette ou quoi ?

Elle leur sourit.

— Non, Roger, dit-elle. C'est moi, Sylvine.

— Sylvine ! s'exclama Fuful. Mais c'est pas possible. On a dit que tu t'étais noyée.

Il leur fallut plusieurs minutes pour comprendre qu'ils avaient bien affaire à la fille ressuscitée de leur ami Pierre Ménétrier. Tous tinrent à la serrer dans leurs bras.

— La petite Sylvine ! s'écria Champ-d'Avoine. Pas étonnant que tu aies pu nous retrouver dans ces galeries où une chatte ne retrouverait pas ses petits ! Tu les connais mieux que nous !

— Je suis venue vous voir parce que j'ai besoin de vous.

Elle leur fit part de ses soupçons. Fuful hocha longuement la tête.

— Pour sûr que c't'histoire est louche. Il avait un drôle de coup sur la tête, c'pauvre Pierre. C'est pas le bloc qu'a pu lui faire ça en tombant. Moi, j'ai toujours pensé qu'on l'avait estourbi avant. Un coup par-derrière. Et puis on l'a traîné sur le lit de *chapins* et on lui a fait dégringoler le banc dessus.

— Malgré ça, les gendarmes n'ont pas voulu t'écouter.

— Ils m'ont même conseillé de la boucler si je voulais pas avoir d'ennuis. Je me suis toujours dit qu'ils étaient peut-être pour quelque chose là-dedans.

Sylvine pâlit.

— Alors, le coupable pourrait être l'un d'eux.

Elle se souvint du capitaine Boursier, de sa hargne à retrouver Thibault et des menaces qu'il avait proférées contre son père.

— Boursier.

— Il est toujours là. Il s'est mis en tête de débusquer tous ceux qui fabriquent de la « pousse d'épine ». Mais il n'a pas pu en coincer un seul. Il ne connaît pas les galeries.

Sylvine fit la moue.

— Alors, il lui était difficile de s'y introduire pour tuer mon père.

— Ça, c'est pas sûr. Il savait comment retrouver les ateliers.

— Moi, j'étais pas là, ce jour-là, gémit Champ-d'Avoine. Chaque fois que j'y pense, je m'en veux, tu peux pas savoir.

— Tu ne pouvais pas deviner que quelqu'un allait le tuer, Roger. Ce n'est pas ta faute.

Lorsqu'elle prit congé des carriers, Sylvine était totalement persuadée que Pierre avait bien été assassiné et que l'on avait tout fait pour étouffer l'affaire. Il n'y avait pas eu d'enquête. Cette absence de curiosité de la part des gendarmes était pour le moins étrange, sinon suspecte. Mais, s'il s'avérait qu'un gendarme – le capitaine Boursier, pourquoi pas ? – était impliqué dans ce meurtre, elle ne voyait pas comment elle allait pouvoir faire pour le confondre.

Elle était perdue dans ses pensées lorsque, en sortant des *perrières*, une silhouette se dressa soudain devant elle. Elle poussa un cri de frayeur.

32

Devant elle se tenait un homme âgé d'une trentaine d'années, vêtu d'un long manteau de laine élégant. Il portait une casquette et des lunettes rondes, et une moustache fine soulignait ses lèvres. A son épaule pendait un sac de cuir. Il la regarda, interloqué.

— Je vous demande pardon, mademoiselle. Je crois que je vous ai fait peur.

Etaient-ce la moustache, les yeux étonnamment clairs derrière les lunettes, le sourire charmeur qui illuminait le visage de l'inconnu ? Sylvine, que les hommes n'avaient jamais impressionnée, se trouva soudain prise de court. D'une voix mal assurée, elle répondit :

— Vous ne m'avez pas fait peur ! Je ne m'attendais pas à trouver quelqu'un ici, c'est tout ! Mais que faites-vous ici ?

Aussitôt après, elle se reprocha son ton un peu agressif. Il parut ne pas le remarquer.

— Je suis géologue. C'est-à-dire que j'étudie la composition du sous-sol. J'avoue que, moi non plus, je ne m'attendais pas à voir une jeune femme sortir de cet endroit. Vous ne semblez pas équipée pour vous aventurer dans ce dédale.

Elle portait une robe prune sur laquelle elle avait passé

son long manteau à capeline. Elle prit un petit air supérieur.

— Oh, mais je le connais très bien, ce dédale. Certainement mieux que vous.

Une fois de plus, elle se morigéna intérieurement pour sa brusquerie. Pourquoi se sentait-elle si désarmée face à cet individu qu'elle n'avait jamais vu ?

— Oh, ça je n'en doute pas, répondit-il. Je sais seulement qu'il y a là-dessous des kilomètres de carrières dont on a tiré les pierres qui ont servi à construire la plupart des châteaux des environs.

— On en extrait encore pour bâtir nos maisons, ajouta Sylvine, cette fois sur un ton plus avenant.

— Vous paraissez bien connaître ces lieux.

— Mon père était carrier.

Devant la mine tout à coup plus sombre de Sylvine, l'inconnu n'insista pas. Il se doutait que l'homme dont elle parlait n'était plus.

— Pardonnez-moi, j'ai oublié de me présenter. Mon nom est Delaunay. Victor Delaunay.

Il lui tendit la main un peu maladroitement. Dans sa précipitation, le sac de cuir glissa de son épaule et le déséquilibra. Il se rattrapa de justesse et prit un air tellement contrit que Sylvine éclata de rire. Elle l'aida à replacer son sac et lui serra enfin la main.

— Enchantée. Je m'appelle Syl... heu, Marie.

Elle avait faillit lui donner sa véritable identité.

— Sylmarie ? s'étonna-t-il.

— Non ! Marie. Marie Vallée.

— Ah, pardon. Vous dites que vous connaissez bien ces galeries ? C'est merveilleux. Je cherche justement un guide. Je viens de Paris pour étudier les roches de ce pays et je pense que c'est ici que je ferai les découvertes les plus intéressantes.

— Ça, c'est sûr.

— Alors, est-ce que vous accepteriez de me faire visiter tout ça ?

Embarrassée, Sylvine ne sut que répondre. Ce monsieur Delaunay l'intimidait alors que rien en lui ne paraissait impressionnant. C'était à n'y rien comprendre. Pourtant, elle avait très envie d'accepter.

— C'est d'accord, dit-elle enfin. Mais pas aujourd'hui.

Elle écarta les bras.

— Comme vous l'avez dit, je ne suis pas équipée pour une telle expédition. Mais demain, je peux me libérer.

— D'accord pour demain.

— Où logez-vous ?

— A l'hôtel de la Tête noire, à Montrichard.

— Je passerai vous chercher à l'aube.

Le lendemain matin, quand Sylvine se présenta à l'hôtel, le soleil se levait à peine. Un froid vif lui piquait les joues. La nuit précédente, elle avait peu dormi. Elle ne cessait de penser à ce Victor Delaunay, à sa moustache fine, à ses petites lunettes rondes.

« Il a l'air d'un crapaud avec ça ! » pensa-t-elle lorsqu'elle le vit sortir.

Elle lui en voulait d'avoir passé une nuit blanche. Mais elle regretta aussitôt sa mauvaise pensée. Malgré l'heure matinale, il arborait toujours son sourire irrésistible. Il se hissa près d'elle sur le siège.

— Je suis vraiment désolé de vous imposer ça.

— Ne vous inquiétez pas. J'ai passé mon enfance dans ces caves. Mon père m'y emmenait souvent. C'est pour ça que je les connais bien.

— Alors, votre aide me sera précieuse.

— Qu'allez-vous y faire ?

— Je voudrais déterminer les âges des couches successives en étudiant les fossiles que l'on trouve dans les strates.

— Oh, ça ne manque pas. Ici, les *perriers* les appellent des *chenards*. On trouve de tout, des ammonites, des huîtres, des moules, des oursins, des nautiles.

— Et vous savez où les trouver ?

— Il y en a partout. J'en ai même une petite collection personnelle. Si elle vous intéresse, je pourrai vous la montrer.

L'instant d'après, Sylvine se dit qu'elle était un peu folle. Elle ne le connaissait pas, ce bonhomme ! Et voilà qu'elle l'invitait chez elle. Peut-être allait-il se faire des idées. Mais il ne sembla pas le moins du monde surpris.

— Avec plaisir, répondit-il.

Victor était passionné par son sujet. Apparemment, rien d'autre ne comptait à ses yeux. Pendant le trajet, pas une fois il ne tenta de lui faire le plus petit doigt de cour. Elle s'en trouva un peu vexée. Il ne lui parla que de son métier, et des différentes écoles qui s'affrontaient.

— Il existe plusieurs courants de pensée pour expliquer la formation de la Terre. Croyez-le ou non, il y a encore aujourd'hui des gens qui se prétendent scientifiques et qui croient au Déluge ! Ils le situent à quelques milliers d'années avant Jésus-Christ et c'est comme ça qu'ils expliquent la présence de fossiles dans les roches calcaires comme cette pierre de tuffeau. On sait pourtant aujourd'hui que l'âge de la Terre se compte en centaines de millions d'années, et peut-être quelques milliards.

Et Victor de partir sur une description enthousiaste des différentes hypothèses pour expliquer les fossiles. Comme celle de Cuvier, qui pensait, au début du XIXe siècle, que le monde avait connu une succession de catastrophes qui avaient provoqué la disparition des animaux préhistoriques. Elie de Beaumont, lui, estimait que la Terre se refroidissait continuellement et que le relief était dû au fait que l'intérieur se refroidissait plus vite que l'extérieur et se contractait, engendrant des bouleversements à la surface.

— Moi, je pense que tout cela est faux. Il y a quelques milliers d'années, la Terre a connu une période glaciaire. Alors, si son refroidissement est continu, pourquoi s'est-elle réchauffée depuis cette époque ? La vérité, c'est que nous ne savons pas grand-chose.

Lui-même avait en tête une idée révolutionnaire pour expliquer la formation des montagnes. Il imaginait que les continents étaient peut-être en mouvement et se déplaçaient lentement à la surface du globe.

— Mais sur quoi ? demanda Sylvine, intriguée.

— Sur une couche de lave pâteuse. Cela expliquerait les volcans, les failles qui bordent certains continents. Lorsque deux plaques se heurtent, cela provoque un plissement de la surface. Bien sûr, c'est un mouvement très lent, mais il engendre la formation de montagnes comme le Jura. On y voit nettement le plissement des couches sédimentaires.

Sylvine, qui ne connaissait pas le Jura, ne pouvait qu'approuver. Mais un élément l'inquiétait.

— Alors, vous croyez vraiment qu'il y a du feu partout sous nos pieds ?

Elle avait toujours cru que la lave n'existait que dans les régions volcaniques.

— Parfaitement, confirma Victor. Et à une distance pas très grande, de l'ordre de quelques dizaines de kilomètres.

Cette perspective n'enchantait guère la jeune fille. Elle remettait en question *Le Voyage au centre de la Terre* de Jules Verne. Mais le jeune géologue poursuivit :

— C'est ce qui a permis à la vie d'apparaître et de perdurer. Ce feu interne maintient une température acceptable à la surface. Sans lui, il ferait encore plus froid qu'aux pôles.

Il se relança dans de nouvelles explications et hypothèses. Parfois, les termes qu'il employait échappaient un peu à Sylvine, mais cela n'avait aucune importance. L'enthousiasme du jeune homme l'amusait beaucoup. Il lui faisait penser aux héros de Jules Verne. Cela lui plaisait bien.

Ils passèrent la journée dans les galeries, dont elle lui fit découvrir les aspects insolites, les gravures des parois, notamment un grand cœur rouge gravé dans la roche et marqué de deux prénoms. De peur qu'ils ne trahissent sa véritable identité, elle évita les ateliers où travaillaient les anciens compagnons de son père. Elle le fit descendre jusqu'au niveau le plus bas, là où les caves rejoignaient les eaux souterraines.

Lorsqu'ils ressortirent des *perrières*, le soir venu, la nuit était presque tombée. Victor avait prélevé de nombreux spécimens de fossiles qui alourdissaient son sac de cuir. Il avait également amassé une petite collection de morceaux de tuffeau qu'il voulait expédier à Paris pour une analyse scientifique poussée. Sylvine le ramena à l'hôtel. Quand il descendit de voiture, il lui adressa un sourire radieux.

— Je ne sais comment vous remercier. Vous m'avez fait gagner un temps précieux. Grâce à vous, j'ai découvert des lieux que je n'aurais jamais pu visiter seul. Ce que j'ai vu aujourd'hui va m'amener à m'installer pour quelque temps dans la région. Je vais écrire dès demain à mon supérieur pour lui expliquer tout ça.

— Je suis ravie d'avoir pu vous être utile, monsieur Delaunay.

Elle était ravie aussi qu'il envisageât de rester encore un peu. Il fit tourner sa casquette entre ses doigts d'un air embarrassé, puis ajouta :

— J'ai passé une excellente journée en votre compagnie, Marie. Je… j'aimerais que nous ayons l'occasion de nous revoir. Pensez-vous que ce soit possible ?

Prise de court, elle hésita.

— Oui, bien sûr, répondit-elle enfin. Je dois toujours vous montrer ma collection de fossiles.

— Je ne voudrais pas vous déranger.

— Disons après-demain.

— Avec plaisir.

Le surlendemain, elle le reçut chez elle dans l'après-midi. Il découvrit avec surprise qu'elle vivait seule.

— Vous n'avez plus vos parents ?

— Non, répondit-elle un peu sèchement.

Elle n'avait pas trop envie d'en parler. Victor s'en aperçut et n'insista pas. Il s'en voulait de s'être montré indiscret. Il n'avait jamais été très adroit avec les femmes, même si ses yeux bleu pâle et sa moustache lui avaient déjà valu quelques succès féminins. Il n'en avait jamais tiré gloire et se trouvait toujours intimidé face à une jolie fille. Mais là, c'était pire que tout. Marie lui plaisait vraiment. Depuis trois jours qu'il la connaissait, elle peuplait ses pensées. Elle était belle, mais ce n'était pas pour cette raison qu'elle l'attirait. Il s'était rendu compte qu'ils avaient de nombreux points communs. D'ordinaire, les femmes n'étaient nullement passionnées par les roches. Elle, au contraire, les connaissait fort bien.

Mais il y avait autre chose. Il sentait inconsciemment qu'un mystère planait sur elle. Comment une femme aussi jolie pouvait-elle vivre seule ? Ses soupirants devaient être légion. Une curieuse douleur lui tordit l'estomac à l'idée qu'elle pût avoir un fiancé.

Pour la première fois de sa vie, sa passion des roches et

des fossiles passait au second plan. La collection de Sylvine ne manquait pourtant pas d'intérêt.

Lorsqu'il quitta la petite maison des bords du Cher ce soir-là, une énergie formidable lui gonflait les poumons. Ils avaient bavardé pendant des heures et s'étaient promis de se revoir. Ils s'étaient découvert une autre passion pour les romans, et particulièrement ceux de Jules Verne, qu'il avait presque tous lus. A la réflexion, elle n'avait probablement pas de fiancé. Dans ce cas, elle n'aurait pas accepté de le recevoir chez elle.

De son côté, Sylvine trouvait que le monde s'était métamorphosé. En quelques jours, elle avait perdu ses repères. Elle que la vie avait durcie se sentait tout à coup plus fragile, comme si la seule présence de Victor avait fait tomber de ses épaules la cuirasse de protection sous laquelle elle s'abritait depuis des années. Une cuirasse qui impressionnait et désarmait les hommes de tous âges qui auraient aimé la séduire. A tel point qu'elle avait acquis la réputation, auprès de certains, de ne pas aimer les hommes. Elle le savait et s'en moquait.

Mais ce diable de petit bonhomme à lunettes rondes avait fait tomber ses défenses sans même y prendre garde. Lorsqu'elle se coucha, le soir venu, de curieuses envies lui nouèrent les reins. Elle imagina la fine moustache, la bouche sensuelle de Victor se posant ses lèvres, ses mains caressant son corps privé de tendresse depuis de longues années. Un corps qui ignorait tout de l'empreinte de l'homme. Quelque part, elle sentait une révolte naître en elle. Simultanément, une envie encore plus puissante lui venait de se livrer totalement à ce désir inconnu.

Cependant, avec lucidité, elle devinait que son soupirant n'avait rien du conquérant. Si elle voulait qu'il se passât quelque chose entre eux, elle devrait y mettre du sien.

Dans les jours qui suivirent, Sylvine et Victor se revirent

régulièrement, sans qu'il fût besoin d'un prétexte. Victor était aussi bavard que Sylvine était taciturne. Un matin, il reçut une lettre de son supérieur l'encourageant à poursuivre ses recherches. Les échantillons qu'il lui avait envoyés avaient livré nombre d'informations intéressantes. Il vint aussitôt annoncer la nouvelle à Sylvine. De joie, celle-ci se jeta dans ses bras. Surpris, il ne sut d'abord comment réagir. Puis, l'amour étant ce qu'il est, après un instant d'hésitation, leurs lèvres se joignirent.

Parce que leur relation prenait un tour plus sérieux, Sylvine ne pouvait se défaire d'un certain malaise. Dans un premier temps, elle crut que la perspective de perdre sa liberté l'ennuyait. Mais son intuition lui soufflait que Victor ne serait pas un compagnon autoritaire et embarrassant. Au contraire. Il émanait de lui beaucoup de charme, dont le moindre n'était pas cette timidité qu'il compensait par son bavardage. Elle s'effaçait très vite derrière la passion lorsqu'il abordait les sujets qu'il aimait.

Le malaise avait une autre origine. Elle finit par comprendre qu'il venait du mensonge dans lequel elle vivait. Elle ne s'appelait pas Marie Vallée. Son vrai nom était Sylvine Ménétrier, un nom dont elle n'avait pas à rougir. Son retour sous une autre identité n'avait été motivé que par sa volonté de retrouver l'assassin de Pierre. Mais Victor n'avait rien à voir avec cette histoire.

Un matin, elle reçut la visite du père Rochelet, à qui elle conta son aventure.

— Cet homme représente une grande chance pour toi, dit-il. Je te souhaite beaucoup de bonheur.

— Oh, mais je n'ai pas dit que je voulais me marier, rétorqua-t-elle. Je préfère attendre un peu.

— Toi, il y a quelque chose qui te tracasse.

Elle sourit. Il la connaissait trop bien.

— Je ne lui ai pas dit qui j'étais. Il me connaît sous le nom de Marie Vallée.

Le curé hocha la tête.

— Je comprends. Tu devrais lui dire la vérité.

— Cela va m'obliger à lui raconter toute l'histoire.

— On ne vit pas bien dans le mensonge, ma petite Sylvine.

Après une hésitation, elle répondit :

— Vous avez raison. Je vais tout lui dire.

— Je suis venu te voir pour autre chose, poursuivit Francis. J'ai rendu visite à ta grand-mère, à Selles-sur-Cher, pour tenter d'obtenir les adresses des fermes où se trouvent ton frère et tes sœurs.

Il serra le poing.

— Dieu me pardonne, mais cette femme est plus méchante qu'une teigne et plus têtue qu'un régiment de bourriques. Elle a refusé de me donner l'information. J'ai eu beau faire appel à tous les sentiments chrétiens, la menacer de se retrouver en enfer en raison de son comportement détestable, elle t'en veut à mort de lui avoir ravi son héritage. J'ai même essayé de faire parler ton grand-père, mais il a bien trop peur de sa femme. Je n'ai jamais vu un pareil poltron. Tu n'es pas gâtée avec tes grands-parents.

Il écarta les bras en signe d'impuissance.

— J'ai échoué, ma petite Sylvine. A moins de visiter toutes les fermes de la région, je ne vois pas comment faire.

— Et si je m'adressais à la gendarmerie ?

— Oui, peut-être. Mais il n'est pas sûr que les gendarmes aient le pouvoir de la faire avouer. Elle n'a commis aucune action illégale.

— C'est vrai. Et je n'ai aucune envie d'avoir affaire aux gendarmes en ce moment. Tout au moins pas tant que je n'aurai pas avancé dans mon enquête.

Elle lui expliqua qu'elle était allée voir les carriers.

— Mais je me demande si j'arriverai à quelque chose. Cette affaire remonte à près de onze ans à présent. Tout le monde l'a oubliée, sauf moi. Même si je parvenais à démasquer le coupable, que pourrais-je faire contre lui ? Il me faudrait des preuves. Parfois, j'ai l'impression de m'être attaquée à une tâche insurmontable.

— Je suis heureux que tu t'en rendes compte. Je crois qu'il serait plus sage que tu penses à toi désormais. Nous finirons par retrouver ton frère et tes sœurs, je te le promets. Tu reconstitueras ta famille. Dont ce monsieur Delaunay fera partie. Enfin, je l'espère.

Sylvine s'en voulait. Depuis qu'elle avait rencontré Victor, la haine qui l'habitait semblait s'être atténuée. Elle avait l'impression de trahir ainsi la mémoire de son père. Mais elle ne pouvait lutter contre ses sentiments profonds. Surtout, elle n'avait aucune idée de la manière de mener son enquête. Si l'assassin existait, ce dont elle commençait parfois à douter, où pouvait-il être à présent ? A cause de Lucille, elle n'avait plus envie de croire qu'il avait agi sur l'ordre d'Edmond de Gréville.

Un soir, elle invita Victor à dîner chez elle. Outre la connaissance des plantes qui soignent, Marie avait aussi enseigné à Sylvine l'art de la cuisine. Le jeune homme fut séduit par cette facette de sa compagne qu'il ignorait encore. Le vin aidant, il osa se montrer un peu plus entreprenant, sans toutefois aller plus loin que les convenances le permettaient. Comprenant qu'elle risquait d'attendre le mariage avant de connaître les délices de l'alcôve, Sylvine prit l'initiative et, après un dernier verre de « pousse d'épine », entraîna son compagnon vers la chambre. Pris au dépourvu, mais un peu éméché, il n'eut ni la force ni le désir de résister.

Bien plus tard dans la nuit, car tous deux avaient beaucoup de tendresse à rattraper, Sylvine reposait, blottie contre Victor. Malgré l'heure tardive, ils ne dormaient pas. Le jeune homme paraissait embarrassé. Enfin, il se décida :

— Je te demande pardon, dit-il. Je n'aurais pas voulu que ça se passe comme ça. Nous ne sommes pas mariés, et je considère notre liaison comme très sérieuse.

Elle lui posa aussitôt un doigt sur la bouche.

— Mais moi aussi. Et tu vas dire des bêtises. Tu n'as pas à me demander pardon, c'est moi qui t'ai attiré ici. Tu n'as donc rien à te reprocher. Moi non plus. L'amour est une chose parfaitement naturelle, et je ne vois pas pourquoi il faudrait attendre le mariage pour le faire.

— Tu n'avais pourtant connu aucun autre homme avant moi.

— Non. Mais je ne suis pas une jeune fille innocente pour autant. Je... je voudrais t'avouer quelque chose.

Soudain inquiet, il se dressa sur un coude et la contempla.

— Quelque chose de grave ?

— Oh, rassure-toi, je n'ai pas commis de crime. En fait, c'est même un peu l'inverse. Voilà, je ne m'appelle pas Marie Vallée. C'était le nom de mon arrière-grand-mère. Mon vrai nom est Sylvine Ménétrier.

Elle lui expliqua alors tout, son enfance à la Sauvagine, le meurtre de son père, la mort de sa mère, son enfermement au pensionnat de Sainte-Ursule, son évasion et ses années en Sologne. Elle lui avoua aussi sa véritable ascendance.

— Je suis revenue à Montrichard pour tenter d'élucider la mort de mon père – enfin, de Pierre. C'est pour cette raison que j'ai changé de nom. Je ne veux pas que l'on sache qui je suis. Tout au moins pas tout de suite. On me croit morte. Cela peut m'aider.

Victor était abasourdi.

— Tu veux récupérer ton héritage ? demanda-t-il.

— Quel héritage ?

— Si ce monsieur de Gréville accepte de te reconnaître, tu deviendras son héritière.

— Mais je me moque de sa fortune ! C'est l'assassin de mon père que je veux démasquer. Il a peut-être quelque chose à voir avec lui.

— Comment comptes-tu t'y prendre ?

— Je n'en sais rien, hélas.

— Moi non plus. Cette histoire est trop ancienne. Je crois qu'il serait plus raisonnable que tu abandonnes cette idée de vengeance. Même si tu découvrais qui est l'assassin, cela ne ferait pas revivre ton père.

— Je sais. Mais je ne peux pas abandonner. J'aurais l'impression de trahir papa.

— Tout ça me fait peur, Marie... enfin, Sylvine.

Il la prit contre lui.

— Ecoute. Je dois repartir bientôt pour faire mon rapport à mon supérieur. Je voudrais que tu ne prennes pas d'initiative dangereuse avant que je sois revenu. Si effectivement ton père a été assassiné, c'est la preuve que ces gens ne reculent devant rien. Ils n'hésiteront pas à t'éliminer s'ils se rendent compte que tu représentes un risque pour eux. Promets-moi de ne rien faire avant mon retour.

— Je te le promets.

Cette réponse aurait dû le rassurer. Mais il connaissait désormais assez Sylvine – puisqu'il fallait lui donner son vrai nom – pour savoir qu'elle n'hésiterait pas à agir si elle découvrait le moindre indice.

33

Victor quitta Montrichard quelques jours plus tard, après avoir passé les dernières nuits dans la petite maison des bords du Cher. Sylvine se retrouva encore plus seule qu'avant. Il ignorait quand il allait pouvoir revenir, car une tâche importante l'attendait à Paris. Pour éviter de trop y penser, Sylvine se jeta à fond dans le travail, qui ne manquait pas. Avec l'hiver, les gens avaient besoin de tisanes et de sirops. Elle avait entrepris de rendre visite aux apothicaires de la région pour leur proposer ses productions. L'accueil n'était pas partout le même et elle essuya des refus. A plusieurs reprises, on lui fit comprendre que des potions préparées par une femme pouvaient avoir, aux yeux de la clientèle, un parfum un peu trop méphitique. Heureusement, le bouche-à-oreille lui attirait régulièrement de nouveaux clients.

Visitant les villages alentour, Sylvine prit peu à peu conscience d'un phénomène inéluctable : les jeunes étaient nombreux à quitter la région pour gagner les villes. Le développement de l'industrie nécessitait chaque année de nouveaux ouvriers ou mineurs. Il devenait de plus en plus difficile de recruter des journaliers dans les fermes.

Victor lui écrivait régulièrement, jusqu'à trois lettres par semaine. Il évoquait son travail, des événements qui secouaient la capitale. On parlait beaucoup du général Boulanger, qui rassemblait autour de lui les nostalgiques de la guerre et de l'ordre. Les « revanchards » gagnaient chaque jour un peu plus de terrain. Les Allemands étaient l'ennemi à abattre, à qui on reprendrait bientôt l'Alsace et la Lorraine.

Vers le milieu du mois de mars, Sylvine reçut une lettre de Lucille l'informant de son retour quelques jours plus tard. Elle lui rendit visite dès son arrivée. Elle la trouva plus fatiguée qu'avant son départ. Ses traits s'étaient creusés et elle avait maigri.

— Vous n'avez pas mangé suffisamment, lui reprocha doucement Sylvine.

— Oh, je n'en avais guère envie.

Elle prit les mains de Sylvine dans les siennes.

— Je suis heureuse de vous revoir, Marie. L'atmosphère de la maison de Paris devient de plus en plus difficile à supporter. Mes parents ne cessent de se disputer. Et même...

Sylvine comprit que son état de faiblesse n'était pas seulement dû à sa maladie, mais à une sorte d'écœurement.

— Ce que je vais vous dire est horrible, mais je souffre trop de le garder pour moi. Je voudrais seulement que vous n'en parliez à personne.

— Vous avez ma parole, Lucille.

La jeune fille hésita, puis poursuivit :

— Un jour, je devais aller au théâtre, pour la représentation de l'après-midi, qu'ils appellent curieusement matinée. J'étais en compagnie d'une amie. Mais je me suis sentie mal et je suis rentrée. Ma mère ne s'attendait pas à mon retour. Je savais qu'elle était présente et je me suis rendue dans sa chambre parce que je ne me sentais pas bien. J'avais envie de lui parler. Et là, je l'ai surprise dans les bras d'un homme. Un militaire. C'était épouvantable. J'ai été prise de vomissements et d'une toux qui ne voulait plus s'arrêter. J'ai cru mourir. Elle ne s'est même pas excusée. Elle est venue me voir en exigeant mon silence. Elle m'a même menacée de me faire enfermer chez les fous si je parlais de ça à mon père. J'ai compris ce jour-là que ma mère me détestait.

— Mais pourquoi ?

— Peut-être parce qu'elle m'en veut de ne pas être à sa ressemblance, brillante, forte, calculatrice, sans scrupules. Mais ce n'est pas tout.

Elle se tut un instant et continua :

— Les affaires de mon père ne vont pas bien. Il a voulu essayer de s'introduire dans le milieu de la haute finance parisienne en se faisant passer pour noble. Il raconte partout qu'il a été anobli par l'empereur Napoléon III, mais je sais que c'est faux. Ces gens-là le considèrent comme un petit bourgeois de province qui n'a pas les moyens de ses ambitions. Au début, on l'a plutôt bien accueilli parce qu'il avait de l'argent. C'est ainsi qu'il a épousé ma mère. Elle-même était noble, mais sans fortune. J'ai compris récemment qu'il n'y avait jamais eu d'amour entre eux. C'était un mariage de convenance. Pendant des années, mon père a fait illusion. Il avait autour de lui des amis qui le conseillaient bien. Mais il a fini par se fâcher avec eux à cause de son stupide orgueil. Et là, il a rencontré des gens sans scrupules qui l'ont poussé dans des affaires douteuses. Il ne s'est pas méfié et il a perdu beaucoup d'argent. Je suis très inquiète pour lui.

— Il ne semble pas l'être pour vous, cependant. Il aurait pu vous accompagner.

— Ne soyez pas sévère avec lui. Il a l'intention de venir bientôt. Mais il doit d'abord régler de nombreux problèmes. Je sais qu'il a repris contact avec ses anciens amis. Mais je doute que ceux-ci lui viennent en aide à présent.

Sylvine ne répondit pas. La prédiction de son arrière-grand-mère semblait se confirmer. Edmond de Gréville payait aujourd'hui son comportement méprisant d'autrefois. Mais était-ce bien le dieu de la nature qui lui adressait ainsi un écho à son comportement passé, ou bien n'était-ce qu'une coïncidence ?

— Vous devez d'abord penser à vous, dit-elle enfin. Je vais vous redonner de quoi vous soigner. Surtout, il faut que vous retrouviez l'appétit.

Sylvine et Lucille ne furent pas longues à renouer la complicité qu'elles avaient partagée à l'automne. Sylvine parla de Victor, qu'elle para de toutes les qualités. Elle avoua aussi qu'elle n'avait pas attendu le mariage pour l'attirer dans sa couche. Cette idée ne choqua pas Lucille.

— C'est une chose que je ne connaîtrai pas, dit-elle simplement. Mais je suis très heureuse que vous ayez rencontré cet homme. J'espère qu'il reviendra bientôt et que vous me le présenterez.

— Bien sûr.

Sylvine éprouvait un peu de honte à parler ainsi de son bonheur. Lucille avait raison. Jamais elle ne connaîtrait les joies de l'amour. Pourtant, malgré son état sans espoir, malgré les toux douloureuses qui lui déchiraient les poumons plusieurs fois par jour, elle continuait à s'inquiéter pour les autres. Il n'y avait aucune trace d'égoïsme en elle, et voir ses amis heureux lui faisait du bien. Sylvine éprouvait une sorte d'admiration. Elle-même avait l'avenir devant elle, des projets plein la tête, une famille à construire. Une famille dont Lucille ne pourrait malheureusement pas faire partie. Elle souffrait un peu plus chaque jour de ne pouvoir lui avouer le lien de sang qui les unissait. Elle aurait aimé la prendre contre elle et la serrer, lui dire qu'elle l'aimait. Mais ce comportement, normal entre deux sœurs, eût peut-être été excessif entre deux amies.

Si, dans la journée, elle faisait appel à toute sa volonté pour garder bonne figure et se montrer enjouée et solide, le soir, quand elle rentrait chez elle, Sylvine ressentait une grande tristesse. Malgré tout le soin qu'elle prenait pour maintenir Lucille en meilleure santé possible, elle ne pouvait se cacher qu'elle la voyait dépérir un peu plus chaque jour. Ses soins ne faisaient que reculer l'inéluctable échéance. Alors, elle éclatait en sanglots, le cœur chargé d'un sentiment d'échec et d'impuissance.

Elle passait des heures à compulser ses notes, essayant d'y trouver un signe, une lueur d'espoir. Elle se documentait régulièrement sur les progrès de la médecine. Elle avait appris que, l'année précédente, un savant nommé Louis Pasteur avait réussi à guérir un petit garçon mordu par un chien enragé. Les journaux en avaient beaucoup parlé. Jusqu'à présent, la rage avait été une maladie mortelle. Pourtant, ce savant était parvenu à la vaincre. Alors, peut-être ce monsieur Pasteur trouverait-il bientôt un remède à la maladie dont souffrait Lucille.

Dans le courant du mois d'avril, grâce aux remèdes et à l'affection dont Sylvine l'entourait, Lucille connut une légère rémission. Son souffle s'améliora et ses quintes de toux s'espacèrent. Les deux jeunes filles en profitèrent pour effectuer de longues promenades en voiture dans la région. Elles obtinrent de madame Marguerite Pelouze, propriétaire du splendide château de Chenonceau, l'autorisation de le visiter. Un autre jour, elles prirent le train et passèrent une journée à Tours.

Mais le plus souvent, on les voyait parcourir les routes des environs dans la voiture des Gréville. Le temps un peu chaud pour un mois d'avril avait provoqué une avancée de la floraison et la nature explosait partout en mille parfums et couleurs. Parfois, lorsque Lucille se sentait vraiment bien, elles s'aventuraient en forêt, Mouchette sur les talons. Lucille s'accrochait au bras solide de Sylvine et elles restaient ainsi des heures à bavarder de tout et de rien, de leurs dernières lectures, des spectacles parisiens dont les journaux se faisaient l'écho.

Dans le voisinage, de nombreuses personnes ne manquèrent pas de s'apercevoir qu'il existait une certaine ressemblance entre les deux filles. Un jour qu'elles traversaient Bourré, Sylvine aperçut, près du lavoir, Georgette Vernier et son inséparable Prudence Ravachon. Elle ne leur accorda aucune attention, mais les deux commères interrompirent leur ouvrage pour les observer avec acuité. La mère Vernier grommela :

— C'est bizarre, cette Marie Vallée dont la fille Gréville s'est entichée. Si je savais pas que la Sylvine Ménétrier est morte, je jurerais que c'est elle.

Au début du mois de mai, Lucille annonça l'arrivée prochaine de son père.

— J'avais peur qu'il ne puisse pas venir à cause de ses ennuis. Mais il sera là dans trois jours. Je vais enfin pouvoir te le présenter.

Avec le temps, les deux filles avaient fini par se tutoyer. Sylvine ne répondit pas. Une vive émotion s'était emparée d'elle. Malgré ses griefs contre Edmond de Gréville, il était son vrai père, et elle avait envie de le connaître.

Sylvine était présente lorsque Edmond de Gréville arriva, avec une journée d'avance. Elle en fut décontenancée. Elle aurait préféré laisser Lucille retrouver son père – leur père – seule. Ils avaient sans doute beaucoup de choses à se dire après une séparation de près de deux mois. Mais cela n'eut pas l'air d'embarrasser son amie.

— Père, je vous présente mon amie Marie Vallée, qui veille sur moi depuis que je suis là. Je vous ai parlé d'elle dans mes lettres.

— C'est exact. Je vous remercie, mademoiselle. Lucille m'a dit beaucoup de bien de vous.

Sylvine acquiesça d'un signe de tête. Elle ne savait que dire. Il est facile d'en vouloir à une personne que l'on considère comme son ennemie tant qu'on ne l'a pas approchée de près. Mais les sentiments évoluent lorsque l'on se retrouve face à cette personne. Tandis qu'il bavardait avec sa fille, Sylvine observa Edmond de Gréville. Il avait dû être bel homme autrefois. Mais il approchait désormais de la cinquantaine et paraissait voûté sous le poids des ans. Des rides profondes marquaient son visage et ses yeux reflétaient un mélange de désespoir et de colère.

— Je vais vous laisser, dit Sylvine à Lucille. Sans doute avez-vous envie d'être seuls.

— Oh non, Marie, tu ne nous gênes pas. Je voulais tellement que vous fassiez connaissance tous les deux !

Gréville confirma d'un signe de tête. Il n'avait accordé aucune importance à Sylvine, qui avait l'impression d'être considérée à peine mieux qu'un animal de compagnie chargé de distraire sa fille. Cette attitude méprisante ne contribuait pas à le rendre moins antipathique. Elle l'étudia discrètement. Il semblait être ailleurs.

Sylvine éprouvait une furieuse envie de s'en aller. Mais Lucille avait besoin d'elle. Visiblement, ce n'était pas pour revoir sa fille que Gréville était venu. Tandis que la domestique servait le thé, tous trois prirent place dans le salon. Au-delà des quatre grandes portes-fenêtres s'ouvrait une terrasse qui donnait sur le parc. Un soleil radieux inondait, au loin, la forêt de Montrichard dont les arbres s'étaient habillés d'un vert tendre.

Mais Edmond ne le remarquait pas. Dès que la domestique fut partie, il déclara :

— J'ai un grand projet, ma fille.

Lucille répondit d'un sourire qui manquait de chaleur. Apparemment, elle avait déjà entendu cette phrase plusieurs fois et elle n'annonçait pas forcément quelque chose de bon.

— Je vais organiser une grande fête ici, poursuivit Edmond. Je vais faire venir tous mes amis de Paris.

— C'est une merveilleuse idée, père. Mais n'est-ce pas déraisonnable ? Ne m'avez-vous pas dit que vos affaires n'étaient pas au mieux ?

— Justement, je dois regagner la confiance des financiers. Le vent tourne actuellement. Je n'aime pas ce général Boulanger dont ta mère s'est entichée, mais il a été nommé au ministère de la Guerre au mois de janvier et l'on murmure dans les milieux bien informés qu'il devrait bientôt prendre la tête du pays. Certains parlent même d'un possible coup d'Etat. Cette perspective ne me réjouit pas : il y a fort à craindre que ce monsieur n'entraîne le pays vers une nouvelle guerre contre l'Allemagne. Ce serait une folie. La France n'est pas prête. Notre empire colonial retient des dizaines de milliers de soldats au loin et nous avons déjà fort à faire pour maintenir la paix dans ces contrées. L'année dernière, nous avons déjà failli avoir une guerre avec la Chine à cause du Tonkin. Un conflit avec l'Allemagne serait vraiment une folie.

Il laissa passer un silence, puis ajouta :

— Mais il faut savoir hurler avec les loups. Je dois renouer d'anciennes alliances et m'en concilier de nouvelles.

Une toux nerveuse secoua Lucille, qu'il ne parut même pas remarquer. En fait, il parlait surtout pour lui-même. Seules ses affaires l'intéressaient. Sylvine le fixait avec un mélange d'émotion et de colère. Ne voyait-il pas le mal dont souffrait Lucille ? S'en moquait-il, tout simplement ? Il n'était pas venu la réconforter, mais préparer ses festivités. Comment Juliette avait-elle pu être amoureuse d'un être aussi égoïste ?

Soudain, il se rendit compte qu'elle le regardait fixement. L'intensité du regard vert de la jeune femme le désarçonna et il parut enfin se rendre compte de son existence.

— Comment avez-vous dit que vous vous appeliez ? demanda-t-il d'une voix mal assurée.

— Marie Vallée, monsieur. Je me suis installée à Montrichard il y a quelques mois. Je prépare des médications à base de plantes. Lucille est venue me voir et j'ai eu la chance de devenir son amie.

— C'est curieux. Vous me rappelez quelqu'un.

Sylvine frémit.

— Etes-vous originaire de la région ?

— Pas exactement. Je viens de Sologne.

— Ah ? Bien.

Il semblait un peu déçu.

— Pourrai-je inviter Marie à cette fête, père ? demanda Lucille.

— Oui, bien sûr ! Les amies de ma fille sont les bienvenues.

Puis il revint vers son sujet.

— Je veux que tout soit parfait. Je vais prendre contact avec les meilleurs cuisiniers de la région. Il me faudra engager du personnel, un sommelier.

Il poussa un grognement et ajouta :

— Je ne pourrai même pas servir mon propre vin. La récolte de cette année n'a pas été bonne. De toute façon, ces maudits vignerons sont des ânes ! Il y en avait un autrefois qui connaissait bien son métier. Les autres ne savent pas travailler la vigne comme lui.

Il regarda Sylvine, qui fit un gros effort pour rester de marbre.

— De qui parlez-vous ? demanda-t-elle d'une voix neutre.

— D'un vigneron de Bourré. Il s'appelait Pierre Ménétrier. Il faisait le meilleur vin de la vallée. J'ai racheté ses terres parce que je voulais créer ici un vignoble de grande renommée, comme cela se fait dans la région bordelaise. Mais mon vin n'est pas aussi bon que le sien, malheureusement.

— Qu'est-il devenu ?

— Il est mort. Un accident stupide.

Pour quelle raison avait-il parlé de Pierre précisément après avoir dit qu'elle lui rappelait quelqu'un ? L'avait-il reconnue ?

Mais l'instant d'après, il sembla oublier le sujet et poursuivit son monologue à propos de la fête qu'il voulait organiser. Sylvine s'enfonça les ongles dans les paumes des mains pour ne pas se mettre à hurler.

34

La fête au manoir de Gréville eut lieu à la fin du mois de mai. S'il n'avait tenu qu'à elle, Sylvine n'y aurait pas assisté. Elle n'avait aucune envie de rencontrer les amis de son père, puisqu'il fallait l'appeler ainsi. Mais elle ne pouvait pas abandonner Lucille. Sa demi-sœur n'appréciait pas du tout la compagnie de ces bourgeois parisiens, qui la traitaient avec un peu de compassion et beaucoup de mépris. Dans ce milieu-là, on ne pardonnait pas à quelqu'un d'être malade. A Paris, Lucille avait toujours été tenue à l'écart. Elle ne pouvait constituer ni un bon parti ni une maîtresse acceptable. Tout au plus la considérait-on comme un objet de curiosité. Aussi la perspective de cette fête n'enchantait-elle guère la jeune fille. Elle s'en était confiée à Sylvine dès qu'elles avaient été seules.

Par compensation, elles avaient décidé de se faire confectionner des robes neuves. Sylvine avait trouvé, à Montrichard, une couturière habile, passionnée par son métier, qui, comme elle, suivait avec attention la mode parisienne et mettait un point d'honneur à l'imiter. Sylvine et Lucille passèrent de longues heures chez elle pour les essayages.

Depuis la fin des années 1870, la crinoline avait été abandonnée au profit de la « tournure », un coussinet cousu derrière la robe qui formait d'élégants drapés. Peu désireuse d'attirer l'attention sur elle, Sylvine avait refusé l'idée des épaules nues et opté pour un décolleté plus sage. Elle choisit un tissu couleur prune qui s'harmonisait avec sa chevelure et ses yeux, tandis que Lucille avait préféré un satin perle.

— Mais quand nous supprimeront-ils ce maudit corset qui nous étouffe ? grognait la jeune fille, qui avait peine à respirer.

— Fais comme moi, prends-le d'une taille plus grande, répondit Sylvine.

Elle avait trouvé la parade à l'instrument de torture destiné à faire la taille la plus fine possible. N'ayant aucun souci de plaire, elle portait des corsets larges qui lui permettaient de respirer normalement.

— Il est hors de question que je souffre pour obéir à une mode tyrannique édictée par les hommes, déclara-t-elle à la couturière, que cette décision avait surprise au début.

Lucille avait fini par l'imiter, et s'en trouvait bien plus à l'aise.

— Nous allons détonner parmi les Parisiennes. Elles vont nous juger grosses.

— Tant pis pour elles. Au moins, nous nous sentirons bien !

Cependant, malgré le plaisir de porter une nouvelle robe, Sylvine ressentait un certain malaise à l'idée de participer à la fête d'Edmond de Gréville. Elle savait qu'il jouait là une partie difficile. Faisant fi de ses difficultés financières, il avait investi une somme considérable pour recevoir dignement ceux qu'il appelait ses amis. Il avait fait appel aux meilleurs cuisiniers de Montrichard, acheté des caisses de champagne et de grands vins de Bordeaux et de Bourgogne, engagé des domestiques pour le service. Dans le parc, des chapiteaux avaient été dressés, sous lesquels on avait installé de longues tables.

Gabrielle de Gréville, née Saint-Maixent, arriva la veille, à la tête d'un cortège de voitures qui transportaient un petit groupe d'invités vêtus à la dernière mode. Il y avait là des dandys, des militaires, un ou deux poètes dont elle aimait faire sa cour, ainsi que quelques femmes qui tâchaient d'imiter leur hôtesse. Car Gabrielle aimait à donner le ton. Sylvine la détesta immédiatement. Lorsque Edmond aida son épouse à descendre, elle le toisa d'un regard mêlant le mépris et l'amusement, puis, après s'être assurée que ses convives l'entendaient bien, se plaignit d'une voix flûtée de la longueur du trajet.

— Ces voyages en train sont absolument épuisants. On y côtoie toutes sortes d'individus dont on ne sait d'où ils sortent. Comment peut-on vivre dans un endroit aussi reculé ?

Des rires obséquieux lui répondirent.

— Vous êtes donc là, mon ami, dit-elle à son mari. Comment pouvez-vous supporter la campagne ? Ce n'est bon que pour les paysans. Enfin, vous constaterez que j'ai battu le rappel de nos amis pour faire honneur à votre petite fête.

— Je vous en suis reconnaissant, dit-il en s'inclinant.

Lucille s'avança vers elle, esquissant un sourire de circonstance.

— Ah, ma fille ! répondit sa mère, je suis bien aise de vous voir. Nous allons pouvoir passer quelques moments ensemble. Vous me raconterez comment vous allez.

— Bonjour, mère. Je vais bien, rassurez-vous, mentit-elle.

Elle se tourna vers Sylvine qui se tenait en retrait, le visage fermé. Lucille ajouta :

— Je voudrais vous présenter mon amie Marie. C'est grâce à...

— C'est bien, c'est bien, la coupa Gabrielle. Nous

verrons cela plus tard. Je dois d'abord faire à mes invités les honneurs de la maison.

Elle se détourna aussitôt de sa fille et, montrant le manoir, clama :

— Vous verrez, cette petite bâtisse ne paye pas de mine, mais elle a un certain charme. C'est un ancien relais de chasse, je crois. Mon mari l'a fait remettre en état. C'est un peu rustique, mais les lits sont confortables.

Ce disant, elle se tourna vers l'un des militaires, qui lui répondit d'un sourire orné d'une moustache à crocs relevés.

Sylvine sentit la colère bouillonner en elle. Il était visible que le militaire était l'amant en titre de Gabrielle. Comment Edmond pouvait-il être assez aveugle pour ne pas s'en apercevoir ? Cette femme n'avait que mépris et condescendance pour autrui. Sylvine avait remarqué le regard en coin qu'elle lui avait jeté, un examen rapide, de haut en bas. Elle avait aussi noté la petite grimace de jalousie à peine esquissée qui avait déformé ses traits l'espace d'une seconde. Sylvine ne portait pourtant ce jour-là qu'une robe blanche toute simple. Mais, le matin, Lucille lui avait fait compliment de sa beauté.

« J'aimerais tellement te ressembler, Marie », lui avait-elle dit.

La réflexion avait touché Sylvine, qui avait répondu :

« Mais, nous nous ressemblons. »

Elle l'avait amenée devant une glace où elles s'étaient contemplées toutes deux.

« C'est pourtant vrai. Nous avons des traits communs. Nous sommes peut-être cousines, sans le savoir. »

La gorge nouée, Sylvine n'avait rien pu dire de plus.

Le soir, à la demande de Lucille, elle resta dormir au manoir. Elle occupa une petite chambre voisine de celle de sa demi-sœur. A son grand soulagement, elle ne fut pas obligée d'assister au souper que leur père avait organisé pour les invités. Lucille avait prétexté la fatigue pour se faire monter une soupe dans sa chambre, où elle dîna en compagnie de Sylvine.

— Cela fait toujours une corvée d'évitée, dit-elle avec un sourire.

Le lendemain, elles se levèrent de bonne heure pour passer leurs toilettes. Lucille n'était guère pressée de descendre se mêler aux autres. Il était plus de midi lorsqu'elles rejoignirent les invités, confortablement installés sous les chapiteaux.

— Ah, ma fille ! s'exclama Gabrielle en lui prenant le bras. Nous désespérions de vous voir.

Elle l'entraîna sans accorder le moindre regard à Sylvine. Cette dernière ne fut pas longue à comprendre pourquoi Gabrielle tenait à s'afficher en compagnie de Lucille. Non seulement elle passait aux yeux de ses invités pour une mère attentionnée et aimante, mais cela lui permettait de mettre en valeur sa santé superbe par rapport au teint pâle et maladif de sa fille.

Lucille adressa un regard embarrassé à Sylvine, mais fut bien obligée de suivre sa mère. Un peu décontenancée, Sylvine fit quelques pas, hésitant à s'esquiver discrètement. Elle ne resta pas longtemps seule. A peine la mère et la fille s'étaient-elles éloignées qu'un petit groupe d'hommes au regard conquérant vint l'entourer.

— Mazette, s'exclama l'un d'eux, Gabrielle nous avait caché que sa fille avait une dame de compagnie aussi charmante !

— Comment vous appelle-t-on ? demanda un autre.

— Je ne suis pas dame de compagnie, répliqua-t-elle d'un ton glacial.

— Je crois que vous avez gaffé, messieurs ! dit un troisième, un homme assez âgé à l'œil pétillant de malice.

Il passa familièrement son bras sous celui de Sylvine et l'entraîna à l'écart. Les autres, s'inclinant avec respect, ne tentèrent pas de les suivre. Sylvine comprit qu'elle avait affaire à un personnage important.

— Peut-on tout de même savoir votre nom, belle enfant ? demanda-t-il joyeusement.

— Je m'appelle Marie Vallée et je suis l'amie de Lucille.

— Vallée, Vallée... Seriez-vous apparentée aux Vallée des mines d'étain ?

— Pas du tout ! Je suis seulement guérisseuse. Un peu sorcière, si vous préférez ! Je soigne avec des plantes.

Le ton légèrement provocateur de Sylvine eut le don d'amuser encore plus le vieil homme.

— Eh bien, permettez-moi de me présenter à mon tour. Je suis Rodolphe Descrainville. Sans apostrophe. Je crois que mes ancêtres l'ont supprimée à une certaine époque où l'on avait un peu trop tendance à couper la tête à tout ce qui portait particule. Il semble pourtant qu'aujourd'hui, la mode en soit de nouveau prisée. On les achète fort cher parfois, et l'on s'en pare même si elle est inexistante.

Sylvine fit la moue. Ce petit discours en disait long sur l'estime dans laquelle il tenait son hôte. Elle répliqua d'un ton de reproche :

— C'est pourtant généreux de la part de monsieur de Gréville d'avoir organisé cette fête.

— Mon petit, n'en soyez pas dupe. Gréville est un arriviste sans surface, qui a commis l'erreur de s'acoquiner avec des affairistes peu délicats au lieu de garder sa confiance à ses amis, dont j'étais.

— Dont vous étiez ? Parce que vous ne l'êtes plus ?

Il la contempla avec un sourire en coin.

— Vous vous étonnez de ma présence ici ?

— Un peu, si vous ne vous considérez plus comme son ami.

— Il a beaucoup insisté pour je vienne, ainsi que quelques autres. Mais nous savons à quoi nous en tenir. En réalité, ses nouveaux « amis » l'ont plumé et il tente de renouer avec nous. Malheureusement, je crains qu'il ne soit trop tard. Il ne lui reste plus grand-chose de la fortune qu'il s'était constituée. Il a manqué de prudence et de fidélité. A présent, il le paye. Tout cet étalage destiné à nous amadouer et à nous éblouir n'y changera rien.

— Il existe donc une fidélité dans le monde des affaires ? s'étonna-t-elle.

— Ma chère, comme dans tout. Lorsque l'on fait partie d'un groupe qui vous a apporté beaucoup, on ne le délaisse pas pour un simple mirage. Gréville nous a lâchés. C'est dommage pour lui, car il possède un talent certain pour analyser une situation financière. Hélas, il est tombé sur des faisans à qui il a eu le tort de faire confiance après avoir, en quelque sorte, trahi ses amis. Dans le monde de la finance, cela ne pardonne pas.

— Mais ne pourriez-vous pas lui accorder une seconde chance ?

Tout en prononçant ces mots, Sylvine se surprit elle-même. L'attitude d'Edmond de Gréville – enfin, Edmond Gréville, tout simplement – ne l'incitait pas à l'indulgence. Pourtant, elle ne pouvait s'empêcher de le défendre. Peut-être parce qu'il était son père, ou parce qu'elle n'aimait pas voir des rapaces s'acharner sur un homme tombé à terre.

— Dans ce cas, il s'y prend maladroitement. Lorsque l'on veut se faire pardonner, on se fait humble. L'on n'invite pas des gens contre lesquels on a tenu voici encore peu de temps des propos désobligeants.

— Comment ça ?

— Vous avez ici à peu près cinquante personnes. Pour moitié, vous y rencontrerez ses anciens amis. Les autres sont des partisans de ce général Boulanger dont on nous rebat les oreilles depuis quelques mois, des militaires et des semeurs de troubles qui hurlent à la guerre contre l'Allemagne. Mes amis et moi ne partageons pas du tout le point de vue de ces braves gens. Edmond estime, à raison, que la France n'est pas prête pour un conflit. Or, il les invite en même temps que nous, car il veut, comme on dit, ménager la chèvre et le chou. S'il n'obtient pas ce qu'il désire avec nous, il espère l'obtenir du côté des boulangistes. Ce en quoi il se trompe lourdement. Ces gens-là sont encore plus opportunistes que lui.

— Peut-être a-t-il voulu faire plaisir à son épouse, hasarda Sylvine.

— Alors, c'est un sot. Son épouse se moque bien des attentions qu'il peut avoir pour elle. Elle sait qu'il sera bientôt ruiné et elle prépare ses arrières. Gabrielle est une gourgandine issue d'une famille noble dont seul le nom lui permet encore de fréquenter le grand monde. Elle n'a épousé ce pauvre Edmond que pour sa fortune. Cela ne l'a pas empêchée de lui faire porter une paire de cornes dont tout Paris fait des gorges chaudes.

Sylvine ne répondit pas. Un sentiment de pitié l'envahit pour ce père qui ne s'était pourtant jamais occupé d'elle. Sa rancœur s'en trouva diminuée. Peut-être récoltait-il ce qu'il avait semé.

— Mais vous-même, mon petit, que diriez-vous de monter à Paris pour y tenter votre chance ? Vos talents de guérisseuse y feraient fureur, j'en suis certain, et je serais très flatté de vous introduire auprès de mes amis. Vous pourriez venir passer quelques jours dans mon hôtel particulier parisien. Je brûle de vous faire découvrir la capitale.

Elle leva la main.

— Cela ne m'intéresse pas, monsieur Descrainville. Je ne suis pas une gourgandine, moi.

Stupéfié par cette réponse directe, il tenta de se rattraper.

— Mais loin de moi l'idée de…

Elle se tourna vers lui et planta ses yeux verts dans les siens.

— Pardonnez-moi, mais ce que je vois de votre milieu ne m'incite pas à vouloir le fréquenter. Cela fait plusieurs années que je prodigue mes soins à des gens de toutes conditions. Ma modeste expérience m'a appris que devant la maladie et la souffrance, nous sommes tous égaux, riches comme pauvres. J'ai aussi appris à me méfier de l'argent. Le plus souvent, il corrompt les âmes. Les plantes, elles, ne mentent pas. Mais il faut les connaître et les respecter, car elles peuvent tout aussi bien apporter la guérison que provoquer la mort. J'ai rencontré un homme il y a quelques mois. Il n'est pas très riche, mais il est de mon milieu et nous nous entendons bien. Il est hors de question que je le trahisse.

Le vieil homme ne répondit pas immédiatement.

— C'est à moi de vous demander pardon, Marie, dit-il enfin. Vous avez raison lorsque vous dites que l'argent corrompt les âmes. Il y a en vous une pureté et une honnêteté que je n'ai pas su voir, probablement parce que je ne fréquente plus que des requins depuis des dizaines d'années. Heureux cet homme qui a su vous séduire.

Le reste de la journée ne fut pas une partie de plaisir pour Sylvine. Accaparée par sa mère, Lucille ne put guère lui consacrer de temps. Dès que Descrainville l'eut laissée, d'autres revinrent à la charge pour lui faire une cour aussi pressante qu'agaçante. Elle eut beau leur faire savoir qu'il y avait déjà un homme dans sa vie, peu leur importait. L'un d'eux parvint même à l'entraîner à l'écart en prétextant une douleur dans l'épaule. C'était un fringuant militaire moustachu aux yeux sombres, qui ne l'avait pas encore importunée. Il vint à elle avec un air innocent.

— Pardonnez-moi, mademoiselle, mais des amis m'ont dit que vous étiez guérisseuse.

— C'est exact.

— Je suis désolé de vous demander ça en une telle occasion, mais je souffre depuis quelques jours d'une douleur violente dans l'épaule droite. Je pense que j'ai dû faire un faux mouvement en maniant le sabre. Pourriez-vous m'apporter quelque soulagement ?

Sylvine hésita.

— Ce n'est ni le moment ni l'endroit.

Il fit une grimace.

— Je souffre vraiment beaucoup. Il y a une charmille dans le parc. Tous les invités sont ici. Ce ne sera pas très long, n'est-ce pas ?

— Cela dépend de la nature de votre douleur. Je ne peux rien vous dire comme ça.

Il poussa un soupir et se frotta doucement le bras.

— La douleur est vive. Vous me voyez sourire, mais j'ai parfois l'impression de recevoir un coup de poignard dans le dos.

— C'est bon, venez. Je vais voir ce que je peux faire.

Sylvine ne parvenait pas à savoir s'il souffrait vraiment ou s'il jouait la comédie, mais s'il comptait s'amuser à ses dépens, il en serait pour ses frais. Comme il l'avait dit, il n'y avait personne dans la charmille, qui les dissimulait à la vue des invités.

— Enlevez votre veste et votre chemise, dit Sylvine d'un ton froid.

Il s'exécuta docilement, avec précaution. S'il simulait, il avait des talents de comédien. Il finit par ôter sa chemise, laissant apparaître un torse blanc, velu et puissant, dont apparemment il n'était pas peu fier, car il fit jouer nonchalamment ses muscles. Il lui adressa un sourire charmeur.

— Je ne vous ai pas menti, dit-il, je souffre vraiment.

— Tournez-vous, je vais regarder, le coupa-t-elle.

Elle le força à s'asseoir sur un banc de pierre puis posa ses doigts sur l'épaule de l'homme.

— Je m'appelle Gaëtan de Fustelles, dit-il. Je suis capitaine, et fervent partisan du général Boulanger.

Elle ne répondit pas. Il ne lui fallut que quelques instants pour ressentir, sous la peau, une mauvaise combinaison musculaire.

— Je voulais vous dire que je vous trouve très jolie.

— Taisez-vous, je dois me concentrer.

Surpris par le ton autoritaire, il resta coi quelques secondes. Il allait tenter de nouveau sa chance lorsque, après avoir effectué quelques massages énergiques, elle lui saisit fermement la tête et la fit craquer d'un coup sec. Il poussa un cri de stupeur.

— Eh ! Vous avez failli me tordre le cou ! s'exclama-t-il.

Mais elle ne le laissa pas poursuivre. S'emparant brusquement du bras, elle effectua quelques torsions précises qui décoincèrent les articulations. Le souffle coupé, le nommé Gaëtan se releva.

— Comment va votre épaule ? demanda-t-elle sans sourire.

Il se tâta, fit jouer ses membres.

— C'est un miracle, je ne ressens plus rien, dit-il enfin. Vous êtes une magicienne.

— Certains me disent sorcière.

— Je croyais que les sorcières étaient de vieilles femmes malfaisantes.

— Vous vous trompiez.

Sans attendre, elle s'en alla. Il la rattrapa aussitôt par le bras.

— Attendez ! Je n'ai même pas eu l'occasion de vous remercier.

Elle se dégagea vivement.

— Ce n'est pas nécessaire. Je l'aurais fait pour n'importe qui.

— Mais je ne suis pas n'importe qui. Laissez-moi au moins vous prendre dans mes bras.

— Certainement pas !

Le sourire du capitaine s'effaça. Visiblement, il n'était pas habitué à essuyer des refus.

— Pourquoi non ?

— Parce que vous ne me plaisez pas !

Frustré, le jeune homme s'emporta :

— Pour qui vous prenez-vous ? Vous n'êtes jamais qu'une petite bourgeoise de province. Sachez que mes ancêtres ont combattu en Terre sainte. Vous devriez être flattée que je m'intéresse à vous.

— Eh bien, je ne le suis pas. Et je vous conseille de réviser votre stratégie de séduction.

Le regard dur qu'elle lui adressa le désarçonna un instant. Mais il revint à la charge et tenta de la prendre de force dans ses bras pour lui voler un baiser. La réaction de Sylvine ne se fit pas attendre. Une gifle retentissante cingla, qui déclencha aussitôt un concert de rires. Stupéfaite, elle se rendit compte que plusieurs hommes s'étaient cachés dans une autre allée de la charmille et les avaient observés pendant qu'elle le soignait. Sans doute avait-il dû se vanter de réussir à la séduire. Mais il avait échoué. Humiliée, Sylvine l'apostropha :

— Ne vous avisez jamais plus de m'approcher !

— Petite vipère ! Tu me paieras ça ! grinça-t-il, furieux.

Mais elle ne répondit pas et quitta la charmille d'un pas décidé. Elle entendit les autres le rejoindre en s'esclaffant de la déconvenue de leur camarade.

— Tu nous dois chacun cinq louis ! s'exclama l'un d'eux.

Ils avaient donc parié. Les hommes étaient-ils tous aussi stupides que ceux-là ?

Elle chercha Lucille des yeux, mais ne la trouva pas. Peut-être était-elle allée faire une promenade avec sa mère dans les allées du parc. Peu désireuse de retourner auprès des autres, elle décida de partir à la recherche de sa sœur. Au-delà de la charmille, le parc se couvrait de bosquets de hêtres, de chênes et de châtaigniers. Des chemins principaux partaient plusieurs sentiers qui s'élançaient à l'assaut de la colline surplombant la vallée du Cher.

Tout à coup, les échos d'une dispute lui parvinrent.

— On me l'avait dit, mais je ne voulais pas le croire ! dit la voix d'Edmond de Gréville.

— C'est normal ! répliqua celle de sa femme. Les cocus sont toujours les derniers informés, mon ami.

— Vous me rendrez compte de cela, Gabrielle ! A présent, suivez-moi ! Vous n'avez rien à faire ici.

— S'il vous plaît, monsieur ! On ne parle pas de la sorte à une femme ! intervint une troisième voix.

Sylvine s'abrita derrière un grand chêne. D'où elle se trouvait, elle dominait une sorte de combe couverte d'herbe tendre, un endroit propice aux rencontres amoureuses. C'était sans doute ce qu'avaient estimé Gabrielle et son amant, qui avaient profité de l'aubaine pour se prouver une passion réciproque. Jusqu'au moment où Edmond avait surgi, peut-être prévenu par une bonne âme soucieuse de semer la zizanie. Gréville, pris d'une fureur soudaine, rétorqua :

— Monsieur, s'il s'agissait d'une femme, vous auriez raison, mais celle-ci n'est qu'une vulgaire putain ! Aussi, je vous demanderai de vous taire et de quitter cette demeure séance tenante.

— Monsieur, répliqua le militaire, vous insultez la femme que j'aime !

— Cette femme est mon épouse, monsieur ! Vous me rendrez raison de votre conduite !

— Quand il vous plaira, monsieur ! Envoyez-moi vos témoins ! Je suis votre homme. Quelle arme choisissez-vous ?

— L'épée, monsieur !

— Fort bien ! Nous nous battrons donc demain matin à l'aube.

Un grand froid envahit Sylvine. Ces deux imbéciles allaient se battre en duel ! C'était totalement stupide ! Bouleversée, elle se glissa discrètement hors du bois et se mit à la recherche de Lucille.

35

Dès qu'elle apprit la nouvelle, Lucille éclata en sanglots.

— Il va se faire tuer !

Sylvine se retint de dire ce qu'elle pensait, que c'était peut-être ce qu'il recherchait. Il n'avait pas dû obtenir ce qu'il voulait auprès de ceux qu'il croyait ses amis et il voyait l'ombre de la ruine se profiler inexorablement.

Afin de soutenir sa sœur, Sylvine accepta de rester une nuit de plus au manoir. Elle la passa même dans la chambre de Lucille, l'angoisse empêchant celle-ci de dormir. Sylvine lui fit boire une tisane apaisante à base de passiflore, mais elle n'eut aucun effet.

— Il ne sait pas se battre ! gémissait la jeune fille. Il n'a jamais tenu une épée de sa vie.

Elle voulait se rendre dans la chambre de sa mère pour lui dire ce qu'elle pensait d'elle. Sylvine eut toutes les peines du monde à l'en dissuader.

— Ne t'inquiète pas. Ce genre de duel s'arrête au premier sang. Son adversaire n'aura aucune peine à se débarrasser de lui. Cela lui servira de leçon.

A la vérité, elle ne croyait pas un mot de ce qu'elle disait. Elle pensait qu'Edmond voulait finir en beauté, d'une manière qu'il estimait noble et que pour sa part elle trouvait ridicule. Elle se demanda un moment si elle n'allait pas lui avouer sa véritable identité. Elle voulait absolument avoir une explication avec lui. Malgré son ambition pathétique et son orgueil, malgré les soupçons qu'elle nourrissait à son propos, elle n'était plus très sûre qu'il ait été à l'origine de la mort de Pierre. L'amour qu'il éprouvait pour Lucille était sincère, même s'il s'exprimait parfois avec maladresse. Sylvine avait l'impression que, pour lui, un sentiment d'amour était une sorte de faiblesse qu'il fallait dissimuler. Mais, à plusieurs reprises, Sylvine l'avait vu prendre Lucille dans ses bras avec une émotion non feinte. Même s'il refusait de le laisser paraître, il souffrait pour elle et redoutait de la voir mourir.

Sylvine renonça à aller le trouver. Cela n'aurait rien changé. Et puis, elle ignorait sa réaction. Elle ne dormit presque pas non plus cette nuit-là.

Le lendemain, à l'aube, Edmond se leva avec détermination. Contrairement à ce que croyait Lucille, il avait pris quelques cours d'escrime, mais il savait que ceux-ci seraient largement insuffisants pour avoir une chance de vaincre le commandant Trochard, qui jouissait d'une réputation de bretteur redoutable. Cela n'avait aucune importance. Il était convenu que le duel s'arrêterait au premier sang, mais, comme le pressentait Sylvine, il avait l'intention de le pousser plus loin et de contraindre Trochard à le tuer.

Cependant, tout ne se déroula pas comme il l'avait souhaité. Gabrielle, que ce duel amusait beaucoup, avait tenu à y assister, de loin. Edmond remarqua sa présence, mais ne dit rien. Il était bien décidé à donner le meilleur de lui-même dans cette joute. Il partait grand perdant, mais s'il parvenait, pourquoi pas, à blesser sérieusement son rival, il riverait du même coup le bec de cette putain qui lui servait d'épouse.

L'assaut commença. Très vite, il apparut que Trochard était bien plus fort que Gréville. Aussi s'amusa-t-il à écarter nonchalamment ses attaques désespérées. Les coups d'Edmond fendaient rageusement l'air sans jamais atteindre son adversaire. L'autre parait, feintait, puis se moquait de lui avec une certaine méchanceté, comme pour exciter encore plus sa hargne. Soudain, Edmond porta une attaque plus virulente que les autres. Trochard, surpris, faillit être débordé. Il riposta et le toucha à l'avant-bras. Edmond éprouva une vive douleur. Logiquement, le combat aurait dû s'arrêter. Mais la fureur empêchait Gréville de raisonner. Après un instant d'hésitation, il se rua de nouveau sur son adversaire, la lame en avant. Maladroitement. Trochard n'eut aucune peine à l'éviter. Edmond trébucha et s'étala de tout son long sur le sol, le visage dans la terre. Afin de le faire tenir tranquille, son rival lui planta négligemment la pointe de son épée dans la fesse. Edmond hurla.

— Vous n'avez pas respecté les règles, cher ami ! s'exclama Trochard. Vous en voici châtié comme il convient.

Puis il éclata de rire, aussitôt imité par les autres. Au comble de l'humiliation, Edmond resta la tête enfouie dans l'avant-bras. Lorsque les autres furent repartis, l'un de ses témoins, qui n'était autre que Descrainville, vint le relever.

— Vous êtes surprenant, cher ami. Jamais je n'aurais pensé que vous aviez assez de courage pour défier ainsi l'une de nos plus fines lames.

Edmond ne répondit pas. Il avait reçu deux blessures, et toutes deux le faisaient souffrir. Mais l'humiliation était bien plus cruelle encore. Il s'appuya sur l'épaule secourable du vieil homme et regagna la maison en boitillant.

— Faisons le tour par-derrière, dit-il. Je n'ai pas envie de voir du monde, grommela-t-il.

Ils entrèrent par les cuisines où la gouvernante attendait avec anxiété. Mais elle n'était pas seule. Lucille et cette fille rousse qui soignait avec des plantes étaient également présentes.

— Père ! s'exclama Lucille. Vous êtes blessé.

Il remarqua à peine qu'elle avait les yeux rouges et qu'elle respirait avec difficulté.

— Laisse-moi ! grogna-t-il.

— Il faut aller chercher un médecin, monsieur, dit la gouvernante. Le cocher va s'en charger.

— Le médecin le plus proche est à Montrichard, intervint Lucille. Marie peut peut-être faire quelque chose.

— Bien sûr, répondit l'intéressée. Il m'est arrivé plusieurs fois de soigner des blessures.

— Je ne veux pas être soigné par une femme, répliqua Edmond. Elles n'y connaissent rien.

— Père, dit Lucille. Marie m'a soulagée. Ses soins sont très efficaces.

La réaction de Gréville eut le don d'agacer Sylvine. Elle décida de prendre les choses en main.

— En attendant, vous perdez du sang, monsieur. Et vous souffrez. Je vais donc vous soigner, que vous le vouliez ou non ! Allons dans votre chambre !

— Vous n'y pensez pas ! Je… j'ai été blessé… à la fesse, avoua-t-il à voix basse.

— C'est ce que je vois. Votre pantalon dégouline de sang. C'est pourquoi il ne faut pas tarder.

Le ton de Sylvine ne souffrait pas de réplique. Maté, Edmond obéit. Amusé, Descrainville les accompagna. Il ne voulait surtout pas manquer ça. Décidément, cette gamine lui plaisait de plus en plus.

C'est ainsi qu'Edmond de Gréville dut ôter pantalon et culotte devant Sylvine pour exhiber des fesses tristes et couvertes de sang.

— Décidément, rien ne m'aura été épargné ! grogna-t-il. Je suis mort de honte.

— Cette mort-là ne tue pas, monsieur, répliqua la jeune femme en lavant la plaie avec de l'eau bouillie. Dites-vous que ce n'est pas la première paire de fesses que je vois dans ma vie.

Après avoir posé un pansement de fortune, elle dit :

— Il faudra que je vous applique une pommade destinée à favoriser la cicatrisation. Je n'ai pas ça sur moi, malheureusement. Mais je vais aller la chercher.

Il grommela un vague merci. Lucille, qui n'avait pas osé suivre Sylvine, l'assaillit de questions lorsqu'elle fut de retour dans la cuisine.

— Alors ? Est-ce qu'il va mourir ?

— Mais non, rassure-toi. Aucun organe vital n'a été touché. Il aura seulement un peu de mal à s'asseoir pendant quelque temps.

Une quinte de toux soudaine saisit Lucille. La fatigue, ajoutée à l'inquiétude, avait eu raison de sa santé fragile.

— Je vais aussi te rapporter de quoi te soigner, précisa Sylvine.

Lorsqu'elle revint au manoir, en fin de matinée, les invités étaient sur le point de partir. Il avait été prévu que les festivités dureraient au moins deux jours, mais le duel pitoyable de Gréville avait sans doute dissuadé ses amis de rester plus longtemps. Elle croisa la voiture de Gabrielle, le visage réjoui, blottie contre son amant. Au passage, elle la héla :

— Soyez remerciée, mademoiselle-dont-j'ai-oublié-le-nom, de vous occuper des fesses de mon mari.

Puis elle éclata d'un rire sonore, servilement imitée par ses amis. Sylvine dédaigna de répondre.

Après avoir prodigué les soins complémentaires à Edmond, elle revint dans le salon où elle trouva le vieux

Descrainville, qui tenait compagnie à une Lucille plus morte que vive.

— Ah, mademoiselle Marie, dit le vieil homme. Je ne voulais pas partir sans vous avoir saluée.

— C'est gentil à vous, monsieur.

Il lui prit le bras et l'entraîna sur la terrasse.

— Je regrette de ne pas avoir été blessé moi-même pour avoir le plaisir d'être soigné par vos mains si fines et si efficaces.

— Monsieur Descrainville !

— Ah, ne m'en veuillez pas ! A mon âge, on n'a souvent plus que le plaisir de l'imagination. Cependant, je voulais vous dire, et ceci en toute sincérité, que j'ai été très heureux de vous rencontrer, Marie. Vous êtes une personne rare. Si je peux faire quelque chose pour vous être agréable, sachez que vous pouvez compter sur moi.

— Merci, monsieur Descrainville. Vous pouvez en effet faire quelque chose pour moi.

— Et quoi donc ?

— Je pense que vous devriez revoir monsieur de Gréville. Même si sa particule n'est pas tout à fait authentique, je pense qu'il possède un bon sens des affaires, à condition de traiter avec des gens honnêtes.

— Vous êtes une bien curieuse personne, Marie. Qu'est-ce qui vous pousse donc à vous intéresser à un personnage comme lui ? Il ne me semble pourtant pas qu'il vous traite comme vous le méritez. Il vous a à peine remerciée pour le soin que vous avez pris de lui.

— Il était sans doute trop gêné pour ça. Mais je pense que tout le monde a droit à une seconde chance. Je fais ça aussi pour sa fille. Elle n'a pas mérité ce qui lui arrive, ni une mère comme elle en a une.

— Oui. Le sort est parfois bien cruel. Cette petite Lucille a de la chance d'avoir une amie telle que vous.

— Cela ne compense pas le fait qu'elle va bientôt mourir. Et que je ne peux rien faire pour l'empêcher.

Les larmes qui lui brouillèrent soudain les yeux achevèrent de séduire le vieil homme.

— Vous vous ressemblez beaucoup, remarqua-t-il. On pourrait presque vous prendre pour deux sœurs.

— Je la considère comme telle, monsieur Descrainville. Je ferai tout pour retarder l'échéance.

— C'est bien.

Il réfléchit un instant et jouta :

— Lorsqu'il sera un peu remis, dites à Gréville de venir me voir à Paris.

Puis il lui baisa galamment la main et s'en fut. Restée seule, Sylvine se demandait pourquoi elle avait pris ainsi le parti de son père. Un père qui l'avait royalement ignorée pendant toutes ces années. Un père qui n'était même pas capable de la reconnaître, malgré sa ressemblance incontestable avec sa fille légitime. Mais elle avait peut-être déjà donné elle-même la réponse : chacun avait droit à une seconde chance. C'était sans doute aussi valable pour elle : elle devait, elle aussi, la lui donner.

A condition toutefois qu'Edmond de Gréville n'ait rien à voir avec la mort de Pierre Ménétrier.

Sylvine avait espéré un miracle. Jusqu'à présent, ses soins avaient réussi à tenir la maladie en échec. Malheureusement, les événements douloureux avaient eu des répercussions sur la santé de Lucille. Les jours suivants, Sylvine lui rendit visite régulièrement. Impuissante, elle vit la santé de sa sœur se détériorer inexorablement. Désemparé, Edmond ne savait plus que faire.

Une quinzaine de jours après la fête, alors qu'avait débuté un mois de juin pluvieux, Sylvine arriva au manoir pour sa visite quotidienne. Elle ne trouva que son père, qui visiblement avait bu plus que de raison.

— Lucille a eu un malaise cette nuit, dit-il d'une voix laborieuse. Elle est au plus mal.

36

— Où est-elle ?

— Dans sa chambre.

Sans attendre d'y être invitée, Sylvine rejoignit Lucille, que la gouvernante veillait, l'air encore plus renfrognée que d'habitude.

— Comment va-t-elle ?

— Elle a fini par s'endormir, grommela la vieille femme.

La gouvernante, prénommée Berthe, n'aimait pas Sylvine, qui lui faisait un peu peur. Pour elle, les remèdes à base de plantes sentaient le soufre. Comme la jeune femme s'approchait du lit, elle se retira, non sans la gratifier d'un regard lourd.

Lucille avait les traits creusés et une fine sueur perlait sur son front, provoquée par la fièvre. Jamais elle n'avait semblé aussi pâle et maigre. A sa respiration difficile, Sylvine comprit qu'elle ne survivrait plus très longtemps. Elle retint ses larmes, puis quitta la chambre en silence.

Dans le grand salon, elle retrouva Edmond, une bouteille de cognac et un verre à la main. L'apercevant, il jeta un regard circulaire et déclara d'une voix pâteuse :

— J'ai tout perdu, ma femme, ma fortune, mon honneur. Et je suis en train de perdre ma fille.

Il eut un sanglot et ajouta :

— Je vais foutre le feu à cette baraque. Je me tirerai une balle dans la tête ! Comme ça, ce sera complet.

Puis il se versa un autre verre qu'il avala d'un trait. Mais il s'étouffa et se mit à tousser.

— C'est fini, oui ? s'écria Sylvine.

Il se tourna vers elle, l'œil rouge. Elle insista :

— Votre fille est en train de mourir, et la chose la plus intelligente que vous trouvez à faire est de vous saouler. Vous n'avez pas honte ?

Il pointa le doigt sur elle.

— Qui êtes-vous donc pour oser me parler sur ce ton ? Je suis Edmond de Gréville, et vous, vous n'êtes qu'une petite traîne-misère que ma fille a eu la bonté d'accueillir !

— Non, monsieur ! Vous n'êtes pas Edmond *de* Gréville. Votre particule est fausse, comme le reste de votre vie !

Il se mit à hurler.

— Je ne vous permets pas de me parler sur ce ton ! Sortez de cette maison immédiatement !

— Bien sûr, monsieur ! riposta Sylvine sur le même ton. Est-ce de cette manière que vous avez chassé ma mère, Juliette, il y a vingt ans ?

Il s'apprêtait à répliquer vertement quand l'énoncé du prénom sembla le figer sur place.

— Quel nom avez-vous dit ?

— Juliette. Le nom de ma mère, que vous avez odieusement flanquée à la porte après qu'elle vous a eu avoué qu'elle attendait un enfant de vous. Cet enfant, c'est moi. Je ne m'appelle pas Marie Vallée. Je suis votre fille Sylvine.

Il ouvrit la bouche, hébété.

— Sylvine !

La jeune femme avait les larmes aux yeux, de chagrin et de colère mêlés. Edmond la contemplait avec stupeur, sans mot dire.

— Je vais retourner au chevet de ma sœur, dit-elle enfin.

Elle a besoin de moi. Car même si vous n'avez jamais voulu de moi, Lucille *est* ma sœur. Je veux rester près d'elle jusqu'à la fin.

Elle s'apprêtait à quitter la pièce quand il réagit.

— Attends ! dit-il soudain.

Il vint à elle et la prit par les épaules. Il la regarda longuement dans les yeux, l'air bouleversé. La nouvelle semblait l'avoir un peu dégrisé.

— Ne remonte pas tout de suite ! implora-t-il.

Il secoua la tête, comme pour en chasser les vapeurs d'alcool.

— Tu ne sais pas tout. Je n'ai jamais chassé ta mère. C'est mon père qui l'a fait partir.

— Votre père !

Sous le choc, il se laissa tomber sur un canapé. Pour laisser échapper un cri de douleur l'instant suivant. Sa blessure était encore sensible. Avec une grimace, il l'invita à prendre place près de lui. En proie à une violente émotion, elle s'exécuta. Gréville laissa passer un silence, comme s'il cherchait ses mots.

— Ta mère est la seule femme que j'aie jamais aimée. J'en suis tombé amoureux dès qu'elle est entrée à notre service. Elle était douce, elle était belle. Nous nous sommes aimés. Tu ne le croiras peut-être pas, mais j'avais l'intention de l'épouser. Je me moquais bien qu'elle fût issue d'un milieu modeste. Malheureusement, mon père ne l'a jamais acceptée. Lorsque je lui ai fait part de mes intentions, il s'est mis dans une fureur noire.

Edmond serra les poings nerveusement.

— Il a dit que je devais prendre une femme dans mon milieu. J'ai toujours eu peur de mon père. J'ai essayé de lui tenir tête, mais c'était impossible. Il m'a fait valoir que j'allais mettre à bas tout ce que j'essayais de construire avec mes amis parisiens. Il a même menacé de me déshériter si je persistais dans mon projet.

Il prit les mains de Sylvine dans les siennes. Elle le laissa faire.

— Par lâcheté, par ambition aussi, j'ai cédé. J'ai accepté de ne plus revoir Juliette. J'en ai beaucoup souffert. Pour tenter de l'oublier, je suis reparti à Paris, où j'avais déjà noué des relations flatteuses, et je me suis lancé dans les affaires. J'ai travaillé très dur, pour éviter de trop penser à elle. J'assistais aux soirées parisiennes, pour m'étourdir de danse et d'alcool. C'est là que j'ai rencontré Gabrielle de Saint-Maixent. J'avais déjà amassé une petite fortune. Je lui ai proposé de m'épouser. Elle a accepté. C'était une liaison inespérée pour le fils d'un petit notaire de province. En vérité, pour elle aussi. Sa famille était ruinée et elle n'avait même pas de dot. Mais elle appartenait à la noblesse. J'ai tout fait pour l'aimer, mais je me suis très vite aperçu que seul mon argent l'intéressait. Dans sa famille, on m'a toujours traité avec un mépris à peine déguisé. Ces gens-là vivaient dans un château délabré, dont le toit laissait passer la pluie, mais ils me traitaient de haut. C'est un peu à cause de ça que j'ai ajouté cette particule à mon nom. J'ai aussi voulu leur prouver, ainsi qu'à mon père, que j'étais un grand homme d'affaires. Pendant toutes ces années, je n'ai eu de cesse d'amasser le plus d'argent possible. Ce n'était pas par intérêt, mais par orgueil. J'ai réussi. J'ai investi de l'argent dans des sociétés chargées de la reconstruction de la capitale. Après la Commune, tout était à relever. J'ai acquis des immeubles, des parts dans des sociétés de chemins de fer, dans des entreprises de travaux publics. Mais cela ne suffisait pas à Gabrielle. Depuis quelques années, elle s'était entichée de politique. Elle aurait voulu que j'y fasse carrière. Mais si je connaissais assez bien le milieu des affaires, je n'avais pas l'étoffe d'un homme politique. Alors, malgré ma richesse, elle a continué de me mépriser. Cela ne l'empêchait pas de dépenser des fortunes en toilettes et en réceptions.

— Pourquoi ne pas l'avoir quittée ?

— Tout d'abord parce qu'on ne divorce pas, dans notre milieu. Ensuite, je voulais lui prouver que j'étais capable de bien autre chose. C'est là, il y a quelques années, que j'ai commis de graves erreurs. Je faisais partie d'un groupe d'hommes d'affaires dont les relations étaient basées sur la confiance mutuelle. Monsieur Descrainville était l'un d'eux. Ils comptaient sur moi pour un vaste projet de construction de lignes de chemin de fer. L'investissement était très important et ils avaient besoin de moi. L'affaire était presque lancée, mais je les ai lâchés au dernier moment. Oh, ils ont trouvé à me remplacer, mais ils m'ont enlevé leur confiance. Ils avaient raison.

— Pourquoi avez-vous fait ça ?

— J'avais rencontré d'autres financiers dont le projet me semblait encore plus extraordinaire : la construction d'un canal entre l'océan Atlantique et l'océan Pacifique, dans un petit Etat baptisé Panamá. Il était soutenu par le grand Ferdinand de Lesseps, celui qui a construit le canal de Suez en Egypte. On ne pouvait rêver meilleure garantie. Ce canal devait permettre d'ouvrir de nouvelles routes commerciales plus rapides vers l'Extrême-Orient. Malheureusement, les difficultés avaient largement été sous-estimées. Le budget de départ a très vite été dépassé. Il y a eu beaucoup de morts parmi les ouvriers, à cause du climat, des fièvres. J'avais investi une grande partie de ma fortune dans cette idée, à laquelle je croyais. Mes amis s'étaient montrés plus prudents. A l'origine, des experts avaient déjà évalué le creusement de ce canal au double. J'ai perdu des sommes considérables : il a fallu rajouter sans cesse de l'argent sous peine de perdre l'investissement de départ. J'ai compris récemment que c'était trop tard. Ce maudit canal m'a ruiné, comme il en a ruiné bien d'autres. Bientôt, il ne me restera plus que ce manoir et les terres qui l'entourent.

Il eut un rire amer et ajouta :

— Des terres que je suis bien incapable d'exploiter moi-même. Un homme aurait su le faire : Pierre Ménétrier. Malheureusement, il a toujours refusé de travailler pour moi.

Sylvine hésita. Une terrible question lui brûlait les lèvres.

— Est-ce pour cette raison qu'il a été assassiné ?

Edmond, bien dégrisé à présent, leva vers elle un regard stupéfait.

— Qu'est-ce que tu racontes ? Pierre Ménétrier n'a pas été assassiné. C'était un accident.

— C'est ce qu'on a voulu faire croire. Des *perriers* l'ont vu après sa mort. Il portait une vilaine blessure à la tête, comme si quelqu'un l'avait frappé. Une blessure qui ne pouvait pas avoir été faite par le bloc qui l'a écrasé. La vérité, c'est qu'on l'a assommé et qu'on l'a traîné ensuite sur le lit de *chapins* pour faire croire à une maladresse de sa part. Mais papa n'aurait jamais commis une telle erreur.

Edmond resta songeur.

— Il est vrai que je me suis, moi aussi, posé la question.

Sa sincérité bouleversa Sylvine. Elle l'apostropha :

— Regardez-moi dans les yeux, père. Dites-moi que ce n'est pas vous qui avez commandité cet assassinat.

Il la contempla avec stupeur.

— Mais bien sûr que non ! Pourquoi aurais-je fait une chose pareille ? J'avais beaucoup d'estime pour Ménétrier. Il s'était conduit en homme d'honneur avec Juliette. Même si j'ai éprouvé de la jalousie envers lui, je lui étais reconnaissant d'avoir pris soin d'elle et de toi. Quant à le tuer, c'est une absurdité. Ce n'étaient pas ses terres qui m'intéressaient, c'était l'homme. Son vin était le meilleur. S'il l'avait voulu, j'aurais fait de lui un viticulteur de grande renommée.

— Il a préféré garder son indépendance.

— Oui. Et, au fond, je le comprends. Il ne voulait pas avoir de comptes à rendre à qui que ce fût.

— Mais pendant toutes ces années, vous n'avez pas cherché à savoir ce que j'étais devenue.

— Il m'était interdit de m'intéresser à toi. Tu n'étais pas ma fille, puisque Ménétrier t'avait adoptée. A l'époque de ta naissance, les mauvaises langues du pays ont fait courir de méchantes rumeurs. Tu es née sept mois seulement après que Juliette fut entrée à son service. A peine huit jours avant, elle était ici. Il n'a accordé aucune importance à ces rumeurs, et elles se sont taries d'elles-mêmes. Cependant, il était hors de question de les faire resurgir en entretenant des liens avec vous. Et puis, il valait mieux que je ne revoie pas ta mère.

— Mais après la mort de papa, vous ne vous êtes pas inquiété de savoir ce qu'elle devenait.

— C'est vrai. Je savais qu'elle avait de l'argent, puisque Ménétrier lui en avait laissé. J'ai appris bien plus tard qu'elle était gravement malade. A cette époque, je vivais à Paris. J'avais presque réussi à l'oublier. Un jour, j'ai su qu'elle était morte. Je me suis alors inquiété pour toi, mais mon père m'a dit qu'il se chargeait de ton éducation. Il ne fallait pas que j'intervienne, afin d'éviter un scandale toujours possible. On se serait étonné que je te porte de l'intérêt.

— Bel intérêt en effet ! ironisa Sylvine. Je me suis trouvée enfermée dans un pensionnat épouvantable où personne ne venait jamais me voir, et surtout pas lui. J'ai fini par m'évader.

— Tout le monde a cru que tu t'étais noyée. J'ai été

bouleversé de l'apprendre. Même si je ne te connaissais pas, tu étais ma fille. Le seul lien qui me rattachait à Juliette. Je me suis senti coupable, mais je ne pouvais en parler à personne. Officiellement, tu ne m'étais rien. Je n'ai même pas osé demander des comptes à mon père.

Il serra les poings, les yeux chargés de haine. Une haine dirigée contre Adolphe, mais aussi contre lui-même.

— Où étais-tu passée pendant toutes ces années ? demanda-t-il enfin.

— Je me suis réfugiée chez mes arrière-grands-parents, en Sologne.

Ils restèrent un long moment silencieux.

— Je ne sais que te dire, ma fille. C'est ma lâcheté qui a été cause de tout. Ma lâcheté, mon orgueil et mon ambition.

Il lui reprit les mains et les serra.

— Pardonne-moi, dit-il dans un sanglot.

— Je vous pardonne, père, répondit-elle, vivement émue.

Elle ressentait un immense soulagement. Edmond n'avait rien à voir dans la mort de Pierre et c'était tout ce qu'elle voulait entendre.

Mais si ce n'était pas lui, alors, qui avait pu commettre ce crime ? Et pourquoi ?

Un peu plus tard, Sylvine remonta dans la chambre de Lucille. La jeune fille avait repris connaissance. Elle lui adressa un sourire douloureux.

— Je crois que c'est fini, dit-elle d'une voix étouffée. Je suis si fatiguée. J'aurais tellement voulu qu'on ait plus de temps.

Sylvine lui prit la main.

— Ne parle pas trop.

Les yeux brillants, Lucille ajouta :

— Tu ne m'oublieras pas, n'est-ce pas ?

— Non, petite sœur.

Le visage de la malade s'éclaira.

— C'est vrai, nous sommes comme deux sœurs, n'est-ce pas ?

— Oui, répondit Sylvine, la gorge nouée.

Les mots avaient du mal à passer. Elle s'en voulait à présent de ne pas en avoir parlé plus tôt. Mais pouvait-elle faire autrement ?

— Nous ne sommes pas *comme* deux sœurs, Lucille. Nous *sommes* deux sœurs, dit-elle enfin.

— Que dis-tu ?

— La vérité. Je n'ai pas pu te l'avouer jusqu'à présent, mais ton père est aussi mon père.

A voix lente, elle lui dévoila sa véritable identité, lui raconta l'histoire de sa mère. Peu à peu, Lucille se détendit. Lorsque Sylvine eut terminé, elle déclara :

— Je m'en suis toujours doutée. J'avais déjà noté notre ressemblance. Je n'ai jamais osé t'en parler parce que je redoutais de me tromper, même le jour où tu me l'as fait remarquer dans la glace. Mais aujourd'hui, tout est bien, parce que je sais que tu prendras soin de notre père. Tu me le promets ?

— Je t'en donne ma parole. D'ailleurs, il ne le sait pas encore, mais j'ai obtenu de monsieur Descrainville qu'il accepte de le recevoir.

Sylvine avait la terrible impression d'avoir été ramenée dix ans en arrière, lorsqu'elle veillait sa mère. C'était peut-être de là que venait sa passion pour les plantes et les soulagements qu'elles pouvaient procurer. Mais cette fois encore, elle se sentait impuissante.

Lucille ne survécut pas plus de trois jours. Le lendemain de leur conversation, elle sombra dans un état comateux dont elle ne se réveilla jamais. Sylvine ne quitta pas son chevet jusqu'à la fin. Lorsqu'elle se rendit compte que sa sœur ne respirait plus, elle l'embrassa longuement, puis descendit retrouver son père.

— C'est fini, dit-elle.

Puis elle s'écroula dans ses bras.

Les obsèques eurent lieu trois jours plus tard. Un télégramme avait averti Gabrielle de la mort de sa fille. Elle arriva vêtue de noir et pleurant ostensiblement devant sa cour d'admirateurs. Devant un tel étalage d'hypocrisie, Sylvine eut envie de la frapper.

Une foule importante assista à la cérémonie funèbre, qui réunit de nombreux notables ainsi qu'une partie de la population de Bourré. Lucille laissait derrière elle le souvenir d'une jeune fille aimable et respectueuse de chacun.

Edmond, effondré, ne lâchait pas le bras de Sylvine.

« Tu es tout ce qui me reste », lui avait-il dit après la mort de sa fille.

Il semblait avoir dix ans de plus. Il s'était enfin rendu compte que ses ennuis n'étaient rien au regard de la disparition de Lucille. Il se reprochait désormais de ne pas avoir été plus proche d'elle, de l'avoir abandonnée seule à Bourré tandis qu'il demeurait à Paris.

« J'ai été aveugle. Ma place était près d'elle. Maintenant, il est trop tard. »

Non loin d'eux se tenait un vieillard dans lequel Sylvine reconnut Adolphe Gréville. Il ne cessait de l'observer avec acuité. Une bouffée de haine monta en elle. Alors qu'Edmond souffrait, le vieux bonhomme affichait un visage froid, un regard plein de morgue. Pas une fois, depuis qu'elle connaissait Lucille, elle ne l'avait vu au manoir. Cependant, à l'inverse de Gabrielle qui se répandait en lamentations, lui ne cachait pas son désintérêt pour la morte. Elle se demanda s'il avait jamais éprouvé de l'amour pour qui que ce fût, une seule fois dans sa vie. Son cœur était sec comme un vieux cep de vigne.

Après l'enterrement, on se retrouva au manoir. Edmond allait lui présenter Sylvine quand son père l'arrêta d'un geste péremptoire.

— Je sais qui elle est, gronda-t-il. C'est le portrait craché de sa mère.

Il apostropha la jeune femme :

— Ainsi, tu n'es pas morte noyée.

— Non, répondit-elle d'une voix blanche.

Elle se mordit l'intérieur de la joue pour ne pas laisser éclater sa colère. Pas le jour des funérailles de Lucille. Mais le vieux notaire n'en avait cure.

— Tu es revenue pour réclamer ton héritage ?

Stupéfaite, Sylvine ne sut que répondre. Ce vieux scélérat ne pensait donc qu'à l'argent ! Pressentant un affrontement, les visiteurs parisiens quittèrent le salon. Seuls restèrent Gabrielle et Edmond.

— Je me moque bien de cet héritage, répondit enfin la jeune femme. Le père Rochelet m'a appris la vérité et j'ai voulu faire la connaissance de ma sœur et de mon père.

— Menteuse ! s'emporta le vieillard.

— Père, intervint Edmond.

Adolphe se tourna vivement vers lui.

— Toi, j'espère que tu ne vas pas te laisser entortiller par cette catin ! Tu ne vois pas qu'elle n'en veut qu'à ton argent !

— Vous ne pensez qu'à ça ! riposta sèchement Sylvine. Je me moque de l'argent ! J'en ai en suffisance. La vérité, c'est que j'aimais Lucille. Malheureusement, je ne l'ai connue que quelques mois, et j'ai été auprès d'elle jusqu'à la fin. Vous ne pouvez pas en dire autant. Où étiez-vous pendant ce temps ? Pas une fois vous ne lui avez rendu visite. Montrichard est donc si éloigné ?

Le notaire devint rouge de colère. Cette catin prétendait le juger !

— Vas-tu te taire, insolente ! Comment oses-tu me parler sur ce ton ?

— Ne prenez pas vos grands airs avec moi ! Vous ne m'impressionnez pas ! Je n'ai pas oublié les humiliations, les punitions reçues par votre faute dans cette école religieuse où vous m'avez fait enfermer. Vous vouliez me briser, mais vous avez échoué, monsieur mon grand-père. Car je suis votre petite-fille, même si cela ne vous plaît pas plus qu'à moi.

Elle crut qu'il allait s'étouffer de colère.

— Tu n'es pas ma petite-fille, cracha-t-il. Tu es la fille du péché.

— Non ! La fille de l'amour. Votre fils m'a avoué qu'il avait réellement aimé ma mère. C'est vous qui avez tout fait pour les séparer ! C'est par votre faute que je suis devenue l'enfant du péché, comme vous dites.

— Ta mère n'était qu'une domestique ! Toi, tu ne vaux pas mieux ! Je vais t'apprendre le respect !

— Pour être respecté, il faut être respectable !

Ivre de fureur, Adolphe s'approcha de Sylvine et leva la main pour la frapper. Mais elle lui saisit vivement le poignet et le maintint fermement.

— Ah non, monsieur mon grand-père ! J'ai passé l'âge de subir votre tyrannie.

— Petite putain ! éructa-t-il, impuissant à lutter contre elle.

Gabrielle, qui n'avait jamais aimé son beau-père, se rangea pourtant à ses côtés.

— Cette fille est une intrigante, cingla-t-elle. Je l'ai tout de suite deviné.

Sylvine repoussa fermement le notaire et pointa le doigt sur elle.

— Vous, madame de Saint-Maixent, je vous conseille de vous faire toute petite.

— Comment ? Cette fille de rien...

— Taisez-vous ! Vous aussi avez brillé par votre absence alors que votre fille unique avait besoin de vous. Alors, cessez vos hypocrisies ! Prenez garde ! Les gens d'ici pensent que je suis une sorcière. Vous auriez tort de ne pas y croire, car je n'hésiterais pas à vous jeter un sort qui pourrait ternir votre beauté, sans laquelle vous n'êtes plus rien.

— Voyez l'impertinente ! Tu n'auras rien de l'héritage, tu entends ! Edmond ne t'a pas reconnue. Tu n'es rien ! Tu n'auras rien !

— De quel héritage parlez-vous ? Vous n'avez pas compris qu'il ne lui reste plus rien ? Vous en êtes pour une large part responsable.

— Mais de quoi se mêle cette catin ? hurla Gabrielle.

— De ce qui la regarde ! la coupa brusquement Edmond. Sylvine est ma fille et j'ai bien l'intention de la reconnaître pour telle.

— Que dites-vous ?

— Vous m'avez parfaitement compris, madame mon épouse. Quant à vous, sachez que je vais demander le divorce, qui sera prononcé à vos torts pour cause d'adultère.

— Vous vous moquez, monsieur ! On ne divorce pas dans notre milieu !

Mais la voix de Gabrielle avait perdu de sa belle assurance.

— Oh si, madame ! L'adultère est une cause suffisante. On vous a vue il y a peu dans les bras du capitaine Trochard ! De nombreux témoins parleront en ma faveur.

Et que les autres prennent garde ! Un faux témoignage est passible de prison !

Blême, Gabrielle ne sut que répondre. Sous l'effet de la colère, son visage s'était enlaidi. Elle eut un mouvement de tête hautain, puis quitta le salon pour rejoindre ses amis. En passant à côté de Sylvine, elle cracha :

— Vous, ma chère, vous ne perdez rien pour attendre !

Le vieux notaire revint à la charge.

— Edmond, es-tu devenu fou ?

— Non, père. Au contraire, j'ai retrouvé la raison. Tout cela est arrivé par votre faute. C'est vous qui m'avez obligé à me séparer de la mère de Sylvine. Je vous ai obéi, comme je l'ai toujours fait, imbécile que j'étais.

— On n'épouse pas une femme de chambre !

— Non, bien sûr ! Même quand on lui a fait un enfant ! On la laisse se débrouiller seule. Quitte à ce qu'elle devienne une fille des rues, une prostituée. Aujourd'hui, après avoir perdu mon autre fille, j'affirme que Pierre Ménétrier était un homme de bien. Il a eu le courage de braver les médisances pour épouser la mère de ma fille. Mais j'aimais Juliette. Pendant toutes ces années, je me suis aveuglé de ma fausse réussite. Mon ambition s'est retournée contre moi et j'ai tout perdu. Lorsque j'ai provoqué mon rival en duel, je voulais mourir. Mais je n'ai récolté que des humiliations. Il a fallu la mort de Lucille pour que j'ouvre enfin les yeux sur la vanité de ma vie.

— Tu n'es qu'un sot !

— Grâce à vous, père. Mais j'ai bien l'intention de changer tout cela. Sylvine a raison. Lucille était votre petite-fille, pourtant, pas une fois vous n'êtes venu la voir. Aussi, vous allez quitter cette maison et ne plus y remettre les pieds.

— C'est à toi d'en sortir ! Ce manoir m'appartient.

— Oh, non, père ! Vous oubliez que je vous l'ai dûment racheté il y a quelques années.

Adolphe poussa un cri de rage. Cet imbécile disait vrai.

— Si tu reconnais cette catin, tu t'en mordras les doigts ! Tu verras qu'elle n'en veut qu'à ta fortune.

Edmond éclata d'un rire glacial.

— La belle affaire ! Pour ce qu'il en reste ! Lorsque j'aurai remboursé mes dettes, elle sera sans doute plus riche que moi.

— Elle n'aura rien de moi ! glapit Adolphe. Je te déshérite !

— Aucune importance, père. Vous m'avez contraint à abandonner Juliette. Vous ne me séparerez pas de Sylvine.

Le vieux Gréville comprit qu'il n'aurait pas gain de cause. Le souffle court d'indignation et de rage, il tourna les talons et quitta le manoir.

37

Dans les jours qui suivirent, Sylvine partagea son temps entre ses clients et le manoir. En elle dominait une terrible sensation de gâchis et d'injustice. L'absence de Lucille lui faisait encore plus cruellement ressentir celle de Christophe, d'Angélique et d'Honorine. Elle décida de relancer les mairies, dont très peu lui avaient répondu, et toujours par la négative. Afin de ne pas trop penser, elle se consacrait à la cueillette des simples nécessaires à la fabrication de ses potions et pommades. Elle aurait voulu que Victor fût à ses côtés. Avec lui, elle aurait pu laisser libre cours à son chagrin. Il l'aurait réchauffée de sa bonne humeur, de sa gentillesse. Ils auraient fait des projets d'avenir.

Mais elle se devait de masquer son chagrin afin de soutenir Edmond, avec qui elle passait beaucoup de temps. Il l'attendait chaque jour, guettant son arrivée en faisant les cent pas dans le parc. Jamais il ne lui adressait le moindre reproche si elle était un peu en retard. Il savait qu'elle se devait aussi à ses malades. Il enviait sa générosité. Cette générosité qui lui avait fait défaut jusqu'à présent. Lorsqu'elle arrivait, son visage s'illuminait et il lui ouvrait les bras. Ils avaient ensuite de longues conversations, lors de promenades dans la forêt proche, ou, lorsque le temps était à la pluie, dans le grand salon où la gouvernante, qui commençait à lui faire meilleure figure, leur servait le thé et des petits gâteaux.

Comme pour rattraper les années perdues, Edmond voulait tout savoir de Sylvine, de sa vie à la Sauvagine, connaître les épreuves qu'elle avait affrontées plus tard, et particulièrement son évasion, qui suscita chez lui une vive admiration. Elle lui parlait de la Sologne, de ses arrière-grands-parents.

Lui-même évoquait sa vie parisienne, les nuits de la capitale, les cabarets, les restaurants à la mode où l'on croisait les grandes comédiennes, les cantatrices et ténors à la mode, les opéras bouffes de Jacques Offenbach, les champs de course, les larges avenues, les monuments célèbres. A travers ses récits, Sylvine découvrait une cité bien différente de ce qu'elle avait imaginé après la tragédie de la Commune rapportée par Thibault.

Edmond lui parla aussi de ses projets.

— J'aurais voulu réinvestir dans le bâtiment, dit-il. Il y a tellement à faire dans ce domaine. De plus en plus, les paysans quittent la campagne pour la ville. Il faut construire des cités pour eux, des maisons aux loyers modérés. J'ai déjà pris contact avec des architectes. Malheureusement, je crains bien que tout cela ne soit fini pour moi. Jamais je ne réussirai à regagner la confiance de mes anciens amis.

— Non, père. J'ai parlé avec monsieur Descrainville. Il est prêt à vous recevoir.

— Comment ça ?

— Je lui ai demandé de vous offrir une seconde chance. Il a accepté.

Edmond resta un moment sans voix.

— Tu as réussi un vrai miracle, Sylvine. Lors de notre dernière rencontre, il m'a fait comprendre qu'il était hors de question de travailler de nouveau ensemble.

— Je lui ai parlé au moment de son départ.

Cette nouvelle redonna un nouvel espoir à Edmond.

Le lendemain, lorsqu'elle revint, il l'entraîna dans son bureau.

— J'ai fait le bilan de mes biens, déclara-t-il. Je vais abandonner mes parts dans la société du canal de Panamá. J'ai tout perdu, mais tant pis. Il faut savoir accepter de perdre. Je vais devoir vendre tous mes immeubles parisiens. Lorsque j'aurai payé mes dettes, il ne me restera que ce manoir et les fermes viticoles. Dont la Sauvagine.

— Je croyais qu'elle appartenait à votre père.

— Il a négocié avec Juliette pour mon propre compte. Il ne voulait pas que je reprenne directement contact avec elle depuis qu'elle était veuve. Il craignait sans doute que je ne tente de la reprendre.

Il se tut, puis ajouta :

— Malheureusement, ces terres ne donneront jamais un vin aussi bon que celui de ton père. Lui seul savait travailler la vigne.

— C'est vrai, mais il m'a transmis son savoir. J'ai tout noté dans des cahiers, la manière de tailler, le nombre d'yeux à laisser suivant les cépages, l'époque des vendanges.

— Tu connais donc les secrets de ton père !

Elle eut un sourire amusé.

— Oh, ce ne sont pas des secrets. Je suis prête à les enseigner à vos vignerons. Enfin, s'ils acceptent d'écouter une femme.

Une lueur s'était allumée dans les yeux d'Edmond. Sylvine comprit pourquoi sa mère était tombée amoureuse de lui. Il émanait de lui un mélange de passion et d'enthousiasme qui lui donnait beaucoup de charme.

— Ils auront intérêt à t'écouter ! exulta-t-il. Je vais même faire mieux. Je vais te redonner la Sauvagine. Le métayer qui l'occupe sera relogé ailleurs. Tu vas reprendre les terres de Pierre et tu vas y cultiver le meilleur vin de la région. Mais ce ne sera pas mon vin, ce sera le tien. Est-ce que tu es d'accord ?

Sylvine crut qu'elle avait mal entendu. Puis elle se rendit compte que le vœu qu'elle avait fait lorsqu'elle avait quitté la Sauvagine, onze ans plus tôt, venait de se réaliser. Elle allait revenir dans la maison de son père.

— Alors, est-ce que cela te convient ? insista Edmond.

Pour toute réponse, elle se jeta dans ses bras.

Le lendemain, Sylvine reçut une lettre de Victor, qui lui annonçait son retour sous une semaine. Son rapport enfin terminé, il avait pris quelques jours de congé pour venir la voir. Elle courut porter la nouvelle à Edmond, qui fut partagé entre la joie et le dépit.

— A peine viens-je de te découvrir qu'il faut déjà que tu disparaisses dans les bras d'un autre homme, grogna-t-il.

— Mais je ne vais pas disparaître ! répondit-elle. Ne soyez pas grognon. Victor est un homme charmant. N'avez-vous pas envie d'avoir des petits-enfants ?

— Si, bien sûr.

A la vérité, Edmond n'avait jamais réfléchi à cette perspective. Avec Lucille, la question ne s'était jamais posée. Puis il imagina le vieux manoir résonnant de rires d'enfants et l'idée le séduisit.

Peu après la mort de Lucille, Sylvine avait cru qu'Edmond avait reporté sur elle l'affection qu'il avait pour sa fille décédée. Mais le lien qui se tissait entre eux était différent. Elle lui rappelait Juliette, dont il lui parlait beaucoup. Et, à travers ce qu'il lui en disait, Sylvine découvrait de sa mère un portrait différent, celui d'une jeune fille issue d'une famille modeste qui se retrouvait tout à coup plongée dans une sorte de conte de fées. Car Edmond avait pris plaisir à lui faire découvrir les villes environnantes. Il lui avait fait donner des cours par un professeur afin de faire d'elle une véritable dame de la bourgeoisie. Il lui avait fait faire des toilettes. Il évoqua les journées passées à Tours, où il l'emmenait au théâtre et au restaurant.

— C'était une femme étonnante, disait Edmond. Il y avait en elle une grâce naturelle, une grande douceur. Elle s'émerveillait de tout et j'en arrivais à me trouver de l'esprit parce que je la faisais rire. C'était un vrai plaisir de lui offrir des présents. Elle me remerciait avec une telle gentillesse... enfin, je crois que c'est comme ça que tu es apparue.

A travers ces souvenirs, Sylvine comprit que sa mère n'avait pas été malheureuse avec lui, bien au contraire. Elle comprit aussi qu'ils avaient été très amoureux l'un de l'autre. Ce qui expliquait l'attitude de Juliette, plus tard, lorsqu'il avait voulu racheter la Sauvagine. Elle avait dû lui en vouloir beaucoup d'avoir cédé aux exigences du vieux Gréville. Par chance, elle avait de nouveau rencontré l'amour avec Pierre. Malheureusement, cela n'avait pas duré.

Depuis l'enterrement, le vieux notaire n'avait pas reparu au manoir. Edmond évitait de parler de son père. Elle devinait en lui une véritable souffrance, provoquée par la constatation de sa propre lâcheté et par sa haine pour Adolphe.

A présent que son identité était connue de son père, Sylvine n'avait plus aucune raison de la dissimuler. Elle rendit visite au docteur Champréaux, qui avait déjà été informé de sa « résurrection » par le père Rochelet. Comme le prêtre, il lui expliqua qu'il avait tenté, lui aussi, de la voir à Sainte-Ursule, sans succès.

La nouvelle ne tarda pas à faire le tour de Bourré et de Montrichard. D'autant qu'Edmond n'avait pas fait mystère de sa paternité. Il avait pris contact avec maître Loubet, l'ancien notaire de Blois qui gérait les affaires de Pierre Ménétrier, et lui avait fait part de son intention d'adopter Sylvine, qu'il ne pouvait pas reconnaître officiellement pour sa fille, puisque Pierre l'avait déjà fait. Sylvine devenait ainsi sa seule héritière. Parallèlement, il entama une procédure de divorce.

Sylvine attendait avec impatience le retour de Victor. Celui-ci devait arriver le samedi suivant. Avant son arrivée, elle décida de retourner dans les caves. Lorsqu'elle avait récupéré la cassette et les livres, elle avait repéré, dans une galerie proche, une magnifique ammonite qu'elle désirait lui offrir.

Un matin, elle s'habilla de vêtements solides et prit la direction des caves *perrières*. Elle pensa rendre visite à ses amis carriers, mais constata qu'il n'y avait personne. Evidemment, en été, les *perriers* étaient plus occupés par le travail de la vigne. Munie d'une lampe à acétylène, elle s'enfonça dans les profondeurs du labyrinthe. Elle dépassa le niveau des ateliers pour descendre plus bas, là où se trouvait sa cachette.

Elle connaissait bien les lieux. Pourtant, peu à peu, une étrange sensation de malaise s'empara d'elle. Elle s'arrêta et écouta. Il régnait dans les caves un silence mystérieux. D'ordinaire, les coups de pique résonnaient dans les méandres du dédale géant. Aujourd'hui, elle n'entendait que le frottement de ses pas sur la pierre, mêlé au bizarre chuintement du vent léger et frais qui coulait d'une galerie à l'autre. Parfois, elle percevait l'appel d'un passereau des murailles, le frôlement d'une aile de chauve-souris. Sylvine était familiarisée avec tous ces bruits. Malgré les ténèbres environnantes, ils ne la troublaient pas. Mais cette fois, il y avait autre chose.

Pourtant, elle eut beau tendre l'oreille, elle ne distingua rien d'autre que les battements de son cœur inquiet. Elle secoua la tête et reprit sa progression. La lampe projetait son ombre démesurément agrandie sur les parois.

Tout à coup, un autre bruit de pas se fit entendre derrière elle. Elle se retourna d'un bloc. Elle n'avait pas rêvé, quelqu'un l'avait suivie. Au loin, à l'angle de la galerie qu'elle venait de quitter, se profilait l'ombre d'une silhouette monstrueuse. Elle songea immédiatement à la façon dont Pierre avait été assassiné. Elle comprit qu'elle avait affaire à son meurtrier. Et qu'il était là pour la tuer !

Une onde d'angoisse lui parcourut l'échine. Elle se reprocha d'avoir manqué de prudence. Depuis plusieurs jours, tout le monde savait qu'elle était revenue. Le meurtrier avait donc sûrement entendu parler d'elle. Il avait dû l'épier et attendre le moment propice pour la faire disparaître, peut-être en faisant croire à un accident, comme pour Pierre. Mais pourquoi ? Quel danger représentait-elle pour lui ? Elle n'avait même aucune idée de son identité. Peut-être croyait-il qu'elle le connaissait.

Elle pressa le pas, accélérant les mouvements affolés de son ombre sur les murs. Elle connaissait assez bien les galeries pour pouvoir se cacher, mais ne disposait d'aucune arme pour se défendre. L'homme marchait vite. L'écho de son souffle rauque se répercutait sous les voûtes.

Derrière elle, l'assassin se réjouissait. Il touchait au but. Cette petite putain devait disparaître. Depuis plusieurs jours, il la surveillait discrètement. Il avait dû se montrer prudent. Si elle l'avait aperçu, tout était perdu. Il avait espéré la voir s'aventurer seule en forêt, ou en pleine nuit pour visiter l'un de ses malades. Mais personne n'avait eu la bonne idée de la faire appeler. Et puis soudain, elle avait décidé de se rendre dans les caves. C'était bien une idée à elle ! Il avait aussitôt compris que l'occasion de ne se représenterait pas de sitôt. D'autant que les galeries étaient désertes à cette époque de l'année. Personne ne devait savoir où elle était. On ne la retrouverait jamais. Qui songerait alors à le soupçonner ?

Il soupesa la pique dont il s'était emparé. C'était presque trop facile. Un seul coup suffirait. Bien sûr, il lui faudrait ensuite retrouver son chemin, mais il avait posé des repères. Comme le Petit Poucet. L'idée l'amusa beaucoup. Le plus difficile avait été de la suivre sans qu'elle s'en aperçût. Au début, il avait dû rester assez loin en arrière, pour qu'elle ne voie pas la lumière de sa lampe. A présent, cela n'avait plus d'importance.

Il se hâta. Elle était là, à moins de vingt mètres devant lui. Il crut qu'elle allait se mettre à courir. Mais ce fut l'inverse. Arrivée à un embranchement, elle s'arrêta et lui fit face, dirigeant sa lampe vers lui.

— Qui est là ? demanda-t-elle.

Interloqué, il marqua le pas.

Devant Sylvine, l'ombre gigantesque projetée sur la paroi dansa d'une façon grotesque, puis s'effaça pour laisser apparaître l'assassin de Pierre. Les yeux de la jeune femme s'agrandirent de surprise. Puis elle se mit à hurler.

38

Devant elle se tenait un homme qu'elle n'aurait jamais pensé à soupçonner, en raison des liens familiaux qui l'unissaient à Pierre : Raoul Ménétrier.

— Tu peux crier tant que tu veux ! clama-t-il avec un air de triomphe. Personne ne t'entendra !

Le visage déformé par un méchant rictus, il s'approcha à pas lents, comme pour savourer la panique de sa future victime.

— C'est toi qui as tué mon père ! s'écria Sylvine.

— Evidemment !

— Tu as tué ton propre frère ! Mais pourquoi ?

Tout en parlant, Sylvine reculait, prenant soin de conserver une certaine distance entre Raoul et elle. Il était armé d'une lourde pique à *sourchever.* S'il parvenait à la frapper ne fût-ce qu'une fois, elle était perdue. Elle devait le faire parler pour gagner du temps.

— Pourquoi ? insista-t-elle.

Il eut un mouvement d'agacement.

— Ce fumier de Pierre a toujours tout réussi, grinça-t-il d'une voix où transparaissait une haine effrayante. Il était plus fort que moi. J'ai pas oublié la raclée qu'il m'a flanquée avant de partir de la maison. Je ne voulais pas qu'il parte. Ce salaud m'a cassé trois dents. Je me suis juré de le faire payer un jour. Il est parti, mais j'ai pas oublié ! Quand il est revenu, il avait gagné beaucoup d'argent. C'est là qu'il a fait une chose qu'il aurait jamais dû faire.

— Laquelle ?

— A l'époque, je travaillais déjà pour le fils Gréville. Ce crétin avait su y faire pour glisser Juliette dans son lit. Mais moi, j'étais amoureux d'elle. Quand elle s'est retrouvée dehors, j'ai pensé que je pourrais la récupérer. Pierre l'a engagée. J'ai été le voir ! Je lui ai dit que je voulais me marier la Juliette. Il m'a dit de pas lui tourner autour et il m'a flanqué à la porte. Ce salaud se l'est épousée lui-même ! Fumier de fumier !

Si le moment n'avait été aussi angoissant, Sylvine aurait eu envie de rire. La haine de cet individu était aussi grotesque que pathétique. Pris par sa fureur extravagante, il s'était arrêté de marcher, comme pour mieux dégorger sa rancœur. Les yeux écarquillés, il se mit à hurler :

— Il m'a toujours écrasé ! Comme une merde ! J'étais rien devant lui ! Il a même réussi à me faire chasser des caves !

— Il n'y était pour rien, riposta Sylvine. On t'a chassé parce que tu avais provoqué la mort de deux personnes.

— C'est sa faute ! hurla-t-il encore avec la plus parfaite mauvaise foi.

Puis il se mit à ricaner, sans la regarder directement, comme s'il revoyait un souvenir intérieur plaisant. Sylvine, pétrifiée, comprit qu'il était sans doute un peu fou.

— Mais c'est moi qu'ai eu le dernier mot.

— Et tu l'as tué, comme ça, simplement parce que tu avais perdu ton travail de carrier.

— Ah non ! C'est plus compliqué que ça ! Sa mort a rendu service à un monsieur qui s'est occupé de moi.

— Qui ?

Il rit de plus belle.

— Oh, je peux te le dire, puisque je vais te tuer. Ton grand-père, monsieur Adolphe Gréville ! Lui aussi, il détestait ton père.

Sylvine frémit. Ainsi, depuis le début, ses soupçons étaient fondés. Ce vieux scélérat était bien à l'origine de la mort de Pierre.

— Pourquoi ?

— Parce qu'il refusait de vendre la Sauvagine. Ce monsieur-là, il aime pas beaucoup qu'on lui résiste. Moi, j'étais dans la mouise à l'époque. D'après le juge, je devais rembourser le prix de la maison engloutie à son propriétaire. Mais j'avais pas un sou vaillant. Si je ne pouvais pas payer, j'allais en prison. Alors, le notaire, il m'a dit qu'il était prêt à effacer ma dette contre un petit service.

— Un petit service, la mort d'un homme !

Nouveau ricanement.

— Le notaire, il avait bien compris que je détestais ce fumier de Pierre. Il m'a fait comprendre qu'il ne serait pas fâché s'il lui arrivait un « accident ». Alors, la veille, j'ai invité ce crétin de Champ-d'Avoine, et je l'ai fait boire. Il ne demandait que ça. Il fallait que ton père soit seul le lendemain. Ce jour-là, je suis allé dans les caves avant tout le monde. Quand il est arrivé, j'étais là. Je lui ai dit que j'avais besoin d'aide. Il s'est un peu étonné que je vienne le voir là, mais il ne s'est pas méfié. J'ai attendu qu'il me tourne le dos et là, je lui ai flanqué un coup derrière les oreilles. Après, je l'ai traîné sur le lit de *chapins* et j'ai enfoncé les coins jusqu'à ce que le bloc lui tombe dessus.

Il éclata de rire.

— Fini, le Pierre ! Terminé !

Un haut-le-cœur secoua Sylvine. Raoul était un monstre et un lâche. Il ajouta d'une voix mauvaise :

— Comme toi, ma belle ! T'es finie !

— Mais pourquoi veux-tu me tuer ?

— Pour la même raison que ton père : tu gênes monsieur Gréville.

— C'est stupide.

— Non. Il est furieux contre toi parce que son fils veut t'adopter. S'il le fait, tu deviendras aussi son héritière. Il ne veut pas que sa fortune te revienne.

Il gloussa de nouveau.

— Mais il n'a pas de souci à se faire. T'auras pas l'occasion de profiter de l'héritage !

Il se remit en marche, tenant fermement sa pique. Il s'attendait à ce qu'elle tente de s'enfuir mais, curieusement, elle ne bougea pas. Peut-être s'était-elle résignée à son sort.

Il parvint à moins de trois mètres d'elle. Elle était toujours immobile et continuait de le fixer dans les yeux. Mal à l'aise, il s'arrêta. Ce regard, c'était celui de Juliette. Mais on disait aussi que cette maudite Sylvine était un peu sorcière. Et elle ne paraissait pas avoir peur de lui. Même au moment où il allait la tuer ! Comment supporter ces yeux verts ?

Partagé entre une peur insidieuse et la rage, il affermit sa prise sur la pique.

Soudain, il ne comprit pas ce qui se passa. Au lieu de fuir, elle posa rapidement sa lampe sur le sol et se rua sur lui. Il ressentit un choc violent dans la poitrine. Elle l'avait poussé de toutes ses forces en arrière. Pris par surprise, il n'eut pas le temps de réagir et fut projeté contre la paroi. Il pensa que le mur allait le retenir, mais le sol se déroba sous ses pieds. Il hurla de terreur. Lâchant la pique et la lampe, il parvint à s'agripper au rebord. Celui-ci était glissant. La lampe et l'outil dégringolèrent avec des bruits métalliques. Ce n'était pas pour rien que Sylvine l'avait amené à cet endroit précis. Parfois, les galeries étaient reliées entre elles par des gouffres résultant d'anciens effondrements. Certains avaient plus de vingt mètres de profondeur et aboutissaient au niveau des eaux.

— Au secours ! hurla Raoul.

Haletante, Sylvine le contempla. Les yeux fous, les pieds battant le vide, il s'était raccroché à de maigres saillies de la roche. Désespérément, il tenta de se hisser, mais le calcaire friable se dérobait inexorablement sous ses doigts.

— Aide-moi, gémit-il. Je vais tomber.

Sylvine resta muette. Elle savait qu'il la tuerait si elle parvenait à le tirer de là. Cependant, comment supporter de voir mourir un être humain, même s'il s'agissait d'un criminel ? Tremblant de la tête aux pieds, elle s'approcha.

Mais il était trop tard. Avec un glapissement de terreur, Raoul lâcha prise et s'enfonça dans les ténèbres. Son cri retentit plusieurs secondes, puis fut tranché net par un craquement immonde. Sylvine se pencha avec précaution au-dessus du gouffre. Par miracle, la lampe ne s'était pas éteinte. Au fond, à plus de trois niveaux au-dessous, elle devina le corps disloqué de Raoul, écroulé dans une position bizarre. Il ne bougeait plus. Sans doute avait-il été tué sur le coup. Alors, elle éclata en sanglots et s'écroula sur le sol, la respiration saccadée.

Longtemps après, elle reprit ses esprits. Elle revint vers le gouffre, mais la lampe de Raoul s'était éteinte. Les ténèbres étaient plongées dans un silence effrayant. Une vérité horrible s'imposait à elle : elle avait tué un homme. Même si c'était la pire des crapules, elle avait désormais du sang sur les mains. Bien sûr, elle n'avait fait que se défendre, mais elle était devenue, elle aussi, une criminelle.

Puis une autre vérité lui apparut : Raoul Ménétrier avait tué son frère, mais il n'avait été que le bras qui avait frappé. Le vrai responsable, c'était le vieil Adolphe Gréville.

Adolphe Gréville, qui avait également donné l'ordre de l'éliminer, elle. Sa propre petite-fille.

Petit à petit, la colère prit le pas sur la peur. Elle décida qu'il était temps pour elle de rendre une visite à son grand-père.

39

Il lui fallut plus de deux heures pour retrouver la sortie des caves. Durant sa fuite, elle s'était enfoncée profondément à l'intérieur du labyrinthe et elle avait perdu ses repères. Lorsque enfin elle parvint à l'extérieur, un orage avait éclaté et des trombes d'eau se déversaient sur la vallée. Elle retrouva Lucifer où elle l'avait laissé, à l'abri sous un surplomb. En raison de la tempête, une lumière crépusculaire régnait et un vent glacial malgré la saison lui coupa la respiration.

Luttant contre les éléments, elle prit la route de Montrichard, déserte en raison de l'heure tardive et de la fureur des éléments.

Une demi-heure plus tard, elle parvenait devant la demeure d'Adolphe Gréville. Il était presque l'heure du dîner. Elle poussa le portail, redoutant que celui-ci ne fût fermé à clé. Mais il n'offrit aucune résistance. Elle s'en étonna, puis comprit que le vieux scélérat l'avait sans doute fait exprès afin que Raoul pût venir lui faire son rapport. Le cœur battant la chamade, elle gagna le perron et frappa à la porte.

A l'intérieur, Adolphe Gréville grogna. Ce n'était pas trop tôt ! Ce crétin de Ménétrier en avait mis du temps ! Il quitta le fauteuil dans lequel il avait patienté tout l'après-midi. Il était seul. Il avait renvoyé ses employés jusqu'au lendemain. Il n'avait pas envie qu'ils aperçoivent son complice. Seule la vieille Germaine, sa femme de chambre, se trouvait dans la petite maison située au fond du jardin, là où logeaient les domestiques.

D'humeur morose, il clopina jusqu'à la porte et ouvrit. Soudain, il poussa un cri. Une haute silhouette se tenait devant lui, vêtue d'une capuche noire dissimulant un visage qu'il ne parvenait pas à voir. Un instant, il crut avoir affaire à la Mort elle-même. La silhouette le repoussa à l'intérieur sans ménagement. Tremblant de peur, il recula, manquant de trébucher. L'ombre avançait vers lui à pas lents, le visage toujours plongé dans les ténèbres de la capuche.

Le cœur du vieil homme se mit à battre plus fort, le sang lui martela les tempes et le souffle commença à lui manquer. Alors, le spectre ôta son capuchon, révélant le visage de Sylvine, les cheveux défaits par la tempête. Le regard qu'elle lui adressait lui glaça le sang.

— Co… comment ?

— Comment suis-je encore vivante ? C'est ce que vous vouliez dire, n'est-ce pas ?

— Je… je ne comprends pas !

— Oh si, vous comprenez parfaitement, vieux scélérat ! C'est vous qui avez fait tuer Pierre Ménétrier. Vous l'avez fait assassiner par son propre frère, en utilisant la haine qu'il éprouvait pour lui ! Vous lui avez ordonné de me suivre pour me tuer à mon tour. Mais cette fois vous avez échoué, monsieur mon grand-père ! Raoul est mort !

Il ne tenta même pas de nier.

— Tu ne pourras rien prouver !

Elle continua d'avancer lentement sur lui, le contraignant à reculer.

— Je n'aurai rien besoin de prouver ! Meurtrier ! Assassin !

— Je n'ai tué personne !

— C'est vrai. Vous n'avez même pas eu le courage de commettre vos crimes vous-même !

Le vieil Adolphe avait peine à reprendre son souffle. Il voulut crier, répliquer, mais ses forces l'abandonnaient et une étrange douleur lui fouaillait la poitrine.

— Tu vas me tuer, gémit-il.

— Je ne suis pas une criminelle, moi. Mais vous, vous devriez craindre que les fantômes de vos victimes ne reviennent vous hanter. Vous qui vous réclamez volontiers de Dieu, ne redoutez-vous pas qu'Il vous demande des comptes ? N'avez-vous pas peur de voir resurgir les spectres de ceux qui ont péri par votre faute ? Eux aussi, vous les retrouverez dans l'au-delà.

Adolphe pâlit. A l'extérieur, la tempête redoubla de violence. Un coup de tonnerre déchira les ténèbres, faisant vibrer les murs. Adolphe sursauta. Il tenta de lutter, mais la douleur lui broyait les côtes.

— Tu n'hériteras pas de moi, cracha-t-il d'une voix sourde.

— Je me moque bien de votre argent. Le mien me suffit. Quant à vous, vous mourrez seul avec la fortune que vous avez accumulée par vos crimes !

— Sors de ma maison, chuinta-t-il. Tu n'es rien ! Rien !

Sa respiration s'était accélérée. Sylvine avait vu assez de malades pour comprendre qu'il faisait une attaque. Mais elle ne lui porterait pas secours. Certainement pas ! Elle le regarda une dernière fois, puis lui tourna le dos. Aussi silencieuse qu'un fantôme, elle se glissa au-dehors.

L'instant d'après, un nouvel éclair illuminait l'intérieur de la maison, suivi par un craquement formidable.

Le souffle saccadé, le vieux Gréville resta adossé au mur. Dans sa poitrine, la douleur ne s'était pas effacée. Ce n'était pas la première fois qu'elle se manifestait, mais cette fois elle paraissait plus inquiétante. Inexorablement, la panique commença à le gagner. Cette maudite fille lui avait flanqué une belle frousse. Mais cela allait passer. Il allait se remettre à respirer à nouveau normalement. Il tenta de calmer les battements de son cœur, mais la douleur ne passait pas. Au contraire, il lui semblait qu'elle creusait de plus en plus profondément ses entrailles.

Il commença à songer qu'il y avait peut-être autre chose. Certains chuchotaient qu'elle était un peu sorcière. Et si c'était vrai ? Si elle lui avait jeté un sort ?

Mais non, c'était ridicule ! Les sorcières, c'étaient des histoires de bonnes femmes, des contes pour faire peur aux enfants ! Il n'allait pas se mettre à croire à ces âneries, non ?

Au prix d'un effort surhumain, il revint vers son fauteuil. Du repos.

La douleur devenait de plus en plus vive. Elle était apparue au moment même où cette vermine était entrée dans la maison. Elle lui avait fait quelque chose, c'était sûr ! Et il était seul. Comme un imbécile, il avait renvoyé ses domestiques, à cause de ce crétin de Raoul !

Il avala sa salive avec difficulté. Il ne pouvait pas rester ici. Il fallait aller chercher un médecin. Mais il ne pouvait pas le faire lui-même. Il avait besoin d'aide. Germaine ! La vieille Germaine était là, au fond du jardin. Mais elle ne viendrait pas. Il lui avait dit de ne le déranger sous aucun prétexte. Il devait aller la chercher.

S'agrippant aux meubles, il se dirigea vers la porte. Chaque pas lui coûtait. Dans son esprit enfiévré, la panique gagnait peu à peu du terrain. Et si cette sale petite peste avait invoqué les esprits des morts ? Peut-être allaient-ils surgir là, devant lui.

Tout à coup, cette maison dans laquelle la lumière n'entrait jamais lui parut soudain hostile, comme si une entité effrayante l'épiait, tapie dans la pénombre. Comme pour faire écho à sa terreur, l'orage se déchaîna. Sous l'effet des éclairs, il eut l'impression que les murs se mettaient à bouger. Il gémit, tâcha de hâter le pas.

Il parvint à la porte, l'ouvrit. Une bourrasque violente lui coupa la respiration. Gémissant, il tendit les bras en avant et se mit à appeler sa femme de chambre.

— Germaine, Germaine ! Au secours !

Mais le vacarme de la tempête étouffait sa voix. Autour de lui, les arbres semblaient danser avec des ombres surgissant du sol. Des gifles de pluie lui cinglaient le visage.

Enfin, une petite lumière s'alluma dans la maison. Adolphe se figea, incapable de faire un pas de plus. Un frêle espoir naquit. Germaine allait venir ! Elle allait le sauver ! Il allait lui dire que la sorcière était venue le voir, qu'elle avait tenté de le tuer. Elle irait en prison !

La porte s'ouvrit et la silhouette voûtée de la vieille femme apparut. Elle hésita quelques secondes, puis se mit à hurler. Prise de panique, elle referma la porte. Un mélange de rage et de désespoir s'empara du vieil homme. Cette vieille folle avait eu peur. Il voulut appeler.

— Germaine !

Aucun son ne sortit de sa gorge. Il fit un pas, mais ses jambes lui refusaient tout soutien. Il tomba sur les genoux. Une terrible sensation de froid le saisit, s'empara de tous ses membres. L'air refusa de pénétrer ses poumons tandis qu'une douleur fulgurante lui broya le cœur. Suffoquant, les yeux exorbités, il s'écroula sur le sol.

40

L'esprit en déroute, Sylvine était retournée chez elle. L'image de Raoul basculant dans les ténèbres ne la quittait pas. Bien sûr, cet homme était l'assassin de son père, et il l'avait suivie pour la tuer à son tour. Mais pour finir elle l'avait attiré dans un piège. Elle s'était abaissée à son niveau. Elle était devenue une criminelle.

Qu'allait-il se passer à présent ? Devait-elle dévoiler la vérité aux gendarmes ? Pour quelle raison la croiraient-ils ? Ils avaient refusé d'envisager que Pierre Ménétrier ait pu être assassiné. Pour eux, l'affaire était classée. Pourquoi feraient-ils un lien entre les deux morts ?

Surtout, elle était allée tout raconter à cette vieille fripouille d'Adolphe Gréville. Elle pouvait compter sur lui pour tout rapporter aux autorités, interprété à sa manière. Peut-être même l'accuserait-il d'avoir attiré Raoul dans les caves sous Dieu sait quel prétexte sordide. Ce scélérat en était bien capable !

La nuit suivante, elle ne put fermer l'œil. Il lui tardait de revoir Victor. Lui saurait la conseiller. Mais il serait trop tard à ce moment-là. Son retour n'était pas prévu avant deux jours.

Le lendemain, elle décida de révéler ce qui s'était passé à son père. Elle sella Lucifer et se rendit au manoir.

Lorsqu'elle arriva, le capitaine Boursier était là et Edmond affichait un visage grave.

Le gendarme la salua d'un bref hochement de tête. Edmond vint à elle et la prit dans ses bras.

— Mon père est mort, dit-il. Le capitaine vient juste de me prévenir.

— Mort ?

— Il a eu une attaque hier soir. Sa femme de ménage, la vieille Germaine, l'a trouvé étendu dans le jardin.

— D'après le docteur qui l'a examiné, intervint Boursier, il semble que monsieur Gréville ait été victime d'un malaise. Il a voulu demander le secours de sa domestique, et il s'est dirigé vers sa maison. Mais cette vieille femme n'a pas réagi assez vite. Elle a ouvert une première fois. A cause de la tempête, elle a cru avoir affaire à un rôdeur. Lorsqu'elle a ouvert la seconde fois, elle a aperçu son maître allongé dans la boue. Il avait cessé de vivre. Il avait le visage déformé par la terreur, comme s'il avait aperçu quelque chose d'horrible. Mais il ne portait aucune trace de coup. Le médecin a conclu à une attaque.

Sylvine ferma les yeux. Peut-être était-ce là la réponse à toutes les vilenies qu'il avait commises dans sa vie. C'est du moins ce qu'aurait pensé Marie. Mais elle savait, elle, qu'elle était seule responsable.

Lorsque le gendarme fut parti, elle prit la main de son père et l'entraîna dans le parc. Après un long silence, elle lui avoua ce qui s'était passé la veille. Edmond la contempla, bouleversé. Mais il n'y avait aucun reproche dans ses yeux. Au contraire.

— Ainsi, ce vieux bandit a tenté de te faire assassiner par l'homme de main qui avait déjà tué Pierre Ménétrier ! Personne n'aurait jamais rien soupçonné. On aurait conclu, comme pour lui, à un accident.

— J'ai tué un homme, père. Et je suis responsable de la mort d'Adolphe Gréville.

— Oh non, ma fille. Tu n'as fait que te défendre. Que pouvais-tu faire d'autre ? Ce Raoul n'aurait eu aucune pitié. Par chance, tu connaissais bien les lieux. Quant à mon père, il n'a eu que ce qu'il méritait. Si Dieu existe, comme il le clamait si fort lui-même, il va devoir se justifier à présent. Mais toi, tu dois chasser cette vision de ton esprit. Ce n'est pas seulement toi que tu as sauvée hier, mais toute ta famille. Ton frère et tes sœurs, que tu vas bientôt retrouver, j'en suis persuadé. Moi, aussi, parce que je n'aurais pas eu le courage d'accepter ta mort. Et je n'oublie pas les petits-enfants que tu as promis de me faire.

Les yeux brouillés par les larmes, Sylvine se réfugia dans ses bras. Lorsqu'elle s'écarta de lui, elle demanda :

— Mais que va-t-on faire pour le corps de Raoul ? Il faudrait lui donner une sépulture. On ne peut pas le laisser comme ça. Et puis, les gens vont s'étonner de sa disparition.

Edmond réfléchit un moment, puis répondit :

— Ils vont s'étonner, c'est certain. Mais je ne pense pas qu'il sera regretté par beaucoup. Aussi, il vaut mieux garder cette histoire secrète. Si tu allais tout raconter à la gendarmerie, je suis persuadé que ce fichu capitaine Boursier te ferait les pires ennuis. Aussi, nous ne ferons rien. Les caves *perrières* serviront de tombeau à l'assassin de Pierre Ménétrier.

— Si on le retrouve un jour…

— Tu m'as dit que personne ne se rendait jamais dans ces galeries. Mais si c'était le cas, les gendarmes concluraient, comme pour Pierre, à un accident. Ce n'est que justice. Raoul a tué par la pierre, il est mort par la pierre.

Le samedi suivant, Victor n'attendit pas que le train fût entièrement arrêté pour sauter sur le quai et courir vers Sylvine qui lui ouvrit les bras. Mais il remarqua aussitôt son visage grave. Il en attribua la raison à la mort de Lucille dont elle lui avait parlé dans ses lettres. Elle ne tenta pas de le détromper.

Dans l'après-midi, ils se rendirent sur la tombe de la jeune fille.

— Quelle tristesse, dit Victor. J'aurais tellement aimé la connaître. Le destin est parfois bien cruel.

Il ne parlait pas de Dieu. Tout comme Pierre, il n'aimait guère la religion. Pourtant, il sympathisa, lui aussi, avec le père Rochelet, venu rendre visite à Sylvine en fin de journée.

— Il me tardait de vous connaître, monsieur Delaunay, dit le curé. Sylvine m'a beaucoup parlé de vous. Avec tant de fougue que je me suis demandé à quoi pouvait ressembler l'homme qui avait mis la tête de cette demoiselle à l'envers. Etes-vous bon chrétien, monsieur Delaunay ?

— Je crains de vous décevoir, monsieur le curé. Je ne suis même pas baptisé. Mes parents...

Francis leva la main.

— Ne vous justifiez pas. Je respecte les opinions de chacun. Je pense que Dieu doit avoir ses raisons, et ce n'est pas à moi de juger. Mais que cela ne nous empêche pas d'entretenir des relations aussi bonnes que celles que j'avais avec le père de Sylvine, ce grand mécréant.

Ce disant, les yeux du prêtre s'étaient mis à briller un peu plus. Emu, Victor lui serra la main.

— Il n'y a aucune raison pour qu'il n'en soit pas ainsi, monsieur le curé.

Bien plus tard dans la nuit, après que Sylvine et Victor se furent prouvé combien la séparation leur avait pesé à tous deux, le jeune homme se dressa sur un coude et contempla le corps nu de sa compagne, uniquement éclairé par la lueur dorée de la lampe à pétrole.

— Tu m'as bien dit que ta grand-mère n'avait pas encore accepté de te révéler l'endroit où se trouvaient ton frère et tes sœurs ?

— Cette vieille bourrique ne veut toujours rien savoir, grogna Sylvine. J'ai écrit à toutes les mairies des environs, mais hélas sans résultat.

— Oui, et avec cette méthode, tu les retrouveras quand tu seras grand-mère toi-même. Moi, j'ai une autre idée.

Elle se redressa à son tour.

— Laquelle ?

Les yeux du jeune homme se mirent à luire avec malice.

— Est-ce que je t'ai déjà dit que j'avais fait partie de la troupe de théâtre de mon lycée ?

Le lundi suivant, vers la fin de la matinée, Louise Descombes vit arriver deux personnes dans la cour de sa ferme. Avec colère, elle reconnut sa petite-fille, cette maudite Sylvine qui lui avait volé l'héritage de ses parents. Mais elle n'était pas seule. Un homme en redingote coiffé d'un haut-de-forme l'accompagnait. Il affichait un visage sombre. Mal à l'aise, la vieille femme les accueillit, suivie par son mari, qui tenait son chapeau entre ses mains, impressionné. L'homme au haut-de-forme s'adressa à elle sur un ton compassé.

— Madame Descombes, je présume ?

— C'est moi, monsieur, répondit-elle d'une voix timide.

— Madame, j'irai droit au but. Ma cliente, mademoiselle Ménétrier, m'a fait part de votre refus de lui dévoiler le ou les endroits où vous avez placé son frère et ses sœurs.

Un sursaut de rage s'empara de Louise.

— Et alors ? cracha-t-elle.

— Et alors, chère madame, permettez-moi de me présenter. Je suis maître Victor Delaunay, avocat au tribunal de Paris. Devant votre refus systématique de répondre à la demande tout à fait légitime de ma cliente, je me vois contraint de vous signifier ceci : mademoiselle Sylvine Ménétrier étant aujourd'hui majeure, c'est à elle que revient légalement la charge de l'éducation de Christophe, d'Angélique et d'Honorine Ménétrier. Pour ce faire, elle doit les accueillir dans son foyer. Or, cela lui est impossible à cause de votre attitude. J'ai le regret de vous dire que celle-ci est assimilable à la non-présentation d'enfant.

— Ça veut dire quoi, ce charabia ? grommela-t-elle.

— Cela signifie, en termes clairs, que, ma cliente ayant porté plainte contre vous, vous allez être condamnée par le tribunal à lui fournir les adresses demandées dans les plus brefs délais.

— Et si je refuse ?

— Chaque jour de retard entraînera une amende subséquente.

Le regard de Louise s'agrandit.

— Mais ce n'est pas tout, poursuivit Victor. Vous allez devoir lui verser une somme substantielle destinée à réparer le préjudice subi par les trois jeunes Ménétrier.

— Hein ?

— Aux termes de la loi, les orphelins Ménétrier devaient être accueillis « sous votre toit ». Or il n'en a rien été. Vous les avez placés dans des fermes afin de recueillir, pour votre propre compte, le fruit de leur travail.

— Ils avaient l'âge d'être placés, plaida Louise.

— La loi est formelle, madame, vous deviez assurer leur education « sous votre toit ». Il est donc plus que probable que le tribunal vous condamne à rétrocéder à ma cliente la totalité des sommes perçues – à tort – au titre de leur rémunération.

— C'était pas grand-chose, voulut argumenter la grand-mère.

Victor poursuivit sur le même ton froid :

— Ces sommes seront assorties, cela va sans dire, d'une lourde amende.

— C'est pas Dieu possible, pleurnicha Louise.

— Mais ce n'est pas le plus grave.

— Pas le plus grave ? Mais qu'est-ce qui pourrait être plus grave ?

— Il est fort à craindre que cette sanction soit assortie d'une peine de prison.

Louise blêmit.

— De prison ?

— Parfaitement ! La non-présentation d'enfant est considérée comme un délit très grave, s'apparentant à un enlèvement, crime hautement condamnable par la justice de notre pays.

— Jésus Marie Joseph !

— Voilà, madame, ce que j'avais à vous dire. Attendez-vous donc à recevoir une citation à comparaître devant le tribunal de Blois dans les jours qui viennent. Gare à vous si vous tentez de vous soustraire à la justice ! Vous serez immédiatement rattrapée et conduite derrière les barreaux. La peine sera encore plus lourde. Madame, j'ai bien l'honneur de vous saluer.

— Oh non !

Victor et Sylvine tournèrent les talons. Louise se précipita derrière eux et saisit Victor par le bras.

— Attendez, monsieur, s'il vous plaît.

— Je crains, madame…

— Je pourrais peut-être faire quelque chose.

Elle s'adressa à Sylvine, larmoyante.

— Enfin, tu ne peux pas envoyer ta propre grand-mère en prison !

Mais Sylvine, glaciale, haussa les épaules et s'éloigna.

— Oooh, gémit Louise.

Elle saisit les mains de Victor.

— Monsieur ! Qu'est-ce que je peux faire ? Je ne veux pas aller en prison. Je ne peux pas donner tout cet argent !

Victor prit l'air ennuyé.

— Je suis fort contrarié de tout cela, croyez-le bien, mais ma cliente est intraitable. Je dois reconnaître que vous ne vous êtes guère montrée charitable avec elle, ni avec les orphelins Ménétrier. J'ai bien peur que vous ne dussiez répondre de vos crimes, madame.

— Mes crimes, chevrota Louise.

— Toutefois...

Une lueur d'espoir s'alluma dans les yeux de la vieille avare.

— Oui ?

Victor se pencha vers elle d'un air confidentiel.

— Ecoutez, je ne vous promets rien, mais je peux essayer de convaincre ma cliente de se montrer plus accommodante. Il faudrait tout d'abord qu'elle retire sa plainte. Mais elle n'acceptera de la retirer que si elle obtient ce qu'elle veut.

— Et ce qu'elle veut, c'est les adresses ?

— Uniquement les adresses, madame Descombes.

— Ça suffira à arrêter tout ça ?

Quelques minutes plus tard, Sylvine et Victor remontaient dans la voiture qui les avait amenés de la gare, nantis des précieuses adresses.

— Cela lui a coûté, à cette brave dame, dit Victor avec un sourire amusé. Elle ne te pardonne pas de l'avoir dépossédée de son héritage.

— Tu lui as fait peur. Pour un peu, je t'aurais moi-même pris pour un véritable avocat.

— Il est sûr qu'elle ne va pas en dormir de la nuit.

— Elle doit être rassurée, puisque j'ai accepté de retirer ma « plainte ».

— Ça, ce n'est pas sûr. Comme je le lui ai dit avant de la quitter, une fois que la machine judiciaire est lancée, il est bien difficile de l'arrêter. Même après le retrait de la plainte…

Sylvine éclata de rire, puis se serra contre lui.

— Tu es merveilleux, Victor.

— Alors, est-ce que tu accepterais d'épouser un homme « merveilleux » ?

— Je ne sais pas ! Il faut que j'y réfléchisse.

Mais elle se jeta dans ses bras.

Epilogue

Quelques jours plus tard

Avec émerveillement, Christophe, Honorine et Angélique contemplaient la maison de la Sauvagine, que le métayer avait restituée deux jours plus tôt. La demeure n'avait pas été très bien entretenue et il fallait prévoir des travaux pour la remettre en état, mais les trois adolescents, groupés autour de leur grande sœur, ne voyaient pas ces petits détails. Chacun d'eux avait en mémoire les moments extraordinaires qu'ils avaient vécus, une semaine auparavant, lorsqu'une jeune femme magnifique ressemblant étrangement à leur mère disparue avait surgi dans la cour de la ferme où chacun travaillait depuis des années. La jeune femme avait révélé qu'elle n'était autre que la sœur qu'ils avaient crue morte noyée. Elle leur avait raconté une histoire inouïe, d'où il ressortait qu'elle était bien vivante et qu'ils allaient quitter ces fermes où ils étaient mal traités pour retrouver la maison dans laquelle ils avaient grandi.

Puis elle leur avait présenté un monsieur très riche qui les avait accueillis avec bienveillance. Elle leur avait dit qu'il était son vrai père, parce que leur mère l'avait connu avant le leur. C'était une histoire un peu compliquée, mais cela n'avait aucune importance. Tout était bien.

Aujourd'hui, il faisait un temps magnifique tandis qu'ils visitaient la Sauvagine, accompagnés par Victor et Edmond, qui avaient sympathisé. Edmond en voulait un peu au jeune géologue d'accaparer sa fille, mais il était difficile de résister à son charme.

Soudain, il prit la main de Sylvine.

— Permettez-moi, mon futur gendre, de vous enlever ma fille quelques instants.

Puis, sans attendre de réponse, il entraîna Sylvine à l'écart, affichant le visage malicieux de celui qui a une bonne blague à raconter.

— Que se passe-t-il, père ?

— Rien de grave, au contraire. J'ai appris ce matin, par un courrier adressé par mon notaire de Blois, que ton cher grand-père n'avait pas eu le temps de mettre sa menace à exécution.

— C'est-à-dire ?

— Il voulait me déshériter à cause de toi. Malheureusement, il n'a pas eu le temps de faire les démarches nécessaires. J'hérite donc de tous ses biens.

Sylvine se retint d'éclater de rire. Ainsi, les manœuvres criminelles d'Adolphe n'avaient servi à rien.

— Mon divorce est en bonne voie, poursuivit Edmond. J'ai écrit à monsieur Descrainville. Il m'a répondu par une lettre très amicale. Je dois le rencontrer bientôt à Paris. J'aimerais que tu m'accompagnes. Avec Victor, bien sûr.

— Avec grand plaisir, père.

Devant eux, Christophe prit la main d'Honorine et d'Angélique et les entraîna vers la maison. Bouleversée, Sylvine les contempla. Elle avait conservé d'eux des images d'enfants. Elle avait retrouvé deux adolescentes et un jeune homme. Christophe avait dix-huit ans, Angélique quinze et Honorine treize.

Peu après, Angélique, qui avait toujours été la plus proche de Sylvine, revint vers elle et se blottit dans ses bras comme quand elle était petite.

— Tout ce temps perdu, murmura Sylvine.

— On va le rattraper, répondit Angélique. Maintenant, on ne se quitte plus.

— C'est promis. Nous allons faire agrandir la maison, pour que vous ayez chacun votre chambre. Plus tard, nous construirons d'autres maisons, quand vous vous marierez. Parce que je vais avoir besoin de vous pour cultiver la vigne.

— Oh, c'est d'accord. Comme avant !

— Je veux que papa soit fier de nous.

— Il le sera. Maman aussi. Tu verras, Sylvine, les plus belles vendanges sont celles qui restent à faire

Remerciements

Monsieur et madame Coquillat et leur fils Laurent, pour l'accueil qu'ils m'ont réservé à la Magnanerie, et pour les informations sur les caves *perrières*.

Les amis du vieux Montrichard, pour leur précieuse documentation.

La mairie de Bourré.

Monsieur Mérieau, pour sa documentation sur le vin.

PRODUCTION JEANNINE BALLAND

Romans « Terres de France »

Jean Anglade
Un parrain de cendre
Le Jardin de Mercure
Y a pas d'bon Dieu
La Soupe à la fourchette
Un lit d'aubépine
La Maîtresse au piquet
Le Saintier
Le Grillon vert
La Fille aux orages
Un souper de neige
Les Puysatiers
Dans le secret des roseaux
La Rose et le Lilas
Avec le temps…
L'Ecureuil des vignes
Une étrange entreprise
Sylvie Anne
Mélie de Sept-Vents
Le Secret des chênes
La Couze
Ciel d'orage sur Donzenac
La Maîtresse du corroyeur
Un horloger bien tranquille
Jean-Jacques Antier
Autant en apporte la mer
Marie-Paul Armand
La Poussière des corons
Le Vent de la haine
Le Pain rouge
La Courée
tome I *La Courée*
tome II *Louise*
tome III *Benoît*
La Maîtresse d'école
La Cense aux alouettes
Nouvelles du Nord
L'Enfance perdue
Un bouquet de dentelle
Au bonheur du matin
Le Cri du héron
Victor Bastien
Retour au Letsing
Henriette Bernier
L'Enfant de l'autre
L'Or blanc des pâturages
L'Enfant de la dernière chance
Françoise Bourdon
La Forge au Loup
La Cour aux paons
Le Bois de lune
Le Maître ardoisier
Les Tisserands de la Licorne
Le Vent de l'aube
Patrick Breuzé
Le Silence des glaces
La Grande Avalanche
Nathalie de Broc
Le Patriarche du Bélon
La Dame des Forges
Annie Bruel
La Colline des contrebandiers
Le Mas des oliviers
Les Géants de pierre
Marie-Marseille
Jean du Casteloun
Les Amants de Malpasset
Michel Caffier
Le Hameau des mirabelliers
La Péniche Saint-Nicolas
Les Enfants du Flot
La Berline du roi Stanislas
La Plume d'or du drapier
Jean-Pierre Chabrol
La Banquise
Claire Chazal
L'Institutrice
Alice Collignon
Un parfum de cuir
Didier Cornaille
Les Labours d'hiver
Les Terres abandonnées
La Croix de Fourche
Etrangers à la terre
L'Héritage de Ludovic Grollier
L'Alambic

Georges Coulonges
Les Terres gelées
La Fête des écoles
La Madelon de l'an 40
L'Enfant sous les étoiles
Les Flammes de la Liberté
Ma communale avait raison
Les blés deviennent paille
L'Eté du grand bonheur
Des amants de porcelaine
Le Pays des tomates plates
La Terre et le Moulin
Les Sabots de Paris
Les Sabots d'Angèle
La Liberté sur la montagne
Les Boulets rouges de la Commune
Yves Courrière
Les Aubarède
Anne Courtillé
Les Dames de Clermont
Florine
Dieu le veult
Les Messieurs de Clermont
L'Arbre des dames
Le Secret du chat-huant
L'Orfèvre de Saint-Séverin
Paul Couturiau
En passant par la Lorraine
Annie Degroote
La Kermesse du diable
Le Cœur en Flandre
L'Oubliée de Salperwick
Les Filles du Houtland
Le Moulin de la Dérobade
Les Silences du maître drapier
Le Colporteur d'étoiles
La Splendeur des Vaneyck
Les Amants de la petite reine
Alain Dubos
Les Seigneurs de la haute lande
La Palombe noire
La Sève et la Cendre
Le Secret du docteur Lescat
Marie-Bernadette Dupuy
L'Orpheline du bois des Loups
Les Enfants du Pas du Loup
La Demoiselle des Bories
Elise Fischer
Trois Reines pour une couronne
Les Alliances de cristal
Mystérieuse Manon
Le Soleil des mineurs
Laurence Fritsch
La Faïencière de Saint-Jean
Alain Gandy
Adieu capitaine
Un sombre été à Chaluzac
L'Enigme de Ravejouls
Les Frères Delgayroux
Les Corneilles de Toulonjac
L'Affaire Combes
Les Polonaises de Cransac
Le Nœud d'anguilles
L'Agence Combes et Cie
Suicide sans préméditation
Fatale Randonnée
Gérard Georges
La Promesse d'un jour d'été
Les Bœufs de la Saint-Jean
L'Ecole en héritage
Michel Hérubel
La Maison Gelder
La Falaise bleue
Tempête sur Ouessant
Le Démon des brumes
Denis Humbert
La Malvialle
Un si joli village
La Rouvraie
La Dent du loup
L'Arbre à poules
Les Demi-Frères
La Dernière Vague
Yves Jacob
Marie sans terre
Les Anges maudits de Tourlaville
Les blés seront coupés
Hervé Jaouen
Que ma terre demeure
Au-dessous du calvaire
Les Ciels de la baie d'Audierne
Guillemette de La Borie
Les Dames de Tarnhac
Jean-Pierre Leclerc
Les Années de pierre
La Rouge Batelière
L'Eau et les jours
Les Sentinelles du printemps
Un amour naguère

Hélène Legrais
Le Destin des jumeaux Fabrègues
La Transbordeuse d'oranges
Les Herbes de la Saint-Jean
Louis-Jacques Liandier
Les Gens de Bois-sur-Lyre
Les Racines de l'espérance
Jean-Paul Malaval
Le Domaine de Rocheveyre
Les Vignerons de Chantegrêle
Jours de colère à Malpertuis
Quai des Chartrons
Les Compagnons de Maletaverne
Le Carnaval des loups
Les Césarines
Grand-mère Antonia
Une maison dans les arbres
Dominique Marny
A l'ombre des amandiers
La Rose des Vents
Et tout me parle de vous
Pascal Martin
Le Trésor du Magounia
Le Bonsaï de Brocéliande
Louis Muron
Le Chant des canuts
Henry Noullet
La Falourde
La Destalounade
Bonencontre
Le Destin de Bérengère Fayol
Le Mensonge d'Adeline
L'Evadé de Salvetat
Les Sortilèges d'Agnès d'Ayrac
Le Dernier Train de Salignac
Michel Peyramaure
Un château rose en Corrèze
Les Grandes Falaises
Frédéric Pons
Les Troupeaux du diable
Les Soleils de l'Adour
Jean Siccardi
Le Bois des Malines
Les Roses rouges de décembre
Le Bâtisseur de chapelles
Le Moulin de Siagne
Un parfum de rose
La Symphonie des loups
Jean-Michel Thibaux
La Bastide blanche
Le Secret de Magali
La Fille de la garrigue
La Colère du mistral
L'Homme qui habillait les mariées
La Gasparine
L'Or des collines
Le Chanteur de sérénades
La Pénitente
Jean-Max Tixier
Le Crime des Hautes Terres
La Fiancée du santonnier
Le Maître des roseaux
Marion des salins
Brigitte Varel
Un village pourtant si tranquille
Les Yeux de Manon
Emma
L'Enfant traqué
Le Chemin de Jean
L'Enfant du Trièves
Le Déshonneur d'un père
Blessure d'enfance
Louis-Olivier Vitté
La Rivière engloutie
Colette Vlérick
La Fille du goémonier
Le Brodeur de Pont-l'Abbé
La Marée du soir
Le Blé noir

Récits « Terres de France »

Albine Novarino
George Sand ou l'Amour du Berry

Collection « Sud Lointain »

Sylvie Anne
L'Appel de la pampa
Jean-Jacques Antier
Le Rendez-vous de Marie-Galante
Marie-Galante, La Liberté ou la Mort
La Dame du Grand-Mât
Le Sixième Condamné de l'Espérance
Erwan Bergot
Les Marches vers la gloire
Sud lointain
tome I *Le Courrier de Saïgon*
tome II *La Rivière des parfums*
tome III *Le Maître de Bao-Tan*
Rendez-vous à Vera-Cruz
Mourir au Laos
Jean Bertolino
Chaman
Fura-Tena
Anne Courtillé
Le Mosaïste de Constantinople
Paul Couturiau
Le Paravent de soie rouge
Le Paravent déchiré
L'Inconnue de Saigon
Les Amants du fleuve Rouge
Le Pianiste de La Nouvelle-Orléans
Alain Dubos
Acadie, terre promise
Retour en Acadie
La Plantation de Bois-Joli
La Baie des maudits
Elise Fischer
L'Enfant perdu des Philippines
Hubert Huertas
L'Orque de Magellan
Hervé Jaouen
L'Adieu au Connemara
Eric Le Nabour
Orages sur Calcutta
Sonia Marmen
La Vallée des larmes
La Saison des corbeaux
Dominique Marny
Du côté de Pondichéry
Les Nuits du Caire
Cap Malabata
Juliette Morillot
Les Orchidées rouges de Shanghai
Michel Peyramaure
Le Pays du Bel Espoir
Les Fleuves de Babylone
Les Tambours sauvages
Bernard Simonay
Les Tigres de Tasmanie
La Dame d'Australie
Jean-Michel Thibaux
La Fille de Panamá
Tempête sur Panamá
La Pyramide perdue
Colette Vlérick
Le Domaine du belvédère

Romans

Alain Gandy
Quand la Légion écrivait sa légende
Hubert Huertas
Nous jouerons quand même ensemble
La Passagère de la « Struma »
Denis Humbert
Un été d'illusions
Dominique Marny
Mes nuits ne sont pas les vôtres

Michel Peyramaure
Pacifique Sud
Louisiana
Le Roman de Catherine de Médicis
Jean-Michel Thibaux
Le Roman de Cléopâtre

Composition et mise en pages : FACOMPO, LISIEUX

Achevé d'imprimer sur les presses de

BUSSIÈRE
GROUPE CPI

à Saint-Amand-Montrond (Cher)
en mars 2006

N° d'édition : 7359. — N° d'impression : 061318/1.
Dépôt légal : avril 2006.

Imprimé en France